ハヤカワ・ミステリ文庫

〈HM360-2〉

ハード・レイン／雨の影

バリー・アイスラー

池田真紀子訳

早川書房

6450

HARD RAIN

by

Barry Eisler

Translated by
Makiko Ikeda
Published 2009 in Japan by
HAYAKAWA PUBLISHING, INC.
This book is published in Japan by
arrangement with
WRITERS HOUSE LLC
through TUTTLE-MORI AGENCY, INC., TOKYO.

エマに
きみは僕の心を歌わせる

ふところへ硯しまうや夕桜

——快笑の辞世の句（一九一四）

ハード・レイン／雨の影

登 場 人 物

ジョン・レイン……………………日米混血の殺し屋
タツ…………………………………警察庁の部長
ハリー（深澤春与志）………コンピューターセキュリティの専門家
ナオミ………………………………クラブ〈ダマスク・ローズ〉のホステス
村上竜………………………………殺し屋
鷲尾…………………………………格闘技道場の運営者
トモヒサ・カネザキ…………在日アメリカ大使館の書記官
ジェームズ・ビドル…………ＣＩＡ東京支局長
川村みどり…………………………ジャズピアニスト
雪子…………………………………ナオミの同僚
山岡俊………………………………信念党の党首

第一部

かかる時さこそ命の惜しからめ
かねて無き身と思い知らずば

——太田道灌の辞世の句（一四八六）

1

その何とも言いがたい皮肉に目をつぶれば、被害者自身が経営するスポーツクラブの真ん中での殺しは、なかなかどうして悪くない。

ターゲットはやくざだった。六本木にある自分のスポーツクラブで日々ウェイトトレーニングに励む、石原という名の男だ。タツにはいつもどおり自然死に見せかけるよう指示されている。だから私としては、激しい運動をきっかけに致命的な急性動脈瘤《どうみやくりゆう》を起こして卒倒したり、転倒した先に不運にも鋼鉄のバーが転がっていたり、あるいは複雑な構造をしたエクササイズマシンの使用中に悲劇的な事故に巻きこまれたりといった災難が大いにありそうな場所での仕事は、歓迎だった。

そういった偶発事故は、次世代のエクササイズ機器には、正しくない使いかたをせぬよう消費者に警告し、製造者は誤った使用をした結果に責任を負わないことを明言する注意書きを貼付《ちようふ》すべきであると顧問弁護士が主張するという形で、不朽のものとなる可能性を秘めている。長年のあいだに、私は自分の業績に対して、少なくとも二件の法律的賛辞を匿名のうちに受け取ってきた。賛辞の一つは、一九八二年にさる政治家が溺死した、汚れた水の流れる隅田川に架かる橋に刻まれている（〝危険――欄干にのぼらないでください〟）。もう一つは、それから十年後、勤勉な銀行家の感電死事件を受けて、ヘアドライヤーの外箱に記された警告だ（〝危険――入浴中に使用しないこと〟）。

スポーツクラブは、指紋の心配をせずにすむという点でも好都合だった。ファッションが国民的娯楽である日本では、政治家が下着姿で賄賂《わいろ》を受け取ったりしないのと同様、ウエイトリフターが小洒落《こじゃれ》たパッド入りのグローブをせずにバーベルを上げることはない。東京は早春にしては暖かく、今年の桜は見事に咲きそうだった。手袋をした男が街を歩いていれば人目につくだろうが、ジムのなかでなら、その気遣いはない。

この稼業では、目立たないことがまず重要だ。人はつねにシグナルを発している。身ぶり、歩きかた、着衣、顔の表情、姿勢、話しかた、言葉の選びかた。そういったものがその人物の背景、職業、人となりを暴露する。何より肝心なのは、周囲から浮かないことだ。周囲に調和していなければ、ターゲットに気づかれる。気づかれたら最後、適切に任務をまっとうするために接近することは不可能になる。あるいは職務に忠実な少数の警察官の注意を引き、弁明を強いられることになるだろう。または対監視チームに目をつけられ――おめでとう！――自分がターゲットに昇格する。

鍛練《たんれん》を積めば、シグナルを見分けるのは芸術ではなく科学であることがわかってくる。

観察し、模倣《もほう》し、自分のものとする。やがてそのときどきのターゲットが所属する社会的生態系を渡り歩きながら、どこにいても匿名のまま、ターゲットを尾行できるようになる。

私の生まれが公の文書と校庭でのいじめとして明らかだったころ、私にとって目立たずにいるのは困難なことだった。しかしいまでは、私の体に白人の血が流れていることを誰かから聞き、そのつもりで私の顔にその痕跡を探さないかぎり、見つけることはできないはずだ。アメリカ人だった母も、そのことで気を悪くしたりはしないだろう。母はいつも私が日本の社会に溶けこむことを望んでいた。日本人の父の特徴が幼年期の遺伝子闘争に勝利をおさめたとき、母は喜んだ。そしてアメリカ軍特殊部隊の一員としてヴェトナムで短い期間を過ごして日本に戻ったあとに受けた整形手術は、偶然と自然が手をつけた仕事に最後の仕上げを施した。

私が発するシグナルがターゲットのやくざに伝えるストーリーは単純だった。彼がスポーツクラブで私の姿を見かけるようになったのはつい最近だが、私はトレーニングを始める前からすでに鍛え上げられた体をしていた。つまり、失われた大学時代の体形を取り戻すべく、ウェイトリフティングでも始めてみようと思い立った中年男ではないということだ。それよりも、転勤で東京に移ってきた会社員であるという説明のほうがもっともらしいだろう。しかも六本木の、あるいは南青山や麻布の家賃を会社が負担しているのだとすれば、私はおそらく重要な地位にあって、それなりの報酬を受け取っているに違いない。また人生のこの時点でボディビルディングに執心しているということは、年若い女たちとの情事をほのめかしている。女たちにとって若々しい肉体は、年の離れた男と寝るという、セックスや不老不死の幻想と引き換えにたとえばフェラガモのハンドバッグといった準通貨を受け取るのと変わらない行為についてまわる感情的波紋を、わずかなりとも和らげるという効能を持つかもしれない。やくざはそういった事情をすべて理解し、敬意さえ抱いているだろう。

しかし実のところ、最近になってそのスポーツクラブに出入りするようになった理由は、転勤ではない。それよりも、出張と言うほうが当たっている。東京に来たのは、仕事を一つ片づけるためだった。その仕事がすめば、また東京をあとにすることになる。以前、この街で暮らしていたころ、私は複数の人物の敵意を買った。その直後に東京を離れて一年になるが、あのときの関係者は、いまも私を探しているだろう。東京に長期滞在したいとは思わない。

一月《ひとつき》前、居場所を探し当てられ、仕事を引き受けるよう説得されたとき、やくざに関する調査書類をタッから受け取っていた。その内容を見るかぎり、ターゲットは単なる用心棒にすぎないとも思われたが、タツがその程度の人物を始末したがるはずがない。だが、私は詮索《せんさく》しなかった。私が求めるのは、ターゲットに接近するのに使える情報だけだった。それ以外の事項に興味はない。

調査書類には、やくざの携帯電話番号が含まれていた。私はその番号をハリーに預けた。何かに駆り立てられるようにハッキングにいそしむハリーは、日本の電話会社三社の携帯電話ネットワーク管理センターにとうの昔に侵入の道筋をつけている。ハリーのコンピューターは、ネットワーク内でのやくざの携帯電話の動きを監視していた。やくざが経営するスポーツクラブ周辺の中継局が電波を拾うと、ハリーから私のポケットベルに一報が入る。

夜、八時を少し回ったころ、赤坂見附の〈ホテルニューオータニ〉の部屋で読書をしていると、ポケベルが作動した。スポーツクラブの営業時間が八時までであることは知っていた。閉館後にトレーニングをしているということは、ターゲットが一人きりでいる可能性が非常に高い。私はこういうチャンスを待っていた。

トレーニング用の衣類はすでにスポーツバッグに用意してあった。数分後には部屋を飛び出していた。ドアマンに行き先を聞かれて記憶されるのを避けるため、ホテルから少し離れた場所でタクシーを拾った。五分後、六本木通りと外苑東通りの交差点でタクシーを降りた。そのまま目的地にまっすぐ向かえば、尾行されていないことを確かめる機会は乏しくなる。しかし計画どおりにことを進めるための時間はわずかしかなかった。多少のリスクはしかたがない。

やくざを監視し始めてすでに一月《ひとつき》以上がたつ。習慣は熟知していた。やくざはトレーニングの時間を日ごとに変えるのを好む。朝早くにクラブに現れることもあれば、夜のこともあった。おそらく、そうやって行動を予測不能にしていれば命を狙《ねら》われにくいと考えてのことだろう。

それはなかば正解と言える。予測不可能性は、確かに、襲撃困難なターゲットであり続けるための鍵だ。しかしその概念は、時間と場所の両方に必要だった。このやくざのように中途半端なやりかたは、一部の人々の手からしばらく身を守る役には立つだろうが、私のような人間から長く逃れる役には立たない。

奇妙なものだ。人はある面では適切な――強固でさえある――対策を取りながら、他の面で無防備さをさらけ出す。たとえば玄関扉に錠を二つ付ける一方で、家じゅうの窓を開けっ放しにする。

こういった現象は、ときに不安によって引き起こされる。この不安とは、狙われにくいターゲットとしての生活を維持するのに不可欠な条件に対してのものではなく、そのような生活を維持した結果に対してのものだ。自分の身を本気で守ろうと思うなら、世の多くの人々が酸素と同じように必要とする社会との結びつきを、完全に断ち切ることが必要だ。友人づきあいを、家族を、恋愛をあきらめなければならない。周囲の生きた人々と切り離されて、まるで亡霊のように世界を歩かなくてはならないのだ。たとえばバスの事故で死ねば、身元不明の死者の一人として、どこかの共同墓地に埋葬されることになる。供花はなく、会葬者もなく、それどころか葬式さえ行なわれない。そういった結果を怖れるのは自然なことだ。人として望ましいとさえ言えるかもしれない。

また別の場合には、ある種の否認から引き起こされる。遠回りのルート、徹底した安全確認、頭のなかでつねに繰り返される問い――〝もし私が私を殺すつもりなら、どうやって近づくだろう？"それらはすべて、自分がこの世で過ごす時間を短縮する動機と手段を持つ人物が存在するという認識を深く受け入れることを前提とする。しかしこの認識は、本質的に人間の精神に苦痛を与え、戦闘中の兵士にさえ多大なストレスを押しつけるものだ。初めて近接戦に直面した兵士の多くは、衝撃を受ける。〝彼はなぜ自分を殺そうとしているのか〟そう自問する。〝自分が彼にいったい何をしたというのか〟

考えてみてほしい。家に一人きりでいるとき、侵入者がいないことを確かめるために、クローゼットのなかやベッドの下をのぞいてみることはないだろうか。では、〝黒いスキーマスクをかぶった男〟がそこにひそんでいると本気で信じていたとしても、やはり同じようにのぞくだろうか。むろん、のぞかない。危険を具体性を欠くものとしてとらえ、その前提に基づいて半信半疑で行動するほうが、気持ちは楽だからだ。それが否認だ。

もう一つ、当然のことながら、怠惰という原因がある。自家用車を運転するたびに、即席の爆弾が仕掛けられていないかどうか確認する時間が誰にある？　十分の距離にある目的地に出かけるのに、わざわざ二時間かけて回り道をする暇が誰にある？　入口にではなく壁に面した席しか空いていないというだけの理由で、別のレストランやバーを探し直そうなどと、いったい誰が考える？

ここに挙げたのは、どれも修辞疑問というやつだ。だがクレイジー・ジェイクならどう答えるか、私にはわかる。〝生きていたいと願う人間だ〟彼ならそう言っただろう。〝死にたくないと思っている人間だ〟

この答えは、安易な正当化に結びつく。私と同じ人生を選び取った人々が共有しているはずの考えかた。〝彼が生きたいと心から欲していたのなら、私は彼に近づけなかっただろう。彼はあの弱点をさらさなかったはずだ。私がつけこんだあの弱点を、無防備にさらさなかったはずだ〟

やくざの弱点は、ウェイトトレーニング依存症であることだった。何がそれに油を注いでいるのかはわからない——子ども時代にいじめられ、以来、いかにも強そうな外見を保っていようと考えるようになったのか、生まれつき白人より小柄であることに劣等感を抱いているのか、あるいは三島を駆り立てたのと同じ抑圧された同性愛的傾向がそうさせるのか。ひょっとしたら、そもそもやくざになるきっかけとなった衝動が関係しているのかもしれない。

健康を気遣ってのことでないのは確かだ。それどころか、明らかにステロイド剤を濫用《らんよう》していた。首は、結び目をゆるめなくてもネクタイを頭から抜くことができるのではないかと思うほど太い。顔にはひどいにきびが花開いていて、会員たちの鍛え抜かれた筋肉美を最大限に引き立たせるまぶしいほど明るい照明の下では、あばただらけの頬に無数の小さな影ができる。睾丸《こうがん》はきっと干しぶどうほどの大きさに縮んでいるだろうし、血圧は、疲れた心臓をいっそう痛めつけていることだろう。

ステロイド濫用のもう一つの症状、理由のない突然の暴力も目撃したことがあった。ある晩、それまで見かけたことのない男——クラブの立地と、悪名高きやくざどもと肘をこすり合わせていれば自然と自分もタフになれるだろうという胸算用を気に入った、堅気の会員に間違いない——が、その寸前までやくざがベンチプレスで使っていたバーベルに近づき、バーをたわませるほど取りつけられたウェイトを外し始めた。やくざは、休憩のためだろう、ベンチ台を離れていた。新顔の男はその様子を見て、トレーニングは終わったものと勘違いしたらしい。新顔自身もなかなかの体格をしていた。派手な色使いのスパンデックスの袖なしトップは、ウェイトリフターらしい胸と腕をいよいよたくましく見せていた。

誰かがひとこと忠告してやれば何でもなかったろう。しかし、クラブの会員の大半は、ちんぴらによって構成されている。同僚会員と助け合うことに心を砕くよきサマリア人タイプがそろっているわけではない。いずれにしろ、どう好意的に見たところで、まず周囲を見回して許可を求める手順を省略し、他人が使っていたバーベルのバーからいきなりウェイトを外すような真似は、よほどの愚か者にしかできない。バーベルには百五十キロかそれ以上のウェイトが取りつけられていた。

誰かがやくざを肘でつつき、指さした。しゃがんでいたやくざは、立ち上がって怒鳴った。「おりゃあ!」長方形の部屋の前方に張られた板ガラスが震えるほどの大音声《だいおんじょう》だった。その場の全員が顔を上げた。爆発でもあったかのように、ぎくりとして。その直前までまわりが見えていなかった新顔まで目を上げた。やくざは罵《のの》りの言葉を怒鳴り散らしながらベンチ台に突進した。とっさのことか意図してのことか、声を有効な武器に使って相手を混乱に追いやっている。

やくざのすべて——言葉、口調、動作、姿勢——が"突撃！"とわめき立てていた。新顔は恐怖から、あるいは拒絶反応からその場に凍りつき、攻撃の線上から身をかわすこともできずにいた。手にはやくざの頭骨より格段に硬い縁《へり》を持つ重量十キロの鋼鉄のウェイトを握っているにもかかわらず、ただぽかんと口を開けるばかりだった。おそらくは驚愕《きょうがく》のために。もしくは、意味を成さず、間違いなくむなしいものに終わるはずの謝罪の言葉を発するために。

やくざはサイのごとく猛進した。肩から先に新顔の腹に突っこむ。新顔は衝撃に備えて身を固くしたが、このときもまた攻撃から身をかわすことに失敗した。その試みは大方において無駄に終わった。やくざは新顔を背中から壁に叩きつけておいてから、頭や首を狙って容赦なく拳を振り回した。ショック状態に陥ってわけがわからなくなった新顔は、ウェイトを取り落とし、どうにか両腕を持ち上げてパンチを何発か防いだが、やくざは相変わらず怒鳴り散らしながら平手でその腕を払いのけると、さらに拳を浴びせた。そのうちの一発が新顔の首の左側の急所、頸動脈洞《けいどうみゃく》のあたりを直撃した。脳への血流がさえぎられたショックで神経系統が過剰反応し、新顔の体は崩れ落ちた。まるで斧《おの》で薪《まき》を割るときのように大きく足を広げて踏ん張ったやくざは、獲物の脳天と首にさらに拳を振り下ろし続けた。新顔は床に転がったが、意識を失うことはなく、ひたすら体を丸め、雹《ひょう》のように降り注ぎ始めたやくざの足からいくらかでも身を守ろうとした。

やくざは息を荒げ、悪態をつきながら腰をかがめると、無力の新顔の右足首を巨大な二頭筋と前腕で抱えこんだ。それを見て私は一瞬、柔術のレッグロックの技でどこかの骨を折ろうとしているのかと思った。だがやくざは上体を起こすと、新顔のうつぶせの体をクラブのエントランスに引きずっていき、そのまま通りへと出ていった。

ほどなくやくざは一人で戻ってきた。しばらく呼吸を整えていたあと、部屋の誰とも目を合わせないまま、ベンチ台の彼の場所に陣取った。部屋にいた全員が、中断していた行為を再開した。やくざ仲間は無関心から。堅気の人間は動揺から。まるで何事もなかったかのようだった。しかしクラブの静寂は、確かに何かが起きたことを物語っていた。

背景で休むことなく動き続けている私の心の一部は、このときも、やくざの長所と思われる事項を書き留めていた。圧倒的な筋力、暴力慣れしていること、攻撃の手をゆるめてはならないという鉄則を熟知していること。一方、弱点という項目の下には、自制心の欠如、短く一方的な戦闘のあとに息が上がっていたこと、攻撃の狂暴さのわりには被害が少なかったことなどが記された。

境界性社会病質者でもないかぎり——統計的にこの可能性は考えにくい——やくざはたったいまの爆発を周囲にどう見られているか気にしているに違いなかった。私はその機に乗じてベンチ台に近づくと、アシストしようと申し出た。

「悪いな」この何気ない交流に場を救われて、ありがたがっているのは明らかだった。

「いや」私はやくざを見下ろすようにして立ち、バーベルを押し上げるのに手を貸した。

確かめると、ウェイトは百五十五キロついている。やくざは二度バーベルを上げ下ろしした。二度目は私の力添えがあってのことだった。寸前の争いから、まだ全身をアドレナリンが駆けめぐっていることだろう。私はベンチプレスでの彼の限界重量を心に書きつけた。ラックにバーベルを戻すのを手伝ったあと、彼の力にいくぶん大げさに敬意を表して低く口笛を鳴らした。やくざが上体を起こすと、彼の向かい側に回って、またアシストが要るようだったら声をかけてくれと申し出た。やくざは感謝のうなり声とともにうなずき、私は背を向けかけた。

それから、言い添えるべきか迷っているかのように動きを止めてから、振り返った。

「さっきの奴、このベンチが空いたのかどうか、まず確かめるべきでしたね」私は日本語で言った。「世の中にはマナーを知らない連中がいる。さっきの奴も、今回のことで学んだでしょう」

やくざはまたうなずいた。少し前に完了した、罪のないどこかの愚か者をぶちのめすという意義深い社会サービスに対する私の賢明な評価を喜んでいる。アシストが必要となった折りには、新しい友、この私に気軽に声をかけてくるだろう。

たとえば今夜だ。私は行き交う車や宣伝カーの騒音、客引きの声に耳をふさぎ、歩道を埋める歩行者のあいだを縫うようにしながら外苑東通りを足早に歩いた。周囲のクロームやガラスを利用して背後の様子に目を光らせ、尾《つ》けてくる人影がないことを確かめる。ロア六本木ビルの手前で右に曲がり、もう一度右に曲がって、クラブのある通りに入った。

〈スターバックス〉コーヒーショップの街並みにそぐわないピンク色の外壁を背に、駐輪自転車の低木林の陰で足を止め、尾行者が現れるかどうか見きわめる。これからパーティに繰り出すらしい若者のグループが追い越していった。彼らは浮かれ騒ぐという目の前の仕事に忙しくて、陰の奥にひっそりとたたずむ男の姿には気づいていない。私のレーダーは反応しなかった。数分そこで待ったあと、クラブに向かった。

スポーツクラブは灰色の商業ビルの一階にあって、錆《さび》の浮いたいくつもの非常口に包囲され、朽ちかけた植物のように建物の前面に張りついた高圧線に縛り上げられている。向かいには駐車場があった。日本のエリート層と犯罪者のステータスシンボル、ウィンドウにフィルムを貼って高性能タイヤを履かせたメルセデスがずらりと停まり、互いの模倣をしながら、六本木のきらびやかな花柳界の夜の愉悦を心地よさげに共有している。通りには、どこといって特徴のない街灯が一つぽつんとあるだけだった。支柱の下半分は、周辺でサービスを提供するおびただしい数の性産業のちらしで飾られている。アーチを描いた街灯は、自らの明かりが作る影のなかで、病んでねじ曲がった羽を振り払おうとしている古代の鳥か何かのように見えた。

クラブのガラス窓にはカーテンが引かれていた。しかし、やくざが所有するハーレーダビッドソンのアノダイズドアルミニウム色のV-RODが通勤自転車に囲まれて停まっていた。ブリモドキに付き添われて海を行くサメのようだった。ずらりと並ぶ窓の前を通り過ぎたところに建物の入口がある。私はドアを押してみた。鍵がかかっていた。

数歩下がってクラブの窓の前に立ち、ガラスを軽くノックした。一瞬の間があって、室内の明かりが消えた。ほう、やってくれるじゃないか。自分の姿は見られないようにしながらカーテンの隙間から外をうかがおうと、電灯を消したのだ。私は待った。やくざが私と通りの様子を観察していることはわかっていた。

ふたたび電灯がついて、やくざの姿がエントランスに現れた。灰色のスウェットパンツと黒いカットオフのランニングシャツ、それにお決まりのウェイトリフティング用グローブ。トレーニングのさなかだったことは一目瞭然だ。

やくざがドアを開けた。通りに視線を走らせて危険がないことを確かめたものの、すぐ目の前の危険は見過ごした。

「もう閉まってるんだよ」

「わかってます」私は答え、相手をなだめるように掌を前に向けて両手を上げた。「誰かまだいるんじゃないかと思って寄ってみました。もっと早く来るつもりでしたが、用事が長引いて。ちょっとだけトレーニングさせてもらえませんか。あなたがいらっしゃるあいだだけでいい」

やくざはためらったが、肩をすくめると、向きを変えて室内に戻っていった。私はあとに続いた。

「あとどのくらいやる予定です?」私はスポーツバッグを下ろし、目立たないカーキ色のスラックスと青いオクスフォード地のシャツ、紺色のブレザーを脱いだ。手袋はすでにはめていた。いつもクラブに着く前にそうしている。しかしやくざはこの些細な事柄には目をとめなかった。「それに合わせてトレーニングします」

やくざはスクワット台に歩み寄った。「四十五分から一時間」バーベルを肩に乗せ、位置につく。

スクワットか。やくざはいつもベンチプレスを終えたあとにスクワットをする。くそ。

私はショートパンツとスウェットシャツに着替え、やくざが何セットかスクワットをしているあいだ、腕立て伏せや柔軟体操をして体を暖めた。やくざの抵抗の度合いによっては、ウォーミングアップが役に立つことになるかもしれない。ささやかなメリットだ。だが主義として、やれることはやっておく。

やくざがスクワットを終えると、私は尋ねた。「ベンチプレスはもうすませたんですか」

「ああ」

「今夜は何キロまで？」

やくざは肩をすくめたが、胸をわずかに反らせた。自尊心を刺激されている。

「大したもんじゃない。百四十キロだよ。もっとやってもよかったんだが、それ以上持ち上げるときはアシストがいたほうがいい」

そうこなくちゃ。「じゃあ、僕がアシストしましょう」

「いや、今夜はもういい」

「いいじゃないですか、もう一セットくらい。見てるとこっちもやる気になる。いつものくらい上げてるんです？　体重の倍？」私はわざと低めに見積もった。

「もっとだ」

「すごいな、体重の倍以上か。僕なんかとても真似できない。頼みますよ、もう一セットやりましょう。僕もやる気になるから。アシストはします。いいでしょう？」

やくざはためらっていたが、やがて肩をすくめると、ベンチ台のほうに歩きだした。

少し前にやくざが使っていたバーベルには、すでに百四十キロのウェイトがついていた。

「百六十はいけるかな」私は疑わしげな口調で訊いた。

やくざは私の顔を見つめた。その目を見て、虚栄心をくすぐられたことがわかった。

「ああ、いけるだろう」

「いいぞ、これを見逃す手はないな」私はウェイトツリーから十キロのウェイトを二つ取ると、バーの両端に取りつけた。ベンチの頭の側に立ち、両手を肩幅に広げてバーを握る。

「準備ができたら言ってください」

やくざはベンチの端に腰を下ろし、肩を丸めて、首をぐるりと回した。両腕を前後に振り動かし、何度か短く力強く息を吐き出す。それからベンチにあおむけになると、バーをつかんだ。

「三で持ち上げてくれ」やくざが言った。

私はうなずいた。

また何度か鋭く息を吐き出す。それから――「一……二……三！」

私の力を借りて、彼はバーを高々と持ち上げると、胸の真上で静止させた。バーに激しい怒りを向けているかのようににらみつける。このあとの一仕事に備えて、顎がぐいと引かれ、猪首《いくび》に沈みこんだ。

次の瞬間、バーが下ろされた。コントロールされた降下。勢いが完全に殺されることはなく、バーはたくましい胸の上で跳ね返った。しかし三分の二ほど持ち上がったところで、ほとんど止まりかけた。そのまま重力とステロイドを注入された彼の筋肉の力との狭間《はざま》で迷っていたが、すぐに震えながら上昇を再開し、やがて彼の肘はまっすぐに伸びた。両腕は、奮闘からぶるぶると震えている。もう一度上げ下ろしするのはとても無理だろう。

「もう一度、もう一度」私は促した。「大丈夫、その調子ならいける」

一瞬の間があった。私は新たな檄《げき》を飛ばそうとしかけた。しかし彼は心の準備を整えているだけだった。三度素早く呼吸をして、バーを胸の上に下ろす。バーは反動で数センチ持ち上がった。続けてさらに数センチ押し上げられたが、まもなく静止すると、非情にも下降を始めた。

「手伝ってくれ」やくざがうめくように言った。その声は落ち着いていた。私がすぐに手を貸すと信じている。

バーは下降を続け、彼の胸の上で止まった。「おい、頼む」やくざがふたたび言った。さっきよりも差し迫った口調だった。

私はバーに添えた手に下向きの力を加えた。

やくざの目が弾けるように見開かれ、私の視線をたぐり寄せようとする。

バーとウェイトの重量と私の手の圧力の下で、彼はいまや二百キロ近い重力と闘っていた。

私はバーと彼の胴体に意識の焦点を合わせていたが、視界の隅に、彼の目玉が困惑から、次に不安から飛び出しかけているのが映った。彼の口からは何の音も漏れていない。私は容赦ない下向きの圧力を加えることに専念した。

歯をぐっと食いしばり、顎を首にほとんど埋《うず》めるようにしながら、彼はありったけの力を振り絞ってバーを押し上げようとした。バーはかろうじて胸を離れ、持ち上がった。私はベンチの基部に渡された水平な棒材の下に片足の爪先を引っかけ、てこの作用を使ってさらにバーに力を加えた。バーはふたたび胸の上に戻った。

酷使された腕が震え始め、その震えがバーを介して私の手にも伝わった。バーはまたしてもわずかに上昇した。

ふいに糞便の臭いが鼻をついた。危機に直面した彼の交感神経は、括約筋のコントロールを含めた、生命の維持に必要のない身体活動を切り捨て、全エネルギーを筋肉に振り向けようとしている。

反撃は、ほんの短いあいだしか続かなかった。彼の両腕はいよいよ激しく震えた。私の手のなかでバーが下降を始め、彼の胸に食いこんでいく。かすかなしゅうという音が聞こえて、鼻孔と引き結ばれた唇のあいだから息が吐き出された。彼の視線を感じたが、私は彼の上半身とバーから意識を逸らさなかった。彼の口からは、やはり何の音も聞こえない。数秒が過ぎ、さらに何秒かが過ぎた。彼の姿勢は変わらなかった。私は待った。彼の皮膚が青みを帯び始めた。私はさらに待った。

長い時間が過ぎてから、私はバーに加えていた力をゆっくりとゆるめて手を離した。彼の視線はまだ私の顔に向けられていたが、その目はもはや何も見ていなかった。私は一歩後ろに下がり、盲目の視界から逃れると、その場に立って目の前の光景をながめた。ほとんど事実そのままのものが見えた――ウェイトリフティング中毒の男が、夜遅くに一人きりで、能力を超えたウェイトを持ち上げようとし、バーの下にとらわれ、窒息してそのまま死んだ。身の毛のよだつような事故。

私服に着替えた。バッグを拾い上げ、出口に向かう。背後でぱきんという音が幾度か響いた。薪のはぜるような音。最後にもう一度振り返ったとき、肋骨が弾けた音だと気づいた。疑いの余地はない。彼は息絶えた。バーを握る両手が痙攣《けいれん》していた。体はすでに受け入れたものを、十本の指だけはまだ拒み続けているかのように。

戸口の暗がりに立ち、通りに人気《ひとけ》がなくなるのを待った。それから足音を忍ばせて歩道に出た。影が私を包みこんだ。

2

六本木と赤坂の裏道を縫うようにしながら、徒歩で一帯を離れた。訓練を受けていない人間の目には、どこへ向かっているにしろ、細い路地をたどって近道をしているようにしか見えないだろう。しかし実際には、尾行者または尾行者のチームが私を見失うまいとすれば、おのずと姿を現さざるをえないよう丹念に計画されたルートだった。数少ない意図的な例外を除いて、尾行をあぶり出すための行動は、どれもごくふつうの歩行者を装ったものだった。たとえどこかの組織が私に関心を持ち、しかしいまのところ身元を突き止められていないために尾行をつけているとしても、一般市民らしからぬふるまいをして尻尾《しっぽ》をつかませるような真似をするつもりは断じてない。

三十分ほどのち、尾行はいないと納得すると、私の足取りは気分を反映してゆるやかなものに変わった。そして気がつくと反時計回りに大きく半円を描いて、東京の流行の発信地の真ん中に緑色の三角巾のように横たわる広大な霊園、青山墓地の方角に向かっていた。

六本木通りの北側には、段ボールハウスが並ぶ小さな街がある。そこは、ある意味では私と同じく世捨て人のような匿名の生活を送る、ホームレスたちの仮の住まいだ。持っていたスポーツバッグをそこで下ろす。バッグも、なかに入っているトレーニング用の衣類やウェイトリフティング用グローブも、近隣に群れる痩《や》せこけた足跡のない亡霊たちのあいだでたちまち分配され、消費されることだろう。いま片づけたばかりの仕事の残片は、数日のうちに、いや数時間のうちには元の持ち主の痕跡を消し去られ、名前も色も持たない物品として、名前も色も持たない人々の手に渡る。ときおり東京の死角に流れ着いては忘却の彼方へと運び去られる、孤独と失望の漂流物。

重荷から解放された私は、歩き続けた。今度は円を描きながら東へ向かう。六本木通りの北側、乃木坂の陸橋の下に、五、六人のちんぴらが集まっていた。色とりどりの艶やかな革つなぎをまとい、歩道の上に車高の低い鋼鉄のオートバイを停めて、その傍らに小さな半円を作ってしゃがんでいる。彼らの会話の断片が右手のコンクリート壁に反響していた。内容は聞き取れなかったが、話し声は、彼らのオートバイの短く切り詰められたマフラーが発する音のように甲高かった。おそらく覚醒剤をやっているのだろう。第二次世界大戦のさなかに政府が兵士と労働者に配給して以来、日本の麻薬の主役の座を占めている薬物。ちんぴらたちがその密売人かつ消費者であることは確実だ。彼らは薬物に力を与えられた筋肉と脳の興奮が絶頂に達するのを待っている。夜が更け、暗闇が手招きするのを待っている。それを待ってコンクリートのねぐらを飛び出し、六本木のネオンの誘惑に応えるのだ。

細いトンネルのようになった地点へと南側から連れもなく近づく私にちんぴらの一人が

気づいた。道の反対側へ渡ろうかとも思ったが、道路の中央に金属の分離板があってそれはできない。ならば、きびすを返して別の道を行くこともできた。だが私はそうしなかった。その選択によって、このまま歩けば墓地に行き当たることは、いよいよ否定しがたい事実となった。

あと三メートルか四メートルのところまで近づいたとき、ちんぴらの一人が立ち上がった。ほかの連中はしゃがんだまま、期待のまなざしをこちらに向け、見せ物の始まりを待っている。

近くに監視カメラが一台もないことはすでに確認ずみだった。年を追うごとに、通りや地下鉄に監視カメラの数が増えていく。ときどき、そういったカメラは私を探しているのではないかという感覚にとらわれることがあった。

「おい」立ち上がった一人が大声で言った。

私は素早く背後に目を走らせ、ほかに通行人がいないことを確かめた。この馬鹿者どもがちょっかいを出してきた場合に私がすることを目撃されたくない。

歩く速度も方向も変えないまま、私は黒曜石のように平板な表情でちんぴらの目を見つめた。そうすることで、こちらが怯《おび》えてもいなければトラブルを求めてもいないこと、こういったことは過去に一度ならず経験があること、彼が今夜のお楽しみを探しているのなら、ほかの場所で見つけたほうが賢明と思われることを暗に伝えた。

多くの人々は——とりわけわずかなりとも暴力に精通した人間は、そのシグナルの意味を察し、自らが生き残る確率を高めるべく対応する。しかしこいつはどうやら頭が鈍いか、覚醒剤をやりすぎているらしい。あるいは、私が後ろに目をやったことを不安の表れと誤って解釈したのかもしれない。いずれにしろ、男は与えられた警告を無視し、私の進路ににじり寄った。

手順はわかりきっていた。私は慰みものとして適格かどうか、面接試験をされているのだ。威嚇《いかく》に怯えて車の行き交う道路に足を踏み出そうとするか。その過程ですくみ上がり、身を縮こまらせるか。もしそうすれば、男にとって私は安全なターゲットと見なされ、男は次の段階へ、おそらくは本物の暴力へとことを進めるだろう。

しかし私は奇襲を好む。ちんぴらを右手に見て左足を大きく踏みこみ、同時に右足を横に出して奴の足を払うと、柔道のもっとも基礎的でもっとも有効な技、大外刈りをかけた。間髪入れず、反時計回りに体をひねって右腕をちんぴらの喉に打ちつけ、上半身を脚とは反対方向に倒した。一瞬、男の体はその寸前まで立っていた場所の真上に水平に浮かんだ。次に私はその体を歩道に叩き落としたが、後頭部がしたたかに路面を打つ寸前に襟元をつかんでやった。死なれては困る。騒ぎが大きくなるだけだ。

その間、二秒とかからなかった。私は体を起こすと、何事もなかったように歩き続けた。目は前方を見つめていたが、耳は追いかけてくる物音を警戒して後ろに向けていた。

連中が追ってくる気配はなかった。距離が広がるにつれて、私の唇に小さな笑みが浮かんだ。弱い者いじめをする人間は好きになれない——彼らは私が太平洋の両側で過ごした子ども時代のあまりに大きな一部を占めている。あのちんぴらどもは、当面のあいだ、あの歩道を通りかかる他人の邪魔をしようという気を起こさないだろう。

私は歩き続けた。墓地の東側で左に折れ、次に外苑西通りを右に行く。道を曲がるとき、往来を気にするふりをして、いつものように無意識に背後の様子を確かめた。墓地は右手に広がっている。だが通りのそちら側に歩道はない。私は左側を歩いた。やがて墓地の長い石段の正面にさしかかった。緑豊かな死者の広場と生者の街をつなぐ、ひっそりと静まり返った小道。足を止めて、石段を見つめた。長いあいだそうしていたあと、私をいまにも降伏させようとしているこの誘惑は馬鹿げていると思った。過去にも同じことを幾度となく考えた。向きを変え、いま来た道をゆっくりと戻り始めた。

一仕事すませたあとはいつもそうだが、人々のあいだにいたいと強く感じていた。この社会の一員なのだという幻覚に慰めを見いだしたかった。数メートル先の〈モンスーン・カフェ〉に入った。東南アジア風の料理と、人々の話し声という鎮静剤を楽しめる店だ。オープンテラスから少し奥に入った、通りと入口に面した席を選び、シンプルな野菜の焼きビーフンを注文した。食事時は過ぎていたが、テーブルはほとんどが埋まっている。左手には、会社員の飲み会の残党がいた。ネクタイをゆるめ、そろって似たような紺色のスーツを来た若い男が数人と、彼らよりも洗練された服に身を包んだ美しい女が二人。女たちは、料理を取り分け、酒を注ぎ、会話の潤滑油になるという、伝統的な日本女性の役割を当然のようにこなしている。その向こうには、店で一組だけのカップルがいた。高校生か大学生だろう。テーブルに身を乗り出して手を取り合い、少年のほうが提案するように眉を吊り上げて何か言っており、少女は笑って首を振っている。反対側にはもう少し年長のアメリカ人のグループが見えた。ほかの客に比べてくだけた服装をしている。話し声は穏やかで、テーブルランプが肌をかすかに輝かせていた。

現実とは思えなかった。仕事を終え、レストランやバーにいる私。心が漂い始めた。全身をアドレナリンが駆けめぐったあとに訪れる安らぎ。その感覚は新しくはなかった。だが前後関係がそれを違和感のあるものに変えていた。ちょうど、いつものビジネススーツのままで葬儀に参列するように。

元CIA東京支局長、故ホルツァーとの一件を片づけたあと、こういうこととは無縁になるものと思った。私の正体は暴かれ、私という人物を構築し直す必要に迫られた。初めてのことではなかったが。アメリカに移ることも考えた。西海岸のサンフランシスコあたり、どこかアジア系の人口の多い都市。しかし、あらかじめ長い年月をかけて下地を作っておいた日本の場合とは違って、アメリカで新たなアイデンティティを確立するのは困難だったろう。それにもしCIAがホルツァーの仇討ちを求めているとしたら、彼らのホームグラウンドであるアメリカで私を探すのは容易だったはずだ。もちろん日本にとどまればタツと対峙《たいじ》しなければならないが、タツの私に対する関心は復讐とは無関係だった。だから、タツのほうがよりリスクが少ないと私は判断した。

その経緯を思い返すと、つい唇に苦笑が浮かぶ。タツという危険は、運に恵まれたCI

Aの殺し屋にとどめを刺される直接の危険と比べれば差し迫ってはいなかったとはいえ、はるかに油断ならないものだったことを、あとになって痛感させられた。

東京から移った大阪で、タツは私の居所を突き止めた。私は大阪北西部の都島にあるベルファと呼ばれる複合施設のなかの高層マンションに住まいを見つけていた。そこは転勤族が多く、新たな住人が加わったところで必要以上に注目を集めることはない。一方で、周囲の環境の変化に敏感な小さな子どものいる家族がほとんどを占めるため、監視活動はしにくく、待ち伏せも有効ではない。

当初は二十年暮らした東京が恋しかった。そして平均的な東京人ならば、市街の無節操な広がりを除いてすべての面で東京より遅れていると即座に切って捨てるような都市に、失望を感じた。しかし次第に大阪に愛着を抱くようになった。東京と比べて洗練されておらず、国際的でもないが、街の空気に見栄はない。経済的、文化的、政治的求心力が強く、ときとして自己満足に陥り、自己完結的にさえなりがちな東京とは違って、大阪はほかの都市とつねに張り合い、そして言うまでもなく、外食産業や商才、住民の温かさで競り勝ってきた。私はその一方的に宣戦布告をして始まった闘志満々の競争に、不思議な共感を抱いた。大阪には上品な——すなわち退廃的な——マナーも、強い影響力を持つ——すなわち腐敗した——政治制度もないが、聞く耳さえ持たない東京に対して、自分たちの心はもっと広いと宣言しているかのようだった。時がたつにつれ、わたしは彼らの主張にも一理あるかもしれないと感じるようになった。

ある晩、私の気に入りの店になっていた本町のジャズクラブ〈オーヴァーシーズ〉に向かっているとき、背後にタツの姿を見つけた。気づいたそぶりは見せずにおいたものの、すぐに彼だとわかった。タツはずんぐりとした体格をしていて、歩くとき、肩を左右に大きく揺らす癖があって目立つ。尾行しているのがほかの人間だったらすぐに取って返して、可能ならば尋問していただろう。それが不可能なら、始末していただろう。

しかし尾行者はタツだった。切迫した身の危険はない。タツは日本のFBI、警察庁の部長だ。その気になればとっくに私を逮捕することができただろう。放っておけ——私はそう考えた。クラブのその晩の出演者は、デビューCD『フロム・ニューヨーク』で日本のジャズ界を熱狂させたアキコ・グレースだった。彼女の演奏をぜひとも聴きたかった。タツが同席したいというのなら、歓迎だ。

タツは二度めのステージの途中で現れた。グレースはセカンドアルバム『マンハッタン・ストーリー』から『ザット・モーニング』を演奏していた。タツは入口を入ってすぐのところでいったん足を止め、店の奥のテーブルに目を走らせた。手を上げて合図をしてやってもよかったが、あいつはどこを探せばいいかちゃんと心得ている。

タツは私のテーブルに近づき、隣の席に腰を下ろした。まるでそこで私と会うのは世界で何より自然なことだとでもいうようだった。例によって体にぴたりと合った濃い色のスーツを着ていた。挨拶代わりに私にうなずく。私はうなずき返して、ステージの上のグレースに目を戻した。

グレースはこちらに背を向けていた。冷たい青のスポットライトの下で、金色のスパンコールのドレスがまるで夏の夜の稲妻のようにきらめく。彼女を見ていると、みどりを連想した。二人が似ているからではなく、対照的だからだった。グレースの演奏スタイルはよりファンキーで、体を大きく揺らし、斜《はす》に構えてピアノに向き合うようなところがある。紡ぎ出される音は柔らかで、瞑想的だ。しかし『パルス・フィクション』や『デランシー・ストリート・ブルース』などを弾いて調子が出てくると、同じように楽器に乗り移られたかのような雰囲気を発散させ始める。ピアノは魔物で、彼女は熱に浮かされた自動筆記者ででもあるかのように。

ニューヨークの〈ヴィレッジ・ヴァンガード〉の暗がりに立ち、それが最後だと知りながら、みどりの演奏を見守ったことを思い出す。あれから多くのピアニストのステージを見てきた。それはいつも悲しい喜びだった。顔形は美しいが、心から愛している相手とは別の女と愛を交わしているような。

演奏が終わり、グレースとトリオがステージから姿を消した。しかし観客は拍手で彼らをステージに呼び戻し、アンコールが始まった。セロニアス・モンクの『ベムシャ・スウィング』。タツは焦れていることだろう。ジャズを聴くためにいるのではないのだから。アンコールを終えると、グレースはバーに移動した。観客は次々と立ち上がって、彼女に礼の言葉をかけたり、用意してきたCDにサインをもらったりしたあと、夜の街で待つ次の目的地へと向けて出ていった。

隣のテーブルの客が席を立つと、タツはこちらに顔を向けた。「隠居なんて似合わないな、ジョン」いつもの乾いた口調だった。「隙だらけじゃないか。引退前なら、こんなふうに居所を突き止めたりはできなかっただろう」

タツは堅苦しい挨拶に時間を費やす人間ではない。そういうものも必要であることは頭ではわかっているのだろうが、行動に結びつかない。私は昔からこの男のそういうところが好きだった。

「もう手を引けと勧められたものと思っていたが」私は答えた。

「山岡と奴の組織のことに関して言えば、そうだ。だが、一緒に働く機会もあるのではないかと期待もしていた。私の仕事のことは知ってるだろう」

日本社会の腐敗とのたゆまぬ闘いのことだ。その腐敗の裏には、彼の宿敵、政治家で〝人形使い〟の山岡俊《とし》がいる。山岡は、一時は私の目に見えない雇い主でもあったホルツァーを買収していた。

「悪いな、タツ。俺は山岡と、おそらくはCIAにも追われている身だ。役に立ちたくても立てなかっただろう」

「連絡すると約束したくせに」

「考えが変わった」

タツはうなずき、それから言った。「お前と最後に会ってほんの数日後に、ウィリアム・ホルツァーがヴァージニア州郊外のホテルの駐車場で心臓発作を起こして死んだことは知っていたか」

〝私が……モグラだった……私が……モグラだった〟声に出さずにそう繰り返すホルツァーの唇が脳裏に蘇《よみがえ》った。あのとき、奴は私が死ぬものと信じていた。あの男はヴェトナムで私に兄弟分のクレイジー・ジェイクを殺させ、あとで一人ほくそ笑んだ。

「どうしてそんなことを訊く？」私はさりげない口調で言った。

「諜報コミュニティでホルツァーを知っていた人々は、彼の死に驚いたようだな」私の質問を黙殺して、タツは続けた。「まだ五十代初めだったし、健康そのものだったから」

改造した細動除去器が発する三百六十ジュールの電流を生き延びるほど健康ではなかったようだがな──私は心のなかで答えた。

「いくら用心してもだめなときはだめだという教訓だよ」私は十二年もののダルモアを一舐《な》めして言った。「俺は一日に一度、小児用アスピリンを飲んでる。何年か前の朝日新聞に記事が載っていた。心臓発作の恐れを劇的に減らしてくれるそうだよ」

タツはしばらく黙っていたが、やがて肩をすくめた。「彼は善良な人間ではなかった」

ホルツァーを殺したのが私であることは知っているが、それは不問に付すとほのめかしているのだろうか。そうだとしたら、見返りに何を要求するつもりだろう。

「しかしその話はどこから聞いた？」私は尋ねた。

タツはテーブルを見つめ、それから目を上げて私を見た。「CIA東京支局のミスター・ホルツァーの同僚から警察庁に連絡があった。ホルツァーの死そのものより、死に至った経緯に関心があるようだった。彼らはお前が殺したと考えているらしい」

私は黙っていた。

「お前の行方を探すのに、警察庁の協力を要請してきてね」タツは続けた。「全面的に協力するよう上司に言われたよ」

「なぜお前に協力を求めた？」

「これは私の憶測だがね、ＣＩＡは日本経済を麻痺《まひ》させている腐敗構造を排除する任務を与えられているんだろう。アメリカは、日本の景気がこれ以上悪化すれば、金融破綻《はたん》も免れないと考えている。波及効果は避けられない。むろん世界的な景気後退もだ」

アメリカ政府《アンクル・サム》の利害は理解できた。日本の政治家は、死に瀕した経済を蘇生《そせい》させることより、談合の末の公共事業から得られる不正利得とやくざからの賄賂を確保するほうに熱心だということは、世界じゅうが知っていた。

私はダルモアをもう一口飲んだ。「連中はどうして俺に関心を持ってるんだろうな」

タツは肩をすくめた。「仇討ちのためかもしれない。腐敗を正すためかもしれない。ホルツァーが、日本の数多くの内部告発者や政治改革論者の死の影にいる〝自然死〟暗殺者としてお前を名指しした報告書を提出していたことは確かだ。ひょっとしたら、両方の理由からかもしれないね」

ホルツァーらしい。報告書を出して手柄を我がものとする一方で、同じ情報を私益に利用していた。ヴァージニア州郊外の駐車場に停めたレンタカーのなかにだらしなく横たわった奴の死にざまを思い浮かべ、私は唇の端を持ち上げた。

「大して心配していないらしいな」タツが言った。

「もちろん心配してるさ。連中には何て話した？」

「私の知るかぎり、お前は死んだと」

おっと、そうきたか。「ありがたいね」

タツはかすかな笑みを浮かべた。ヴェトナムで心から好きになった、策略に富んだ危険な男の名残を見たような気がした。タツとは、彼が警察庁の先輩の補佐役としてヴェトナムに派遣されていたときに知り合った。

「いいんだ。古いつきあいじゃないか。友だちは折りに触れて助け合うべきものだよ。そうだろう」

私が彼に借りがあることを意識した発言だった。私を探し出そうと長い年月を費やしたにもかかわらず、私が横須賀の海軍基地の前でホルツァーを待ち伏せしたあと、釈放してくれただけでも恩があった。そのうえいま、タツはＣＩＡが嗅ぎつけた私の臭跡を消そうとしている。これでまた借りが一つできた。

もちろん、恩義はこの話の一部を成すにすぎない。そこには言外の脅しもあった。しかしタツは私を憎からず思っているがために、単刀直入に切り出せずにいる。そうでなければ、〝古いつきあいじゃないか〟などという無難な戯言《ざれごと》は省略し、協力しなければ現在の私の氏名と住所をク《C》リスチャンズ・イ《I》ン・ア《A》クションの旧友たちに知らせるぞと迫っているに違いない。そのほうがことは簡単だろう。

「もう手を引けと勧められたものと思ってたが」私は繰り返した。すでに私の負けが決まったことはわかっていた。

タツは胸ポケットに手を入れると、マニラ封筒を取り出した。私たちのあいだのテーブルに置く。

「非常に重要な仕事だ、ジョン。そうでなければ頼まない」

封筒に何が入っているかは察しがついた。氏名。写真。勤務先と住所。既知の弱点。〝自然死〟に見せかけることという要求は暗黙の了解とされるか、または口頭で伝えられる。

私は封筒に手を触れようとしなかった。「引き受ける前に、一つ条件がある」

タツはうなずいた。「どうやってお前を見つけたか知りたいんだな」

「そうだ」

溜め息。「その情報を明かしたら、お前はまた姿を消すだろう。今度は前よりもっと確実に」

「そうかもな。だが黙っているつもりなら、その封筒に何が入ってるにしろ、協力するつもりはまったくない。お前次第だよ」

タツは損得を推し量っているかのように黙りこんだ。しかしタツはつねに数手先まで読んでいる。この交換条件も予測のうちだろう。ためらいは芝居だ。あとで振り返ったとき、何か貴重なものを勝ち取ったと私に思わせるための芝居だ。

「出入国管理局の記録だよ」長い沈黙のあと、タツは言った。

格別の驚きはなかった。タツがホルツァーの死を知り、それが私のしたことだと推測するリスクは承知していたし、その推測に基づき、東京で最後に私と会ってからワシントンDC近くでホルツァーが死んだ日までの、一週間に満たない期間の私の行動を突き止めることもできるだろうとわかっていた。しかしホルツァーを殺すことは私にとって重要な意味を帯びていた。だからその楽しみの代償を支払う覚悟を決めていた。タツはただ私の前に請求書を広げているだけのことだ。

私は何も言わなかった。短い沈黙のあと、タツが続けた。「藤原純一名義のパスポートを携えた人物が、昨年の十月十三日に東京を発ってサンフランシスコに向かっている。しかし帰国した記録はない。その人物はアメリカにとどまっていると考えるのが自然だ」

ある意味ではそのとおりだった。藤原純一というのは、私の日本名だ。東京に住んでいることをホルツァーやCIAに知られたとわかったとき、おそらくその名前も知られたこと、もう使えないことを悟った。ホルツァーを殺すためにアメリカに渡ったあと、藤原純一のパスポートは廃棄し、そのような不慮の事態に備えて用意してあった別名義を使って日本に戻った。そして、私を探している人々がこの誤った手がかりに惑わされ、私はアメリカに移り住んだと結論してくれることを祈った。大部分はそう誤解しただろう。だが、タツはだまされなかった。

「どうしたわけか、アメリカで暮らしているお前の姿は想像できなかった」彼が続けた。「お前は……日本の住み心地に満足しているように見えた。日本を離れる気でいるとは信じられなかった」

「それはご明察といったところだな」

タツは肩をすくめた。「そこで自分に尋ねたよ。旧友が本当は日本を離れていなくて、私にそう思わせたがっているだけだとしたら、いったいどうしただろうかとね。きっと新しい名前で再入国しただろう。どこか新しい街に移っただろう。東京では知られすぎてしまったから」

タツはそこで間をおいた。占い師の使う手だ。表向き含蓄のある情報をふんだんに持っている占い師は、それを授けると見せかけて探りを入れ、言葉巧みに相手の話を引き出そうとする。これまでのところ、タツは思いつきや一般論を述べているにすぎない。それを肯定したり否定したりして、彼に代わって空白を埋めてやるつもりは私にはなかった。

「再入国するにも、別の街に落ち着くにも、同じ新しい名前を使っただろう」しばしの沈黙のあと、タツはそう言った。

しかし、新たな街に移るとき、私は別の名前を使った。同じ名前を使っていたら、本気で私を探している人物ならば容易に二つを結びつけただろう。タツにしても確信があってそう言ったわけではなく、私の反応によっては答えがわかるかもしれないと期待してのことだったはずだ。私が口を滑らせ、同じ名前を使ったと認めれば、それを糸口に私を見つけたのだと言い、実際はどんな手を使ったのか明かさずにすませる。そして弱点を守り抜き、いつかそれをまた利用する。

だから私は何も答えず、代わりにいくぶん退屈したような表情を装った。

タツは私を見つめた。口の両端がわずかに持ち上がって、笑みに似たものを作った。私に狙いを感づかれた——すなわち同じ手はもはや使えない——ことを彼なりに認めたのだ。

「福岡は小さすぎる」タツは言った。「札幌は遠い。名古屋は東京に近すぎる。広島は候補に入れたよ。あそこは情緒のある街だからね。しかし私は、関西のどこかだろうと踏んだ。東京から遠すぎないからだ。お前なら、きっと東京との結びつきを完全に断とうとはしないだろうと思った。となると京都か、神戸か。しかしもっとも可能性が高いのは大阪だ」

「理由は……？」

タツは肩をすくめた。「大阪は大都市だ。活気がある。それだけ隠れる場所も多いということだ。人の移動が頻繁で、新たな住人が一人増えたくらいで注意を引くことはない。それにお前がジャズ好きだということは知っている。大阪はジャズクラブで有名だ」

タツがクラブに焦点を絞って探すだろうと、心のどこかで予想していたのかもしれない。ジャズは大正時代に上海から関西地方に伝わった。宗右衛門《そえもん》町や道頓堀といった歓楽街に数多くのダンスホールやライブハウスが出現し、ジャズはカフェーを起点に流行した。その遺産は〈ミスター・ケリーズ〉や〈オーヴァーシーズ〉、〈ロイヤル・ホース〉、そして言うまでもなく〈大阪ブルーノート〉といった店に引き継がれている。そういった店の存在が、私の判断に影響を与えたことは否めない。

たったいまタツが挙げたまさにその理由から、大阪はわかりきった選択かもしれないとは感じていた。一方で、大阪が提供する豊かなライフスタイルをあきらめる気にはなれなかった。若いころなら、絶対に不可欠な身辺の安全を最優先させ、生活の快適さは見切ったことだろう。しかし年齢とともに、優先すべき事項は変化した。そのことは何よりも、ゲームから身を引く潮時であることを明確に告げていた。

タツは私という人間をよく知っている。大阪にいると推測するのはむずかしいことではなかったろう。しかしそれだけでは、私の居場所をこうまで正確に突き止めることはできなかったはずだ。

「お見事」私は言った。「だが、人口九百万の大都市でどうやって俺を見つけたかの説明にはなっていないな」

タツはわずかに首を伸ばして、私の顔をまともに見つめた。「ジョン、知りたい気持ちは理解できる。きちんと説明もするよ。しかし、いまから話すことは外に漏らさないと約束してくれないか。さもないと、警察庁の犯罪取締策が骨抜きになる。お前を信用していいだろうね？」

最後の質問は、そして情報を明かすという行為は、私も彼を信用していいことを示すためのものだ。「ああ、信用してくれていい」

タツはうなずいた。「この十年ほど、主要な地方自治体は、たとえば地下鉄駅や商店街といったさまざまな公共の場所に監視カメラを設置してきた。主にイギリスの事例から、カメラの存在は犯罪発生率を抑える効果のあることがはっきり証明されている」

「ああ、監視カメラなら見たことがある」

「見えるように設置されているものもあるからね。だが、すべてではないよ。いずれにしろ、カメラそのものが重要だというわけではないんだ。肝心なのは、その背後にあるものでね。二〇〇一年九月十一日の同時多発テロ以降、警察庁はその非公式な監視カメラのネットワークを、ハイレベルな顔認識ソフトウェアを運用する中央データベースと接続する計画を進めてきた。顔認識ソフトウェアは、隠すのが困難な、あるいは不可能な顔の特徴を読み取る。たとえば両目の間隔だとか、目尻と口の中心が作る三角形だとかいった特徴だね。データベースに収められた写真と特徴が一致する顔をカメラが見つけると、しかるべき機関に自動的に警報が送られる。これまでは心理的な抑止効果を持つにすぎなかった仕組みが、いまや犯罪防止と犯罪捜査の強力なツールに変貌したわけだ」

そのソフトウェアの存在は、もちろん私も知っていた。主としてアメリカの一部の空港やスタジアムで、既知のテロリストを見分け、犯罪を未然に防ぐ目的で実験的に導入されている。しかし各種の記事を読むかぎり、初期の実験の成果は思わしくなかった。いや、それは意図的な誤報なのかもしれない。いずれにしても、日本がそこまで先んじていると は思いもよらなかった。

「カメラは住基ネットに接続されてるのか」私は尋ねた。

「ありえないことじゃないな」タツはいつもの乾いた口調で答えた。

おそらくはアメリカ国防省のTIAにヒントを得た住基ネットは、二〇〇二年八月に稼働した。全国民に十一桁《けた》の住民票コードが割り当てられ、その番号と個人の氏名、性別、住所、生年月日が結びつけられている。政府はそれ以外の情報が付されることはないと主張した。だがその建前を信じる国民はほぼ皆無だろう。現に、すでに住基ネットの濫用事例が表沙汰になっている。

私は考えた。タツの指摘どおり、もしこの情報が外へ漏れれば、監視カメラネットワークの有効性は危うくなる。だが、それだけではすまない。

「住基ネットに反対する動きもあったろう？」

タツはうなずいた。「あった。お前も知っているだろうが、政府は個人情報保護法案の成立を待たずに住基ネットを導入した。遅ればせながら成立の努力はなされたが、その説得力はまるでなかった。杉並区は住基ネット導入をボイコットした。システムの支配から逃れるために、杉並区に住民票を移そうとしている人々もいる」

住基ネットと監視カメラネットワークが接続されていることを、何としても国民に知られまいとする理由がそれでわかった。たとえカメラの存在に気づいていたところで、カメラの目を避けることはむずかしい。だから不測にも犯罪者に警告を発してしまう恐れがあるとしても、それは瑣末《さまつ》な問題にすぎない。政府が本当に怖れているのは、公表されているシステムの適用範囲は氷山の一角にすぎないことを知らされたとき、国民のあいだから巻き起こるであろう反対の声だということは疑いようがない。監視カメラが住基ネットと接続されているなら、国民は、日本はオーウェルの『1984年』に描かれたような、統治者が市民一人ひとりの生活の隅々まで監視する忌むべき社会になったと受け止めることだろう。

「この件に関しては、国民が政府を信用しないとしても無理はないな」私は言った。「どこかで読んだが、去年の春、防衛庁が新しい情報開示法に基づく請求者の身元や政治思想を調べたリストを作っていたことがわかったんだろう」

タツは独特の悲しげな笑みを浮かべた。「そのニュースが報じられたとき、誰かが証拠を隠滅しようとした」

「そのことも読んだ。民自党は、四十ページにわたる調査報告書をもみ消そうとしたんじゃなかったか」

今度の笑みは苦々しかった。「もちろん、もみ消しに加担した民主自由党幹部は処分を受けたよ。減俸になった」

「だったら金輪際、濫用事件は起きないだろうね」私は笑いながら言った。「どうせその幹部は減俸になった分の倍の賄賂をどこかから受け取っただろうし」

タツは肩をすくめた。「私も警察官として、住基ネットと監視カメラネットワークという犯罪取締ツールを歓迎している。だが国民としては、嫌悪しか感じない」

「じゃあ、なぜ口止めする？　リークされたほうが好都合じゃないか」

タツは、どうしてそう幼稚な考えしか出てこないんだと驚いているように首をかしげた。

「リークのタイミングを誤れば、何の効果も期待できない。強力だが置き場所を間違えた爆薬と同じだ」

彼なりの考えがあると言いたいのだ。そして、それについては訊いてくれるなと言いたいのだ。

「俺を探すのにそのネットワークを活用したわけか」

「そうだ。横須賀海軍基地の一件のあと、お前が留置されているあいだに警察庁で撮影した顔写真がまだ手元にあった。その写真をコンピューターに読みこませ、ネットワークにお前を探させたんだ。技術者には、大阪に的を絞るように指示しておいた。それでもシステムは幾度となく別人をお前だと認識してね、問題解決には長い時間と多くの人的資源を費やすことになった。見つけるまでにほぼまる一年かかったよ、ジョン」

タツの話を聞きながら、テクノロジーの容赦ない進歩は、かつて馴染んだ放浪の暮らしにいまふたたび戻ることを私に強いようとしているのだと悟った。ヴェトナムを去ってから日本に戻るまでのあいだの、アイデンティティを失ったまま、傭兵戦を渡り歩いて過ごした日々。喜びはわかなかった。クレイジー・ジェイクのための贖《あがな》いはすでにすませた。同じ経験を繰り返したくない。

「システムは完璧ではない」タツが続けた。「適用範囲に穴がある。それに、さっきも言ったように、数限りなく誤った同定をする。しかし時間をかけるうち、お前の行動のいくつかの共通項を見つけた。例を挙げれば、都島によく現れるといったことだ。そこまでわかれば、あとは区役所を当たって転入届を照合し、見当違いの手がかりを除外して、住所を突き止めるだけだった。そうやってついにお前の居場所を探し当て、こうして私が自ら大阪に来て、今夜ここまで尾行することになったというわけさ」

「どうしてマンションに直接来なかった？」

タツの唇に笑みが浮かんだ。「自宅はもっとも無防備な場所だ。待ち伏せに遭いやすい、迂回困難な地点が周辺に多く存在するわけだからね。どこよりも無防備な場所でお前のような男を驚かすのは気が進まなかった。中立地帯で接近するほうが安全だ。私が近づいてくるのがお前からも見える場所でね」

納得して、私はうなずいた。たとえ誘拐や暗殺など待ち伏せのターゲットにされることがあったとしても、悪党どもは、こちらが間違いなく現れるとわかっている場所でしか襲うことができない。もっとも可能性の高いのは自宅前、あるいは勤め先の前だ。ほかには、かならず通らざるをえない場所――たとえば自宅と勤務先のあいだの唯一の橋などがある。そういった迂回困難な地点では、危険の兆候にふだん以上に神経を尖《とが》らせなくてはならない。

「ところで」タツはわずかに眉を吊り上げた。「私が尾けていることに気づいたんだろう？」

私は肩をすくめた。「ああ」

タツはまた笑みを浮かべた。「やっぱりな」

「電話をくれてもよかったろうに」

「私の声を聞いたとたんに、お前はまた消えていただろう」

「確かに」

「いろんなことを考えると、これが一番よかったんだよ」

「いま話したようなやりかたで俺を探したんなら、大勢の人間が関わったわけだな。お前の組織の人間、それにCIAの連中も」

セキュリティに隙が生じた責任は、約束どおり連絡しなかった私にあるとそれとなく言われてもしかたがなかった。だがそれはタツの流儀ではない。この件に関して、私には私の、彼には彼の立場がある。行方を探したことで私が彼を責めないのと同じく、彼も私が姿をくらましたことを責めようとしないはずだ。

「お前の名前は一度も出していない」タツは言った。「写真を一枚、それだけだ。システムが吐き出す同定情報の確認を任せた技術者たちにも、事情は明かしていない。彼らにとって、お前は警察庁が追っている数多くの犯罪者の一人にすぎないわけだよ。秘密を守るためにしたのはそれだけじゃないぞ。今夜は一人でここに来たし、行き先は誰にも話していない」

そう打ち明けるのは、タツにとっては危険な行為だった。いま言ったことが事実なら、私の不安はこの男一人を始末すれば一気に解消される。タツはそう認めることによって、自分が私を信用していること、そして私が彼を信用しても大丈夫であることを重ねて伝えようとしているのだ。

「ずいぶん思い切ったことをしたものだな」私は彼を見つめた。

「いつものことさ」タツは私の目を見返した。

長い沈黙があった。やがて私は言った。「女はお断り。子どももだめだ。成人の男に限らせてもらう」

「成人の男だよ」

「ほかの人間を巻きこむな。俺と仕事をするなら、俺だけと仕事をしろ」

「わかってる」

「ターゲットは本命の人物でなくてはならない。別の誰かにメッセージを伝えるための殺しはしない。具体的な目的のためでなくてはならない」

「明確な目的がある」

私の三つの原則ははっきりさせた。次はそのルールを破ればどうなるかを通告する。

「タツ、プロとしての理由を別にすれば――つまり戦闘と請負仕事を別にすれば、俺が殺しをする理由はたった一つしかない」

「裏切りだろう」タツは即座にそう言い、明快に理解していることを示した。

「そうだ」

「私は裏切るような人間ではないよ」

私は笑った。タッの口から無邪気な台詞《せりふ》を聞くのは初めてだった。「誰だって裏切るときは裏切るさ」

それから、安全に連絡を取り合う方法を取り決めた。単純な暗号、機密度の高いやりとりのために私が維持管理している安全な電子掲示板。仕事が片づいたら一報を入れると約束したが、いま思えばその必要はないかもしれない。やくざの事故のことは独立した情報源からタツの耳に入るだろうし、それが私が責任を果たした結果だということは察しがつくだろう。それにタツとの接触は少なければ少ないほどいい。確かに古いつきあいだ。互いに敬意もある。親愛の情さえ抱いている。しかし利害の一致が長く続くとはとうてい思えない。そして突きつめればその利害の一致が、あるいはその欠如が、私たちを結びつける唯一のものなのだ。ある意味で悲しいことではある。私の人生に関わりを持つ人々の数は多くなく、そしてすべてがよい方向に向かい始めたいま、私は旧友であり天敵である人物との思いがけない再会を心のどこかで喜んでいるらしい。

悲しいと思う理由はもう一つあった。ずっと避けていた事態——日本を離れるということ——を受け入れざるをえなくなったことだ。万一のための備えはしてあるが、いざそのときが来たのだと思うと、まるで冷たい水を浴びせかけられたようだった。タツが私の居場所を把握したうえ、日本の腐敗構造と闘うという彼が一生を捧げんとしている仕事を妨げる形で私がゲームに復帰したと考えるようになったら、私を逮捕するのは簡単だろう。

反対に、私が彼のルールに則《のっと》ってゲームを進めることに同意すれば、ときおり私の前に現れては〝頼みごと〟をすることだろう。いずれにしろ私は彼の支配下に置かれることになる。そういう生活はすでに経験ずみだった。二度と繰り返したくはない。

ポケットベルが振動した。五桁の番号が表示されていた。ハリーだ。電話をくれという暗号だった。

食事を終え、ウェイターに合図をして勘定書きを頼んだ。最後にもう一度レストランを見回す。会社員の飲み会は解散していた。アメリカ人のグループはまだ残っている。くぐもった話し声は熱を帯びていた。カップルもまだいた。少年の態度は相変わらず嘆願調で、少女は声を出さずに笑いながら受け流している。

久しぶりの東京はいい。離れたくなかった。

レストランを出たところで足を止め、西麻布の夜のひんやりとした空気を味わった。無意識のうちに通りに視線を走らせた。数台の車が行き過ぎたが、それを除けば、道路の反対側から無言で手招きしている陰鬱な暗い青山墓地と同じく静まり返っていた。

ふたたび石段に目をやり、そこを上っていく自分を想像した。それから左に向きを変えると、反時計回りの半円をたどる道筋を再開した。

3

青山通りの公衆電話からハリーに連絡した。

「安全な電話からかけてるだろうね」私からだとわかると、ハリーは訊いた。

「ああ、ここなら大丈夫だ。公衆電話からだよ。辺鄙《へんぴ》な場所のね」場所は重要だった。政府は特定の公衆電話を盗聴しているからだ——たとえば大使館や警察署の近くの電話ボックス、高級ホテルのロビーに置かれた公衆電話。そのそばでぼんやりしている人物は、〝プライベート〟な会話に聞き耳を立てていると思って間違いない。

「まだ東京にいるんだね」ハリーが言った。「南青山の公衆電話からかけてるんだろ」

「おい、どうしてわかる?」

「いろいろ機械が仕掛けてあってね、僕のマンションにかかってくる電話の発信元の番号と場所がわかるようになってる。アメリカの911が使ってる仕組みだよ。ブロックは不可能」

さすがはハリー。つい笑みが浮かんだ。徹底して冴えない服装と万年寝癖のついた髪をしていても——そしてハッキングをテレビゲームより面白いお遊びととらえる大きくなりすぎた子どもであっても、ハリーは危険人物だった。何年も前、手ごろな日本人の餌食を探していた泥酔した海兵隊員のグループから気まぐれに救ってやった恩は、すでに充分に返してもらった。

しかし、私の努力の甲斐もなく、彼は世間知らずの一面も持っている。私なら、たったいまハリーが言ったようなことを他人に宣伝したりはしないだろう。そんな強みは簡単に手放すものではない。

「国家安全保障局《NSA》は何としてもお前を引き止めておくべきだったな、ハリー。お前はプライバシーおたくにとっては歩く悪夢だ」

ハリーは笑ったが、その声はどこか不安げだった。私がからかっているだけなのかどうか、見分けるのがどうも苦手なのだ。「まあ、ＮＳＡは損をしたかもね。とにかくあそこは規則が多すぎた。五大コンサルティング会社で働くほうがよっぽど楽しいよ。ほかに抱えてる問題が多すぎて、僕が何をしているか監視する気もないらしい」

それが賢明だ。どのみちこの小僧には追いつけやしないのだから。「で、どうした？」

「大した用事じゃないよ。連絡が取れるうちに取っておこうと思っただけだ。東京の仕事が終わったら、またすぐいなくなるんじゃないかって気がして」

「当たりだ」

「じゃ……終わったんだね」

私の職業が何か、ハリーはとうの昔に察している。しかし言葉に出して尋ねるのはタブーだということも理解している。今夜、私の頼みに応じて例のやくざがいつどこにいるか知らせるためにポケベルを鳴らしたとき、それが何を意味するかもわかっていたはずだ。

「ああ、終わった」私は答えた。

「じゃあさ、すぐにまた東京を離れるってこと？」

私は微笑んだ。ハリーのおずおずとした口調になぜか心を動かされた。「そうだな、もうじきだ。発つ前に連絡を入れるつもりでいた」

「ほんとに？」

「ほんとさ」腕時計を確かめる。「ところで、いま何してる？」

「実を言うと、ついさっき起きたとこ」

「おいおい、もう夜の十時だぞ」

「ここのところ、昼夜逆転しててさ」

「らしいな。こうしよう。飲みに行かないか。おまえにとっちゃ、朝食代わりになる」

「どこか心当たりがある？」

「ちょっと待て」私は電話の下からイエローページの二十三区版を引っ張り出し、レストランのページを開いて目当ての店を探した。そこから行を五つ下にたどる。それが私たちのいつもの暗号だった。私が指定した店から、ハリーは五つ前に数えるはずだ。盗聴されているとは思えないが――ハリーが盗聴されたくないと思えば、誰にもできっこない――危険は冒せない。ハリーには、防御の壁はいつも何重にも張りめぐらせと教えた。何事もつねに疑ってかかれと。

「高松町の〈ティップトップ〉はどうだ?」私は言った。

「いいよ」ハリーが答え、暗号を理解したとわかった。「あそこはいい店だ」

「じゃ、待ってるぞ」

私は電話を切り、パンツのポケットからハンカチを出して受話器とボタンをきれいに拭った。染みついた習慣はそうすぐには抜けない。

私の頭にあったのは、西麻布の目立たないビルの二階にこぢんまりと収まった、禁酒法時代のもぐり酒場の雰囲気を持つ小さなバー、ライブラリーラウンジ〈テーゼ〉だった。地理的にも心理的にも東京の中心に位置しているのに、〈テーゼ〉には、世間とは隔絶された夢幻的な雰囲気がある。東京という大海原にぽつんと取り残されていることをひそかに喜んでいる孤島のようだった。〈テーゼ〉に一歩足を踏み入れれば、話し声は低いささやき声に、疲労は快い倦怠感《けんたい》に変わり、せわしい日常の雑事は遠くに去って、気がつくと、心のフィルターも先入観も、すでに知っているものだという認識も取り払われ、ジョニー・ホッジスの『ジャスト・ア・メモリー』といった胸にこたえるナンバーに、まるで初めて耳にするかのように聴き入っている自分がそこにいる。あるいは舌の上に塩水とヨウ素の味を残すアイレー島産のモルトウィスキーを舐めれば、それが、それこそが、三十年前、琥珀《こはく》色の液体をオーク材の大樽《おおだる》に注ぎこみながら酒造家が声にならない祈りを捧げたまさにその味なのだと実感する。柔らかな明かりに包まれたアルコーブ席を振り返れば、優美な衣服に身を包んだ女たちのグループがいて、しわとはまだ無縁の顔はほんのりと輝いている。そして無邪気な笑い声と気ままな会話には、このような安息の場が存在するのは当然のことだという彼女たちの確信が映し出され、私もそういった世界に住む一人になれるかもしれないという錯覚が、苦々しさを伴わずに蘇る。

　バーまでの短い距離を、十分とかからずに歩いた。二階に続く外階段の下でふと足を止め、どこかの建物に入る前にいつもするように、そこから出てくる人物を待ち伏せするとしたら、どこに身をひそめるだろうかと考えた。〈テーゼ〉のすぐ外には、有望な待ち伏せ場所が二つある。その一つ、隣り合った建物の入口は、とくに好都合だろう。バーの入口から少し引っこんでいて、バーから出てきた人物は、階段を下りきるまでそこに誰かがいることに気づかない。そして気づいたときには、すでに何をするにも遅すぎる。もちろん、階段を下りる前にバーの表のバルコニーから下の静かな通りの様子を確かめれば、話は別だ。帰りがけには忘れずにそうしようと心に刻みつけた。

　周辺の見取り図を頭に入れてから、私は階段を上り、バーに入った。来るのは久しぶりだった。しかしありがたいことに、店の様子は何一つ変わっていなかった。明かりは前と変わらず控えめだった。光源のほとんどは、蠟燭《ろうそく》やフロアランプだ。現在の比較的高尚な用途に使われるようになる前は扉だった木製のテーブル。穏やかな色使いのペルシャ絨毯《じゅうたん》、暗い色みの厚手のカーテン。メインルームの中央に設《しつら》えられた、堂々とした、しかし主張しすぎることのない白大理石のカウンターは、天井の移動式照明の下で静かに輝きを放っている。そこかしこに本があった。デザイン、建築、美術に関する書籍が大部分を占めているが、『二つのオランダ人形の冒険』『アンクル・サンタ』といった、気まぐれに選んだと思《おぼ》しき本もちらほら見える。

「何名様？」バーテンダーが尋ねた。私は指を二本立ててみせた。バーテンダーは部屋のなかを見回した。私もすでに気づいていたが、テーブル席は空いていない。

「かまいません」私は日本語で言った。「カウンターで結構です」カウンターに座れば、ほかにもいろいろと利点はあるが、入口に目を光らせることができる。

ハリーは一時間後に現れた。私は今夜二杯めのシングルモルト、十六年もののラガヴーリンを飲み始めたところだった。私の顔を見て、ハリーの顔に笑みが浮かんだ。

「ジョン、久しぶり」そう言ったあと、英語に切り替えた。こういう場所では、そのほうがわずかなりともプライバシーを保つことができる。「会えて嬉しいよ」

私は立ち上がり、ハリーと握手を交わした。堅苦しい場面ではなかったが、軽い会釈もした。お辞儀にこめられる敬意と握手の温かみが私は気に入っている。ハリーはそのどちらにも値する。

「まあ、座れよ」私は左側のスツールを指さした。「悪いが先に始めてた。許してくれるだろうな」

「こっちもあんたの酒につきあわずに食べ物を頼んでも許してくれるならね」

「どうぞどうぞ」私は言った。「どのみち、スコッチは大人の飲み物だ」

からかわれているとわかったのだろう、ハリーはにやりと笑い、豆腐とモッツァレラチーズ入りのハーブのサラダとオレンジジュースを注文した。ハリーは酒を飲まない。

「念を入れてSDRを通ってきただろうな」サラダを待つあいだに私は尋ねた。SDR——尾行あぶり出しルート——とは、尾行者あるいは尾行者のチームが姿を現さざるをえなくなるようなルートを指す。ハリーにはやりかたを教えてあった。ハリーは呑みこみのよい生徒だった。

「それ、毎回訊くよね」ハリーは少しうんざりしたような口調で答えた。親に反抗する十代の少年のようだった。「それでもって僕は毎回同じ返事をする」

「じゃ、ちゃんとやったわけだ」

ハリーは天井を見上げた。「当たり前だろ」

「尾けられてないんだな」

ハリーがこっちを向く。「尾けられてたら、来てないよ。わかってるくせに」

私は彼の背中を軽く叩いた。「訊かずにはいられないんだよ。おっと、やくざの携帯電話の件ではよくやってくれた。ありがとう。まっすぐ奴に近づけたよ」

ハリーは輝くばかりの笑みを浮かべた。「そうだ、プレゼントがある」

「プレゼント？」

ハリーはうなずき、上着のポケットに手を入れた。しばらくごそごそやっていたが、やがてクレジットカードを十枚ほど重ねたくらいの寸法の金属製の物体を取り出した。「これ」

私はその物体を受け取った。大きさのわりに重量感がある。電子回路がぎっしり詰まっているのだろう。「昔からこういうのが欲しかったんだよ。模造銀のペーパーウェイト」

ハリーは取り返そうとするように手を伸ばした。「そうやってちゃかすんなら……」

「いやいや、ありがたいよ。ただ、こいつがいったい何なのかわからない」本当のところはだいたい見当がついていた。しかし、事情に通じていないと思わせておいたほうが好都合だ。それに私を教育するというハリーのお楽しみを奪いたくはなかった。

「盗聴器と盗撮カメラの探知器だよ」ハリーはゆっくりと発音した。そうしなければ、私には理解できないかもしれないとでもいうように。「無線周波や赤外線の届く範囲に近づくと、こいつが知らせてくれる」

「色っぽい女の声だといいな」

ハリーは笑った。「あんたの会話を録音しようとしてる相手には、あんたが気づいてるってことを知られないほうがいいだろ。だから色っぽい声はなし。バイブレーションモードだけだよ。カメラの場合は断続的に、盗聴器の場合は連続して震える。交互なら両方の装置があるってことだ。震えるのは十秒だけ。電池の節約のためだよ」

「どういう仕組みになってる？」

ハリーは頬をゆるめた。「ワイドレンジの電子回路が、五十メガヘルツから三ギガヘルツの周波数を使う送信機を感知する。内部アンテナもあって、そいつがビデオカメラの発する振動周波を拾う。とりあえずPAL方式に最適化してある。たいがいの装置がそうだろうからね。でも必要なら、NTSCやSECAMにも変えられる。だけど、超小型だろ、感度はそんなに期待できない。だから盗聴器やカメラがあるってことはわかるけど、どこにあるかまでは見分けられないよ。それから、駅や公園でときどき見かけるでかいCCTVカメラは探知できないと思ってて」

そいつは残念だ。CCTVカメラを発見できる信頼性の高いポータブルの装置があれば、タツを含めた人々からプライバシーを取り戻せるだろう。

「感度は上げられないのか」

ハリーはいくらか傷ついたような表情をした。その顔を見て、そう尋ねる前に彼を称賛すべきだったことに気づいた。「ここまで小型だと無理だ」ハリーが言った。「これよりずっと大きなアンテナが必要だからね」

まあ、しかたがない。限界はあっても、役に立つだろう。私は掌で重さを確かめた。似たような機能を持つ市販品はよく見かけるが、こんな小さなものは初めてだった。感心せずにはいられない。

「バッテリーは充電式か」私は訊いた。

「当たり前だろ。リチウムイオン充電池だ。携帯電話と同じだよ」ハリーは上着のポケットから、ごくふつうの携帯電話の充電器に似たものを取り出した。「電池はテストで使っちゃったから、帰ったらまず充電して。毎日忘れずに充電してよ。電池切れのインジケーターとか、そんなものはついていないからね。見た目じゃなく、スピード優先で作ったんだ」

充電器を受け取り、カウンターに置く。それから財布をとり出して、探知器をしまった。ちょうどよく収まった。ホテルに戻ってから、よくよく観察するつもりだった。これが探知器であって何らかの盗聴器でないことを確かめるためだ。ハリーが信用できないわけではない。こういったことについては念には念を入れておきたいというだけの話だ。

私は財布をパンツのポケットに戻し、もっともらしい顔をしてうなずいた。「いいものをもらった。ありがとう」

ハリーは微笑んだ。「あんたがプロの心配性だってことは知ってる。だからこれか、一生ヴァリウムを飲み続けるかのどっちかしかないだろうと思ってさ」

私は笑った。「ところで、起床時間がヴァンパイア式になったのはどうしたわけだ？」

「いや、それはほら」ハリーは目をそらした。「ただのライフスタイルの問題だよ」

ライフスタイルだと？私の知るかぎり、ハリーはライフスタイルなどというものを持ち合わせていない。私の頭のなかでは、彼はいつも自室にこもり、遠方のネットワークに忍びこみ、のちに利用するための抜け道《バックドア》を作りながら、コンピューター画面という安全な媒体を通して世界とコミュニケーションを取っている。

ふと見ると、ハリーの頬が赤かった。まったく、わかりやすい奴だ。「ハリー、まさか恋人ができたなんて言わないだろうな」

ハリーの頬はますます赤くなった。私は笑った。「驚いたな。やったじゃないか」

ハリーは私がからかっているのかどうかを探るように私の顔を見つめた。「恋人ってほどのものじゃないよ」

「この際、細かな分類はどうでもいい。どこで知り合った？」

「仕事で」

私はグラスを持ち上げた。「詳しく話してくれるのか、それともその口にこいつを無理やり二、三杯流しこんで、舌をなめらかにしてやろうか」

ハリーは大げさに顔をしかめた。「会社のクライアントの一つがさ、大きな商社なんだけど、僕が作ったセキュリティシステムに満足してくれてね」

「つまり、その過程でお前が作っておいた抜け道には気づいていないってことだな」

ハリーはにやりとした。「うん、まるで気づいてない」

「で、クライアントが満足して……」

「ボスが祝杯をあげようって言い出して、ホステスクラブに連れていかれた」

西洋人の多くにとって、会話をするためだけに雇われた女性がいる日本の〝ホステスクラブ〟は理解しがたいものだ。性が商品になりうるという概念は受け入れられても、それ以外の交流が購買の対象になるという概念には嫌悪を示す。ホステスはその原形である芸者と同じく、常連客とのあいだでは、相応の求愛の手続きを経て営業時間外の交際にも応じることがあるが、売春婦ではない。むしろそういった店の顧客は、若い娘と話をするという単純な楽しみや、接待の堅苦しさを和らげる彼女たちの能力と、うまくいけば取引がまとまるかもしれないという期待に対して金を払う。純粋なセックスをホステスに求めるなら、同じものがほかでもっと安く手に入る。

「どこのクラブだ?」

「〈ダマスク・ローズ〉って店」

「聞いたことがない」

「広告を出してないからね」

「高級そうだな」

「高級だよ。かなり洗練された店だ。乃木坂の外苑東通り沿いにある。あんたは門前払いされるだろうね」

私は笑った。ハリーがいくらかでも気概のあるところを見せると、嬉しくなる。「まあいい。ボスがお前をその〈ダマスク・ローズ〉に連れていって……」

「うん、ボスは酔っぱらってね、こいつはコンピューターの天才だって誰彼かまわず僕のことを宣伝した。そうしたらホステスの一人に、ファイアウォールの構築のしかたをあれこれ訊かれた。ちょうど新しいコンピューターを買ったばかりだとかで」

「きれいな子か」

また頬に赤みが差した。「まあね。その子のコンピューターはマッキントッシュなんだよ。それを聞いて一発で気に入った」

私は眉を吊り上げた。「そんなことが一目ぼれのきっかけになりうるとは知らなかったな」

「山ほど質問されてさ、全部答えたよ」ハリーは私を無視して続けた。「お開きになったとき、また訊きたいことが出てくるかもしれないから、電話番号を教えてくれないかって言われた」

私は笑った。「向こうがお前に電話番号を教えたんじゃなくて幸いだな。お前から電話がかかってくるのを待ってたら、老衰で死んじまう」

ハリーの口の端が持ち上がった。それは言えていると思っているのだろう。

「で、向こうから電話がかかってきて……」私は先を促した。

「結局、その子のアパートに行って、手取り足取り教えることになった」

「おい、ハリー、〝手取り足取り〟何を教えたんだ？」私は驚いたように目を丸くしてみせた。

ハリーは顔を伏せた。だが口もとには笑みが浮かんでいた。「変な誤解しないでよ」

「まさか……彼女のセキュリティの穴を突いたわけじゃないだろうな」私はこらえきれずに言った。

「よせよ、そんなことはしないさ。いい子なんだ」

やれやれ、こいつ、すっかり舞い上がっていて、高校生並みのきわどい掛け詞《ことば》にも気づかずにいる。「驚いたな」私はまたそう言った。「俺も嬉しいよ、ハリー」

ハリーは目を上げた。そして私の表情に偽りがないのを見て「ありがとう」と言った。

私はグラスを鼻先に持ち上げ、深々と息を吸いこみ、しばらく止めておいてから、吐き出した。「で、その子が妙な時間帯で生活してるわけか」

「まあね。クラブの閉店時間は午前三時だし、毎日店に出てるだろ。だから家に帰るころには……」

「想像できる」実を言えば、ハリーがイーサネットケーブルとマウスを介さない関係を結ぶ姿は想像しがたかった。はにかみ屋で、社会的に成熟していない男だ。私の知るかぎり、会社の同僚と——しかも距離を置いている——私以外に、人づきあいはない。私にとってはそこが好都合な点だったが。

高級クラブのホステスとハリーが一緒にいるところを思い浮かべようとしてはみたが、どうもぴんとこなかった。何かしっくりしない。

おい、そう意地悪く考えるな。私は自分をいましめた。自分が恋人を持てないからといって、ハリーをねたむんじゃない。

「その子の名前は？」私は訊いた。

ハリーは微笑んだ。「雪子」

雪の子どもか。「きれいな名前だ」

ハリーはどこか夢見るような顔つきでうなずいた。「うん、いい名前だよ」

「その子はどこまでお前のことを知ってる？」私はラガヴーリンを一口飲んで尋ねた。何気ない口調を装ったが、おそらくは初恋であろう狂喜のなかで、ハリーが必要以上にざっくばらんに話をしていまいかと心配だった。

「コンサルタントの仕事をしてることは、もちろん知ってる。でも……趣味のことは知らない」

つまり、ハッキング癖についてはしゃべっていないということだ。警察当局に嗅ぎつけられれば、刑務所送りになりかねない趣味。いや、誰であれ、他人に嗅ぎつけられれば、だ。

「そういう秘密はいつまでも守れるものじゃないだろう」私は探りを入れるように言った。

「そんな話題が出るとも思えないけど」ハリーは私の顔を見ながら答えた。

カーテンの奥からウェイトレスが現れ、ハリーが注文した品を目の前のカウンターに並べた。ハリーは礼を言った。新たに見いだしたすばらしい人種——レストランやバーで働く女性たち——に対する深い感謝を表明したというところか。思わず口もとがゆるんだ。

心のどこかで気づいてはいた。ハリーが一般の人々と同じように暮らすようになれば、私にとって彼はいまほど有益ではなくなるだろう。それどころか、危険でさえある。そうやって社会に対する彼の透明度が少しずつ上がっていけば、いまは隠されている私の存在へと通じる窓を敵に開いてやることになりかねない。もちろん、誰かがハリーと私を結びつければ、ハリーまで狙われることになるだろう。この何年かでハリーにはさまざまなことを教える努力はしてきたが、いざとなったとき、ハリーが自分の身を守れるとは思えなかった。

「初めての恋人か」私は穏やかに訊いた。

「言ったろう、恋人ってほどのものじゃないんだ」ハリーはそう答えてはぐらかした。

「お前が陽のあるうちはずっとベッドにもぐってるくらいだ、手っ取り早くそう呼んでもかまわないと思うが」

ハリーは追いつめられたような顔で私を見返している。

「初めての恋人なんだろ？」私はもう一度訊いた。

ハリーは目をそらした。「まあね」

彼を困らせるつもりはなかった。「ハリー、俺がこんなことを訊くのは、若いうちは矛盾する二つのものを同時に手に入れられると思いこみがちだからだよ。楽しんでいるだけなら、その子に何も話す必要はない。いや、話すべきじゃない。だが、つきあいが深くなれば、決断を迫られる時がくる。彼女とどこまで親密な関係を築きたいか、お前の趣味がどこまで大切か。片足を陽の光のなかに、もう片方を影のなかに置いて生きていくことはできないからね。本当だ。無理なことなんだ。長続きしない」

「心配いらないって。僕だって馬鹿じゃない」

「恋をしてるときは誰だって愚かさ」私は言った。「そういうものなんだ」

恋という言葉を耳にし、そこに隠された前提を察して、ハリーはまたしても頬を赤らめた。しかし、彼がこの新しい感覚を心のなかでどう定義していようと、私の知ったことではない。壁に囲まれ、社会から隔絶されて暮らしていたところに、ある日突然、信じがたいことに、待ち焦がれていた美しい女が現れて、その感覚が蘇ったらどうなるか、私は知っている。それまでとは優先事項が入れ替わる。価値観が一変する。

私はみどりのことを思い、苦い笑いを浮かべた。

そのとき、私の心を読んだかのように、ハリーが言った。「実はずっと話しそびれてたことがある。でも、直接会って話したかったから」

「深刻な話らしいな」

「数か月前に手紙が来た。みどりさんから」

答える前にラガヴーリンを飲み干した。そんなに前に届いた手紙なら、態度を決めるのに数秒かかったところで、いまさら何の違いも生じないだろう。

「どうしてお前の住所を知って……」そう言いかけたが、理由はわかりきっていた。

ハリーは肩をすくめた。「例の格子暗号の音楽部分を処理するのに、マンションに来てもらったろ」

いまになってもハリーは、あの件でのみどりの役割を厳密に切り出し、暗号そのものの解読は自分一人でも充分にできたことをはっきりさせておかなくてはいられないらしい。その手のことには実に敏感な若者なのだ。「そうだった」私は答えた。

「でも僕のラストネームは知らなかったんだね。封筒の宛名には、ハルヨシとだけ書いてあった。ラストネームまで書かれてたら、引っ越しをしなくちゃならなくなるところだった。引っ越しなんて考えただけでもうんざりする」

プライバシーを重んじる人々の例に漏れず、ハリーはいかなる場所にも——公共料金の請求書にも、ケーブルテレビの申し込み書にも、リース契約書にさえも——氏名と住所を結びつける手がかりを残さないよう神経を尖らせている。そういった分離には労力がかかる。撤回可能信託や有限会社といった書類上の法人格も必要だ。しかし、たとえばケイコおばさんが遊びに来た折りに住所を書き留め、礼状代わりに花を贈ろうと思いついた瞬間、それまでの努力は水の泡となる。花屋は名前と住所をデータベースに入力し、そのデータベースをどこかのマーケティング会社に売り、マーケティング会社はその情報をさらに別の会社に売る。そうなれば本当の住所は、ごく初歩的なものであれハッキング技術やソーシャルエンジニアリングスキルを備えた人々に盗まれ放題になる。プライバシーを取り返すには、ふたたび引っ越しをし、同じ手順を一から繰り返すしかない。

もちろん、送られてきたものがふつうの手紙であれば、名前と住所を結びつける可能性のある唯一の人物は郵便配達員だ。それを許容されるリスクと判断するかどうかは人それぞれだろう。私なら、リスクと見る。たぶんハリーもそうだろう。しかし、封筒にファーストネームだけが書かれていたのなら、心配することはない。

「手紙はどこから？」私は尋ねた。

「ニューヨーク。向こうに住んでるんだと思う」

ニューヨーク。私は死んだと告げたあと、タッが彼女を行かせた場所。それは、彼女の父親が山岡から盗んだコンピューターディスク——政府を打倒しかねない日本政界の腐敗の証拠を記録したディスクを、いまも彼女が持っているのではないかという疑念から彼女を守るためにタツがしたことだった。転地は彼女のためになったのだろう。アメリカでのキャリアは花を開こうとしている。ずっと見守っていたから、私はそのことを知っている。

ハリーはパンツの尻ポケットに手を入れ、折り畳んだ紙を取り出した。「これ」そう言って私に差し出す。

私は受け取り、一瞬ためらってから紙を広げた。そのためらいをハリーにどう解釈されようとかまわなかった。自信にあふれた優美な手書きの文字が並んでいた。おそらくは、少女時代の習字の成果と、ペンを握る人物の人柄を反映したものだ。

春与志さん

ニューヨークはまだまだ寒い日が続いています。春の訪れを指折り数えて待っています。東京ではそろそろ桜が咲くころですね。きっととても美しいでしょう。

私たちの共通の友人、藤原さんが亡くなられたという悲しい知らせは、あなたもお聞きになったことと思います。藤原さんのご遺体は、埋葬のためにアメリカに戻されたそうです。ぜひお参りしたいのですが、残念なことに、お墓がどこにあるのかわかりません。もしこの件について何かご存じでしたら、教えていただければ幸いです。

住所は上に書いたとおりです。

あなたの健康とご多幸をお祈りしています。

かしこ

川村みどり

もう一度読み返した。ゆっくりと。そしてもう一度。それから、手紙を元どおり折り畳むと、ハリーに差し出した。

「いいよ」ハリーは掌を前に向けて両手を持ち上げた。「持っといて」

手紙を欲しがっていることを知られたくなかった。それでも私はうなずいて、ブレザーの内ポケットにしまった。

バーテンダーに身ぶりでお代わりを頼む。「返事は書いたのか」

「うん。返事を書いて、同じ知らせを聞いたけど、それ以上のことは何も知らないと答えた」

「それから手紙は来たか」

「簡単な礼状が来た。何かわかったら教えてくれって。自分のほうも同じようにするからって」

「それだけ？」

「それだけ」

みどりはハリーの話を信じているのだろうか。ハリーの返事に対する礼状が届いていなければ、信じていないしるしだとわかっただろう。折り目正しい女性だ。返事をよこさないわけがない。しかし、礼状は単なる礼儀にすぎず、拭いきれない疑念を抱きながら書いたものなのかもしれない。文面は偽りで、本当は納得などしていないのに、納得したとハリーに思わせようとしたのかもしれない。

〝やめろ〟頭の片隅から声が聞こえた。〝彼女はそんな人間じゃない〟

苦い笑み――〝つまり、お前とは違うということだな〟

みどりが偽りを書くはずがない。その確信は、私の心をうずかせた。長いあいだこの環境に身を置いてきたせいか、物事を悪いほうに考える癖がついている。ときにはその衝動に抗《あらが》うことを忘れずにいるのがせめてもの救いだろう。

どうでもいいことだ。あのディスクの処理と私の失踪をめぐっては、あまりにも奇妙なことが多すぎた。聡明な彼女がそれに気づかずにいるとは思えない。この一年ほどのあいだに、私はあのことを幾度となく考えた。彼女の目にどう映っているかはわかっているつもりだ。

私たちのあいだに起きたことを思えば、疑いの芽は初めはほんの小さなものだったろう。しかしその成長を妨げるものは何もなかった。彼女はこう考えているだろう。あのディスクの内容が公表されることはなかったではないかと。公表を控えたのはタツの判断だ。私のではない。だが彼女がそのことを知る由《よし》はない。彼女が知っているのは、父親の遺志が成就することはなかったこと、父親の死は結局は無駄に終わったことだけだ。あのディスクが渋谷に行けば見つかることをなぜ私は知っていたのかという疑問が、ふたたび頭をもたげたことだろう。私がした説明を頭のなかで思い返し、その説明ではすべては解決しないことに気づいただろう。そしてそれをきっかけに、父親の死の直後に私が現れた意味を考え始めたことだろう。

彼女は私が秘密めいた仕事に関わっていることは察していた。だが、それがどんなものなのかは知らなかった。CIAか？　それとも日本の政党の一つ？　いずれにしろ、一人の人間の死をでっち上げ、それをもっともらしく見せるだけの資金と力を持った組織だ。

いくつもの未解決の疑問。私は消え、私と彼女のあいだに起きたことは本物だったという保証はどこにもない。そう、彼女が最後にたどりつく結論は、自分は利用されたのだというものだろう。私が彼女だったら、そう考える。あのセックスは方便だったのだと考える。〝そうさ、ディスクを手に入れるために彼女を利用するついでのお楽しみがあってもいいじゃないか。用がすんだら――彼女をだまして協力させたら、俺は姿をくらます〟彼女はそう信じたいと思わないだろう。だが、直感を振り払うことはできない。父親の死に私が何らかの関わりを持っていたと信じたくはないだろうが、その疑念もまた忘れることはできないだろう。

「それでよかったんだよね？」ハリーが訊いた。

私は肩をすくめた。「ああ、お前は最良の対応をしてくれた。ただ、彼女はやはり信じていないだろう」

「このままあきらめるかな」

それは私がずっと抱き続けている疑問だった。答えは、いまだ見つからない。「どうだろう」

もう一つ、私には答えられない疑問、ハリーには打ち明けたくない疑問があった。彼女にあきらめてほしいと思っているのかどうか、自分でもわからなかった。

ついさっき、私はハリーに何と言った？〝片足を陽の光のなかに、もう片方を影のなかに置いて生きていくことはできない〟どうやら自分の助言に耳を傾けたほうがよさそうだ。

4

一時ごろ、ハリーを見送った。地下鉄はもう動いていない。そこでタクシーを拾った。

ハリーは家に帰って雪子を待つと話していた。

頭に思い描いてみた。東京でもっとも高級な店の一つで一晩に一千ドル相当のチップを受け取る、若く美しいホステス。愛人は裕福な実業家や政治家。その女が、店が引けたあと、ハリーのマンションへと急ぐ。無理だ、想像できない。

皮肉な考えはよせ。自分を叱りつけた。

だが、いやな予感が拭いきれない。これまでの経験から、自分の直感を信じるべきことを学んでいた。

まだ夜は早い。ちょっとのぞいてみよう。ホテルへの帰り道でもある。

もしハリーの気が変わって、マンションにはまっすぐ帰らずに〈ダマスク・ローズ〉に立ち寄っていたら、私が彼の話を確かめようとしていることがわかってしまう。驚きはしないだろうが、気を悪くするに決まっている。

しかし数時間たてば雪子が自宅に来るとわかっていて、自腹を切ってまで店に行く可能性はまずないだろう。賭けてみて損はない。

それに、乃木坂まではほんの数キロの距離だ。よし、行くか。

公衆電話から番号案内に問い合わせたが、〈ダマスク・ローズ〉は電話帳に載っていなかった。そういえば、ハリーは広告を出していないと話していた。

まあ、行けば何とかなるだろう。

短い距離を乃木坂まで歩き、外苑東通りを行ったり来たりして、目当てのクラブを探した。しばらくかかって、ようやく見つけた。看板はなかった。黒いひさしに小さな赤い薔《ば》薇《ら》がぽつんと描かれているだけだった。

黒人の男が二人、入口を固めていた。どちらも関取として通用しそうな堂々たる体格をしている。仕立てのよさそうなスーツは、あの巨体を考えればあつらえに違いない。おそらくナイジェリア人だろう。体格、経営手腕、類いまれな外国語習得能力に恵まれた彼らは、この場合は近隣の娯楽施設での中間管理職兼用心棒として、異国で成功を収めている希《け》有《う》な例だ。水商売は、日本がある程度の国際化を果たしていると胸を張れる数少ない領域の一つと言える。

二人が恭《うやうや》しく頭を下げ、バリトンで「いらっしゃいませ」と唱和しながら、両開きのガラスドアを開けた。片方が目立たぬように襟に取りつけられたマイクロフォンに向かい、小声で何かささやいた。

短い階段を下りた。四十歳くらいだろうか、赤ら顔の、金回りのよさそうな日本人の男が小さなロビーで私を出迎えた。奥の部屋からは、どれを聞いても代わり映えのしないJポップのテクノ音楽が聞こえていた。

「何名様ですか」赤ら顔が訊く。

「一人です」私は英語で答えて指を一本立てた。

「かしこまりました」赤ら顔は日本語で言い、ついてくるよう身ぶりで示した。

長方形の部屋の両端にステージが設えられていた。ステージに装飾はなく、奥の鏡張りの壁と天井から床まで届く真鍮《しんちゅう》のポールでほかと区別されていた。一方のステージでは、金髪を長く伸ばした背の高い女が踊っていた。身に着けているのはハイヒールと緑色のTバックだけだった。心ここにあらずといった顔つきだったが、それでもクラブの客の大部分の関心を独占しているようだ。たぶんロシア人だろう。骨太で、胸が大きい。日本で好まれるタイプだ。

ハリーはフロアショーのことはひとことも言っていなかった。気恥ずかしかったのだろう。何かおかしいという感覚はいっそう強まった。

もう一方のステージには、日本人と地中海人種かラテン民族との混血と思しき若い女が見えた。いい組み合わせだ。絹糸を思わせる、内側からきらめきを放っているような黒髪——現代日本人女性の多くが〝茶髪〟にしてせっかくの美しさを台無しにする——を短く切りそろえ、きれいに後ろに流している。目の形はいかにも日本人らしく、体つきも小柄だった。しかし、肌は溶けたキャラメルのようになめらかな金色に輝き、日本人というよりはアフリカ人か、白人と黒人の混血のようだった。胸や腰も豊満で、日本人サイズの骨格には不釣り合いにも見え、異国の血が混じっていることを強く感じさせる。彼女はポールを器用に使っていた。高い位置をつかみ、体を床と平行にして静止したあと、音楽に合わせて螺旋《らせん》を描くようにして滑り下りる。その動きには活力がみなぎっていた。客の大多数の目が金髪娘に注がれていることを気にかけている様子はない。

　赤ら顔は、部屋の中央の空いたテーブルに私を案内して椅子を引いた。その席から入口がよく見えることを無意識のうちに確認してから、私は腰を下ろした。黒髪の女が踊っているステージも同時によく見えることに気づき、まんざら悪い気はしなかった。

「いいね」私は黒髪のダンサーに目を向けて英語で言った。

「ええ、きれいな娘《こ》でしょう」赤ら顔は英語で答えた。「あとでご紹介しましょうか」

　返事をする前に、彼女を見つめた。ここで日本人の女の子と近づきになるのは気が進まない。外国人のふりをしながら外国人と話したほうが打ち解けやすく、したがって情報を引き出しやすいだろう。

「女の子に伝えておきますよ」赤ら顔は飲み物のメニューを差し出し、お辞儀をして、静かにテーブルを離れた。

　メニューはクリーム色の厚手の羊皮紙一枚だった。優美な日本語の文字が二列並んでいた。一番下に、クラブのロゴ、赤い薔薇が控えめに添えられている。選り抜きのシングルモルトウィスキーが一通り網羅されていることに驚かされた。二十五年もののスプリングバンク。ずっと探していてお目にかかれなかったものだ。やはり二十五年もののタリスカー。ゆっくりしていきたい気持ちになった。

ウェイトレスが現れ、私はスプリングバンクを注文した。シングルが一万円。だが、人生は短い。

フロアには十人ほどの女の子がいた。ざっと半分が日本人、残りの半分はヨーロッパ系らしい。どの子も魅力的で、垢抜《あかぬ》けした服装をしていた。ほとんどが客のテーブルについていたが、何人かは手が空いている。私の席に近づく子はいない。私が誰かを指名したことが赤ら顔から伝わっているのだろう。手回しのいいことだ。

隣のテーブルには日本人の男がいて、三人のホステスにかしずかれていた。ぱっと見たところは若々しかった。輝くように白い歯。オールバックにした黒い髪、よく陽に焼けたしわ一つない顔。しかしよくよく目を凝らすと、その外見はイミテーションだとわかった。髪は染めたもの、小麦色の肌は太陽灯に作られたものだったし、張りのある皮膚はボトックスと美容整形手術の賜物《たまもの》だろう。歯はセラミックの人工だ。薬品とメス、それに金と引き換えにうっとりしたような笑みを浮かべてみせる魅力的な若い女たちは、加齢と死の避けられない屈辱を封じこめる心もとない壁を築くための、道具にすぎない。

テクノ音楽のビートが次第に遠ざかって消え、黒髪の女は脚でポールをはさんで背を反らせ、頭をフロアのほうに傾けて、ゆっくりと旋回しながら床に下りた。金髪のほうもダンスを終えようとしていたが、こちらはあまり華麗とは言えなかった。観客から拍手がわき起こった。

ウェイトレスが私のスプリングバンクを運んできた。クリスタルのタンブラーのなかで琥珀色にきらめく液体。グラスを鼻先に近づけ、つかのま目を閉じて、シェリー樽で熟成された清潔な海の香りを肺の奥で味わった。口に含む。塩気と海の味。だが、どこかに果物の風味が漂っている。後味はふくよかでドライだった。私の唇に笑みが浮かんだ。二十五年ものにしてはなかなかいける。

またグラスを傾けながら、周囲を見回した。危険の兆候はない。ひょっとすると、まっとうな店なのかもしれなかった。組織犯罪とまったく無縁とはいかないだろうが、それは水商売では当たり前のことだ。日本だけでなく、どこの国でも。ハリーは幸運に恵まれたということかもしれない。

まだわからないが。

数分後、黒髪の女がステージの裏から現れた。短い階段を下りて、私のテーブルに近づいてくる。

ストラップレスの黒いカクテルドレスに着替えていた。左手首には細いダイヤモンドのブレスレットが巻かれている。得意客からの贈り物だろう。彼女を指名する客は一人ではないに違いない。

「よろしいですか」彼女の日本語には温かみのあるかすかななまりがあった。スペイン語かポルトガル語だろう。

「どうぞ」私は英語で答え、立ち上がって彼女のために椅子を引いた。「英語でもかまいませんか」

「もちろん」彼女は英語に切り替えて言った。「ただ……アメリカのかた？」

私はうなずいた。「両親は日本人ですが、アメリカで育ったので、英語のほうが得意なんです」

そっと椅子を押して彼女を座らせた。カクテルドレスの背は紐留めになっていた。紐の隙間にのぞくすべらかな肌は、ほんのりと輝いていた。

私は隣に座り直した。「ダンスを楽しませていただきました」

そんな褒め言葉は数えきれないほど聞かされてきたに違いない。彼女の微笑みがそれを裏づけていた。その笑みは、〝ええ、もちろん楽しんだでしょうよ〟と言っていた。

かまわなかった。私としては、彼女が主導権を握っていると思わせておきたかった。警戒をゆるめさせたかった。酒を飲み、肩の力を抜いて、互いのことをいくらかでも知ってから、私が本当に関心を抱いていることについて探りを入れるほうがいい。

「東京にはどうして？」彼女が訊いた。

「出張ですよ。会計士をしています。事務所が東京にもクライアントを持っていましてね、年に一度、日本に来なくてはならないんですよ」作り話としては上出来だ。会計士だと言えば、それ以上何も訊かれない。答えが返ってきたら、それはそれで困るからだろう。

「ところで、ジョンと言います」私は付け加えた。

彼女は手を差し出した。「ナオミです」

掌に触れた彼女の指は繊細だったが、力強かった。私は年齢を推し量ろうとした。二十代後半から三十歳といったところだろうか。若く見えたが、ドレスや物腰は洗練されていた。

「何か飲み物を頼みましょうか、ナオミ？」

「あなたは何を飲んでらっしゃるの？」

「シングルモルト好きにとっては特別のものですよ」

「シングルモルトは大好き。とくに年代もののアイレー島産がいいわ。歳月は炎を消すけれども温もりを残すと言うでしょう。すてきな考えかただわ」

これぞ接客のプロだと思いながら、私は彼女を見つめた。目は緑色だった。口は美しかった。肉感的な唇。ピンク色の歯茎は輝くようだ。白くきれいな歯並び。鼻の周りに小さなそばかすの網が広がっていたが、キャラメル色の肌の上では目立たない。

「これはアイレー島産ではありませんが」私は言った。「島独特の風味はある。スモークとピート。スプリングバンクです」

彼女は眉を吊り上げた。「二十五年ものの？」

「メニューをよくご存じらしい」私はうなずいた。「一杯いかがです？」

「一晩じゅうサントリーの水割りを飲み続けたあとよ。ぜひいただきたいわ」

もちろん飲みたいと言うに決まっている。ホステスの給料には、客が店で使った金額が反映される。一杯一万円の酒を数杯注文させたら、その夜の仕事はそこで切り上げたっていい。

スプリングバンクのお代わりを頼んだ。ナオミは私に質問をした。どうしてそんなにシングルモルトウィスキーに詳しいのか、アメリカではどこに住んでいるのか、東京には何度来たことがあるのか。彼女は自分の役割を気負うことなく演じ、私はそれにつきあった。

グラスが二つとも空になると、私はもう一杯飲むかと尋ねた。

彼女は微笑んだ。「次はタリスカーとおっしゃるんでしょ」

「きみは人の心が読めるらしいね」

「メニューをよく知ってるだけ。美味《おい》しいお酒もね。ぜひいただきたいわ」

私はタリスカーを二つ頼んだ。絶品だった。豊かで、ぴりりとした辛味があって、後味は永遠に続くかと思われるほどだった。私たちは酒を飲み、またしばらく世間話をした。

二杯めのグラスが空くころ、私は話の針路を変えた。

「きみの出身は?」そう尋ねてから、まるでこういったことには不慣れで確信を持てずにいるかのように、いくらかためらいがちに続けた。「日本人じゃないだろう」

「母が日本人だったの。出身はブラジルよ」

これはこれは。私には近くブラジルに旅する予定がある。それも長い旅を。

「ブラジルのどこから?」

「バイア」

バイアはブラジルの海に臨む州の一つだ。「サルバドル？」私は都市を尋ねた。「ブラジルのことをよくご存じなのね」

「当たりよ！」ナオミは初めて心からの笑みを浮かべた。

「何度か行ったことがある。事務所のクライアントは世界じゅうにいるからね。ウム・パイ・ブラジリエロ・エ・ウマ・マイ・ジャポネサ――エ・ウマ・コンビナシオ・ボニタ」カセットテープで独学したポルトガル語で言った。〝ブラジル人の父親と日本人の母親――美しい組み合わせだ〟

彼女の瞳が輝き、唇は完璧なOの形に広がった。「オブリガーダ！」〝ありがとう〟それから――「ヴーシ・ファーロ・ポルトギース？」〝ポルトガル語を話せるの？〟

ホステスの体に血の通った人間がふいに蘇ったかのようだった。目、表情、姿勢の隅々までが生き生きとし、彼女の踊りを力強く見せたあの活力をふたたび感じ取れた。

「ほんの少しだけ」私は英語に戻って答えた。「外国語は得意なんだ。旅行先で少しずつ覚えるようにしている」

彼女はゆっくりと首を振りながら、私を初めて見るかのような目で見つめていた。グラスを持ち上げて傾け、酒を飲み干す。

「もう一杯？」私は尋ねた。

「シム！」即座にポルトガル語の答えが返ってきた。〝ええ！〟

タリスカーのお代わりを二つ頼み、彼女に向き直った。「ブラジルの話をしてくれないか」

「どんな話を聞きたい？」

「きみの家族のこと」

彼女は椅子の背に体を預け、脚を組んだ。「父はブラジルの名門の出だったの。古い家系の一つだそうよ。母は日系二世だった」

人種のるつぼブラジルでは、およそ二百万の日系人が暮らしている。ブラジルが労働者を必要とし、一方の大日本帝国は海外に自国民を送りこみたいと考えていた一九〇八年に始まった移民の結果だ。

「じゃあ、日本語はお母さんから？」

彼女はうなずいた。「日本語は母から、ポルトガル語は父から教わったわ。母は子どものころ亡くなって、父は私に英語も覚えさせようと考えて、イギリス人の乳母を雇ったの」

「日本に来たのは？」

「三年前」

「ずっとこのクラブで？」

彼女は首を振った。「このクラブではまだ一年。その前はJETプログラムの外国語指導助手として、東京で英語とポルトガル語を教えてた」

文部省が推進するJETプログラムでは、原則として母国語を教えるために外国人を日本に招いている。平均的な日本人の英語力を考えると、JETプログラムにはもう少し頑張りが必要だろう。

「外国語教師をすると、あんなふうに踊れるようになるのかい？」

彼女は笑った。「ダンスはダンスをしながら学んだのよ。一年前にこのクラブに来たときは、恥ずかしくて、ステージの上ではこちこちに固まってた」

私はにやりとした。「信じられないな」

「本当よ。厳しい家で育ったの。子どものころは、世の中にこんなものが存在するなんて想像さえできなかった」

ウェイトレスが近づいてきて、シングルのタリスカーが入ったクリスタルのタンブラーを二つと、水の入ったグラスを二つ置いた。ナオミは慣れた手つきで水を一滴ウィスキーに移し、タンブラーを一度回して、鼻先に持ち上げた。まだホステスモードでいたなら、顧客からの飲んでもいいという合図を待ったはずだ。私たちは着々と進歩している。

「うーん」彼女は猫のように喉を鳴らした。

私たちはグラスを合わせ、酒を口に含んだ。

彼女が目を閉じる。「美味しい。とっても美味しいわ」

私は微笑んだ。「世界に名だたる〈ダマスク・ローズ〉で働くことになったのはどうして？」

彼女は肩をすくめた。「日本に来て最初の二年、お給料は年にざっと三百万円だった。

お小遣い稼ぎに、夜のクラスも受け持っていたの。そのときの生徒の一人が教えてくれたのよ。知り合いがクラブを開店しようとしてる、そこで働けば、いまよりずっといいお給料がもらえるって。試しにのぞいてみたわ。それでこうしてここにいるわけ」

年俸三百万円か。「まあ、確かに、前よりはいい働き口かもしれないね」私は店内を見回した。

「いい店よ。お給料のほとんどは、個室でラップダンスをしてもらうチップなの。踊るだけよ。体は触らせない。お望みなら、ラップダンスもするわ。決して強制ではないけれど」

彼女の生活を支えているのはラップダンスだろう。それを持ち出したのがいかにも話のついでなのは、よい兆候の一つでもあった。

私は彼女を見つめた。本当に美しい女だった。だが、私の目的は別にある。

「あとにしよう」私は答えた。「いまはきみと話すのが楽しい」

彼女は微笑んだ。嬉しかったのだろう。この美貌を思えば、断る客はめったにいないはずだ。いいぞ。

私は笑みを返した。「家族の話をもっとしてくれないか」

彼女はタリスカーをまた一口飲んだ。「兄が二人いるわ。どちらも結婚して、実家で働いてる」

「実家は何を？」

「農業よ。男が継ぐのが私の家の伝統なの」

農業という言いかたは、故意に曖昧《あいまい》にしたものという気がした。私の知るかぎり、ブラジルで農業といえばコーヒーか煙草、砂糖、あるいはその組み合わせだ。同じ言葉はまた、不動産のことも指す。実家は裕福だが、控えめに表現したといったところだろう。

「女性たちは何を?」私は尋ねた。

彼女は笑った。「女は大学でつまらない勉強をするのよ。しかるべき教養を身につけて、パーティの席で話し上手ぶりを発揮し、家柄のいい相手と結婚するわけ」

「きみは別の道を歩むことにしたらしいね」

「大学には行ったわ——美術史を専攻した。父や兄たちは、卒業後すぐに結婚するものと思っていたようだけど、私にはまだその気はなかったの」

「それにしてもなぜ日本に?」

彼女はちらりと天井を見上げ、唇を結んだ。「馬鹿げた理由よ。日本語を耳にするたびに、母を思い出すの。それに、子どものころ母に習った日本語を忘れかけていた。母を失っていくような気がして」

一瞬、母の顔が脳裏をよぎった。母は私がヴェトナムにいるあいだに死んだ。

「ちっとも馬鹿げてなどいないよ」私は言った。

しばらく二人とも黙っていた。いまだと私は思った。

「ここで働くのはどうだい、気に入ってるかい?」

彼女は肩をすくめた。「ええ。勤務時間はむちゃくちゃだけれど、お給料はいい」

「待遇はどう?」

また肩をすくめる。「不満はないわ。やりたくないことを無理強いされることもないし」

「どういう意味かな」

「わかるでしょう。ラップダンスをすると、お客さんによってはそれだけでは収まらない人もいる。お客さんを満足させれば、また来て大金を使ってくれるわ。だからこの業界では、女の子にお客さんを満足させるよう強制する店もあるのよ。ほかのことも」

私は順当に怪訝《けげん》な顔をしてみせた。「ほかのこと?」

彼女は片手を振った。「何でもないわ」

攻めかたを変えよう。「ほかの子たちは?」私は周囲を見回しながら訊いた。「出身はどこなんだろう」

「それこそ世界じゅうよ」そう言って、ボトックス青年を魅了している、赤いスパンコールのドレスを着た赤褐色の髪の長身の美人を指さした。「あの子はエルサ。スウェーデン出身よ。その隣はカナダから来たジュリー。私の反対側で踊ってたのは、ロシア出身のヴァレンティナ」

「日本の女の子は?」

「マリコとタエカがあそこに」ナオミは隅のテーブルの小柄な二人組を指さした。どちらかが何か言うかするかしたのだろう、見るからに酩酊《めいてい》したアメリカ人らしい客たちがどっと笑った。ナオミはきょろきょろしてから私に向き直った。「エミとユキコはいないみたい。踊る用意をしてるんじゃないかしら」

「バランスよくいろんな国の子がいるみたいだね」私は言った。「仲はいいのかい？」

彼女は肩をすくめた。「ほかの職場と変わらないのよ。友だちになる同僚もいる。あまり親しくない同僚もいる」

私はちょっとしたゴシップを楽しもうとしているようににやりと笑ってから訊いた。

「きみはどの子が好きで、どの子が嫌いなんだい？」

「だいたいまんべんなく仲よくしてるわ」いくらかお節介な質問に対する、あたりさわりのない返事だった。私は彼女の冷静さに感心した。

ビートの効いた音楽が小さくなって消え、変わりにまた新たなＪポップテクノが流れ始めた。それと同時に、トップレスにハイヒールという姿の日本人の若い女が二人、ダンスステージに現れた。

「ああ、あれがエミ」ナオミは遠いほうのステージに立った、きれいな顔立ちをした肉感的な女を身ぶりで指した。それから近いほうのステージに顔を向けてうなずく。「こっちがユキコ」

雪子。やっと会えた。

私は背の高い女を見つめた。ステージライトを受けて、漆黒の長い髪が月光を反射する液体のようにきらめいていた。波打つ滝のように流れ落ち、なめらかな肩の輪郭を包みながら盛り上がった腰の陰を通り過ぎて、きゅっと締まった尻まで届いている。ほっそりと華奢《きゃしゃ》な体つき、きめの細かい白い肌、高い頬骨、小ぶりだが形の整った乳房。髪を高く結い、仕立てのよい服を着せたら、洗練された高級娼婦のできあがりだ。

あの女がハリーと？　冗談だろう。

「きれいだ」彼女の際立った美しさに何かひとこと言わなくてはならないような気がした。「ええ、みんなそう言うわ」ナオミが答えた。

落ち着いた無難な返答は、どこかぎこちなかった。「きみはそう思わないのかい？」

ナオミは肩をすくめた。「私のタイプじゃないだけ」

「あまり仲がよくないみたいだね」

「あの子は私ならやらないようなことを平気でするとだけ言っておきましょうか」

ハリーと？　「どういうことか関心がないと言ったら嘘になるな」

彼女は首を振った。三杯もウィスキーを飲ませたというのに、また袋小路に突き当たったらしい。

雪の子ども。その名のとおりの女だった。雪子の美しさには、冷たいもの、計算高さと呼んでもいいような何かが感じられた。いやな予感がする。だが、ハリーにいったいどう言えばいい？　私は会話を想像した。〝ハリー、実はな、お前の話の裏を取りたくて〈ダマスク・ローズ〉に行ってみた。いいか、友だちだと思って言うが、あの女はお前と釣り合わない。それに何となくいい印象を持たなかった。あの女はやめておけ〟ハリーの心の有り様《ありよう》は手に取るようにわかる。彼女との出会いを人生最良の出来事と考え、その心地よい感覚を脅かすものが人であれ物であれ、もっともらしい説明をつけて退け、あるいは無視するだろう。友人の警告は通じない。通じないどころか、逆上するかもしれない。

ナオミからはそれ以上何も聞き出せそうになかった。大阪に戻ってから、もう少し調べてみることにしよう。ハリーは友人だ。そのくらいの義理はある。しかしこの女の狙いを突き止めること自体はさほど問題ではない。それをハリーに認めさせること、そっちのほうが厄介だ。

「彼女の踊りをゆっくり見たい？」ナオミが訊いた。

私は首を振った。「悪かった。ちょっと考えごとをしてたものだから」

ブラジルの話を続けた。ナオミは人種的、文化的な多様性を語った。ヨーロッパのさまざまな国の人々、インディオ、日系人、西アフリカ人。ブラジルの活気、音楽、スポーツ。極端な貧富の差。だが何よりもナオミが熱を入れて話したのは、ブラジルの美しさだった。何千キロと続く海岸線の絶美、南部の広大な大草原、アマゾン流域の緑色の未踏の密林。すでに知っていることばかりだったが、彼女の話を聞くのは楽しかった。話をする彼女をながめるのも。

雪子について彼女が言った言葉を思い返す。〝あの子は私ならやらないようなことを平気でするとだけ言っておきましょうか〟

だが、それは雪子のほうがこの業界の古株であることを意味するにすぎない。純真さとははかないものだ。

電話番号を訊けばよかったかもしれない。東京滞在が延びたのだとか何とか、そう言い訳をして電話をかければいいのかもしれない。彼女は若すぎる。だが、彼女といると心地がよかった。彼女は入り交じったいくつもの感情をかき立てた。混血、そして幼いころに親を失うという共通の体験を基盤とした親近感。彼女が犯そうとしている過ちから守ってやりたいという父親のような衝動。みどりへの哀歌にも似た、悲しいセックスの切望。

夜が更けようとしていた。「ラップダンスはまたの機会にということにしてもかまわないかな」私はナオミに尋ねた。

彼女は微笑んだ。「ええ、もちろん」

私は帰ろうと立ち上がった。彼女も立ち上がった。

「待って」彼女はペンを取り出した。「手を出して」

私は左手を差し出した。彼女はその手をそっとつかみ、掌に何か書きつけ始めた。ペンがゆっくりと走る。彼女の指は温かかった。

「私用のメールアドレス」書き終えると、そう言った。「ふつうならお客さんには教えないの。だから人には渡さないで。今度サルバドールに行くときには知らせてね。お勧めのお店を紹介するわ」笑顔。「それに、また東京に来ることがあったら、ぜひ連絡して」

私は彼女の緑色の目をのぞきこんで微笑んだ。その笑みは我ながら悲しいものに思えた。彼女は気づかなかっただろう。

「約束はできないが」私は答えた。

出口で精算をすませた。いつもどおり現金で。店の名刺を一枚取り、うしろを振り返らずに階段を上った。

乃木坂の早朝の空気はひんやりとして、かすかに湿り気を帯びていた。街灯が、黄色い光の水たまりの列を作っている。舗道は都会の露に濡れていた。私を囲んで、東京がまどろんでいる。夢を見ない、無頓着な眠り。

この街ともいよいよお別れだな。私は心のなかでつぶやき、ホテルに向かって歩き始めた。

5

ベッドに直行したが、眠れなかった。ハリーのことが頭を離れなかった。ハリーと雪子。何か裏があるという気がした。あの女は、またはあの女の陰にいる人物は、ハリーのような奴をどうしようというのだろう。

ハッキング遊びが行きすぎて、どこかに敵を作ったことは考えられる。しかしたとえそうだとしても、問題のハッカーがあいつだと突き止めるのは至難の業だ。それに、あの女をハリーに接近させた目的は何だ？

ハリーによれば、〝祝杯をあげに〟〈ダマスク・ローズ〉へ上司に連れていかれ、そこで初めて雪子と知り合った。最初から仕組まれていたことだったとすれば、ハリーの上司も共犯でなくてはならない。私はその点をとっくりと考えた。

その上司を探ってみるか。名前と住所を調べ、出勤途中につかまえる。

つい心が動きそうになる。だが、私の求めている情報は手に入ったとしても、ハリーが迷惑を、それも大きな迷惑をこうむることになるだろう。この案はだめだ。

よし、別の角度から考えてみよう。何者かが私に近づくためにハリーを導管として利用しているのだとしたら。

だが、ハリーの存在は誰も知らない、と思い直す。タッさえ知らないのだ。

もちろん、みどりは知っている。ハリーの住所も知っている。その証拠に、あの手紙を送っている。

いや、その線はないだろう。

ベッドを出て室内を歩き回った。みどりはエンターテインメント業界にコネを持っている。そのコネを使って、誰かをハリーに接近させ、私を探そうとしているのか。

〈帝国ホテル〉で過ごした最後の夜を思い出した。寄り添うように立つ私たち。私は背後から彼女の体に腕を回し、彼女の指は私の指にからみついていた。彼女の髪の香り。彼女の味。私は記憶を頭の隅に押しやった。

ハリーの眉唾物《まゆつばもの》のロマンスの陰にいる人物の正体を暴く術《すべ》は、いまの時点ではない。そこでみどりのことは脇に置いて、誰なのかではなく何なのかという疑問に集中することにした。

私が狙われにくいのは、私に近づくのに利用できる生活の固定点というものを持たないからだ——勤務先も、住所も、決まった仕事仲間もない。しかし、ハリーと私の結びつきを何者かに知られたとすれば、固定点を一つ握られたことになる。その何者かは、そこにつけこもうとするに違いない。

仮にそうだとすれば、ハリーは見張られている。雪子を介してだけではない。敵はできるかぎり多くの機会に彼を尾行しようとするだろう。

しかし〈テーゼ〉で落ち合ったとき、ハリーに尾行はついていなかった。本人もそう申告したし、そのあと私を尾けてくる人物がいなかったことも確かだ。

実験をしてみようと決めた。少々のリスクを冒すことにはなるが、いまのハリーの精神状態を考えれば、正面切って事情を話すよりは無難だ。ただ、徹底的にやるためには、東京にもう一泊することになる。まあ、それは問題ないだろう。ウェイトリフターの身辺を調査するあいだは、ほどよく込み合ったシティホテルを一週間ごとに転々としていた（それ以上長く滞在して顔を覚えられるのは望ましくない）。それに〈ニューオータニ〉の予約はあと三日残っている。

ナイトテーブルのデジタル時計を見やった。午前四時。やれやれ、恋の病を患った友人の就寝時間と変わらなくなってしまった。

夜、ハリーが起きたころを見計らって電話をかけよう。その時間なら雪子は確実に〈ダマスク・ローズ〉に行っていて、ハリーはおそらく一人きりでいるだろう。私のささやかな実験の結果を見て、どこまで彼に話すか決めればいい。

ベッドに戻った。眠りに落ちる前に最後に考えていたのはみどりのこと、私の墓前にお参りをしたいという彼女の手紙の言葉だった。

翌日、すっきりした気分で目が覚めた。

夜の待ち合わせ場所についてハリーに連絡するのは後回しだ。その前に、ハリーにたどってもらうべきSDRを計画しておきたかった。

午後いっぱいかかって、ルートを組み立てた。すべての要素をきちんと押さえなければ、ルート全体が失敗に終わる。ハリーに予行演習の機会はない。だからハリーが馴染みのある地域を通るようにしなければならなかった。それに、いくつかのチェックポイントでは、タイミングが肝要だった。そこでハリーのたどるルートと私のルートの両方を試しに歩いて、二つのルートが計画したとおりにしか交差しないことを確かめておく必要もあった。歩きながら、文房具店で買ったタイプ紙に詳細なメモを書きつけた。

それがすむと、喫茶店に腰を落ち着け、一枚の紙に注釈入りの地図を描いた。それから韓国系暴力団の砦《とりで》、新大久保に向かった。いまにも崩れ落ちそうなアパートに無免許の病院や広告のない商店がひしめく新大久保界隈では、身分証明書なしに現金でクローン携帯電話を購入することができる。

次の行き先は、飯倉のハリーのマンションの近くの手ごろな〈ローソン〉のコンビニエンスストアだった。雑誌を物色するふりをして、畳んだ地図を一冊のページのあいだに忍ばせた。

午後七時、公衆電話からハリーに連絡した。「起きろ、ねぼすけ」

「あれ、何かあったの？」ハリーが訊いた。「しばらく連絡はないだろうと思ってたよ」

寝起きといった声ではなかった。出勤する雪子を見送るために起床していたのかもしれない。

「おまえが恋しくなってね」私は言った。「いま一人か」

「うん」

「一つ頼みがある」

「何でも言ってみて」

「これから出られるか」

「出られるよ」

「よし。外に出て、公衆電話から連絡してくれ。飯倉片町の交差点近くの〈ローソン〉の近くに一つある。店に向かって左手だ。その公衆電話を使え。いいか、こっちの番号を言うぞ」

「ねえ、この電話なら安全だよ。わかってると思うけど」

「念のためだ。微妙な話だからな」私はいつもの暗号を使って、こちらの携帯電話の番号を伝えた。

十分後、携帯電話が鳴った。「で、その微妙な話って何」ハリーが訊く。

「おそらくお前には尾行がついている」

短い沈黙があった。「それ、ほんと？」

「きょろきょろしたりするなよ。いまこの瞬間も見張られてるとしたら、こっちが気づいてることを悟られたくない。いずれにしろ、見回したところで向こうの姿が見えるとも思えないが」

また沈黙が流れた。「信じられないな。あんなに気をつけてたのに」

「お前が用心してたことはわかってる」

「どうして尾行がついてると思ったわけ？」

「電話では話せない」

「じゃ、会って話す？」

「ああ。だが、その前に拾ってもらいたいものがある。そこの隣の〈ローソン〉の、奥から二冊目の『TV Taro』の一番後ろのページにメモをはさんでおいた。中に入ってそのメモを取れ。自然にふるまうんだぞ。誰か近くで見てるかもしれないからな。牛乳と弁当でも買うといい。ただ夕食を調達に来たみたいな顔をするんだ。全部持って帰って、三十分待て。それから外に出て、別の公衆電話からまた連絡しろ。二時間の散歩の準備をしてな」

「わかった」

三十分が過ぎた。携帯電話がまた鳴った。

「メモは拾ったか」私は訊いた。

「うん。だいたいの計画が読めたよ」

「いいぞ。そこに書いてあるルートをたどれ。きっかり八時三十分に出発だ。終わったら、メモに書いてある場所で俺を待て。読みかたはわかるだろう」

〝読みかた〟という言葉を出したことで、待ち合わせ場所を文字どおり受け取るのではなく、イエローページ東京二十三区版を参照し、いつもの暗号を使って解読すべきだということが伝わったはずだ。ハリーに本当に尾行がついていて、その連中がこのあとすぐに彼を襲ってメモを奪ったとしても、待ち合わせ場所を見て、私を待ち伏せするために間違った場所に出かけていくことになる。

「了解」ハリーが答えた。

「冷静にな。危険は何一つない。詳しいことは会ったときにちゃんと話す。俺が多少遅れたとしても心配するな」

「任せてよ。じゃ、またあとで」

私は電話を切った。

〈テーゼ〉で会ったとき、ハリーは尾行されていなかった。しかしだからといって、それ以前に尾行がついていなかったとは断定できない。ハリーには、SDRはそれとわからないように始めろと教えてある。監視している人物を欺いて、こちらはただの一般市民でそれ以上のものではないと思わせるためだ。しかし、低レベルのSDRは初めのうちだけだ。ルートが進むに従って、次第に積極的なものに変わる。存在するかもしれない尾行者の目をくらますことよりも、姿を現さざるをえない状況に追いこむことに重点が移っていく。たとえば、地下鉄を降りてプラットフォームが無人になるまで待ってから、今度は逆方向の電車に乗る。角を曲がったところで足を止め、同じ角をあわてて曲がってくる人物を待つ。エレベーターに何度も乗り降りして、すぐ横にぴたりと張りつくか、尾行をあきらめるかの二者択一を押しつける。要するに、そもそも自分が守ろうとしている対象のところへ悪党どもを案内してしまうより、スパイじみた行動を取るところを見られるほうがまだましということだ。

ハリーはいつもの手順に従って〈テーゼ〉に来たはずだ。彼の対監視行動が積極的になるにつれ、尾行者たちは、尾行を続けてハリーに見つかる危険を冒すか、ハリーに警戒させぬようその日の追跡はあきらめて別の日に出直すかの選択を迫られたはずだ。彼らが第二の選択肢を選んだのだとすれば、〈テーゼ〉に到着したときハリーはクリーンで、その少し前まで尾行されていたことに気づいていなかっただろう。

それに、ハリーがあからさまに対監視行動をするのを見た尾行者は、ハリーは何かを——おそらくは彼らの探しているものを——隠そうとしていると確信したに違いない。となれば、それまでにも増して尾行を強化しただろう。

今夜の実験は、これらの推測が事実であるかどうかを確かめるためのものだ。私が計画したルートは、恵比寿ガーデンプレイスを経由してぐるりと円を描くものだった。屋外に多層階のショッピングアーケードを持つ恵比寿ガーデンプレイスなら、姿を見せることなく、ハリーと彼を尾行している人物を確認することができる。私が尾行者を発見できる程度には積極的な対監視行動ではあるが、尾行者を追い払うまでには至らない。ただし、ハリーが目の前を通り過ぎたあと、私は尾行者のさらに後ろに回って尾行するつもりでいた。

午後八時に、サッポロビール本社の向かい、恵比寿四丁目の角にあるカフェレストラン〈リュ・ファヴァー〉に出かけた。早めに行っておきたかった。三階に三つある窓際の席の一つを確保するためだ。そこからなら、まもなくハリーが通るはずの歩道をじかに見下ろせる。その席が空いていなくても、空くのを待つ時間のゆとりがあるだろう。それに腹も減っていた。和洋折衷のパスタやサンドイッチをそろえた〈リュ・ファヴァー〉は、燃料補給にはおあつらえ向きの店だ。東京に住んでいたころ、ときおりあの店で料理を楽しんだ。久しぶりに行けるのは嬉しい。

ウェイトレスに案内されて板張りの階段を三階に上りながら、不思議な雰囲気の内装をじっくりと鑑賞した。巨大な花が描かれたライムグリーンの壁、木あり金属あり成形プラスチックありの多彩な椅子とテーブル。窓際の席はやはりすべて埋まっていた。私はウェイトレスに、かまわない、あの景色のためなら喜んで待たせてもらうと告げた。小さなソファに座り、美味《うま》いアイスコーヒーを飲みながら、甲虫や蛾《が》やトンボが描かれた幻想的な天井をながめた。三十分ほどしたころ、窓際のテーブルのOLらしい女性の二人組が帰っていき、入れ替わりにその席に移った。

椎茸《しいたけ》のリゾットとミネストローネスープを注文し、九時三十分からの映画を見たいからと言って、できるだけ急いで持ってきてもらうよう頼んだ。ハリーが通り過ぎたら即座に、それもタイミングを合わせて席を立たなければならない。

実験が成功したら――ハリーが現に尾行されているとわかったら――どうしようかと考

えた。答えは、尾行しているのが誰か、目的は何かの二点で決まってくるだろう。タツの〝頼み事〟を片づけたいま、私の最大の関心事は、いっそう加速しつつある出発の準備の邪魔をされないことだった。たとえハリーを一人あとに残すことになろうとも、私の計画を変更するわけにはいかない。

　リゾットは美味だった。時間のあるときにゆっくり味わえたら格別だったろう。だが、下の通りから目を離さないようにしながら急いで食べた。食べ終えて腕時計を確かめる。一日二十杯限定の〈リュ・ファヴァー〉特製のホットココア——純ココアとたっぷりのホイップクリームで作られる濃密な逸品——を飲む時間はある。ココアを頼み、ゆっくりと飲みながら待ち、見張った。

　九時少し過ぎにハリーの姿が見えた。恵比寿駅からくすのき通りに向かって時計回りに歩いてくる。私の指示どおり、早足だった。夜のこの時間に恵比寿を歩いているのは、ほとんどがガーデンコートのしゃれたレストランやバーが目当てでやってきた人々だ。したがって、人の流れはゆったりとしている。ハリーの歩く速度に遅れまいとすれば、一帯のリズムから浮き、目立つ。

　ハリーが恵比寿四丁目交番の角を右に曲がってくすのき通りを歩きだしたとき、最初の候補を見つけた。紺色のスーツを着た若い日本人だった。痩《や》せ形で、髪をジェルで固め、メタルフレームの眼鏡をかけている。歩道の反対側を、ハリーから十メートルほど遅れて歩いていた。有効なテクニックだ。たいがいの人々は、周囲を気にするにしても、自分の真後ろで起きていることにしか目を配らない。もちろん、まだ確かなことは言えないが、それでもその位置取りと物腰、歩く速度からして、怪しかった。

ハリーは私から遠ざかっていく。そのはるか後ろに日本人の若者グループが二つ見えたが、どちらも候補から除外した。いかにもくつろいだ様子だったし、だいいち若すぎる。

次に見えてきたのは白人だった。巨漢だ。ゆったりとしたラインのダークスーツと自信にあふれた歩きかたは、どちらもアメリカ人らしいものだった。歩道を早足でやってくる。ひょっとしたら、近くの〈ウェスティン・ホテル〉に滞在中のビジネスマンで、約束の時間に遅れまいと急いでいるのかもしれない。そうではないかもしれない。私は候補者リストにその男も加えた。

ハリーの姿は、くすのき通りの名の由来となったクスノキの幹に隠れていったん見えなくなった。若い日本人の男も消えた。私はアメリカ人に注意を転じた。アメリカ人は、交番の外壁に貼られた指名手配犯のポスターににわかに関心を引かれたように立ち止まった。

ビンゴ。

一瞬ののち、ハリーの姿がふたたび現れた。通りの南側を、たったいま来た方向に戻ってくる。サッポロビール本社ビルの角で立ち止まり、明かりに照らされた地図を見た。はす向かいの交番前では、約束の場所へと急ぐのを突如としてやめたアメリカ人が、日本の最重要指名手配犯の面《つら》に一心に見入っている。

ハリーのUターンは中程度に積極的なテクニックだったが、尾行者たちが今夜の追跡を中止するほどではなかったらしい。気づかれたとは思っていないのだ。いまのところはまだ。

まあ、もう少し様子を見よう。

ハリーはプラタナス・アヴェニューを歩きだした。アメリカ人は持ち場から動かない。一瞬遅れて、日本人が私の視界に入ってきた。日本人が右に折れてプラタナス・アヴェニューを歩き始めると、アメリカ人もあとに続いた。

ほかに私のレーダーに引っかかる人物がいないか一分ほど待ってみた。誰も現れなかった。

立ち上がり、階段で一階に降りて精算をすませ、店主にすばらしい食事の礼を言った。それからガーデンコートを横切って、階段から屋外プロムナードの二階に上った。オフィス棟のガーデンプレイスタワー前の腰高の石塀から、城を守る番兵のように身を乗り出し、下の広場の人の流れを見守る。

ハリーは地下道を経由して広場を目指し、その途中で店のショーウィンドウの前で足を止めたりしながら、私に移動の時間を与えてくれているはずだ。数分後、足の下にハリーが現れ、広場を斜めに横切って遠ざかっていった。必要なら、広場の反対側で待機することもできた。そうしていれば、近づいてくるハリーと尾行者を迎える形になっただろうが、尾行しているのがどの人物か、すでに九〇パーセントの確信があった。向こうに私の姿を目にする機会をわざわざ与えてやることはない。

二人が現れた。ハリーを頂点として不等辺の三角形を描くように、二手に分かれている。日本人のほうは、広場に面した店やレストランのウィンドウや、二階のプロムナードから広場を見下ろしている人々をきょろきょろと見回している。背後の様子を確認しようとしているのだろう、彼の頭が後ろへと回り始めたのを見て、大勢の見物人にまぎれてはいたものの、私は念のために数歩下がって姿を隠した。

日本人は適切に――今回に限っては無益だが――対監視活動を警戒していた。ハリーが円を描いて歩いていることに明らかに気づいている。円を描くのは、一地点から動かずに観察している味方チームに尾行者を見分ける複数の機会を与えるための、古典的な対監視テクニックだ。だが、相手の反応は織りこみずみだった。ここから先のルートは彼らの気をゆるめさせるようなまっすぐな道筋で、やがてハリーは舞台から退場し、代わって私が登場して驚かせることになっている。

十秒待ってから何気なく前に出て元の位置に戻った。ハリーは広場の傾斜を上りきって、恵比寿駅に続くスカイウォークのほうに向かっていた。日本人とアメリカ人の位置取りは変わっていなかった。三人が視界から消え去るのを見届けたあともしばらくそこにとどまり、ほかに尾行者がいないことを確かめた。予想どおり、ほかに注目すべき人物はいなかった。尾行している人数が二人より多いなら、ハリーが彼らを引き連れて円を描いているということを察した時点で対監視活動を警戒し、尾行を交代していたはずだ。しかし交代していないということは、二人だけのチームであると思ってまず間違いない。

腕時計を確かめた。あと十五分ある。

地下道を通って〈ウェスティン・ホテル〉に行き、そこからタクシーに乗って広尾に向かった。ハリーと二名の従者も徒歩で同じ場所に向かっている。タクシーで行けば、先回りして彼らを出迎えることができるはずだ。

明治通りでタクシーを降り、〈スターバックス〉に入った。

「ご注文は？」カウンターの女性店員が日本語で訊いた。

「コーヒーを」私は答えた。「グランデサイズがいい。特別に熱くしてもらえるかな」

「申し訳ありません。コーヒーはちょうど九十八度で抽出され、八十五度で召し上がっていただくようになっています。変更はできません」

やれやれ、実に教育が行き届いている。「そうですか。実は風邪を引いていましてね、湯気で喉を湿らせたいんですよ。紅茶ならどうかな」

「ええ、紅茶はとても熱いです。抽出しませんから、九十八度でお出しできます」

「よかった。じゃあ、アールグレーをグランデで」

店員は紅茶をいれ、レジの横のカウンターに置いた。私は支払いをすませてカップを持ち上げた。

「あ、お待ちください」店員がもう一つカップを差し出す。「重ねれば冷めにくいですから」

私はその気遣いに微笑んだ。「どうもありがとう」

寄り道にはおよそ四分を費やした。数百メートル先の通りの右側にある小さな公園に入って隅のベンチに腰を下ろす。紅茶を置き、クローン携帯電話を使って、予約したタクシーが来ていることを確認した。タクシーは指示どおりに待っていた。乗客はまもなく到着すると配車係に伝えた。

五分後、ハリーが歩いてくるのが見えた。左に曲がり、名前のない細い道に入る。奥は街灯の少ない静かな住宅地だ。流しのタクシーを拾える場所ではない。運のよいことに、ハリーは一台が自分を待っていることを知っている。二人のお友だちは、もちろん、幸運には恵まれない。

二人がやってきた。道の両側に一人ずつ。いまはアメリカ人が私のいる側を先に歩いている。通りを渡り、ハリーのあとを追って住宅街に入っていく。十秒おいて、日本人が続いた。私は紅茶を持ち、彼らを追った。

五十メートル左、五十メートル右、ふたたび五十メートル左。この一帯の道はことのほか狭く、両側を白いコンクリートの塀ではさまれている。まるで迷路のようだった。私はゆっくりと歩いた。これだけ距離を開けていると、ほかの三人の姿は見えないが、行く先はわかっている。

三分後、一台のタクシーが発進し、こちらに走ってきた。私は後部座席のウィンドウをちらりとのぞいた。ハリーが乗っていた。この部分が上首尾に運んで一安心だった。もし問題が発生していたら、ハリーは方向転換して戻ってきていて、私はとっさの対応を迫られただろう。しかし私の狙いは、追跡の獲物を失った尾行者が集まって相談を始めることだった。二人を同時に驚かせることができれば、ことは楽に進む。

タクシーが私の脇を通り過ぎたときも、ハリーと私は何の合図も交わさなかった。私は歩き続け、たったいまタクシーが出てきた道へと右に曲がった。

その道は長さ三十メートルほどで、つきあたりは直角に右に折れている。二人組の尾行者の姿はない。だがそれは問題ではなかった。ハリーが二人を連れてきたこの道は、袋小路になっている。

つきあたりまで歩いて右に折れた。いた。二十メートルほど先に二人が見えた。日本人は左を向いてアメリカ人と話していた。アメリカ人はまっすぐこちらを向いて立ち、火のついていない煙草をくわえている。腰の高さにライターを持ち、指をスイッチに当てて火をつけようとしていた。

何気ない速度を保ち、ただの通行人を装った。鼓動が速くなる。胸の奥で、耳のうしろで、脈がどくんどくんと打っている。

七メートル。アドレナリンが放出され、周囲の風景がスローモーションに変わる。日本人の男がちらりとこちらに目を向けた。私の顔を見る。その目が見開かれる。

五メートル。日本人がアメリカ人のほうに手を伸ばした。スローモーションの視界のなかでもその動きは切迫していた。アメリカ人の腕をつかみ、引っ張ろうとする。

三メートル。アメリカ人が顔を上げて私を見た。唇にはさまれた煙草がぶらぶらしていた。その目には私に気づいた様子はない。

二メートル。私は大きく足を踏み出して、カップを前方に振った。摂氏九十八度のアールグレーがカップから飛び出し、アメリカ人の顔と首を直撃した。両手がぱっと持ち上がる。悲鳴が漏れた。

私は日本人のほうを向いた。目は大きく見開かれ、首は左右に動いて万国共通の否定のしぐさをしている。私の動きをかわそうとするかのように両手を上げかけた。

彼の両肩をつかんで塀に押しつけた。同じ前向きの勢いを利用して足を踏み出し、股間をまともに膝で蹴り上げる。男はうめき、体を二つに折った。

アメリカ人に向き直る。アメリカ人は両手で顔を覆い、前かがみになってふらついていた。私はその上着の襟とズボンの腰をつかむと、雄牛と闘うマタドールのように、頭から先に塀に叩きつけた。衝撃でアメリカ人の体が震え、地面に倒れこんだ。

日本人は脇腹を下にして地面に転がり、股間を押さえてあえいでいた。胸元を引っ張って立ち上がらせ、背中から塀に押しつけた。左を、次に右を確かめる。ほかに人影はない。

「どこの誰だ？」私は日本語で言った。

男は空嘔《えず》吐きをした。すぐにはしゃべれそうもない。

左手で喉もとを押さえておいて、彼の体を上からそっと叩いて武器を持っていないことを確かめた。それから耳と上着を調べ、イヤフォンやマイクが隠されていないかどうか確認する。大丈夫だ。次にスーツの上着の内ポケットから財布を取り出して開いた。透明ビニール張りのカード入れに身分証明書があった。トモヒサ・カネザキ。アメリカ大使館領事部二等書記官。背景に、青と黄色のハクトウワシの米国国務省のマークが印刷されている。

つまり、この二人はCIAの人間だということだ。私は財布をパンツのポケットに入れた。中身はあとでゆっくり拝見させてもらうとしよう。

「しゃんとするんだな、カネザキさん」私は英語に切り替えて言った。「次はこんな程度じゃすまないぞ」

「ちょっと待って、ちょっと待って」言葉を強調するように片手を上げ、途切れ途切れに言う。「説明すると約束しますから……」

カネザキの日本語にはアメリカ風のアクセントがあった。「英語を使え」私は命令した。

「日本語のレッスンをしてる暇はない」

「わかった。わかりました」呼吸はいくらか落ち着いたようだ。「名前はトモヒサ・カネザキ。所属は東京のアメリカ大使館」

「それはもうわかってる。財布を見たからな。さっきの若者を尾行した理由を言え」

カネザキは深呼吸をして顔をゆがめた。股間の激痛から、目に涙がにじんでいる。「あんたを探してた。ジョン・レインだろう」

「ほう、俺を探していたか。なぜだ?」

「知らない。僕に与えられた指示は……」

私は喉を握った手にぐっと力をこめ、カネザキの鼻先に顔を近づけた。「お前に与えられた指示などに興味はない。知らん顔をしても身のためにならないぞ。今夜はな。わかったか」

カネザキは私を押しのけようとした。「いいからこっちの話を聞いてくださいよ。そうやって首を絞められてたら、できる話もできないでしょう！」

その度胸にふいをつかれた。怯えているというよりはいらだっているような口調だった。自分の置かれた状況がよく呑みこめていないらしい。私の知りたいことを話さないなら、その態度をちょいと矯正してやらなければならないだろう。

地面にうつぶせに倒れたご友人の様子をちらりと確かめてから、カネザキに目を戻した。

「しゃべるなら手短にしゃべれ」

「あんたの居場所を突き止めるまでが僕の仕事だ。接触はするなと言われている」

「居場所を突き止めたあとは？」

「上層部が引き継ぐ」

「しかし、お前は俺が誰だか知ってるわけだ」

「さっきも言ったでしょう。知ってますよ」

私はうなずいた。「そういうことなら、一つでも俺の気に入らない返事をしたらどうなるかもわかってるな」

カネザキの顔から血の気が引いた。ようやく私の言いたいことが伝わり始めているらしい。

「そいつは何だ?」私は地面に転がったアメリカ人のほうに顎をしゃくった。

「大使館付きのボディガードです。指示では……いえ、その、どんな状況でもあんたと二人きりにはならないように言われているので」

ボディガードか。ありえない話ではない。このアメリカ人は私の顔を知らなかった。警護のためと、監視の相棒として来ているだけだろう。

いや、殺し屋という可能性もある。CIAは、人を消す仕事は私のような〝下請け〟に任せている。こいつはそのうちの一人なのかもしれない。

「二人きりになってはならない理由は……?」

「あんたは危険だからですよ。詳細な調査書類がある」

ホルツァーがまとめたものだろう。なるほど。

「お前たちが尾けていた人物だが」私は言った。「あの若者のことを話せ」

カネザキはうなずいた。「名前は深澤春与志。あんたの仕事仲間であることがわかってる唯一の人物だ。あんたに近づくために彼を尾行したんですよ」

「まだ話していないことがあるな」

カネザキは冷たい目で私を見返した。絶対に口を割るかとでも言うような目だった。

「知ってるのはそれだけです」

カネザキのパートナーがうめき声を漏らし、上体を引き上げるようにして膝を立てた。

カネザキが視線をそちらに走らせた。考えていることはわかる。パートナーが回復すれば、私が二人の面倒を見るのに苦労すると思っている。

「まだ話してないことがあるだろう、カネザキ」私は言った。「一つお前に見せてやろうか」

私は、四つん這いになって顔をこちらに向け、言葉にならないことをうめいているアメリカ人に一歩近づいた。腰をかがめ、片手で奴の顎をつかみ、もう一方で頭を押さえると、ためらうことなく強くひねった。大きな乾いた音がして首が折れ、アメリカ人は地面に崩れ落ちた。

手を放してカネザキの前に戻る。カネザキの目は飛び出さんばかりに見開かれていた。私を見つめ、死体を見つめて、また私を見つめる。「信じられない！」早口にそうつぶやいた。「信じられない！」

「こういうのを見るのは初めてか」私はわざと何気ない口調で訊いた。「まあ、何度も見てりゃそのうち慣れるさ。もちろん、お前の場合には、次に見るときは自分の身に起きてることになるが」

カネザキの顔は蒼白だった。いよいよ血の気が引いていく。そのまま気絶するのではないかと一瞬不安になった。意識を集中する手助けをしてやらねばならないようだ。

「カネザキ。深澤春与志の話だったな。俺の仕事仲間だと知ってるという話だ。先を続けろ」

カネザキは深々と息を吸いこみ、目を閉じた。「我々が知っていたのは……深澤があんたとつながってることを我々が知ったのは、ある手紙を見たからだ」

「手紙?」

カネザキの目が開いた。「ニューヨークの川村みどりに宛てた手紙です。あんたのことが書かれてた」

彼女の名前を耳にして、私は心のなかでちくしょうとつぶやいた。この連中をどうしても振り払うことができない。まるで癌《がん》のようだ。今度こそ切除したと思っても、かならず再発する。

しかもじわじわと広がる。周囲の人々に。

「それで」私は奴をねめつけた。

「勘弁してくださいよ、もう知ってることはみんな話しましたよ!」

ここでパニックを起こされれば、有益な情報は引き出せない。こういうときのこつは、相手を脅しつつも、こちらを満足させるためだけに話をでっちあげるほどには怯えさせないことだ。

「いいだろう」私は言った。「経緯についてはお前はそれ以上知らない。だが、理由についてはまだ話していないだろう。なぜ俺を探していたか、その理由だ」

「ねえ、そのことは話せないって……」

私は喉をつかんだ手に力を込めた。カネザキの目が飛び出した。片腕を私の両腕のあいだに割りこませ、てこの原理を使って喉を締め上げる私の両手を引きはがそうとする。CIAの週末の護身術研修ででも習ったのだろう。危機に直面してその知識を思い出したことは賞賛に値する。だがあいにく役には立たない。

「カネザキ」私は奴が呼吸できる程度に手の力をゆるめた。「一分後にお前の運命が決まる。このまま生き続けるか、そこのお前のお友だちと並んで発見されることになるか。与えられた一分で何をしゃべるかにかかってるぞ。さあ、話せ」

　私の手の圧力の下で、奴がごくりとつばを呑みこんだ。

「わかった。わかった」早口になっていた。「この十年、アメリカ政府は銀行再編成と金融改革を日本政府に迫ってきた。だがその十年で、事態はかえって悪化した。経済は破綻しかけている。このまま景気が悪化し続ければ、日本は倒れる最初のドミノになる。次に倒されるのは、東南アジア、ヨーロッパ、アメリカだ。この国は改革しなければならない。しかし既得権益がしっかりと守られていて、改革の余地がない」

　私はカネザキを見つめた。「あと四十秒だぞ。その調子じゃ間に合わない」

「わかってる、わかってますって！　東京支局は、改革を推し進め、改革の妨げになる要因を排除する行動計画を与えられた。計画の名前は〝黄昏《クレパスキュラー》〟だ。我々は、あんたがフリーで何をしてるか知っている。僕は……上層部があんたを探してるのは仕事を依頼するためだと思う」

「目的は？」

「改革の障害物を取り除くこと」

「だが、確信はないわけだな」

「僕はCIAに入ってまだ三年にしかならない。知らされていないことはいくらでもある。それでも、あんたの経歴とクレパスキュラー計画のことを知っていれば、誰だって推測がつく」

カネザキを見つめ、私の選択肢を考えた。殺すか。こいつの上司たちに真相はわからないだろう。だが、むろん、私が関与していることは察するに違いない。私に接近することはできないだろうが、ハリーとみどりの居場所を知っている。

だめだ。この若造を殺したところで、CIAを私の人生から追い払うことはできない。ハリーの人生からも、みどりの人生からも。

「お前の提案を考えてみよう」私は言った。「上司にそう報告しておけ」

「僕は何も提案していませんよ。単なる推測だ。いま話したことを上司に報告すれば、ラングリー本部に送り返されて、またデスクワークをすることになる」

「じゃあ好きなように報告するんだな。依頼を受ける気になったら、こっちから連絡する。お前に直接だ。連絡がなければ、ノーの意味だと解釈しろ。もう一つ、俺を見つけようとするのは——とりわけ、ほかの人間を利用して見つけようとするのは——よすんだな。いま言ったことが守られなければ、お前に責任を取ってもらう。お前に直接だ。わかったな」

カネザキは何か言いかけたが、喉からげえという音が漏れた。私は次に何が出てくるか予期して、一歩脇によけた。カネザキは前かがみになって吐いた。

わたしはそれを肯定の返事と受け取った。

恵比寿駅まで歩いて戻り、山手線で渋谷に出た。渋谷一丁目方面の宮益坂出口から歩いてすぐのところにあるコーヒーショップ〈羽當《はとう》〉に向かう。〈羽當〉には窓はない。黒光りする床板、長い檜《ひのき》のカウンター、数百個も並んだ美しい陶磁のカップとソーサー、絶妙の加減でいれたコーヒー。東京で暮らしていたころの行きつけの店――少なくともほかの店よりはよく顔を出した店だった。

通りに面したドアから店内に入る。カウンターの奥の店員は低い声で「いらっしゃいませ」と言ったが、顔は上げなかった。青い陶磁のデミタスカップにのせたフィルターに、銀色のポットから湯気の立つ湯を注ぐ手を休めない。片側に顔を傾け、目の高さをポットと同じに合わせて、湯がフィルターのなかの粉に均一に注がれるよう、腕は空中で小さな円を描いている。まるで絵描きのようだった。あるいは、ミニチュアのオーケストラを指揮しているかのようだった。熟練した丁寧な仕事を見守るのは楽しいものだ。私は思わず足を止めて店員の手もとに見入った。

湯を注ぎ終えると、店員は頭を下げ、あらためて私を出迎えた。私もお辞儀を返し、店の奥へ入った。L字形の店内のつきあたりで左に折れる。ハリーは奥の三つのテーブルの一つに座っていた。

「来たね」ハリーは立ち上がって手を差し出した。

私はその手を握った。「安心したよ。ちゃんと見つけられたんだな」

ハリーがうなずく。「指示が的確だったから」

私はテーブルを見下ろした。冷水の入ったグラスだけが置かれていた。「コーヒーは？」

「あんたがどのくらいで来るかわからなかったから、オールドビーンのデミタスを二つ頼んでおいたよ。楡《にれ》ブレンドってやつ。出てくるまでに三十分かかるって言うからさ。あんたもきっと気に入るよ――ウェイトレスによれば、〝ひじょうにこくのあるコーヒー〟だそうだから」

私はまた微笑んだ。「そのとおりだ。お前の舌に合うかどうかはわからないが」

ハリーは肩をすくめた。「新しいものを試すのは好きなんだ」

雪子とかな――私は心のなかでつぶやいた。

私たちは腰を下ろした。「で？　どうだった？」ハリーが訊いた。

私はカネザキの財布を取り出し、テーブルの上をハリーのほうへ滑らせた。「やはり尾けられていた」

ハリーは財布を開き、なかの身分証明書を見つめた。「くそ」小さな声で悪態をつく。

「ＣＩＡか」

私はうなずいた。

「でも、どうやって？　どうして？」

私はカネザキとのやりとりをかいつまんで伝えた。

「じゃあ、僕に関心があるのは、あんたに関心があるからだってわけだ」話を聞き終えて、ハリーは言った。

私はゆっくりとうなずいた。「そのようだ」

「僕のことを知ってるのかな。あんたとつながりがあるってこと以外」

「それは何とも言えない。ほかの政府機関に照会したかもしれないな。したとすれば、お前が以前、国家安全保障局に勤めてたことはわかっただろう。しかし、連中はかならずしもそこまで周到じゃない」

「でもさ、手紙一通を手がかりに僕の存在を突き止めたわけだろ。馬鹿だったよ、返事を書くなんて」

「見た目以上の何かがあるのは間違いない。手紙だけでお前を探し出したとは思えないからな。しかし、問いつめる時間がなかった」

しばらく沈黙が続いた。やがてハリーが口を開いた。「いや、手紙だけで充分なんじゃないかな。ファーストネームしか書かなかったけど、うちの親は、漢字二文字じゃなく、わざわざ三文字を選んだからね」そう言って掌に〝春〟〝与〟〝志〟の三つの文字を書いた。ありふれた名前にしては、珍しい漢字遣いだ。

「みどりも見張られていたんだろう」私は言った。

ハリーはうなずいた。「そうだね。彼女と接点があることは向こうも知ってるし。監視したり、郵便を見たりしていたんじゃないかな。あんたから連絡があるんじゃないかと思って。そこへ代わりに僕から連絡が来た」

「そんなところだろうな」

「あの手紙は中央区の本局近くのポストに投函した。会社からそう遠くない。消印が残ってただろう。それを手がかりに、捜索の輪を同心円上に広げていったんだろうね。くそ、馬鹿だったな。どこか無関係な場所から出せばよかったよ」

「いくら用心してもしすぎることはない」私はハリーの顔を見つめた。

ハリーは溜め息をついた。「また引っ越しか。住所を知られてそのままにはしておけない」

「忘れるな。勤務先も知られてるぞ」

「それは大丈夫だよ。いまの仕事はほとんど自宅でこなしてる。オフィスに行かなくちゃならない日は、行きも帰りもとくに念を入れてSDRをやるようにするよ」

「いままでだって念を入れてやってたはずだろう」

「ごめんよ。まだ足りなかったみたいだ。でも信じてよ、あんたと会うときは用心してる」

これは避けられない問題だった。コンピューターネットワークのなかでは、ハリーは事実上目に見えない。しかし現実社会では、基本的に一般市民なのだ。私の鎧《よろい》の弱い部分だ。

私は肩をすくめた。「お前が用心してなければ、いまごろはもう連中に見つかっていたはずだ。〈テーゼ〉のときか、別の機会にな。お前は奴らをちゃんとまいたんだよ」

ハリーの顔がいくらか明るさを取り戻した。「ねえ、僕は危険じゃないよね？」

私は少し考えた。カネザキのパートナーがさっきの会合から生きて帰らなかったことはまだ話していなかった。あらためてその話をした。

「くそ」ハリーは言った。「怖いのはそこだよ。もし奴らが報復しようと考えたら？」

「その相手にお前を選ぶとは思えない。まあ、これがやくざがらみなら話は別だ。俺を痛めつけるためだけに俺の友人を襲うかもしれない。だが今回は、俺にしか手を出してこないだろう。お前は奴らにとって脅威でも何でもない。それに、お抱えの殺し屋がいるわけじゃないからな。議会が許さないだろう。だから俺みたいな人間が必要になる」

「警察は？　僕は死体が見つかった現場の近くからタクシーで立ち去ってる」

「カネザキが二、三電話をかければ、通りがかりの人間に見つかる前に死体は消えてるさ。警察が呼ばれたとしたって何の証拠がある？　タクシーの運転手に連絡がついても、運転手が知ってるのは、偽名と、暗がりでかろうじて見えたごくふつうの男の人相だけだ。そうだろう？」

「まあ、そうだね」

「だからといって気をゆるめるなよ」私は言った。「お前がつきあってる女――雪子のことだが、信用できるのか」

ハリーは私を見つめた。一瞬の間をおいて、うなずいた。

「もしその女と夜を過ごしてるんだとすれば、お前の住所を知ってるわけだろう。それがお前の防御の隙になりかねない」

「そうだね、でも、彼女は連中と何の関わりも……」

「断言はできないぜ、ハリー。断言はできない」

長い沈黙があってから、ハリーはようやく答えた。「僕にはそんな生きかたはできない。あんたみたいな生きかたは」

頭のなかに一つの考えがよぎった――俺の世界と関わる前にそのことに気づいておくべきだったな。

しかし、いまさら責めるのは不公平というものだ。だいいち何の役にも立たない。

ウェイトレスが楡ブレンドのデミタスカップを二つ運んできて、やけに丁重にテーブルに置いた。まるで値のつけられないほど貴重な美術品でも扱うように。それからお辞儀をして、去っていった。

コーヒーを飲んだ。ハリーはその味について褒め言葉を並べたが、いくらか無理をしているのは明らかだった。以前なら、私が美味だと勧めたものをけなすことに喜びを感じていた。態度が百八十度変わったことに、いやでも気づかされた。どうもいやな予感がする。

そのあとは雑談をした。コーヒーを飲み終えると、お休みを言って彼と別れ、わざと遠回りをしながらホテルに帰った。

CIAがハリーに手を出す危険はないと、はたして私は本気で信じているのだろうか。だいたいにおいてそう信じているらしい。しかし私に関してはまた別の話だ。カネザキが言ったとおり、彼らは仕事を頼みたくて私を探したのかもしれない。だが、ホルツァーの報復を望んでいるのかもしれなかった。いまの段階では、どちらとも判断がつかない。どのみち、カネザキのボディガードを殺したことで親愛の情が芽生えるとはとても思えなかった。

それに、雪子がいる。怪しいという思いは拭いきれなかった。CIAとつながっているのか、それとも別の誰かなのか、それを確かめる手立てはない。またしても眠れなかった。ホテルに戻り、ベッドに横になって天井を見つめた。

やはりみどりではなかったわけだ、と思った。

みどりではなく、CIAだった。残念賞といったところだな。

もういい。考えるのはよせ。

前の晩には、今日が東京で過ごす最後の夜になると思っていたが、ふいにそうではないような気がし始めていた。長いこと天井とにらめっこをしていたあと、私はようやく眠りに落ちた。

6

翌朝、新幹線で大阪に戻った。人でごった返す大阪駅に午後早く到着したとき、意外にも心弾む思いがした。ホテルを渡り歩く生活にうんざりしていただけかもしれない。あるいは、すぐにまたこの土地をあとにしなければならない――今度は永遠に――ことがわかっていたからかもしれない。

東京を発ったとき、尾行されていないことはわかっていたが、二時間半の列車の旅のあいだには背後の安全をあらためて確かめる機会はなかった。二時間半というのは、私にとっては長い時間だ。とりわけカネザキとそのお仲間に遭遇したばかりとあっては。不安を解消するために納得がいくまで遠回りをしてから地下鉄谷町線で都島駅に向かい、A4の階段を上って通りに出た。

出口付近を埋め尽くす数百台の通勤自転車のあいだをすり抜け、とりたてて理由はなかったものの、都島本通りの交差点の交番前を左に曲がった。右に行って地元高校の前を通り、大川に向かっても別にかまわなかったのだが。ありとあらゆる方角から近づけることが、ベルファの高層マンションを住まいに選んだ理由の一つだった。

都島北通りで左に曲がり、次に右に曲がって一方通行の道を逆に進み、また左に曲がった。一方通行を逆向きに歩くのは車両を使った監視活動を妨げるためだ。そして一つ角を曲がるたびにさりげなく背後に視線を走らせる機会ができ、しかもより細く人通りの少ない道へと入ることになる。徒歩で尾行している人物がいるなら、すぐ後ろからついてこなければ私を見失うだろう。そのうえ、この周辺には高層マンションが何十棟とある。私がどの建物に向かっているかわからない以上、接近して尾行するしかない。

いくつかの面で、この一帯は地域設定の悪いほうの見本だった。トタン板とI形梁《はり》でできた駐車場と向かい合わせに、光り輝くガラスと鋼鉄のマンションがそびえ立ち、リサイクル工場や鋳物工場と一緒に一戸建て住宅が並んでいる。高層の新しい学校の豪華な御影石張りの正面玄関は、病弱な親を恥じる不孝な子どものように、荒廃した車の修理工場跡から顔を背けている。

とはいうものの、住民はその無秩序さを気にかけていないようだ。それどころか、自分たちの住居に誇りを持っていることを示す小さなしるしがあちこちに見受けられる。マカダム舗装道路やトタン板の単調さは、そこここに置かれた竹やラベンダーやひまわりの小さな鉢植えに救われている。こちらには丁寧に積み上げられた火山岩の石塚があり、あちらには乾燥珊瑚《さんご》が飾られている。ある家は、丹誠こめて手入れした庭に咲き乱れるチョウセンアサガオやサルビアの花々で、醜い鉄筋コンクリートの壁を隠している。

私の住まいは、ベルファァの双子の高層マンションの三十六階にあった。寝室が三つある角部屋だ。そこまでの広さは必要なく、ほとんどの部屋は使わないままになっているが、最上階の暮らしは気に入っていた。何より眺望がすばらしい。それにここを借りた当時、その直前に姿を消したばかりの、しかも最低限のものしか必要としない独身の男にはおよそ似つかわしくない部屋に暮らすのは、ちょうどいい目くらましになると考えた。もちろん、結局は別のところから居場所を探し当てられたわけだが。

ベルファのようなマンションでの暮らしも悪くない、そう自分に言い聞かせている。子どもを持つ住人は、見知らぬ人間を自ずと警戒するが、いったんここの一員として受け入れられれば、無意識の、だが実に効果的な待ち伏せの障害物となってくれる。しかし、それだけがここを気に入っている理由ではないことはわかっていた。私には家族はなく、これから先も持つことはないだろう。それでもこのような環境に魅力を感じるのは、物理的な安心感だけが理由ではない。もっと間接体験的な安心感がそこにはある。そういったものを必要としない時期もあった。あのころは、一方からだけ透けて見えるガラスに鼻を押しつけて、運命によって拒まれた普通の暮らしを孤独で虚しい目で見つめている亡霊のような、精神の吸血鬼じみた生活を続けることをどこかでおもしろがり、おそらくはぼんやりとした嫌悪感も抱いていた。

〝それまでとは優先事項が入れ替わる。価値観が一変する〟

公衆電話からボイスメールにアクセスした。ボイスメールは、送話器として機能する高性能スピーカーフォンがついた、音によって反応するユニットに接続されている。解除コードを知らない人間がマンションに入ると、そのユニットが無音のままボイスメールに電話をかける仕組みになっている。つまり私は、予期せぬ訪問者があったかどうか、マンションに入る前に、安全な距離をおいて知ることができるわけだ。東京にいたとき、同じような機器があったおかげで、ホルツァーが指示した待ち伏せから救われた。実際に役に立つとわかったものは手放せない。東京から毎日ボイスメールを確認していたが無事だったし、今回もボイスメールのボックスは空だった。留守のあいだにマンションに侵入した者はいない。

公衆電話からもう目と鼻の先にあるベルファに向かって歩く。右手の運動場では、ソフトボールの試合が行なわれていた。建物の前の御影石の彫刻の庭では、子どもたちがキックボールをしていた。老人を乗せた自転車がふらつきながら私を追い越していく。ハンドルにちょこんと座った孫が笑い声をあげた。

建物に向けて据えつけられた防犯カメラに背中以外の部分を撮られないよう気をつけながら、正面のエントランスを入った。そういった用心は日常の一部になっているが、タツが指摘したように、カメラはいまやどこにでもあり、すべてを見つけようとするのは不可能だ。

エレベーターで三十六階に上がり、廊下の先の部屋へと歩いた。ドアの下部に貼っておいた透明なテープの切片を確認すると、ちゃんと戸枠についていた。ハリーにも口を酸っぱくして言い聞かせてきたことだが、複数の対策をしなければ万全の防衛は望めない。

ドアの鍵を開け、なかに入る。室内は出かけたときのままだった。だが、それだけでは充分ではない。寝室の一つには、布団とナイトスタンドの奥の壁ぎわに、オリーブ色の革のソファが置かれている。新品だが、新品には見えない。ときおり、夕暮れ時にそこに座り、街の西側に沈む夕陽を眺めることがある。磨かれた板張りの床にはギャベ絨毯が敷かれている。さまざまな色合いの緑や青の地にところどころクリーム色の斑点が散っている。おそらくは牧草地のヤギを描いたものだ。手触りは弾力があって柔らかで、これを作った遊牧民はきっとマットレスとして使っていただろうと思わせる。英国から日本へと渡ってきた双座のライティングデスクの天板は黒い革張りで、一世紀以上にわたってその上を動いてきたペン先の圧力によってほどよくくたびれている。そこでは海を越えて送られる、生と死を伝え、あるいは祝意や悔やみの言葉を伝える手紙が書かれてきただろう。外国にいる親戚のもとへとその手紙が届くころには、何週間も前のニュースとなっていたかもしれない。そのすぐ前には、つい最近まで隆盛を誇っていた渋谷のビットバレーのベンチャー企業の一つから気まぐれに購入した、目を見張るほど複雑な構造をしているが座り心地は抜群の〈ハーマン〉社製アーロンチェアが置かれている。デスクの上には、マッキントッシュのG4コンピューターと、贅沢《ぜいたく》な二十三インチの液晶モニターがある。これについてはハリーには何も話していない。ハリーは私はコンピューターにうといものと思いこんでいるからだ。必要とあらばどこかのシステムのファイアウォールを乗り越えて侵入できる腕が私にもあることをハリーに教えたところで、いいことがあるとは思えない。

ソファの向かいには、CD六枚が入るチェンジャー付きの〈バング&オルフセン〉のホームシアターシステムがある。その隣の書棚にはCDの膨大なコレクション――ほとんどがジャズ――と、控えめな数の蔵書が収まっている。武芸に関する書籍が多く、なかにはかなり古くて、世に知られていないものもあった。そういった本には、現代柔道では危険すぎるとして禁じられ、もはや芸術としてしか生き延びていない戦闘テクニック――柔術に残るスパインロック、ネッククランクといった技――についての情報が書かれている。手《て》垢《あか》で汚れた哲学書もある。三島、武蔵、ニーチェ。ほかに、アメリカの特殊な出版社から取り寄せている薄い本が並んでいる。日本を初めとする、アメリカ流の過剰なまでの言論の自由を欠いた国々では違法とされている出版物だが、私はその出版物自体に書かれている手段を使ってそれらを手に入れている。最新の監視手法やテクノロジー、警察の捜査技術や科学捜査テクニック、偽造身分証明書の入手法、海外口座や私書箱の取得のしかた、変装技術、錠前のピッキングと侵入テクニック、そのほかの関連トピック。もちろん、長年のあいだに、そのすべての領域について私なりに専門知識が蓄積してきたが、経験を生かしてハウツーものを書こうなどという気はさらさらない。その代わり、私はそういった本を読んで敵が何を知っているかを学び、相手の思考を理解し、どこで私を捕らえようとするか予測して、それに対して適切な対策を取る。

このマンションで唯一異彩を放っているのは、中国武術ウィンチュンのトレーニングに使う、大柄な成人男性ほどの寸法がある木製の人形だ。一つだけある和室にそれを置いている。もし家族でここに住んでいれば、この和室はこたつを囲んでご近所の噂話《うわさ》をしたり、家計簿をつけたり、子どもの将来を計画したりする部屋として使われているだろう。

しかし木製の人形は、私にとってより有益な部屋の使いかたを象徴していた。日本に住んで二十五年近く、柔道の訓練を受けてきた。柔道の、投げ技と寝技を重視するところに魅力を感じている。しかし東京の講道館に通っていたことをホルツァーとCIAに知られた以上、講道館の大阪支部に顔を出すわけにはいかなかった。連邦証人保護プログラムに基づいてつい最近保護されるようになった人物が、以前よく読んでいた発行部数の少ない雑誌の定期購読をまた申し込むようなもので、あまりにもわかりやすい行動だろう。当面は、一人で訓練するほうが無難だった。その人形のおかげで反射神経はいまのところ鈍っていないし、両手の打撃に使う部分はたこができ、皮膚は硬くなっている。それに人形が相手なら、柔道場に通っていたときにはおろそかになっていた攻めや受け身のテクニックのいくつかを練習することもできる。このマンションに訪問客があったら、この人形はちょうどよい話の種になるだろう。

それからの数日間は、大阪を離れる支度に忙殺された。あわてて発てば失敗する。移動中はもっとも無防備なものであり、これまで私の居所を突き止めることができずにいた人物がいたとしても、私がふいに安全の裏付けのより少ない生活に飛びこめば、話は違ってくる。それにタツは私がすぐに動きだすと予期しているかもしれない。そうだとすれば、私を追跡してやろうと手ぐすね引いていることだろう。反対に、もしここで私が動かずにいればタツは警戒を解き、タイミングが合ってしかも準備が整ったころ、彼を完全に振り切る機会が訪れるかもしれない。タツがいますぐ私に連絡を取る理由はなかった。だからもっとも安全なのは、しかるべき時間をかけて、万全の準備を整えることだ。

行き先はブラジルと決めていた。ナオミと打ち解けるのに役に立ったポルトガル語を勉強していたのはそのためだ。香港やシンガポールなどのアジアの都市、あるいはアメリカのどこかでは見え透いている。ブラジルがうまい選択である理由の一つはそこだ。たとえ誰かがブラジルで私を探そうと思いついたとしても、相当な苦労を強いられることになるだろう。ブラジルには日系人が多い。生活のあらゆる側面に日系人が関わっている。あと一人移住者が増えたところで注意を引くことはない。

リオデジャネイロは理想的だった。洗練された文化と恵まれた気候、それに観光客が大多数を占める流動的な人口。世界の諜報活動やテロ活動、インターポールの焦点からは大きく外れている。だから偶然に発見されたり、監視カメラのネットワークにとらえられたりといった気遣いはない。つまり逃亡者の天敵の心配をしなくてすむのだ。柔道の訓練を再開することもできるだろう。少なくとも、柔道によく似た武芸を学ぶことはできるはずだ。ブラジルのグレイシー一家は、日本人がブラジルに持ちこんだ柔道の祖先の一つである柔術を、おそらくは世界でもっとも洗練された格闘技へと発展させた。現在、ブラジリアン柔術の道場はブラジル国内に無数にあり、日本を含め、世界じゅうで人気を獲得している。

適当な都市をすでに選んであるだけでなく、別の人格も確立してあった。これまで以上に世間から完全に姿を消さなければならなくなる日に備え、歳月をかけて準備してきたものだった。十年ほど前、ある官僚を監視し、消す準備をしていたとき、その男の外見が私自身にひじょうによく似ていることに気がついた。年齢、身長、体格。顔つきもさほどかけ離れてはいなかった。しかもターゲットはすばらしい名前を持っていた——山田太郎。周辺を調べてみると、山田氏には家族がいなかった。ある日ふいに彼が行方不明になっても、捜索願いが出されることはなさそうだった。

多くの本には、死んだ人間の名前を利用して新しい人格を作ることができると書かれている。しかしそれは、死亡証明書が提出されなかった場合に限られる。もし公官庁が何らかの関わりを持てば——たとえば、これは大部分の人間に当てはまることだが、当の人物がホスピスや病院で死んだり、埋葬や火葬をされたりすれば、または行方不明者届けが出されたりすれば——死亡証明書が提出される。あるいは親戚が被相続人の財産の一部にでも手をつけようとすれば——すなわち不動産や動産の所有権の移転や、遺言の検認が行なわれれば——やはり死亡証明書が提出される。それでもなお他人の人格を乗っ取ろうとすれば、死んだ人物の特徴に基づく補助的な新しい身分証明書をどうにかして手に入れたとしても、その身分証明書には致命的な欠陥がつきまとうことになる。運転免許証やクレジットカードを取得するとき、仕事に就くとき、所得税申告書を提出するとき、国境を越えようとするとき——要するに、新しい身分証明書があることを前提とする数限りない行為を行なおうとするとき――誰かの画面に〝写真が一致せず〟という警告がひらめいて、即座に、そして完全に、窮地に立たされることになる。

では、まだ生きている人物の人格ならどうだ？　短期の詐欺に使うならば、うまくいく。これは一般に〝身元詐称〟と呼ばれているが、〝身元拝借〟とでも表現したほうがわかりやすいかもしれない。ただし、長期にわたって借り続けることは不可能だ。新しいクレジットカードの支払いは誰がする？　請求書はどこに送られる？　よし、それならば、何かの理由で姿を消した人物の人格ならばどうだろう？　そもそもそういう人物がいることを知っているとしての話だが。それならどうだ？　しかし、もしその人物に負債があったら？　麻薬の密売人だったら？　過去に誰かに追われていたとしたら、今度は自分が追われることになる。それに、そうだ、ミスター行方不明が突如としてふたたび世間に復帰したら、どうすればいい？

だが、たまたま自分が殺したために、ある人物が死んでいることを知っているのだとすれば、話はいくらか変わってくる。もちろん、絶対に発見されない方法で死体を処理しなければならない。これはリスクが高く、しばしば陰惨な行為ともなり、決して万人向けとは言えない。しかしここまでやるなら、そして誰もその人物の死を――行方不明になっていることさえ――届け出ないとわかっているなら、価値を秘めたものを手にしていることになる。しかもその人物宛てに請求された料金を代わって支払い続け、クレジット利用履歴が良好であることまで確実に知っているなら、勝ったも同然だ。

だから、私は不運な山田氏を標的とする契約を履行したが、クライアントにはそのことを黙っていた。代わりに、標的は〝地下にもぐった〟らしいと報告した（その駄洒落《だじゃれ》を使わずにはいられなかった）。〝自分を狙《ねら》って殺し屋が雇われたことに勘づいたのかもしれない〟クライアントは私立探偵に調査を依頼し、私立探偵は突然の逃亡を裏づける証拠を見つけた。銀行口座は解約され、そのほかの私事もきれいに片づけられていた。郵便物は海外の私書箱に転送されている。アパートにあった家財は消えていた。言うまでもなく、そういったことをすべて処理したのはこの私だ。クライアントは、そもそもの目的を考えれば山田氏の失踪は死と同じであり、契約を完遂するために行方を追う必要はないと言ってよこした。報酬は支払われ――私のような男に理不尽な扱いを受けたと思われることを望む人間はいない――その件はそれで終わった。まもなくクライアント自身が悲劇的な最期を迎え、私にとっては充分な時間が経過した。そろそろ山田氏をこの世に復活させてもいい頃合いだ。そして彼のありふれた名前を使って小さなコンサルティング会社を立ち上げ、税金を支払い、郵便がきちんと届く住所を確保し、負債を背負ってそれを返済する――そういった小さな事実を積み上げて、どこまでも目立たず、どこまでも合法的な社会のメンバーを作り上げた。

あとは山田氏になりすまし、新しい生活を始めるだけだった。しかしその前に山田太郎にはなすべきことがあった。コンサルティング会社の経営に失敗し、ブラジルに移住して、現地の日系三世に忘れかけた母国語を教えようと決意した人物がやるべきこと。ビザがいる。私が海外に持っている非合法の偽名口座ではなく、合法の銀行口座がいる。家探し、オフィス探しの伝手《つて》がいる。うわべはサンパウロに本拠を置くことになるだろう。サンパウロには在ブラジル日系人のおよそ半数が集中しているから本当はリオデジャネイロにいることがなおいっそうわかりにくくなるだろう。そういったものの大部分はブラジリアの日本領事館を通じて手配したほうが容易だろうが、山田氏はより非公式で、より追跡の困難なやりかたを好む。

山田氏のブラジル移住計画を進めているころ、一連の不祥事が報じられているのを見て、タツの山岡とのひそやかな戦争にどんな影響を及ぼすだろうかと考えた。〈ユニバーサル・スタジオ・ジャパン〉では、園内の飲食店で消費期限を九か月過ぎた食品が使われ、それを隠すためにラベルを偽造していたうえ、水飲み器に未処理の工業用水を使っていたことが発覚した。〈ミスタードーナツ〉は禁止添加物が使われた肉まんを販売していた。〈雪印〉はごくわずかな経費を節減するために古い牛乳をリサイクルし、工場のパイプの洗浄を怠っていた。隠蔽はできなかった――一万五千人の食中毒患者を出したからだ。〈三菱自動車〉と〈ブリヂストン〉は自動車やタイヤの欠陥を隠し、安全のための商品回収をしなかったがために、厳しい批判にさらされた。最悪だったのは――日本の基準に照らしても衝撃的だった――〈東京電力〉が二十年間にわたって原子力発電所の安全点検報告書に虚偽の記載をしていたというニュースだった。八つの異なった原子炉に、コンクリート製シュラウドのひび割れなどの重大な問題があったことが報告書には書かれていなかった。

だが、驚くべきは不祥事そのものではない。大部分の国民が無関心でいることだ。タッにとっては腹立たしいことだっただろう。何が彼を突き動かすのだろうか。外国でなら、こういったスキャンダルが発覚すれば革命が起きかねない。しかし不祥事があろうと、不景気であろうと、日本人は民主自由党のいつもの面々をまた議会へと送りこむ。そう、タッが戦いを挑んでいる問題の半分は、名目上の彼の上司、言ってみれば彼が忠誠を誓うべき相手によって占められているのだ。そのような確信ある無知と容赦ない偽善に直面して、どうやって戦い続けることができる？　なぜ彼はあえて戦うのだろう。

ニュースを読み、タッならどう解釈するか、どのように折り合いをつけるか想像してみようとした。だが、悪いことばかりではないのだと思う。事実、いくつかの自治体では、彼を勇気づけるような進展があった。三重の北川正恭氏は原子力発電所建設計画を白紙に戻すと宣言し、官僚を打ち負かして知事に当選した。千葉では、六十八歳の元テレビレポーター、堂本あき子氏が、企業や労働組合、さまざまな政党の後押しを受けた候補者たちを退けて、知事に当選した。長野の田中康夫知事は、建設業界からの猛烈な反発を退けて、すべてのダム建設を中止した。鳥取では、片山善博知事が県の帳簿の全面公開を決め、東京の役人たちがあやうく糞を漏らしかけるような先例を作った。

雪子や〈ダマスク・ローズ〉のコンピューター記録を調べることにも時間を使った。ハリーに比べれば私のハッキングの腕前などお粗末なものだが、助力を求めれば、私が彼の周辺を調べていることを明かさざるをえなくなる。

クラブの税務記録から、雪子のラストネームがわかった──野原だ。同じ記録から、そこそこの量の情報が入手できた。年齢は二十七歳、生まれは福岡。早稲田大学を卒業している。住まいは南青山の骨董通りに面したマンション。逮捕歴なし。負債なし。特記事項なし。

クラブのほうはもう少し興味深かったが、不透明でもあった。所有者は複数の外国企業だった。個人の名前が経営に結びつけられているとしても、それは誰かの金庫に保管された法人設立許可証の上でだけで、コンピューターには記録されていないだろう。コンピューター上にあれば、私にもアクセスできたのだが。クラブを所有しているのが誰であれ、関連を世間に知られたくないのだ。それ自体は、とりたててどうということもない。現金商売はつねに犯罪組織とつながっている。

ハリーがやれば、雪子についてもクラブについても、もっと多くの情報を手に入れられただろう。頼めないのが残念だった。彼に警告して、自分で少し調べてみるよう勧めるしかない。そうしたくはないが、ほかにどうしようもなかった。彼にしてもいい気はしないだろう。しかし、私はまもなく日本を離れることになる。それに、まだわからないぞと私は考えた。ひょっとしたら私は間違っているかもしれない。ハリーが探したところで、何も出てこないかもしれない。

ナオミにも怪しいところはなかった。ナオミ・ナシメント。国籍はブラジル。JETプログラムの招聘《しょうへい》で、二〇〇〇年八月二十四日に来日している。彼女から教えられたメールアドレスを手がかりに、現住所を探り出した。麻布十番三丁目のマンション、ライオンズ・ゲート・ビルディング。ほかに情報はなかった。

出発の準備を整える一方で、二度と目にすることがないとわかっている大阪周辺の場所を訪れておいた。子ども時代の旅行の思い出が残っている場所もある。大和時代の都、飛鳥。長く空っぽのままの墳墓の表面には、獣や半人の超自然的な彫刻が施されている。それらを作った人々は誰なのか、何を意味するのか、それは悠久の風に揺れる稲穂の向こうに失われている。高野山。弘法大師の埋葬地として名高い聖地だ。弘法大師は死んではおらず、高野山の広大な墓地の近くにとどまっていまも瞑想を続けていると言われる。その寝ずの行《ぎょう》を彩るのは、近くの墓標のあいだを物憂げに流れる、原生林の夏の虫の声のように古代から変わらない僧の真言だ。そして千三百年前の都、奈良。朝早く、日常の岸に観光客の波が押し寄せる前に出かければ、八十歳を超えて一人歩く老人とすれ違うかもしれない。歳月の重荷に肩を丸め、草履を履いた足を砂利に引きずるようにして、老人は古代の都と似て時間を超越した、決然たる足取りで道をたどっていく。

そういったものに別れを告げておきたいという衝動を感じるとは、不思議なものだと思う。つきつめれば、そのいずれも私のものではないのだから。子どものときすでに、半分日本人であるということは、半分日本人でないことを意味し、半分日本人でないということは……違っていることを意味すると理解していた。違っている——異質であること、間、違っていること。日本語は、日本文化と同じく、その二つを区別しない。

京都にも行った。二十年以上、訪れる機会はなかったが、私の記憶にある雅《みやび》やかで活気に満ちた都市が死に絶えようとしていることに驚愕《きょうがく》させられた。かつての都は、見捨てられ、味気ない勤勉な雑草に覆われた庭のように消え去ろうとしている。お付きの者に囲まれてつんと顎をあげた王女のごとく、瓦屋根のあいだに高々とそびえていた東本願寺の燦《さん》爛《らん》たる尖塔《せんとう》はどこに行った？　かつてこの街を訪れる旅行者を出迎えたすばらしい景色は、新しい電車駅によって覆い隠されていた。宇宙から落下してきてそこに居座った巨大な糞のように、長さ一キロの線路に沿ってだらしなく広がった忌まわしいもの。どこかへ運び去ろうにも大きすぎる。

何時間も歩いた。破壊の広がりに目をみはりながら。大徳寺の敷地のなかを車が通っていた。日本の仏教のふるさと、比叡山は駐車場に姿を変え、頂上には大規模な娯楽施設ができていた。昔は竹の格子がリズムを生む木造の古い家屋が並んでいた通りは、けばけばしいプラスチックやアルミやネオンに覆われ、木造の家屋は取り壊されてなくなっていた。どちらを向いても電話線がのさばり、電線が増殖し、プレハブのアパートの窓に愚か者の目からこぼれる涙のように洗濯物が吊り下げられている。

大阪に戻る前に、おおよそ街の中心に位置する〈グランド・ホテル〉に立ち寄った。エレベーターで最上階に上る。東寺の仏塔と本願寺の屋根の一部を例外に、三百六十度、どこのものともわからない都市の荒廃に囲まれていた。街にいまも生き続ける美しさは、難民の群れのごとく身を縮こまらせていた。文化隔離をめぐる奇妙な実験の結果のように。

芭蕉の句が頭に浮かんだ。子どものころに京都を訪れたとき、初めて母に聞かされて心を動かされた句。清水寺の舞台に立ち、静かな街を見晴らしながら、母は私の手を取ると、なまりのある日本語を口にして私を驚かせた。

京にても京なつかしやほととぎす

しかし、言葉に表せない、そして満たされることのない切望を歌った句に込められた意味は、変わってしまった。街と同じく、そこにはいまや悲しい皮肉が漂っている。

私は淋しい笑みを浮かべた。もしこの景色のごく一部でも私のものだったなら、もっときちんと手入れをしたのにと。政府を信じて任せるとどうなるかといういい見本だ。人とはいかに愚かなものか。

ポケベルが振動した。ベルトから外して表示を見ると、タツと取り決めた暗号の数字と電話番号が並んでいた。いつか連絡があるだろうと思っていたが、こんなにすぐとは予期していなかった。くそ。窮屈なことだ。

エレベーターでロビーに下り、通りに出た。無難な場所にある公衆電話を見つけ、テレフォンカードを差しこんで、タツの番号をダイヤルした。無視しておいてもよかったが、それに対してタツがどう反応するか予想できない。協力するふりをしつつ、彼が何を求めているのか知っておいたほうがいい。

呼び出し音が一つ鳴ったあと、タツの声が聞こえた。「もしもし」名乗ることなくそう言った。

「もしもし」私も応じた。

「同じマンションにまだいるんだろうな」

「引っ越したい理由があると思うか」私は辛辣《しんらつ》な響きを隠すことなく言った。

「この前会ってから考えていた。お前はまた……旅行に出るかもしれないとな」

「まあな。だが、まだその暇がない。それくらいは知ってるんだろうに」

「お前のプライバシーを尊重しているつもりだが」

まったく、憎めない奴だ。私の人生を台無しにするのに忙しいときでさえ、この男は何だかんだと私から苦笑いを引き出す。「それはありがたいね」

「また会って話したい。お前がよければだがな」

私はためらった。タツは私の住所を知っている。その気になれば、よそで待ち合わせることもないのだ。「仕事の話は抜きでか」

「それはお前次第だ」

「じゃあ、仕事の話は抜きだ」

「いいだろう」

「いつ？」

「今夜そっちに行く。この前と同じ場所では？」

私はまたためらった。だがすぐに答えた。「入れるかどうかわからない。あの近くのホテルにいいバーがある。俺好みの店だ。どこだかわかるな？」

〈ザ・リッツ・カールトン大阪〉のバーのことだった。

「ああ、見つけられると思う」

「この前と同じ時刻にバーで落ち合おう」

「わかった。再会を楽しみにしてるよ」軽い躊躇《ちゅうちょ》。「ありがとう」

私は電話を切った。

7

阪急線で大阪に戻り、まっすぐ〈リッツ〉に向かった。不測の事態に備えて、少なくとも数時間前には現地に着いておきたかった。フルーツとチーズの盛り合わせを注文し、ダージリンティーを飲みながら待った。

タツはいつもどおり時間に正確だった。気遣いも見せた。わざとゆっくりと歩いて、こちらを驚かせるつもりがないことを示す。それから私の向かいの布張りの椅子に腰を下ろして店内を見回した。明るい色調の鏡板、壁の突出し燭台、シャンデリア。

「また力を借りたい」短い沈黙ののち、タツが言った。

やはりそうきたか。そしていつものとおり、単刀直入だった。だが、私は故意に返事を待たせた。「ウィスキーを頼むか。十二年ものの美味いクラガンモーアがあるぞ」

タツはかぶりを振った。「つきあいたいところだが、医者にそういう楽しみは我慢するように言われている」

「お前が医者の言うことを聞くとはな」

タツは不愉快な告白をしようとしているかのように唇を引き結んだ。「これについては女房もうるさくてね」

私は彼の顔を見つめて微笑んだ。このタフで計略に富んだ男が妻の意見に素直に従っていると考えると、少々意外だった。

「何だ？」タツが訊いた。

真実を答えた。「お前に会うとどうも嬉しくてね、この野郎」

タツも微笑んだ。目の周囲にしわの網ができる。「それはお互い様さ」

タツはウェイトレスに合図し、カモミールティーを頼んだ。奴が飲まないなら、私もクラガンモーアは遠慮しておこう。ちょっとした情けだ。

タツがこちらに向き直った。「さっきの話だが、また力を借りたい」

私は指先でグラスを軽く叩いた。「仕事の話は抜きのはずだったろう」

タツがうなずく。「嘘をついた」

そのことはわかっていた。私がわかっていることを彼もわかっている。それでも——

「お前を信用していいんじゃなかったのか」

「肝心な事柄については、信用してくれていい。それに、仕事の話は抜きといっても、頼み事くらいはしてもいいだろう」

「それだけか？　頼み事だと？」

タツは肩をすくめた。「貸しはもう返してもらったからね」

「以前の俺は、多額の金と引き換えに他人の頼み事を聞いてたんだがね」

「〝以前の〟という表現は、いい徴候だな」

「ついこのあいだまでは、正確な表現でもあったよ」

「先を続けてもいいか」

「貸し借りはもうないという前提をはっきりさせたうえでならな」

タツはまたうなずいた。「言ったとおりだ」コートのポケットからミントの缶を取り出し、缶を開けて私のほうに差し出した。私は首を振った。タツは頭を上に向けることもなく、手もとを確かめることもせず、ミントを一つ取って口に入れた。周囲で起きていることから決して目を離さない男なのだ。その主義は、大きなことにだけでなく、ちょっとしたしぐさにも表れる。

「例のウェイトリフターは組織の顧問弁護士だった」タツは話し始めた。「確かにネアンデルタール人みたいな男だったが、実際には、日本の組織犯罪の新世代の一員でね。専門は、合法で維持可能な会社を設立して、進歩的なお仲間に隠れ蓑《みの》を提供することだった。その方面では群を抜いて有能だったよ」

私はうなずいた。その現象なら知っている。入れ墨や派手なスーツや攻撃的な態度は社会的地位を向上させる妨げにしかならないと気づいた新世代のやくざは、いかにも犯罪者然としたイメージを捨て去り、不動産や娯楽といった合法的なビジネスに乗り出した。麻薬や売春を捨てきれず、建設業界を支配することに固執する旧世代は、マネーロンダリングや節税などの面で新世代を頼るようになってきている。同時に、新世代は、旧世代がいまも得意とする伝統的な商売道具——賄賂《わいろ》、強請《ゆすり》、殺人——がライバル会社を退けるのに有効であると判断すれば、旧世代に頼る。その関係は、古典派経済学者が誇らしく思うような共生的分業だった。

「あのウェイトリフターは、効率的なシステムを作った」タツが続けた。「伝統的な組はどこも彼のサービスを利用していた。このシステムによって組は合法性を備え、訴追されにくい体質になり、政界や経済界により大きな影響力を持つようになった。それだけじゃない、社会一般に以前より大きな影響力を持つようになったんだ。私たちの共通の知人、山岡俊《とし》は、とくにウェイトリフターのサービスに依存するようになった」

〝組〟とはグループとか集団といった意味だ。やくざについて使われれば、組織犯罪グループ、アメリカの実在のマフィア、ガンビーノ一家や、小説のなかのコルレオーネ一家の日本版を指す。

「そいつがいなくなっても何も変わらないような気がするんだがな」私は言った。「誰かがあとを継ぐだけのことじゃないのか」

「長期的に見れば、そのとおりだよ。需要があれば、いつか誰かが供給を始める。しかし現状では、供給は断たれている。ウェイトリフターは、彼の組織を円滑に動かすのに欠くことのできない人物だった。だが独裁者の例に漏れず、後継者の存在が引き継ぎの時期を早めることになるのではないかと恐れて、後進を育てていなかった。奴がいなくなったいま、組織では抗争が繰り広げられているはずだ。欺瞞《ぎまん》や裏切りが行なわれるだろう。これまでは隠されていた協力者やコネが暴かれるだろう。合法ビジネスへの犯罪組織の影響力は薄れるだろう」

「当面はな」私は言った。

「当面はだ」

カネザキがクレパスキュラー計画について話していたことを思い出した。

「ついこのあいだ、CIAの人間とちょっとしたいざこざがあってね。お前が知りたがるようなことを聞いたぞ」

「何だ？」

「名前はトモヒサ・カネザキ。日系アメリカ人だ。CIAの〝改革を進め、改革の障害を取り除く〟プログラムのことをちらりと話していた。クレパスキュラー計画とかと呼ばれてる。な、お前の得意分野だろう」

タツはゆっくりとうなずいていたが、やがて言った。「その計画のことを話してくれないか」

私はカネザキから聞いたわずかな情報を伝えた。それから、ふと悟った。「お前、その男を知ってるんだな」

タツは肩をすくめた。「お前の居場所を突き止めるのに協力してくれと警察庁に話を持ちかけてきたなかの一人だった」

奇遇じゃないか。「もう一人は誰だ？」

「ホルツァーの後任のCIA東京支局長だ。ジェームズ・ビドル」

「聞いたことのない名前だな」

「支局長にしては若い。四十歳くらいか。CIAの新世代の一人なのかもしれないな」

カネザキとボディガードに遭遇した経緯をざっと話した。詳細は曖昧にし、ハリーの関わりは隠した。

「連中はどうやってお前を見つけたんだろう。私はまる一年かかってようやく見つけた。地元警察の手を借り、住基ネットと監視カメラを総動員しても一年かかったんだ」

「俺のセキュリティの穴だな」私は言った。「もう塞いでおいたがね」

「それに、クレパスキュラー計画だって？」

「いま話したとおりだよ。詳細は聞き出せなかった」

タツは指でテーブルを小刻みに叩いた。「まあいい。カネザキさんが私が知っている以上のことをお前に話せたとは思えない」

私は彼を見つめた。彼の持つ情報の広さにはいつもながら感心させられる。「お前は何を知ってる？」

「アメリカ政府は、日本の複数の改革派に資金を提供している。戦後、CIAが行なっていたのと同じ種類のプログラムだよ。共産主義の防波堤にするために民主自由党を支援したのと同じことさ。資金の受け手が変わっただけだ」

「〝障害を取り除く〟という部分については？」

タッは肩をすくめた。「私の想像では、カネザキさんがほのめかしたとおり、彼らはお前の助力を求めているのかもしれない」

私は笑った。「奴らときたらやけに厚かましくて、尊大とさえ思えてくることがあるよ」

タッがうなずく。「あるいは、お前がウィリアム・ホルツァーの死に関わったと思い違いをしているか。いずれにしろ、彼らとは掛かり合いにならないほうがいい。我々としては信用できない相手だと思うからね」

おそらくは故意のものだろう、私とタッはパートナーだとでもいうような〝我々〟〝彼ら〟という表現に、思わず口もとがゆるんだ。

「さてと」私は言った。「お前の頼みとやらを聞こうか」

タッはしばしためらっていたが、やがて口を開いた。「今度もまた山岡の主要な人材だ。やはり原始人じみた風貌が知的スキルを隠している」

「誰なんだ？」

タッは私を見つめた。「お前ならよく理解できるはずの相手だよ。殺し屋だ」

「へえ、それはまた」私は平静を装った。

ウェイトレスがタッのお茶を運んできて彼の前に置いた。タッは黙って乾杯するようにカップを持ち上げ、一口飲んだ。

「一風変わった男でね」私の顔を見ながら続ける。「経歴をながめただけでは、ただの畜生とも思える。児童虐待の前科がある。学校での喧嘩《けんか》。幼少期にすでにサディスティックな傾向を示していた。高校を中退して相撲部屋に入門したが、思うように体重が増えなかった。そこでタイボクシングに転向し、プロとして短い平凡なキャリアを終えた。その後、五年ほど前、いわゆる無制限スポーツ、〈プライド〉というものに関わるようになった。知ってるか」

「もちろん」私は答えた。〈プライド・グランプリ〉は日本を本拠とする総合格闘技で、およそ二か月ごとに試合が行なわれ、テレビ放映もされている。総合格闘技（MMA）の概念は、伝統的な武術を組み合わせて戦うものだ——ボクシング、柔術、柔道、空手、拳法、カンフー、ムエタイ、サンボ、レスリング。創設以来、〈プライド〉ファンは着実に増え続け、イギリスの〈キング・オブ・ザ・ケージ〉やアメリカの〈アルティメット・ファイティング・チャンピオンシップ〉などにも関心が持たれるようになった。このスポーツは、MMAの選手が床を叩いて降参の意を示すより、ボクサーがノックアウトされて失神するほうがまだ健全だと考えているらしい当局と、しばしば摩擦を起こしている。

「お前の印象は？」タツが訊いた。

私は肩をすくめた。「選手は強いな。テクニックもあるし、鍛えられてる。肝も据わってる。いくつか試合を見たよ。本物の格闘に近いが、ぎりぎりスポーツの範囲に収まっているというところだな。しかし〝無制限〟というのはただのマーケティング戦略だよ。噛みついたり、目をえぐり出したり、股間を蹴飛ばしたりするのが解禁されないかぎり——

それに、リングのまわりに手ごろな武器を置いておくようにならないかぎり、物足りない印象は拭いきれないだろうね」

「お前がそう言うとは面白いな。というのも、問題の人物も同じ感想を抱いていたらしいからね。〈プライド〉を離れて、アングラのベアナックルファイティングの世界に飛びこんだ。こっちはまさにルールなしの格闘だ。たいてい、どっちかが死ぬまで試合は終わらない」

そういったアングラ試合の噂は聞いたことがあった。参加しているという人物に会ったこともある。トムというアメリカ人で、一時期、講道館で柔道の練習をしていた。見た目はタフだったが、意外にも整然とした思想の持ち主で、丸腰の闘いについての興味深くまた有益な哲学を話してくれた。柔道では私が彼を負かしたとはいえ、より形式張らない場ではどちらが勝つかわからない。

「その人物は、そういうアングラ試合でかなりの成功を収めているらしい」タツが続けた。

「相手は人間だけじゃない。動物とも闘う。犬だ」

「犬？」私は驚いて訊き返した。

タツは険しい顔つきでうなずいた。「試合はやくざが運営している。問題の人物のテクニックや非情な性格が主催者の目にとまらないわけがない。さらに、リングで賞金のために殺す以上の強い衝動を抱えていることもな」

私はうなずいた。「もっと広い世界でも殺せるわけだ」

「そうだ。この一年ほど、まさにそのとおりのことを続けている」

「かなり洗練されたテクニックの持ち主だと言ったな」

「ああ。お前にしか備わっていないと思っていた手腕を身につけたようだよ」

私は黙っていた。

「この半年間で」タツは続けた。「二人の死者が出た。表向きは自殺だ。死んだのは、どちらもまもなく合併される銀行の経営幹部だった。二人ともビルの屋上から飛び下り自殺したとされている」

私は肩をすくめた。「その銀行のバランスシートの実態について書かれた新聞記事を読んだかぎりでは、たった二人しか飛び下りていないことのほうが驚きだね。五十人くらい死んでいてもおかしくない」

「二十年前、いや十年前なら、そうだったかもしれないな。しかし死をもって償うというのは、現在の日本ではもはや美徳ではなく、単なる理想にすぎなくなっている」タツはお茶を一口飲んだ。「いまはアメリカ式の謝罪のほうが好まれる」

「〝間違いが起きたことを陳謝いたします〟か」私はにやりと笑った。

「〝陳謝いたします〟もない場合もあるぞ。〝遺憾に思います〟程度ですまされる」

「賄賂を受け取るのは病気です、薬がなければ治りませんと言い出さないだけましだ」

タツは苦笑いを浮かべた。「まあ、まだそこまでは行っていないな」もう一口お茶を飲む。「飛び下り自殺した二人はいずれも遺書を残していない。調べてみると、二人とも、相手銀行が抱えている不良債権の額が公表されているよりもはるかに多いことを懸念していた」

「だから？　銀行や政府が表向き認めている不良債権額が実際とかけ離れてることくらい、誰でも知ってるぞ」

「まあ、そうだな。しかし自殺したとされる二人は、問題のあるデータを公表して、業務の上では何の実益もない、政府の特定の人々に歓迎されるだけの合併を阻もうとしていた」

「あまり賢明な行為とは言えないな」

「一つ訊いてもいいか」タツは私の目を見つめた。「あくまでも仮定の話だ。誰かをビルの屋上から突き落としておいて自殺に見せかけることは、現実に可能か」

可能であることを私はたまたま知っていた。しかし、タツの〝仮定の話〟という提案につきあうことにした。

「発覚後にどこまで徹底した検死が行なわれるかによる」

「徹底した検死が行なわれるとして」

「そうなると、かなりむずかしいだろう。それでも不可能じゃないな。最大の問題は、誰にも見られずに被害者を屋上に連れていくことだ。うまいことを言って屋上で会う約束を取りつけるか、被害者が屋上に行くことを事前に知ってるかのどちらかでないと、自力で運ぶことになる。被害者の意識があれば、激しく抵抗されるだろう。それに抵抗されたら、格闘の証拠が残ることになる。たとえば、被害者の爪の下に皮膚の切片がはさまるかもしれない。硬直した指に髪の毛が一筋からまるかもしれない。被害者が自らの意思で屋上に上ったとするには矛盾する証拠がほかにも現場に残る。それだけじゃない。被害者は自分の身の安全や苦痛を顧みずに暴れるだろう。だからこっちの体にも格闘の痕跡が残ることになる。自分の命がかかってると気づいた人間がどれだけ必死に抵抗するものか、おそらくお前が想像している以上だと思うよ」

「最初に体を縛ったら？」

「縛ればその痕が残る。被害者が抵抗しなかったとしてもだ」

「だが、まず間違いなく抵抗する、か」

「お前だったら抵抗するだろう？」

「では、最初に殺しておいたらどうだ」

「悪くないな。ただしリスクが大きい。死の直後から体には変化が起き始める。死斑《しはん》が出る。体温が低下する。それに落下の衝撃によって起きる反応は、生きた人間と死体とでは異なる。検死官はその違いに気づくだろう。そのうえ、実際の死因を暴く証拠の心配もしなくちゃならない」

「被害者が気を失っていたら？」

「俺ならその手でいくね。ただし、気を失った人間を運ぶのは死体を運ぶのと同じだ。重さ七十キロから百キロの死体を扱うのは、そう簡単なことじゃないぞ。しかも薬物を使って気絶させたら、死んだあともその痕跡が血中に残ると考えて間違いない」

「アルコールならどうだろう」

「気絶するほど酔ってくれれば、好都合だな。自殺者の多くはいざ決行する前に酒を飲む。だから、疑わしい点は何もないわけだ。しかし、どうやって酔いつぶれるほど飲ませるかが問題だな」

タツはうなずいた。「飛び下り自殺した二人の血液からは、意識を失っていたとしてもおかしくないほど高濃度のアルコールが検出されている」

「お前の考えているとおりのことが起きたのかもしれない。違うかもしれない。断定できないところがこの方法の美点だ」

「アルコールを注射するのは？」

「できなくはないな。ただ、それだけの量のアルコールを注射すれば、針を刺した痕が残るぞ。それに、血中からはアルコールが検出されたが、胃には、そうだな、〈アサヒ・スーパードライ〉の残留物がいっさいなかったとしたら？　だめだ」

「じゃあ、だまされて飲まされたんだな。たとえば女だ。誰かが飲み物に酒を多く混ぜて、本来飲める以上の量の酒を飲ませた」

「それならいける」

「お前がやるとしたら、どうやる？」

「仮定の話か？」

タツは私の顔を見つめた。「もちろん」

「仮に俺がやるとしたら、周囲にもっとも人の少ない深夜にターゲットに近づく。ターゲットが一人きりでいること、証拠を残さずに入れる手段があることがあらかじめわかっていれば、当人の自宅マンションに行くのもいい。たとえば清掃員の格好をする。清掃員がうろうろしていても気にする人間はいないからだ。ターゲットに接近し、スタンガンで気絶させておいて、業務用サイズの洗濯物カートとか、キャスター付きのごみ入れとか、何でもいいから現場で目立たないものに押しこむ。俺なら、柔らかい素材で内張りをしておいて、墜落と矛盾する傷が体につかないようにしておくな。ターゲットをおとなしくさせておくためには、おおよそ十五秒に一度、スタンガンで感電させる必要があるだろう。しかし周囲に人がいなければ、そうむずかしいことじゃない。ターゲットを屋上に運び、縁《へり》に転がして落とす。俺ならそうやるね。あくまでも仮定の話だが」

「被害者の腕時計のベルトに小さなビニール片がはさまっていた。お前ならどう解釈する？」

「どんなビニールだ？」

「ビニールシートの断片らしい。厚い。ロール単位で売っている、家具などの大きな貴重品を保護するのに使うようなものだ」

その手のビニールの使い道のいくつかに馴染みがあった。少し考えてから答えた。「殺した人間は、被害者を酔わせたんだろうな。どうやったのかは、とりあえず考えないことにしよう。被害者を酔わせておいて、ビニールシートでくるむ。移動の途中に汚れがつかないようにするためだ。そのまま屋上の縁に運んでいき、ビニールシートの片端を握って、被害者の体を強く押す。被害者はビニールシートから転がり出て、空中に放り出される。手際のいいやりかただよ」

「ただし、被害者の腕時計にビニールシートが引っかかってしまった」

「ありえないことじゃない。しかし手がかりがそれだけだとしたら、証拠としては弱いな」

「目撃者も一人いる。ベルボーイだ。被害者の一人が死んだホテルの遅番で働いていた。死亡推定時刻とされる午前三時に、大型のカートを押した清掃員がエレベーターに乗りこむのを見ている。さっきお前が描写したとおりの筋書きだ」

「ベルボーイの話した清掃員の人相が、問題の男と一致してるわけか」

「ああ、細かい点までな。左頰がつぶれてる。ムエタイ時代の名残だ。顔の反対側、目のすぐ下にも大きな傷がある。犬に嚙まれた痕だよ。ベルボーイは〝ぞっとするような顔だった〟と証言している。細部まで完璧に一致した」

「しかし、そういう清掃員はそのホテルにはいないわけだ」

「ああ、いない」

「ベルボーイはその後どうした？」

「失踪した」

「死んだのか」

「たぶん」

「つかめてるのはそれだけか」

タツは肩をすくめた。「似たような自殺事件が東京郊外で二件起きている。どちらも議会の重鎮の家族が被害者だ」顎をぐっと噛みしめ、すぐに力を抜く。「一人は子どもだった」

「子ども？」

噛みしめ、力を抜く。「そうだ。精神的にもほかの面でも、学校では何の問題もなかった。自殺の徴候も見られなかった」

タツは乳児だった息子を亡くしたと聞いたことがある。そのことを尋ねたかったが、黙っていた。

「その二つの事件がターゲットにメッセージを伝えるためのものだったとすれば」私は言った。「いささか伝わりにくいメッセージだな。本当に自殺だったと考えたら、ターゲットの行動は何の影響も受けない」

タツはうなずいた。「ターゲットの両方と話をする機会があった。二人とも、身内の死は自殺ではなかったと主張する人物から接触があったことを否定した。どちらも嘘をついている」

タツはそういったことに勘が鋭い。彼の判断は信用できる。「俺がその事件に関わってると考えなかったとは、意外だよ」

一瞬の間があって、タツが答えた。「そう考えていたかもしれない。しかし、お前が何をどうやっているか理解しているふりはしないが、お前のことなら知っている。お前には子どもは殺せない。そんなやりかたでは殺せない」

「前からそう言ってるだろう」

「お前がそう言ったからということではないよ。私は知っているという話だ」

彼の信頼に皮肉な嬉しさを感じた。

「いずれにしろ」タツが続けた。「大阪の監視カメラネットワークが記録したお前の行動から、お前にアリバイがあることはわかっている」

私は眉を吊り上げた。「お前たちのカメラには俺を追跡する能力がある一方で、他人をビニールシートにくるんでビルの屋上から捨ててる誰かさんを探すことはできないわけか」

「前にも話したとおり、監視カメラのネットワークは、完璧からはほど遠い。私には運用をコントロールする権限がない」そう言って私を見つめる。「それに、アクセスできるのは私一人ではない」

私は紅茶を一口飲み、ウェイトレスを呼んで、湯のお代わりを持ってきてくれるよう頼んだ。湯が運ばれてくるまでのあいだ、どちらも口を開かなかった。

繊細な磁器のカップを持ち上げ、彼を見つめた。「一つ教えてくれないか、タツ」

「何だ」

「いくつも質問をしたな。だがお前は答えをすでに知っていた」

「ああ」

「だったら、なぜ俺に訊く？」

タツは肩をすくめた。「私たちが追っている男は、社会病質者だろうと思うからさ。おそらく、どんな状況のもとでも人を殺すことができる。そういう獣の思考を理解したいんだ」

「俺を通じて？」

彼は返事をする代わりに一つうなずいた。

「さっきは俺は犯人像に一致しないと言ったじゃないか」つい荒っぽい口調になった。

「だが、私が知っているなかではそういう獣にもっとも近い人物だ。獣を狩るのにはうってつけの人物でもある」

「どういう意味だ、〝狩る〟というのは」

「この男は用心深く行動している。追跡は容易ではない。手がかりはある。その手がかりを追わなければならない」

私は紅茶を飲みながら考えた。「わからないな、タツ」

「何が」

「最初の男は――弁護士だったという奴は、組織のなかで重要な地位を占めていた。理解できる。しかし今度の犬と闘うという男は、ただの殺し屋だろう。なぜ山岡やほかの親玉どもに狙いを定めない？」

「お前の言う〝親玉ども〟にはそう簡単に近づけない。大勢のボディガードがいる。守りが堅い。目立ちすぎる。とくに山岡は、あれから身辺警護を強化した。お前は奴を狩ろうとするかもしれないが、あの男に接近するのは、いまや総理大臣並みにむずかしい。それにたとえ連中を倒せたとしても、あちこちの派閥に似たようなのが控えていて、頭がすげ替わるだけのことだ。サメの歯のようなものだよ。一本を抜いても、あとに十列の歯が控えていて、その隙間を埋める。結局のところ、親玉になるのは大してむずかしいことではない。必要なのは何だ？　そこそこの政治手腕。自分の行為を正当化する能力。それに欲だ。そんな人間はそのへんにごろごろしている」

タツはお茶を飲んで続けた。「それにそいつはふつうの歩兵とは違う。非情で、能力があって、周囲に恐れられている。ただ者ではない。奴がいなくなれば、主人たちにとっては相当な打撃だろう」

「事情はわかった。で、報酬は何だ？　借りはもうないんだとすれば」

「金銭は支払えない。たとえ支払えたとしても、以前、山岡やＣＩＡがお前に渡していた額にはとても太刀打ちできないだろう」

タツとしては、私を怒らせて言質《げんち》を取ろうというつもりだったのかもしれない。だが私は無視した。

「にべもない返事になって申し訳ないがな、タツ、お前は俺にとてつもないリスクを背負いこめと言ってるんだぞ。東京に滞在するだけでも、俺にとっては危険なんだよ。わかってるだろうに」

タツは私を見つめた。それから、慎重な、自信にあふれた口調で言った。「東京から離れてさえいれば山岡やＣＩＡの危険は及ばないというわけではないだろう」

彼がどこに話を持っていくつもりなのか、わからなかった。「東京がもっとも危険であることは確かだ」

「繰り返しになるが、前回お前と会って以来、山岡はこれまで以上に身辺警護を強化しておく必要があると考えている。政治の場にもあまり姿を見せなくなったし、講道館にも通っていない。ボディガードに囲まれていなければ旅行にも出ない。私が思うに、山岡はその新しい制約を歓迎していないよ。それどころか憤慨している。何よりも、その制約の原因に対して腹を立てている」

「山岡に動機があることを指摘してくれなくてもいいさ」私は答えた。「あの男が俺をどうしたいと思ってるか、そのくらいはわかってるよ。しかもビジネスの側面でだけじゃない。あれは俺があのディスクを盗んだことを個人的な屈辱と感じ、激怒するタイプの人間だ。恨みは決して忘れない」

「ほう？　そうわかっていて、よくも安眠できるものだな」

「いちいち夜も眠れないほど気にしていたら、いまごろは佐渡島サイズのくまができてるだろうよ。それにだ、奴に動機があろうと何だろうとかまわない。機会を与えなければすむことさ」

タツはうなずいた。「お前なら隙を見せないだろう。少なくとも、故意にそうすることはないだろうね。しかしさっきも言ったが、住基ネットにアクセスできるのは私一人ではない」

私は彼を見つめ、脅しのつもりなのかどうかを探った。タツの言葉はいつも微妙なニュアンスを帯びている。

「何が言いたいんだ、タツ」

「私はお前を見つけることができた。山岡にもできるだろう。しかも、探しているのは山岡一人じゃない。お前も知っているとおり、ＣＩＡもお前と旧交を温めたいと考えている」

タツはお茶を飲んだ。「お前の身になって考えると、取りうる道は二つある。一つは、日本にはとどまるが、東京には近づかず、以前と同じ生活を取り返そうとすることだ。これは易《やさ》しい道だが、安全とは言いがたい」

また一口お茶を飲む。「もう一つは、日本を離れ、どこかで一からやり直すことだ。困難な道だが、こちらのほうがはるかに安全だ。いずれの道を選ぶにしろ、お前をよく思っていない一部の人々とのあいだの問題は、解決されないままになる。その人々は世界じゅうに手を伸ばすことができ、しかも記憶力がいい。そしてお前には味方がいない」

「味方などいらない」私は言った。我ながら力ない返答だった。

「日本を離れるつもりなら、私たちは友人として別れることができる」タツが続けた。

「しかし今日お前の協力を当てにできないということになると、明日私がお前を助けることはむずかしくなる。たとえ私の力が必要になったとしてもだ」

タツにしては珍しいあからさまな脅しだった。私は考えた。どうすべきだろう。まだ準備は整っていないが、いますぐ何もかも放り出して姿を消し、ブラジルに渡るか。それもいいだろう。だが問題を棚上げにして行くのはいやだった。誰かがそこにつけこみ、私の行方を探すのに利用しないともかぎらない。山岡とCIAの危険を強調するのは自分の利益のためであるとしても、タツの分析は私のものとそうかけ離れてはいなかった。

残された可能性は、この最後の仕事を引き受けてタツを黙らせておいて、出発の準備を進めることだろう。それにタツが提示している報酬はちっぽけなものではなかった。タツはハリーでさえハッキングできない人々や場所にアクセスする手段を持っている。私が次に何をすることになろうと、タツは有益なコネになるはずだ。

さらに一分、熟考した。それから答えた。「どうせ封筒を持ってきてるんだろ」

タツはうなずいた。

「だったらさっさとよこすんだな」私は言った。

8

封筒をマンションに持って帰り、そこで中身を丹念に読んだ。デスクに座って書類を広げる。いくつかの行に印をつけた。思いついたことを余白に書き留めた。頭から目を通したところもあれば、飛ばし飛ばしに読んだところもあった。パターンを、要点をつかもうとした。

ターゲットの名前は、村上竜といった。書類の経歴に関する部分は調査が尽くされていたが——大方はタツからすでに説明された内容だった——接近するために必要な、現況についての情報はわずかだった。住所は？　勤務先は？　習慣は、行きつけの店は、日課は？　どんな人物と交際がある？　すべてが空白だった。あるいは曖昧で、そのままでは役に立ちそうもなかった。

村上は幽霊ではない。だがふつうの市民でもなかった。ふつうの市民は住所を持ち、勤務先や納税記録を持ち、登録された自動車を所有し、医療記録を持っている。村上がそういったディテールを欠いているという事実そのものが一つの情報だった。それは枠組みを与える。だが、全体像はまだ見えてこなかった。

まあいい。枠組みから始めてみよう。

情報がないということは、用心深い男であることを意味する。油断のならない人物。現実主義者。危険を冒すことのない男、慎重に行動し、めったに間違いを犯さない人間。

書類をめくった。関係があるとされる犯罪組織も複数存在していた。どこか一つの組だけと取引をしているわけではない。フリーランス、一匹狼、いくつもの世界と関わりながら、どの世界にも属していない。

私と同じだ。

どうやらホステスのいるバーがお好きらしい。いくつかの——ほとんどは高級な——クラブで目撃されている。いつも一晩に二百万ほど使うようだ。

私とは違う。

気前よく金を使う人間は覚えられやすい。私の業界では、用心深さとは、人に覚えられないことを意味する。衝動的である証拠？ 鍛錬の欠如？ そうかもしれない。しかし、その行動にパターンはなかった。そういう行動をするという事実だけだ。手がかりにはならない。

とはいえ、ここには——この定期的な散財には、何かある。私はのちの再検討のために、頭のなかでその考えに印をつけておいた。それから目を閉じて、もっと大きな絵が浮かび上がるのを待った。

格闘試合。共通のテーマはそれだ。だがアングラ試合がどこで、いつ、誰の後援で行なわれているのか、タツの情報は不充分だった。

警察は過去に複数のアングラ試合を摘発しているが、どれも場所はばらばらだった。そもそも警察が摘発するということは、黙認を買うために差し出された袖の下を受け取ったりはしていないということだ。すなわち、主催者はたまに邪魔が入るリスクと引き換えに、総体的な秘密を確保しようと考えているということになる。そしてそれは賢明な判断と、おそらくは欲深さを示している。

私の観点からは、困ったことだった。もし警察に賄賂が渡っていれば、どこかから情報が漏れ、タツがその情報をつかんでいただろう。

格闘試合に焦点を絞れ——私はそう考え、情景を想像しようとした。格闘試合。この男にとっては仕事ではない。こいつは殺人者だ。奴にとって、格闘試合は娯楽だ。

賞金はいくらだろう。リングから歩いて出られるのは一人だけとわかっている死闘の場に二人の男を送りこむには、いったいいくら支払わなければならない？　どのくらいの観客が集まるのか。二人の男が死ぬまで闘い続けるのを見物する料金は？　勝者にいくら賭ける？　主催者の実入りは？

観客は少数に限定しなくてはならないだろう。さもないと噂が流れ、警察の介入を招くことになる。

熱狂的ファン。愛好者。五十人くらいか。一人当たり十万か二十万の入場料。賭けは自由。多額の金が手から手へと渡る。

頭のうしろで手を組み、目を閉じて、アーロンチェアに体を預けた。勝者には二百万。敗者には、生き延びれば、数十万円のファイト料が支払われる。生き延びなければ、死体を処分する連中に数十万。経費は最小限。主催者のポケットにはざっと八百万が収まる計算になる。一晩でその稼ぎなら、悪くない。

村上は闘いを好んでいる。金銭の問題ではない。そう、〈プライド〉も彼には物足りなかった。もっと多くを求めた。〈プライド〉は、勝者にも敗者にもはるかに多額の報酬を支払うだろう。大々的に宣伝をし、ペイパービューでテレビ放映している〈プライド〉は、勝者にも敗者にもはるかに多額の報酬を支払うだろう。

違う。この男は金を望んでいるのではない。闘いの興奮だ。死を身近に感じることだ。全力で自分を殺そうとしている相手の息の根を止めることによってのみ得られる高揚感だ。

その感覚なら知っている。それは私を引きつけ、同時に嫌悪を抱かせる。そして、筋金入りの傭兵として人生を生き、自らの本質に忠実でいられるごく少数の人間は、その中毒になる。

彼らは、殺すために生きている。彼らにとっては殺すことだけが現実だ。

そういう男をかつて一人知っていた。私の血盟の義兄弟、クレイジー・ジェイクだ。任務から帰ったあと、ジェイクがやけにはしゃいでいたことを覚えている。頬は上気し、気分だけでなく肉体そのものが興奮しきっていた。彼の体から熱の陽炎《かげろう》が立ち上っているのが見えるようだった。そういうとき、彼は珍しく口数が多くなった。目を血走らせ、唇ににやにや笑いを浮かべて、任務の首尾を語って聞かせた。

そして勝利の記念品を見せた。頭皮、耳。記念品はこう叫んでいた――〝奴らは死んだ！　俺は生きてる！〟

サイゴンで、みなにビールをおごった。商売女を買った。パーティを開いた。一緒に祝う仲間を欲した。〝俺は生きてる！　奴らは死んで、俺は生きてる！〟

椅子の上で身を乗り出し、掌をデスクに押し当てた。目を開く。

クラブの勘定。

たったいま人を殺し、自分は生き延びた。勝利を祝いたい。報酬は現金でもらった。豪勢に祝杯を上げられる。

それだ。遠くからこの男を知る最初のおぼろげな手がかり。接近するために必要な糸の先が指先に触れようとしている。

奴は闘いを愛している。高揚感の中毒になっている。だが油断はしない。プロフェッショナルなのだ。

逆にたどってみよう。どこかでトレーニングをしているはずだ。ただし、月会費制の道場で週末だけの闘士たちを相手に練習をしているのではない。それに、たとえば講道館のような堅い道場でもないはずだ。そういう場所には、腕を鈍らせまいとする警察の柔道家が通ってくる。違う、奴はもっと閉鎖的な練習場所を必要とし、しかも確保しているだろう。

その場所を探すことだ。そうすればこの男も見つかる。

大川沿いを散歩した。緑色の水の上で、不格好な廃棄物運搬船が身じろぎもせずじっとまどろんでいる。昆虫を追うコウモリが、投下された爆弾のように私めがけて急降下してくる。子どもが二人、淀《よど》んだ水から何を釣り上げようというのか、コンクリートの擁壁から釣り糸を垂れている。

公衆電話を見つけ、タッから教えられた番号をダイヤルした。

最初の呼び出し音で受話器が持ち上がった。「いま大丈夫か」私は尋ねた。

「ああ、いいぞ」

「例の男は試合に備えてどこかでトレーニングをしてる。ふつうの道場ではない」

「そうだな、当たっているだろう」

「それがどこか、情報はないか」

「封筒に入っていた以上の情報はない」

「そうか。探したいのはこういう道場だ。まず小規模だ。せいぜい五百平米くらいだろう。山の手すぎず、下町すぎもしない立地。目立たない。広告は出してないはずだ。タフな常連。組織犯罪、バイクを乗り回す奴ら、暴力団員。傷害の前科のある連中。そういう場所に心当たりはないか」

「ないな。だが、どこを調べればいいかはわかる」

「どのくらいかかる？」

「一日。いや、一日もかからない」

「何かわかったら、掲示板に書きこめ。書きこんだらポケベルを鳴らしてくれ」

「わかった」

私は電話を切った。

翌朝、ポケベルに連絡があった。梅田のインターネットカフェに出かけ、掲示板を確認した。タツのメッセージは、三つの情報から成っていた。一つめは住所だった――浅草二丁目十四番。二つめは、村上の一目見たら忘れられない人相に一致する人物がそこで目撃されている事実。三つめは、その住所で運営されている道場がいかなるものであれ、あのウェイトリフターが出資者の一人だったこと。最初の情報は、どこに行けばいいかを私に指示していた。二番めは、行ってみる価値があることを告げていた。三番めは、どうすればそこに入りこめるかを教えていた。

ハリー宛てのメッセージを書き、私のウェイトリフティングの旧パートナーが浅草の住所にもっとも近い中継局経由で電話をかけたり、受けたりしていなかったか調べてくれるよう頼んだ。タツの情報を考えれば、おそらく答えはイエスだろう。もしイエスなら、ウェイトリフターがその道場に通っていたこと、名前と顔を知られていたことが裏づけられる。そうとわかれば、彼の名前を出してその紹介で来たと言うことができる。もう一つ、最近アメリカ政府職員から接触がなかったかという質問も書き添えた。メッセージを掲示板にアップロードし、ハリーのポケベルを鳴らして、書きこんだことを知らせた。

一時間後、ポケベルが震えた。掲示板をチェックし、ハリーのメッセージを受け取る。アメリカ国税局からの訪問はない。そのニュースの終わりには小さなスマイルマークが添えられていた。次に、ウェイトリフターが浅草二丁目の中継局経由でかけた電話の一覧があった。よし、準備は整った。

タツに宛てて、教えられた場所に行ってみること、何かわかったら知らせることを伝えるメッセージを書きこんだ。ウェイトリフターのスポーツクラブで使っていた名前、新井克彦という人物をでっちあげてもらう必要があることも書いた。新井氏は地方出身者であることにするのが便利だろう。東京に人脈がない説明になる。そしてその出身地で、そう、傷害事件でも起こしてしばらく服役しているとなおいい。地元企業での雇用歴――つまらない仕事だが、やくざの下請けではないもの――があると理想的だ。私の思惑どおりにことが運べば、かならず誰かが私の身元を調べるに違いない。その誰かは、挫《ざ》折《せつ》の過去と縁を断ち、辛い記憶から逃れるために大都会に出て一からやり直そうとしている男という、わかりやすい物語を見つけることになる。

夜遅い新幹線に乗り、真夜中近くに東京に着いた。今回は日比谷の〈帝国ホテル〉に宿を取った。〈西洋銀座〉や〈フォーシーズンズ〉の〈椿山荘〉、〈丸の内〉の快適さや垢抜けした雰囲気はないが、代わりに規模の大きさと匿名性、それに複数の出入口を備えたホテルだ。〈帝国ホテル〉はまた、みどりと最後に過ごした場所でもあったが、そこを選んだのは感傷ゆえではなく、セキュリティを優先してのことだった。

翌朝、掲示板をチェックした。タツは私の頼んだとおりの人格を作り上げてくれていた。加えて、東京駅のコインロッカーの場所が示されていた。その下に身分証明書類が置いてあるから受け取れという。私は電子のメッセージを繰り返し読み、記憶に刻みつけたあと、削除した。

SDRを通って東京駅に行き、あとで必要になるかもしれない書類を手に入れてから、東京でもっとも歴史のある地下鉄、銀座線の虎ノ門駅に向かった。そこから浅草行きの電車に乗った。

浅草二丁目は駅の北西に位置していた。浅草寺を通っていくことにした。本尊の観音を守っていると言われる雷門から寺に入る。五歳のとき、両親に連れられてここへ来たことがあった。雷門の高さ三メートルの赤い和紙の提灯《ちょうちん》は、私のもっとも古い記憶の一つだ。母は浅草名物の雷おこしの老舗〈常磐堂〉の前にできた行列に並ぶと言い張った。父は並んでまで観光客向けのつまらない土産物を買うのはいやだと渋ったが、母は聞く耳を持たなかった。さくさくとして甘い雷おこしはすばらしく美味く思えた。母は食べながら「おいしいね、おいしいね」と繰り返して笑い、ついには父も降参して一緒に食べた。

浅草寺の本堂の前で足を止め、境内を振り返った。興奮した観光客のざわめき、「はい、いらっしゃい！　はい、どうぞ！」という呼びこみの声、寺に住み着いたハトの一群に包囲された小学生の甲高い声。誰かがおみくじの容器を振っている。吉が出るのを期待して投入された百円玉のがちゃがちゃという音。真鍮《しんちゅう》の巨大な香炉から立ち上る線香の煙がふわりと漂い、ひんやりとした空気とともに甘く、だが刺激的な香りが運ばれてきた。香炉のまわりにはたくさんの人々が集まり、煙を手ですくうようにして、体の癒したい部分にかけている。釣り用の帽子をかぶった一人の老人は、おかしそうに笑いながら、煙を大量に集めて股間になすりつけた。ツアーガイドが団体写真を撮るために客を並ばせていたが、通行人の波は途切れることなくカメラと被写体のあいだに押し寄せる。そのなかで巨大な宝蔵門は、観光客のざわめきにも、カメラを手に躍起になっている人々にも、供えられた蠟燭からしたたる蠟のようにひさしに蓄積された鳥の糞にも、長い歳月のあいだにすっかり慣れきった様子で、陰鬱な記憶にふけるように堂々と、そして静かにたたずんでいた。

西に向きを変える。喧噪《けんそう》は遠のき、代わって奇妙な重苦しい静寂が煙のように一帯にのしかかった。観光客が押し寄せる浅草寺を例外として、浅草は、日本の十年にわたる不景気の影響をまともに食らっているようだった。

左右に顔を向け、周囲の状況を頭のなかに書きつけながら歩く。右手では〈花やしき〉がむっつり顔をしている。ねずみ色の空を背負って無人の大観覧車がゆっくりと回っていた。その奥に続く遊歩道には、近くの寺の境内から迷いこんだ数羽のハトが見えるだけだ。ときおり翼の音が響いて静寂にこだまする。そこここにホームレスの小さな集団が見えた。拾い集めた吸い殻で煙草を吸っている。郵便局員がポストの裏側から数通の封筒を取り出したあと、この地域の住人を滅ぼした伝染病に自分もかかるのではと恐れているかのようにそそくさと立ち去った。喫茶店の主《あるじ》は、わびしい店の奥にぽつんと座り、とうの昔に途絶えた客を待ちわびている。パチンコ店にさえ客は入っていなかった。不似合いに陽気な音楽が、虚しく、そして皮肉に歩道へとあふれている。

角を曲がり、目当ての路地に入った。がっしりとした体格の日本人の若者が塀にもたれて立っていた。頭はきれいに剃《そ》りあげられ、目はサングラスの奥に隠されている。見張り番だろう。思ったとおり、路地の向こうの端に、対の片割れが立っていた。

手前の一人の前を通り過ぎる。数歩先へ行ったところで、何気なく振り返った。若者は私を目で追いながら、無線機に向かって何か話している。静かな路地だった。私はこの界隈に暮らす年金生活者には見えない。何を言っているかは想像がつく――〝誰か来た。知らない奴だ〟

私はそのまま歩き続け、目的の番地を見つけた。これといって特徴のない、コンクリート造りの二階建てのビル。ドアは古びた分厚い鋼鉄製だった。大きなボルトの列がいくつも水平に走っている。おそらく内側の補強板を留めているものだろう。そのボルトの列は、〝訪問者お断り〟と宣言していた。

周囲を見回す。向かい側には青いトタン板の小屋があった。いまにも倒れそうだった。窓は、死体の落ちくぼんだ目のように内側に凹んでいる。右手には小さなコインランドリーが見える。三台の洗濯機と三台の乾燥機が、これから運び出されて廃棄されるのを待っているかのように、向かい合わせに整列していた。黄ばんだ壁ははがれかけのポスターで飾られ、こぼれた粉末洗剤や煙草の吸い殻が床に散らかっていた。自動販売機が壁によりかかるようにして立っていて、せいぜい幽霊しかいなさそうな常連客に一パック五十円の洗剤を宣伝している。

ビルのドアの右側に、泥色のレンガに埋めこまれるようにして、小さな黒いボタンがあった。それを押して、待った。

目の高さの小窓が開いた。奥の金網の向こうに一組の目がのぞく。その目はわずかに血走っていた。黙って私をじっと見つめている。

「練習に来た」私は日本語でぶっきらぼうに言った。

一瞬の間があった。「ここでは練習はできない」

「俺は柔道四段だ。友人からここを勧められて来た」私は死んだウェイトリフターの名前を告げた。

小窓の向こうの目が細められた。小窓が閉まる。私は待った。一分が過ぎた。さらに五分が過ぎた。小窓がふたたび開いた。

「石原さんからいつこのクラブを勧められた?」新たに現れた目の持ち主が訊いた。

「一月《ひとつき》くらい前」

「来るのにずいぶんかかったな」

私は肩をすくめた。「東京を離れていた」

目は私を見据えていた。「石原さんは元気か」

「最後に会ったときは元気だった」

「それはいつの話だ？」

「一月くらい前」

「あんたの名前は？」

「新井克彦」

目はまばたきをしなかった。「石原さんからそんな名前は聞いていない」

「聞いていなくてはいけないのか」

まだまばたきをしない。「このクラブにはしきたりがある。メンバーが部外者にこのクラブのことを話した場合には、クラブにもその部外者の名前を伝えることになっている」

私もまばたきはしなかった。「そっちのしきたりのことなど知らないね。石原さんは、ここは俺向きの場所だと言っていた。練習させてもらえるのか、もらえないのか」

目は私の持っているスポーツバッグを見た。「いまから練習したいのか」

「そのために来た」

小窓はまた閉じた。一瞬ののち、ドアが開いた。

その奥は小さな待合室になっていた。コンクリートブロック造り。はげかけた灰色の塗料。目の持ち主の男は、私を品定めしている。感心した様子ではなかった。いつものことだ。

「練習していい」男は言った。裸足で、短パンとTシャツ姿だった。身長百七十五センチ、体重八十キロほどか。どちらかと言えばがっちりした体格だった。白髪まじりの角刈り、年齢は六十がらみ。体力的な盛りはとうに過ぎているだろうが、それでも見かけ倒しではない正真正銘の強面《こわもて》だった。

「よかった」私は答えた。がっしりした男の右ななめ後ろには、小柄だが筋肉質の体つきの男が控えていた。日本人にしては浅黒い肌、五分刈りの黒い頭。血走った目には見覚えがあった――最初に金網越しに私を見つめた目だ。角刈りの男よりは痩せ形だが、この男は何か激しいもの、予測できないものを発散させていた。

小柄な男は要注意だ。体の大きさで相手を威嚇《いかく》できない分、闘いかたを身につけなくてはならない。そう知っているのは、軍に志願する前、私もその一人だったからだ。

待合室は六メートルかける九メートルほどの長方形の部屋につながっていた。すえた汗の臭いがした。畳が敷きつめられている。五、六人がその上で乱取りをしていた。どの男も鉄扉を開けた男と同じく短パンとTシャツ姿だった。柔道着は着ていない。畳の片隅で、一人が床に転がした人形《ひとがた》のダミーを相手に、エルボードロップやニードロップの練習をしていた。人形の頭や首、胸は補強のダクトテープでぐるぐる巻きにされ、まるでミイラのようだった。

別の隅には、キャンバス地の重たそうなバッグが二つ、むきだしの梁から太いチェーンでぶら下げられていた。大きな袋だ。一つ七十キロかそれ以上はありそうだった。ちょうど人間と同じくらいのサイズ。やくざ風のパンチパーマの首の太い男が二人、グローブもはめず、テープさえまかない素手でそのバッグを殴っている。パンチは素早く力強い。バッグに拳のぶつかるばしっ、ばしっという音がせまい空間に反響していた。

誰も手首や指にテープを巻いていないという事実は興味深かった。ボクサーは手を守るためにテープを巻く。しかしテープに頼るようになると、テープなしにどうやって人を殴っていいのかわからなくなる。あのマイク・タイソンでさえ、深夜の喧嘩で相手を素手で殴ったとき、手を骨折したという。本物の格闘では、手を折ればその勝負を失う。命を賭けた闘いなら、命を失う。

しかも誰も柔道着を着ていない。それも興味深かった。何と言ってもここは伝統を愛する国、日本なのだ。純粋主義者は、柔道着を着てトレーニングするほうが実際的だと言うだろう。裸で闘うことはめったにないからだ。しかし現代の服装――たとえばTシャツ――は、補強されたうえに帯のついた柔道着よりも、裸に近い。だから、もっぱら柔道着で練習するのは、伝統的ではあるものの、かならずしも実際主義の極みとは言いがたい。

すべてが、ここの人々は真剣に取り組んでいることを示していた。

「更衣室で着替えるといい」ごま塩頭が言った。「体を温めて、乱取りでもやってみるか。石原さんがお前さんにここを勧めた理由《わけ》がそれでわかるだろう」

私はうなずき、更衣室に向かった。薄汚れた灰色のカーペットが敷きつめられた、じめじめとした空間だった。凹みだらけの金属製のロッカーが六つ、コンビネーション錠がかけられた、屋外に通じる頑丈そうなドアの両側に並んでいた。柔道着のズボンとTシャツに着替えた。上着はバッグに残した。場に溶けこんだほうがいい。

中央の部屋に戻り、ストレッチをした。誰もとくに私に注意を向けていない――唯一の例外は、肌の浅黒い男だった。私がウォーミングアップをしているあいだ、ずっとこちらを見つめていた。

十五分ほどたつと、そいつが近づいてきた。「乱取り、やるか」誘うというより、挑戦するような口調だった。

私はうなずき、相手の険しいまなざしから目をそらした。私の頭のなかでは、私たちの闘いはこの時点ですでに始まっていた。敵には実際より弱いように思わせておくほうが得策だ。

男のあとについてマットの中央に出た。どこか弱気に、どこか怖《お》じ気《け》づいたようなふりをしながら。

私たちは円を描いて回った。互いに隙をうかがう。視界の隅に映るほかの男たちはトレーニングを中断し、こちらに注目している。

左腕を彼の右腕にからませ、頭を下げてその下に体をもぐりこませようとした。アメリカの高校に通っていたころにレスリング部で身につけた、効果的な攻撃だ。しかし彼の反応は速かった。腕をぐいと下に引き、上体をかがめて右回りに体をひねって私の攻撃をかわす。私は即座に技を切り替えて左側を攻めたが、それも難なく受け流された。まあいい。どうせ相手の防御を試すための牽制にすぎない。私の本当の力を見せるのはこれからだ。

攻撃をやめ、上体を起こそうとした。その瞬間、相手の腰が回るのが見えた。頭の右脇にぼんやりとした影が飛んでくる。左のフックだ。おっと。私は頭とその影のあいだに右手を上げ、頭を前に突き出した。拳は私の後頭部をとらえたのち、すぐに引っこめられた。

私は素早く一歩後ろに下がった。「これが乱取りか？ボクシングじゃないか」本心よりも不安げな口ぶりでそう訊いた。ボクシングならいくらか経験がある。グローブをはめない対戦もなかにはあった。

「ここではな、乱取りはこうやってやるんだよ」彼は冷笑を浮かべた。

「ルールなしか」私はわざと心細げに訊き返した。「あまり気が進まないな」

「気が進まないなら、ここで練習するのはあきらめるんだな、この柔道野郎」彼がそうあざけり、誰かの笑い声が聞こえた。

私は自信なさげな表情を浮かべて部屋のなかを見回したが、実のところは、機に乗じていつもの周辺チェックをしただけのことだった。アドレナリンは視野を狭くする。それを改善するのは、経験と、生き延びようという欲求だ。畳を囲んだいくつもの顔は、面白がっているだけだった。危険を発散してはいない。

「こういうやりかたには慣れていない」私は言った。

「だったら畳を下りるんだな」彼は吐き捨てるように答えた。

私はもう一度周囲を見回した。罠だとは思えなかった。罠だとしたら、一度に一人ずつ私と踊ろうとはしないだろう。

「いいだろう」私はタフな男を演じようとしている軟弱な男らしく相手をにらみつけてみ

せた。愚かしいプライドの餌食になった芝居。「そっちの流儀でいこう」

私たちはまた構えの姿勢を取った。彼のフェイントをかわす。こいつは右足から攻撃をかけるのが癖らしい。タイミングは周期的だった。それは弱点だったが、おそらくは動きの素早さが毎度それを補っている。

低いキックが好きな男だ。まず右足を踏み出しておいて、左足で大きく払い、また防御の姿勢に戻る。右のももに二度キックを食らった。じんじんと痛んだ。だが、気にしている場合ではない。

彼がまた右足を踏み出そうとした。その足が畳に触れる寸前、体重を完全にその足にかけようとした瞬間に、私はまっすぐ前に出ると、右手で彼の首を後ろからつかみ、左手で右足首のすぐ上をとらえた。彼の首に体重を預け、そのまま頭を向こうに引っ張るようにして、バランスを崩させる。次に肘から先に彼の胸に体当たりした。足首をつかまれた彼の体は、後ろざまに畳に倒れるしかない。

私は足首を離さなかった。つかんだ足首を持ち上げながら、右回りに体をひねって、相手と同じ向きに畳に倒れこむ。彼の脚をまたいで上体を起こし、足首を目の前に持ち上げる。そのまま一続きの動作で足首に右腕をからませるようにして押さえつけ、左手の指で爪先をつかむと、反対方向にぐいと力をかけた。硬い板に小槌《こづち》が打ちつけられるのに似た乾いた音がして、足首が折れた。つなぎとめるものを失った足は、右にぐにゃりと曲がった。腱《けん》や靭帯《じんたい》が切れた。

彼は甲高い悲鳴をあげ、反対の足を蹴り上げて私を押しのけようとした。しかしその蹴り方はいかにも弱々しかった。彼の神経は、痛みを感じ取るだけで手一杯になっていた。

私は立ち上がり、彼に向き直った。彼の顔は〝いまにも吐きそうだ〟と言わんばかりに青ざめ、脂汗が浮いていた。折れたほうの膝を抱え、その先でぶらぶらしている足を目を丸くして見つめている。鋭く息を吸いこみ、さらに深く吸いこんで、長いむせぶような声を漏らした。

足首の怪我は大変な苦痛をもたらす。そのことはよく知っている。地雷で足を吹き飛ばされた人を何度も見た。

彼がまた息をあえがせ、悲鳴をあげた。二人きりだったら、黙らせるためだけに首をへし折っていただろう。私は室内を見回した。こいつの仲間から挑まれるだろうか。

長身で脚が長く、ギリシャ神話の美青年アドニスのように均整のとれた体つきをし、脱色した髪を短く刈りこんだ男が、「おい！」と怒鳴り、私に向かってきた。

しかしごま塩頭がその前に立ちふさがった。「いいから、いいから」そう言ってアドニスを押し戻す。

アドニスは引き下がったが、敵意に満ちた目を私から離さなかった。

ごま塩頭は振り返ると、私が立っている場所にゆっくりと歩み寄った。微笑みとまではいかないが、どこか面白がっているような表情を浮かべていた。

「次に関節技をかけるときには、もう少し手加減するんだな」そっけない口調で言う。

肌の浅黒い男が身悶えした。アドニスを初め数人が駆け寄った。

私は肩をすくめた。「ふつうなら手加減していた。だが、〝ルールなし〟と言い出したのは向こうだ」

「そうだったな。お前さんにそう提案するのはこいつが最後になるだろう」

私は彼を見返した。「ここが気に入った。みんな本気でやってるらしい」

「ああ、そのとおりだ」

「ここで練習させてもらっていいかな」

「毎日午後四時から八時まで。午前中もたいがい開いてる。朝八時から正午までだ。会費制だが、その話はまたあとでということにしよう」

「あんたが運営してるのか」

ごま塩頭は微笑んだ。「ま、そんなところだ」

「新井です」私は軽く会釈をして言った。

誰かが担架を運んできた。肌の浅黒い男は歯を食いしばって情けない声を出している。

誰かが叱りつけた。「うるせえな。我慢しろ！」

「鷲尾だ」ごま塩頭も頭を下げた。「ところで、石原さんがついこのあいだ亡くなったことは知っていたか」

私は鷲尾を見つめた。「いや、知らなかった」

鷲尾はうなずいた。「ジムで事故があってな」

「それは気の毒に。ジムはいまも営業してるのかな」

「仕事仲間が経営を引き継いでいる」

「よかった。これからはここで練習させてもらうことのほうが多くなりそうな気はするが」

鷲尾はにやりとした。「よろしく」

「こちらこそよろしく」

それから二時間ほど道場にとどまった。アドニスはときおりこちらをにらみつけていたが、近づいてはこなかった。村上は現れなかった。

石原の死についての鷲尾の質問は、意外でもなければ、とくに狼狽《ろうばい》させられるようなものでもなかった。石原の死は事故に見える。たとえ事故ではなかったかもしれないと考えているにしても、あのクラブでトレーニングをしていた多数のなかで私だけを疑う理由はない。

もちろん、その件に関してさらに追及されれば――とりわけ的を射た質問をされれば――その判断は変えざるをえなくなるだろう。

翌日も、さらにその翌日も道場に通ったが、村上は現れなかった。かえって好都合だった。東京に戻ってこられたことは嬉しかったし、用心さえすれば、もう何日か滞在するのも悪くないと思えた。それに、仕事をしながらトレーニングができるのだ。エアロビクスのインストラクター並みの健康的な生活とはいかなかったが、張り込みをして一晩じゅうバンにこもり、冷めたコーヒーを飲んでプラスチック瓶に小便をしているよりはいい。

四日めは夕方から道場に出かけた。それまで三日連続で同じ時間帯に同じ場所に出かけた。私の誇大妄想的な神経にはそれが限界だった。行ってみると、同じ顔ぶれが多いことに驚かされた。ここの連中のなかには、一日に二度トレーニングに来る奴らがいるらしい。いったい何で生計を立てているのか。やはり犯罪だろう。自分のボスになれ。勤務時間は自由だ。

鷲尾や顔見知りになった何人かと挨拶を交わし、更衣室で着替えをすませた。パンチングバッグの片方が空いている。そこで膝と肘のコンビネーションの練習を始めた。一分間トレーニングをして三十秒休憩。その繰り返し。壁の小さな時計を見上げて時間を計った。

スピードと筋力は衰えていなかった。持久力もだ。昔より回復に時間がかかったが、筋肉のために液体アミノ酸、関節のためにグルコサミン、反射のためにコグナミンを継続的に摂取してきた効果があったらしい。

三十秒の休憩のとき、周囲の人々がトレーニングを中断し、関心を何か別のものに移す気配を感じた。室内の雰囲気が明らかに変わった。

振り返ると、体に合わない紺色のダブルのスーツを着た人物が見えた。襟はやけに幅広で、肩パッドはやけに分厚い。ただ立っているだけでも、ふんぞり返っているような印象を与える種類のスーツ。両脇にがっしりとした男を二人従えていた。この二人はもう少しくだけた服装をしていた。頭はやくざ風のパンチパーマだ。体格と態度から判断するに、ボディガードだろう。

たったいま入ってきたところに違いない。スーツの男は鷲尾に何事か話している。鷲尾は一心に耳を傾けていたが、どこか落ち着かなげだった。

私は様子を見守った。周囲の人々も同じように見守っている。スーツの男の身長はせいぜい百七十センチを少し超える程度だったが、首は太く、体重は八十五か九十キロはありそうだ。醜くひしゃげた肉の塊がくっついたような耳をしている。柔道家や剣道家のあいだではそういった傷がさほど珍しくない日本でも、さすがにあの耳は目立つだろう。

鷲尾はトレーニング中の男たちを順に指差していた。新顔はうなずきながら聞いている。戦況報告でも受けているかのようだった。

休憩時間の三十秒が過ぎた。私はパンチングバッグに意識を戻した。左の肘。右のアッパーカット。左の膝。もう一度。

一分の反復運動が終わり、新顔のほうを振り返った。鷲尾と新顔がこちらに近づいてくる。ボディガード二人はドアの両脇に残った。

「おい、新井」数メートルの距離から鷲尾が呼んだ。「ちょっと待て」

私は床からタオルを取って顔を拭った。二人はさらに近づいてきた。鷲尾が新顔のほうを手で示した。「紹介したい人がいる。この道場の後援者の一人だ」

新顔の正体はもうわかっていた。タツの説明によれば、左の頬は潰れ、反対側は縁がぎざぎざになったゴルフボール大の裂傷がある。私は頭に思い描いた。そこに食らいつき、手で振り払われてもなお離そうとしない犬。

その犬は、もっとひどい目に遭ったに違いない。

うなじの産毛が逆立った。アドレナリンが新たに血中を駆けめぐり始める。闘争‐逃走反応が研ぎすまされ、この男を前にして高らかに歌い始めた。

「新井です」私は会釈をした。

「村上だ」男はうなずき、うなるような声で言った。「鷲尾から聞いた。なかなかやるそうじゃないか」疑わしげな目。

私は肩をすくめた。

「明日の晩、試合がある」村上は続けた。「ときどきやってる試合でな。入場料は原則十万だが、道場のメンバーは無料だ。どうだ、来るか」

十万——私の見積もりはおおよそ当たっていたらしい。そしてこの男が私を招待することに抵抗を感じていないとすれば、誰かが私の身元を調べたのだろう。タツに頼んで新井という人格に裏付けを与えておいてよかったと思った。

私はまた肩をすくめて答えた。「ええ」

村上は私を見つめた。感情のない目だった。私を透かして背後の何かに焦点を合わせているかのような。「試合は十時ちょうどからだ。みなは早めに来て賭けをする。今回の会場は東品川五丁目。天王洲アイルから運河をはさんだ向かい側だ」

「湾岸地区か」私は訊き返した。その界隈も都内ではあったが、東京に住んでいたころ足しげく通った場所とは言えない。東京の南東部、食肉処理工場や下水処理施設、火力発電所、卸売倉庫などが建ち並ぶ一角で、そのすべてが東京の大きな港の存在で成り立っている。そこが選ばれたのは、夜間には人気《ひとけ》がなくなるからだろう。

「そうだ。住所は五丁目の八二五番地。大きな丸のなかに〝運〟という文字が書かれたドアのある倉庫だ。〈クリスタル・ヨットクラブ〉の真向かいだよ。モノレール駅から歩いてきて右側だ。すぐに見つかるだろう」

「このことは誰にもしゃべるなよ」鷲尾が口をはさんだ。「いずれにしろ招待された人間しか入れないが、警察ともめごとを起こしたくないからな」

村上は一度だけうなずいた。わざわざ付け加えるまでもないことだと言いたげだった。

村上は、試合がちゃんと行なわれさえすれば、誰が観に来ようがとくに気にしていないのだろう。一方の鷲尾は、試合の運営を一任されていて、何かあれば責任をなすりつけられるに違いない。

「あなたも試合に出るんですか」私は村上を見て訊いた。

このとき初めて、村上は口もとをゆるめた。やけに大きく、やけにきれいに並んだ前歯がのぞいた。安物の義歯だ。

「ああ、ときどきはな。だが明日は闘わない」

それ以上何か言うかと思って待った。だがそれだけだった。

これは罠だろうかとつかのま考えた。しかし私をどうにかしようとしているなら、この道場でやればすむことだ。いまさら私を説得してどこかへ連れ出す必要はない。

「行きますよ」私は答えた。

村上は唇に笑みを張りつかせたまま、なおも無表情な目で私を見つめていた。やがて歩み去った。鷲尾があとに続いた。

私は長く息を吐き出し、時計を見上げた。秒針が十二を指すのを待って、パンチングバッグに猛然と襲いかかり、村上の出現によって体じゅうにあふれたアドレナリンの消費に取りかかった。

恐ろしい男だ。それは間違いなかった。潰れた顔のせいだけではない。たとえ傷がなくても、あれが誰だかすぐにわかっただろう。クレイジー・ジェイクに備わっていた――そして私が敬意を抱いていた――のと同じ殺気だった気配を発散させていた。顔面の傷は、彼の正体を暴くささやかなしるしにすぎない。

スコープ付きのライフル以外のものであの男を狙う気にはなれなかった。だがそれでは、自然死に見せかけることはとうていできない。

えい、くそ。この際リスクはどうだっていい。これはまるで自殺行為だ。タツがどうしてもあの男を消したいというなら、六名から成る実行班と火器を勧めたいところだ。タツの好意をつなぎ止めておきたいのはやまやまだが、この仕事は割に合わない。

旧友は私を脅そうとするだろうか。いや、そうは思えない。それにもし脅されたら、リオ行きの計画を前倒しするだけだ。準備はまだ完全ではないが、自殺行為に等しい任務と警察庁からの圧力の板ばさみになるようなことがあれば、急いで出発するのも悪い選択肢ではない。

しかし明日の試合には出かけて、できるだけの情報を集めるとしよう。それを残念賞代わりにタツに渡して、私は身を引く。

時計の秒針が十二の上を過ぎた。私は肘でバッグを素早く何発か打ち、一歩下がった。放出されたアドレナリンはほぼ消費し尽くされていたが、まだ緊張は解けきっていない。いつもならトレーニングをすればほぐれるのだが。今回はだめだ。

パートナーを探し、一時間ほど足技の練習をした。そのあとストレッチをし、シャワーを浴びた。この仕事にまもなく片がつきそうなことがありがたかった。

第二部

音楽は、
その瞬間まで自らも知らなかった過去をさらけ出し、
降りかかることのなかった不運や
犯したことのない過ちを嘆かせる。

――ホルヘ・ルイス・ボルヘス

9

その夜、東京の街を当てもなく歩いた。神経がざわついて、じっとしていられなかった。街の流れに身を任せたかった。

目黒を起点に北へとさまよった。裏道や路地をひたすらたどり、暗い公園の淋しい散歩道を行く。

この忌々しい街の何かがいまも私を引きつけ、私を魅了する。ここを離れなければならない。離れることができるようにならなければならない。離れようとしてはみた。だが、またしても私はこうしてここにいる。

運命なのかもしれない。

だが、私は運命を信じない。運命など誰が信じるか。

では、何だ？

気づくと広尾の氷川神社に来ていた。東京に点在する無数の神社のなかの一つ。おそらく広さ三十平米ほどのここは、こういった厳かな緑の空間としては、決して最小ではなくとも、小さいほうだろう。古い石造りの門を抜けると、心休まる暗闇にたちまち呑みこまれた。

　まぶたを閉じ、頭をうつむけて、鼻から息をする。目の前に両手を持ち上げ、いまいる場所がどこなのか確かめようとしている目の見えない男のように、闇に指を伸ばす。

　日常の知覚のすぐ外側に、それはある。街が生きているという感覚。私の周囲で力を蓄え、層を成し、単調なリズムを鳴らしている。生きているという感覚は、そこに属している。

　目を開いて顔を上げた。神社は切り立った崖の上に建っている。敷地を囲む木々を透かして、広尾の、そしてその向こうに目黒の明かりがきらめいていた。

　東京は途方もなく広い。残酷なほど温もりに欠けているように思えることもある。だからぽつりぽつりとめぐり合うオアシスが差し伸べる救いの手は、私の知るどの街のものよりも優しかった。たとえば、私にとってはいつも寺の鐘の音《ね》と同じ物悲しい響きを帯びた陰鬱な内省を誘う、この氷川のような神社の静けさ。あるいは、ドアの幅ほどのカウンターをはさんで二席か、せいぜい四席しかないちっぽけな飲み屋の慰め。店を切り盛りするママさんは客の求めるものを汲み取り、あるときはなだめすかし、あるときは厳しく叱って、どんな精神科医のソファに座るよりも大きな癒しと理解を与えてくれる。またあるいは、暗い街角やガード下の陰の奥にまるで野生のきのこのように現れては大きなジョッキに入ったビールを飲ませ、焼き鳥を食べさせる屋台や一杯飲み屋での、名前すら知らない客のあいだに生まれる連帯感。わき起こる笑い声は、闇に散った光の粒のように夜空に吸いこまれる。

私は暗がりの奥へと進み、本殿に背中を向けて腰を下ろした。左右対称をなす瓦屋根の本殿には、この小さな神社の本尊が祀られている。目を閉じて、肺が空になるまで長々と息を吐き出す。しばらく静寂に耳を澄ました。

幼いころ、近くの商店で板チョコを万引きして見つかったことがある。商店を経営する老夫婦は、もちろん私のことを知っていて、両親に連絡した。父の反応が恐ろしくて、私はすべてを否定した。父は怒らなかった。代わりにゆっくりと一つうなずくと、人にとって何よりも大切なのは、自分のしたことを認めることだと言った。認められないのは、臆病な人間だからだと。わかったか？　父はそう訊いた。

そのときの私は、父の言いたいことを本当に理解したわけではなかった。それでも父の言葉を聞き、頬から火の出るような恥ずかしさを感じ、白状した。父は私を商店に連れていった。私は涙ながらに謝罪した。経営者夫婦の前で、父の表情は険しかった。怒りに燃えているように見えた。しかし帰り道、父はまだ恥辱からしゃくりあげている私をそっけなくぎこちない手つきで抱き寄せると、私の首のうしろにそっと手を置いて歩き続けた。

あのときの父の言葉を忘れたことはない。自分のしたことはわかっている。そのすべてを認めている。

初めて人を殺したのは、ラオス国境のセコン川近くでのことだった。相手はヴェトコンだった。ヴェトナムでは、直接射撃によって特定の一人を殺し、しかも殺したことを自覚している場合、それを〝パーソナル・キル〟と呼んだ。当時、私は十七歳だった。三人から成る偵察班の一員だった。各偵察班は少人数で編成され、成功と生存は、敵陣で存在を気づかれずに任務を遂行する能力にかかっていた。だから偵察チームには、音一つ立てずに動き回る能力を備えた者だけが選ばれた。任務遂行に適格なのは、殺し屋よりも幽霊だった。

それは夜明けに起きた。白み始めた空を透かして、湿った地面から立ち上るもやがかろうじて見えていたことを覚えている。私はいつもあそこを美しい国だと思っていた。兵士の多くは嫌悪していた。そこにいなければならないことが気に入らなかったからだろう。だが、私はそのようには感じていなかった。

それまでの二晩、敵との接触は一度もなかった。ピックアップポイントに向かっているとき、開けた草地にその男が一人で立っているのを見つけた。私たちはその場に凍りつき、木立のすぐ内側から男の様子を見守った。男はAKを抱えていた。ヴェトコンであることは間違いない。左を見、右を見ながら、草地をうろうろと歩き回っている。自分がいる場所を確かめようとしているようだった。隊からはぐれたのだろうかと私は思った。少し怯《おび》えた顔をしていた。

偵察班には、できるかぎり接触を避けることという行動指針が与えられていた。しかし任務は情報の収集だった。男が大きな本を持っているのが見えていた。何かの帳簿だろう。絶好の戦利品だ。私たちは顔を見合わせた。班長が私にうなずいた。

私は地面に膝をつき、CAR-15の銃口を上げ、サイトをのぞいてヴェトコンをとらえると、歩き回る足が止まる瞬間を待った。

数秒が過ぎた。焦る必要がないことはわかっていた。確実に的に当てたかった。

ヴェトコンは膝をついてライフルと本を置いた。それから立ち上がると、ズボンの前を開けて放尿した。地面の熱い液体がぶつかったところから湯気が立ち上った。私はサイトで彼をとらえ続けた。その間ずっと、彼はいまから何が起きようとしているのか知らないのだ、何と情けない死に方だろうと考えていた。

男が小便を終え、ものをズボンにしまうのを待った。それから、パーン！　私は撃った。ヴェトコンが崩れ落ちるのが見えた。強烈な高揚感があった。成功した！　俺が勝った！俺には才能がある！

ヴェトコンが倒れた場所に向かった。近づいたとき、まだ生きていることに気づいて私は驚いた。私の放った弾は彼の胸骨を貫いており、胸の傷からは空気が漏れていた。彼は脚を投げ出すようにして仰向けに転がっていた。体の下の地面はすでに血で黒く染まり始めていた。

その若さに愕然《がくぜん》としたことを覚えている。私と同年代と見えた。その考えが私の頭を駆け抜けた――〝驚いたな、同じ年ごろだぞ！〟私たちは彼を囲んで立ち尽くし、途方に暮れていた。

彼は激しくまばたきをしていた。目は私たちの顔から顔へと忙しく飛び回り、またもとの顔へと戻る。やがて私の上で視線が止まった。反射的に、彼を撃ったのが私だとわかっているからだと思った。のちになって、その説明はつまらない誤解だと気がついた。本当のところは、たぶん、彼は私のアジア人らしい容貌を不思議に思っていただけなのだろう。

誰かが水筒の蓋《ふた》をひねり、彼に差し出した。だが彼は受け取ろうというそぶりをしなかった。息遣いは次第に速く、浅くなっていった。目の端から涙がこぼれ、甲高い張りつめた声で何かつぶやいたが、私たちの誰にも意味はわからなかった。あとになってから、戦場で負傷し死にかけた兵士はしばしば母親を呼ぶものだと知った。彼はまさにそのとおりのことをしていたのかもしれない。

私たちは見守った。胸の傷はひゅうひゅうという音を立てるのをやめた。まばたきも止まった。濡れた地面に頭が奇妙な角度で垂れた。まるで何かに一心に聞き入っているかのようだった。

私たちは無言で立ち尽くした。最初の高揚感は消え、代わって不可解に親密な哀れみがわきあがり、同時に恐怖に満ちた悲しさが重たくのしかかって、私は思わずうめき声を漏らした。

同年代だ、と私はまた思った。悪い人間には見えなかった。ほかの世界でなら、殺し合うことはなかっただろう。ひょっとしたら、友だちにさえなれていたかもしれない。彼が自分の血に濡れてジャングルの地面に死体となって転がることもなかっただろう。

班の一人が泣きだした。別の一人は〝ああ、ちくしょう、ああ、ちくしょう〟と低い声で繰り返し始めた。どちらも吐いた。

私は吐かなかった。

私たちは帳簿を奪った。あとで調べると、ヴェトコンから地元の村長などに支払われた買収金に関するかなり有益な情報が収められていた。もちろん、そんなものがあったところで、戦争の行方は変わらなかったが。

そのあと私たちを拾ったヘリの誰かが、私は童貞を捨てたわけだと言って笑った。本当はどんな気持ちがしたか、あの男が死ぬのを円になって見守っているあいだに何が起きたか、誰も口にしなかった。

陸軍がSOGと呼ばれる特殊部隊とCIAの合同班に私を加えることを検討した際、精神科医は、その初めて人を殺した経験に大きな関心を示した。私が吐かなかったことは特筆に値すると考えたようだった。〝それと結びついた否定的感情〟とかというものを引きずっていなかったことも。あとで悪夢を見ることはなかった。それもプラス要因ととらえられた。

のちに、私は軍人の奇跡の二パーセントに分類されていたことを知った。ためらいもなく、特別の条件付けもなく、後悔もなく、繰り返し人を殺すことができる二パーセント。本当にその少数の一人なのか、私にはわからない。クレイジー・ジェイクと違い、私にとってはそう簡単なことではなかった。だが、軍はそこに私を分類した。

実行前の躊躇や事後の罪悪感がいかに大きなものであるかを知ったら、平均的な市民はさぞ驚くことだろう。言うまでもなく、平均的な市民は、見知らぬ他人を近距離から殺す必要に迫られた経験は持たない。

接近戦を生き延びた男たちは、人間は同じ人間を殺すことに対する抜きがたい抵抗感を生まれながらに持っており、それから逃れることはできないと知っている。この抵抗感には進化論的な説明があるのだろうと思うが、それはこの際関係ない。ここで問題になるのは、多くの兵士が受ける基礎訓練の根本的な目的は、その抵抗感を抑えつけるための古典的で自発的な条件付けテクニックを身につけることにあるということだ。現代の訓練は、この目的を無情な効率を持って達成する。そしてその訓練は、事後の罪悪感を和らげることより、事前の抵抗感を解消するほうにより効果を発揮する。

私は記憶をたどりながら長いこと座っていた。いつしか手足が冷えきっていた。背後に目を配りながらホテルに戻った。火傷《やけど》しそうに熱い湯に浸かり、ホテルが気を利かせて備えつけておく綿の浴衣に着替えた。窓の前に椅子を置き、暗闇に座って、二十階下の日比谷通りを流れる車の列をながめた。みどりを思い出す。いまごろ世界の反対側で、彼女は何をしているだろう。

行き来する車がまばらになるころ、ベッドに入った。眠りはゆっくりと訪れた。リオの夢を見た。はるか遠い場所に思えた。

10

翌日の晩、いつものとおりSDRをたどってアングラ試合に出かけた。尾けられていないことを確かめてから、タクシーでモノレールの天王洲駅に行った。そこからは歩いた。

運河沿いの空気は冷たかった。歩道は補修中で、〝安全第一！〟と書かれた一時しのぎの看板が鈴なりにぶら下がり、風にぎこちなく揺れながら、拍子はずれの鐘のように甲高い音色を奏でていた。錆色《さびいろ》の品川埠頭橋を渡る。見上げると、鉄道や自動車の巨大な陸橋が縦横に走っていた。ディーゼルの排気を長年浴び続けたコンクリートは黒く汚れている。暗い空はコンクリートの塊で覆い尽くされ、その下の地面はまるで地下にあるかのように思えた。通りの角に自動販売機がぽつりと置かれていた。蛍光灯が、途切れかけたSOSのように頼りない光を放っていた。

〈クリスタル・ヨットクラブ〉の看板が見えてきた。左に折れる。右手にはまた陸橋があって、その下には倉庫が並んでいた。反対側は小さな駐車場だ。車はほとんど停まっていない。その向こうはやはり漆黒の運河だった。

村上が言っていたとおりの倉庫のドアを見つけた。びっしりと雑草に覆われたコンクリート製の植木鉢が両側に置かれている。左手の金属板には〝火気厳禁〟と書かれていた。そのうしろの壁には、ほどけかけた包帯から染み出して乾いた血のように、錆びが流れていた。

周囲を見回す。運河の向こうには、煌々《こうこう》と明かりのついた高層のオフィスビルやマンション、ホテルが並んでいる。赤や青のネオンが持ち主の名前を誇らしげに輝かせていた。JAL、JTB、〈第一ホテル東京シーフォート〉。まるでこちら側の土壌は毒に汚染されていて、そういった建造物の成長を促すことができないかのようだった。

左に目を走らせると、倉庫の長い列のなかにくぼんだところがあった。そこに入る。右側の、通りからは見えない位置に、ドアがあった。目の高さに小さなのぞき穴。ノックして待った。

掛け金が外される音がして、ドアが開いた。鷲尾だった。「おう、早いな」

私は肩をすくめた。約束の時間を決めることはほとんどない。自分がどこに何時にいるか、誰にも知られたくないからだ。たまにどうしてもしかたがないときには、早めに出かけて周辺を偵察することにしている。パーティに招待されたら、私はミュージシャンが準備を始める前に会場に着く。

倉庫のなかに目を走らせた。洞窟を思わせる部屋だった。ところどころにコンクリートの太い柱が出っ張っている。八メートル上の天井から、ワイヤに吊られた裸電球がいくつもぶら下がっていた。どの壁際にも、段ボール箱が五メートルの高さまで積み上げられていた。フォークリフトが二機、壁にもたれかかるようにして並んでいる。広い空間にぽつんと置き去りにされた玩具のようだった。黒いTシャツ姿のチンピラが二人、椅子を部屋の隅に片づけていた。あとは私たち以外に人の姿はなかった。

私は鷲尾を見つめて訊いた。「迷惑だったかな」

鷲尾は肩をすくめた。「いいさ。じきにほかの連中も来るだろう」

私はなかに入った。「あなたが入場係？」

鷲尾がうなずく。「俺が顔を知らない奴は入れない」

「今夜の出場者は誰と誰だろう」

「さあな。俺は試合を運営するだけだ。プロモーションはしない」

私はにやりとした。「あなたが試合に参加することは？」

鷲尾は笑った。「ないね。俺は老いぼれだからな。もっと若かったら出てるかもしれないが。この試合が始まったのは一年か一年半くらい前でね、そのころには俺の盛りは過ぎていた」

まるで状況を報告するように村上に話していた鷲尾の姿を思い出す。「道場の連中を訓練してるのは、この試合のためってわけか」

「なかにはそういう奴もいる」

「村上は？」私は尋ねた。

「村上がどうした？」

「あいつは何をする？」鷲尾は肩をすくめた。「まあ、いろいろだ。若いのを訓練することもある。自分が闘うこともある。村上が出ると、観客も集まる」

「どうして？」

「村上はかならず最後まで闘うからさ。世間はそういうのを見たがる」

「〝最後まで闘う〟？」

「意味はわかるだろう。村上が闘えば、かならず死人が出る。村上は一度も負けたことがない」

難なく信じられた。「どうしてそこまで強いんだ？」

鷲尾は私を見つめた。「お前が身をもってそのわけを知ることにならないよう願おう」

「犬と闘うというのは本当なのか」

短い沈黙。「どこからそんな話を聞いた？」

私は肩をすくめた。「噂を耳にはさんだ」

またしても沈黙。「さあな、本当かどうか、俺は知らんよ。アングラの闘犬を観に行ってることは知ってる。村上自身もブリーダーだ。土佐犬やアメリカンピットブルを訓練してる。奴の犬も死ぬまで闘うぞ。火薬を食わせたり、ステロイド剤を大量に注射したりする。そうすると犬は何を見ても興奮するし、猛烈に攻撃的になる。村上はある犬のけつの穴にハラペーニョをすりこんだ。狂ったような闘いっぷりだったよ」

ドアにノックの音がした。鷲尾が立ち上がる。私は軽く会釈をし、話が終わったことを示した。

鷲尾が手を伸ばして私の腕をつかんだ。「待て。携帯電話を預からせてもらう」

私は彼の手に目を落とした。「携帯は持っていない」

鷲尾はこちらをじっとにらみつけた。険悪な顔つきをしていた。私はその目を見返した。携帯電話を持っていないというのは本当だった。たとえそれが嘘だったとしても、にらまれたくらいで認めたりはしない。

鷲尾は表情を和らげ、私の腕を放した。「身体検査はしない。だがここでは携帯電話もポケットベルも許されない。知り合いに電話をかけて、いま見ているものを話したがる奴が多すぎるからな。それでは秘密が守られない」

私はうなずいた。「賢明な方針だ」

「使っているところを見つかってみろ、痛い目に遭うぞ。覚えておけ」

私はわかったとうなずき、部屋の隅に移動して、次々とやってくる人々をながめた。道場で見た顔もあった。アドニスはスウェットパンツ姿だった。試合に出るのかもしれない。隅に立ち、会場が次第に人で一杯になっていく様子を見守った。一時間ほどしたころ、村上が入ってきた。道場で見たのとは別のボディガード二人を従えている。村上が鷲尾と二言三言交わす。鷲尾は辺りを見回して、私を指差した。

ふいにある感覚に襲われた。私は私が望んでいる以上に村上の注意を引いている。

村上はボディガードを肘でそっと突いた。三人がこちらに歩いてくる。

血管にアドレナリンが放出された。体じゅうを駆けめぐり始めるのがわかる。私は何気なく周囲を見回し、適当な武器を探した。手ごろなものはなかった。

三人が横に並んで私の目の前に立った。村上はほかの二人よりほんのわずかに前に出ている。

「来ないかもしれないと思ってたよ」村上が言った。「来てくれてよかった」

「楽しみに来ましたよ」私は今夜の娯楽が待ちきれないかのように両手をこすり合わせた。実際にはそれは当座しのぎの防御の姿勢だった。

「三ラウンドか三十分、いずれか早いほうで終わりだ。このやりかたなら、誰もが入場料分楽しめる。ルールを説明しよう」

なぜそんな話をされるのか理解できなかった。「誰が出場する?」私は訊いた。

村上はにやりと笑った。義歯が白く光った。肉食獣の牙のように。

「あんただよ」

何だって?

私は村上を見つめた。「闘う気はない」

笑みが消え、村上は目を細めた。「言い争いで時間を無駄にする気はない。お前はなかなか強いと鷲尾から聞いた。三十秒とかからずに誰だかの足を折ったそうだな。そいつの友だちが報復戦をしたいと言っている。対戦相手はその男だ」

アドニスか。くそ、予想してしかるべきだった。

「断ったら……？」

「俺が三人選んで、そいつらと闘ってもらう。お前は強い。相手には警棒を持たせることにしよう。観客も喜ぶだろうな。俺はどっちだってかまわないんだぞ」

進退きわまった。私は楽な道を選んだ。

「わかった。やろう」

村上の目のまわりにしわができた。笑いを嚙み殺している。「それでいい」

「ほかに知っておくべきことは？」

村上は肩をすくめた。「シャツと靴は脱ぐ。武器は使わない。ルールはそれだけだ。リングはない。観客の輪に近づきすぎると、真ん中に押し返されるぞ。敵から逃げようとしていると思われれば、パンチだって飛んでくる。そうだ、いいニュースを伝えておこう。勝者には二百万の賞金が出る」

「敗者には？」

村上の口もとにまた笑みが浮かぶ。「葬式代が出る」

私は村上を見返した。「なら賞金のほうをもらうことにしよう」

村上は笑った。「まあ、やってみろ。さてと、よく聞けよ。あんたの試合は最初だ。十五分後に開始だ。この二人に準備を手伝わせる」そう言って向きを変えると、歩み去った。

私は二人のボディガードを見た。少し離れた位置に立ち、私がふいに駆け出して逃げないよう油断なく見張っている。だが、たとえこの二人を振り切れたとしても、出口にはほかの男たちがいる。そのなかの数人はこちらに目を光らせていた。アドニスと対戦するほうがまだここから出られる可能性が高そうだ。

いったい何試合が行なわれるのだろう。複数の賞金を支払うことになれば、主催者側の取り分はそれだけ減る。下手をしたら足が出る。

その疑問はとりあえずおいて、紺のブレザーを脱ぎ、シャツと靴を脱いだ。アドニスのほうを見ると、同じことをしていた。

私のなかの残忍なものが身動きをした。腹の底にそれを感じた。うなじに、両手に感じた。

武蔵の言葉が頭に浮かんだ。〝先づ太刀をとつては、いづれにしてなりとも、敵をきるといふ心也《なり》〟

ストレッチをし、シャドーボクシングをした。意識の焦点が絞られていく。闘いの場がどこであろうと関係なかった。

村上が近づいてきた。「始めるか」

私は部屋の中央に出た。アドニスが待っていた。

彼の瞳孔は広がっていた。両手は震えている。ラリっているようだった。おそらく覚醒剤だろう。ドラッグはほんの一時《いっとき》、エネルギーを増大させる。集中力を向上させる。集中する対象を与えてやるとするか。

私はつかつかと歩み寄り、鼻先に顔を突きつけた。「お友だちの足首の具合はどうだ？痛そうな音がしてたな」

アドニスが私をにらみつける。呼吸が速い。瞳孔は、黒いバスケットボールのようだった。覚醒剤に間違いない。

「やれるものならやってみろ」食いしばった歯のあいだから低い声が聞こえた。

「やめておく」私は答えた。「お前の足首は折らない。代わりに膝を折ってやる」私は半歩下がって指差した。「そっちの膝だ」

愚か者は伸ばした指の先を目でたどった。私は腹にパンチを叩きこもうと構えたが、こういったことには慣れた鷲尾がそれを予期して私たちのあいだに割って入った。

「俺が始めと宣言してからだ」鷲尾は私を目で制してうなるように言った。

私は肩をすくめた。努力を頭ごなしに否定することはない。

「お前は袋に詰めて運び出されることになるぜ」アドニスが言った。「覚悟しておけ」

鷲尾が私たちの胸に手を当てて離れさせた。会場の空気がぴんと張りつめた。

「準備はいいか」鷲尾は、ハイになったボクサーのように爪先でぴょんぴょんと飛び跳ねているアドニスに確かめた。

アドニスは私をねめつけてうなずいた。

鷲尾が私のほうを向く。「そっちは？」

私はアドニスを見返しながらうなずいた。

「始め！」鷲尾が叫び、周囲の観客から歓声があがった。

アドニスは即座にキックのフェイントをかけ、サイドステップで脇によけた。もう一度。私たちは小さな円を描いて動き始めた。

アドニスの狙いは察しがついた。これは彼にとってはいわばホームゲームだ。観客のなかには味方もいる。私たちが描いている円をその味方のほうにじりじりと近づけるつもりだろう。味方の手を借りようというのだ。

しかしその味方の存在は、彼の自惚《うぬぼ》れの源にもなりえる。「どこに行くんだ？」私は中央に動きながら罵《ののし》った。「俺はここだぞ」

アドニスが一歩足を踏み出した。だが私との距離を詰めるには足りなかった。試合前の愚弄《ぐろう》が効いて、彼の意識は自分の膝に集中していた。私が彼の友人にしたような攻めかたをするのではないかと恐れ、距離を保っておけばそれを防げると考えている。

私は両腕を数センチ下げ、頭と上体をわずかに前に突き出した。アドニスが足を踏み替えた。〝キック〟と考えているのが読み取れた。彼のキックは鋭い。それは練習で見た。私が彼なら、遠距離から私を消耗させようとするだろう。長い脚を使って、私を近づけないようにするだろう。

アドニスが左足を踏み出し、右足を大きく旋回させるようにしてキックした。その足は私の左ももをとらえたあと、瞬時に床の上に戻った。鋭い痛みが走り、観客が喜んで歓声をあげた。アドニスはまた爪先で飛び跳ねた。

素早い動きだった。私に脚をつかむ隙を与えなかった。

キックが功を奏していると自信を持たせ、もっと勢いよく足を出させなくてはならない。ほんの千分の一秒でも長い接触が、決定的な違いを生む。

アドニスはまたキックを繰り出した。野球のバットのように私の大腿部を打ち、すぐに床に戻る。観客がまた歓声をあげた。耳を聾《ろう》するような声だった。

今回は前よりも痛かった。あと数発食らったら、脚を思いどおりに動かせなくなるだろう。アドニスも同じことを考えているはずだ。

私は半歩足を引いて身をかがめ、前に出した脚をかばおうとしているかのように、体の右側をアドニスのほうに向けた。アドレナリンが体を駆けめぐり、彼の動きはスローモーションに見えた。

アドニスの鼻の穴がふくらみ、すぼまる。視線が私にねじこまれる。すり足で前に出た。足の裏は床を離れない。

視界の隅に映ったアドニスの右足が、前よりもしっかりと床を踏みしめるのがわかった。前に出した左足に体重が移り始める。蹴りを出すために腰が傾く。

私は即座に攻撃したい衝動を抑え、あと半秒こらえろと自分に命じた。その半秒がどうしても必要だった。

アドニスの脚が床から持ち上がりかけた瞬間、私は前に飛び出し、距離を半分に詰めた。アドニスが自分の過ちに気づいて修正を試みたが、すでに私はすぐそばに迫っていた。私はキックを左の腰で受け、同時に左腕をアドニスの伸ばした膝にからめた。

観客が息を呑んだ。「ああ」

アドニスは即座に反応した。私の左上腕を右手でつかみ、空いたほうの手の指を立て、私の目を狙って突き出す。私は彼の膝をしっかりと抱えこみ、左脚を大きく踏み出して彼を押し倒そうとした。アドニスはバランスを取り戻そうと左足でうしろに跳ねた。私は無防備になった彼の股間に右のパンチを打ちこんだ。

アドニスはうめき、私を振り払おうとした。私は右足を大きく踏みこんで彼の左腕の下にもぐりこむようにし、同時に彼の膝を放した。彼の背後に回りこみ、両手で彼の胴をしっかりとつかんで、腰を落としながら勢いをつけて背をそらした。アドニスの体は、ジェットコースターの最後尾車両のように私の上で弧を描いた。両腕と両脚がめちゃくちゃな角度に広がった。首と肩が体重を受け止め、脚は投げられた勢いで頭の上を通り過ぎた。

もし彼の胴をつかんだ手を放していたら、彼は完全に一回転していただろう。しかし私は手を放さなかった。彼の足はどすんと音を立てて床に落ち、彼は仰向けに転がった。私は左手で彼の顔をつかみ、彼の頭を反らせると同時に彼の下から這い出した。右膝を立て、腰に力を入れて、むきだしになった彼の喉に、全体重をかけて右の前腕を叩きつけた。甲状軟骨と輪状軟骨と、おそらくは棘突起《きょく》が粉砕される感触。彼の両手が喉に飛び、全身がびくびくと震えた。

私は立ち上がって彼から離れた。観客は静まり返っていた。

骨折による血腫が喉をふくれ上がらせていく。脚がばたばたと動き、体が左右に転がる。顔からは血の気が失せ、指は必死に喉を押さえ、表情は歪んだ。誰もアドニスに駆け寄ろうとしなかった。駆け寄ったところで何もできまい。数秒後、彼の体は電流を流されているかのように不規則な痙攣《けいれん》を始めた。さらにそれから数秒後、痙攣はやんだ。

誰かが叫んだ。「やった！」私に賭けていたのだろう。室内はたちまち歓呼に包まれた。人々が私に群がった。私の背中を叩き、握手する。この機に乗じてアドニスの仲間の一人がナイフを突き立てようとするのではないかという不安がよぎったが、どうすることもできない。

鷲尾の声が聞こえた。「ほら、下がって、下がって。一息つかせてやれ！」鷲尾とほかの数人が私のまわりに集まり、観客を押し戻そうとする。

誰かに差し出されたタオルで顔を拭った。観客は次第に離れていく。見回すと、一万円札の束が手から手へと渡されていた。

村上が輪のなかに現れた。笑みを浮かべている。

「よくやった」

私はタオルを放り出した。「俺の金は？」

村上は胸ポケットに手を入れて分厚い封筒を取り出した。封を開け、一万円札が詰まっているのを私に見せると、また閉じてポケットに戻した。

「あんたのものだ」村上は言った。「あとでやる」それから周囲を見回した。「ここにいる連中が、あんたから奪おうとするかもしれないからな」

「いまよこせ」

「あとでだ」

金なんかどうだっていいじゃないか――私は思った。生きているだけでありがたい。

ジャケットとシャツと靴を置いたところへ歩きだす。観客はうやうやしく道を開けた。

いくつか手が飛んできて私の肩を叩いた。

村上がついてきた。「金はあんたのものだ。だが、渡す前にもう一つ条件がある」

「冗談じゃない」私はシャツを着てボタンを留め始めた。

村上は笑った。「わかった、いいだろう」封筒を取り出し、投げてよこす。

私は両手で封筒を受け取り、なかをのぞいた。約束の金額分はありそうだ。パンツのポケットに押しこんで、シャツのボタンを留める作業を再開した。

「もう一つの条件というのは」村上が言った。「その封筒に入ってる額の十倍、二十倍を稼ぐ話を聞けということだ」

私は彼を見返した。

「関心はあるか」

「聞くだけなら」

村上は首を振った。「ここでは話せない。祝杯をあげに行こうか。話はそこでする」そういってにやりと笑う。「俺のおごりだぞ」

私は靴を履き、しゃがんで紐《ひも》を結んだ。「どこに連れていく気だ?」

「俺の経営しているささやかな店だよ。気に入ってもらえるだろう」

私は考えた。村上と〝祝杯〟をあげるのは、タツに渡す追加情報を集めるいい機会になるだろう。損になることはなさそうだ。

「よし、行こう」

村上は笑みを浮かべた。

二人の男がアドニスを死体袋に入れ、ジッパーを上げているのが見えた。やれやれ、準備のいいことだ。死体を車輪付きの担架に載せ、出口へと押していく。担架の下の段には、金属板の山が見えた。二人組の一人は鎖を一巻き持っている。死体に重しをつけて、そのへんの運河に放りこもうというのだろう。

次の試合は長い時間続いた。対戦者はどちらも用心深く、死に至る可能性のある、あるいは外見を損なう可能性のあるテクニックは使わないという暗黙の了解でもできているようだった。十分ほどたったころ、村上が言った。「つまらん。行くぞ」

村上はボディガードに合図をし、私たち四人は外に出た。鷲尾が気づいて頭を下げた。ウィンドウにフィルムを貼った黒いメルセデスS600が停まっていた。ボディガードの一人が私たちのために後部のドアを開けた。リアシートには犬が丸くなっていた。白いピットブルだ。耳は短く切られ、全身が筋肉の塊だった。厚手の革の口輪をはめられていたが、その端から深い裂傷や古い傷痕がのぞいており、村上の闘犬の一頭だとわかった。

犬は口輪をはめられた自分の鼻先を見下ろすようにして私を見た。そのわずかに血走った目の奥に、人間のものに似た狂気がひそんでいた。まあ、犬は飼い主に似るとよく言われる。

村上は先に乗れと身振りで言った。「心配するな。口輪をはめているから大丈夫だ」

「いや、やはりあんたが先に乗ってくれ」

村上は笑い、乗りこんだ。犬は飼い主に場所を譲った。私も村上のあとに続いた。ボディガードがドアを閉めた。ボディガード二人は前部に乗りこむ。車は海岸通りを北に向かい、桜田通りを経由して、六本木で外苑東通りに入った。四人とも終始無言だった。犬はずっと私をにらみつけていた。

六本木通りを渡ったとき、私はひょっとしてと思い始めた。青山通りが近づいてきたとき、それは確信に変わった。

私たちは〈ダマスク・ローズ〉に向かっている。

11

ハリーの奴はホステスに惚れられるという幸運に恵まれたのだと、私はどうにか自分を納得させようとしていた——そのときまでは。空調の利いたベンツの室内の温度が急に上昇したような気がした。しかし私はハリーの心配どころではない差し迫った問題を抱えていた。前回〈ダマスク・ローズ〉に行ったとき、私は英語を使い、片言の日本語しか話せないアメリカ人のふりをした。しかも違う名前を名乗った。どう乗り切るか考えなくてはならない。

ベンツがクラブ前に停まったとき、私は言った。「ああ、ここはいい店だ」

「来たことがあるのか」村上が訊いた。

「一度だけ。美人がそろってる」

村上が口もとをゆるめ、異様に白い義歯がのぞいた。「そのはずだ。女たちを選ぶのはこの俺だからな」

運転手が助手席側のドアを開け、私たちは車を降りた。犬は残った。運転手がドアを閉め、黒っぽいガラスが私たちを隔てるまで、飢えた魔物のような目が私を執拗《しつよう》に追いかけていた。

前回と同じくナイジェリア人が入口の両脇を固めていた。村上を見てへつらうように深深と頭を下げ、「いらっしゃいませ」と声をそろえた。右側の一人が襟に留めたマイクにささやいた。

階段を下りる。この前も見た赤ら顔が目を上げた。村上を見たとたん、喉仏が上下した。

「ああ、村上さん。こんばんは」日本語で言って深く腰を折る。「いつも寄ってくださってありがとうございます。さて、今夜はご指名はございますか」

額にうっすらと汗が浮かんでいる。完全に村上に気を取られていて、私には目を向けようともしない。

村上は店内を見回した。数人の女の子が笑顔を見せた。「雪子がいい」

ハリー。

赤ら顔はうなずき、私のほうを向いた。「お客様は？」日本語を使ったのは、私が前にも来たことを覚えていないからだろう。前回は英語でやりとりした。

「今夜はナオミは出ていますか」こちらも日本語で訊いた。もしナオミがいれば、すぐにでも会っておきたかった。そのほうがわずかなりとも会話の行方を操縦しやすい。悪いほうに転がったとしても、少なくとも彼女を避けようとしているように思われずにすむだろう。

赤ら顔は、数週間前にナオミを指名した客がいたことをおぼろに思い出したのか、目を細めたように見えた。いや、そんな気がしただけかもしれない。

赤ら顔が会釈した。「承知いたしました」

名前が変わったことを初めとする矛盾をナオミに指摘されたら何と説明するかは、すでに考えてあった。私は結婚していて、このような夜の遊びのことを妻には知られたくない。クレジットカードを使わずに現金で支払うことも、その補強材料になるだろう。世界一説得力のある作り話とは言えなかったが、齟齬《そご》に気づかれたときに備えて、何か言うことを用意しておかなければならない。

赤ら顔はメニューを二枚取り、私たちをホールに案内した。途中で足を止めて、確かエルサという名前の女に小声で何か伝えた。エルサがエミの腕に軽く触れた。

案内されたのは、隅のテーブルだった。村上と私は、ともに入口のほうを向いて、隣り合った席に腰を下ろした。エミが別のテーブルに歩いていくのが見えた。そのテーブルでは、雪子が客の相手をしていた。エミは腰を下ろし、雪子の耳もとでささやく。まもなく雪子が客に一礼して席を立った。エルサもナオミのいるテーブルで同じようにしている。相変わらず手回しがいい。

雪子が近づいてきた。村上を見るなり猫のような笑みを浮かべる。一瞬遅れて、ナオミがやってきた。この前と同じように、エレガントな黒いカクテルドレスを着ていた。今度のはシルクで、ウェストは締まっているが、そこから上はゆるやかに体に沿っている。左手首には今夜もダイヤモンドのブレスレットが輝いていた。

ナオミが私の顔を見た。口もとが笑みを作りかけたが、私の顔から村上の顔に目を移したとたん、その笑みは途中で凍りついた。村上の正体を知っているに違いない。前回の私の話を考えて、私たちが連れ立って現れるとは思っていなかったのだろう。その不調和に何とか説明をつけようとしている。しかし突然の表情の変化は、それだけではないことを告げていた。彼女は怯えている。

雪子は村上の横、私の向かいに座った。長いあいだ私の顔を見ていてから、村上にちらりと目を移し、また私を見た。唇がかすかに動いて、冷ややかな笑みを形作った。村上は何かを待っているように雪子を見つめていたが、雪子は彼を無視した。緊迫した空気が流れるのがわかった。この男を甘く見るな、爆発するぞ。やがて雪子は村上に目を戻して、〝ちょっとからかっただけよ。子どもっぽいことはやめて〟というような笑みを向けた。張りつめた空気が一気にゆるんだ。私の隣に座っている獣をいくらかでもコントロールできる人間がいるとすれば、それはおそらくこの女だろうと私は思った。

ナオミが残った席についた。「久しぶりですね」私は彼女に声をかけた。

「ええ、そうですね」ナオミは曖昧《あいまい》な表情で答えた。この前は英語で話したいと言ったのに、今夜は日本語を使うことを不思議に思っただろう。だが、連れに気を遣っているのだと納得したのかもしれない。

「おや、知り合いか」村上が日本語で口をはさんだ。「そうかそうか。新井さん、これは雪子だ」

私が新しい名前を持ったことに気づいたのかどうか、ナオミの表情は変わらなかった。「初めまして」雪子は日本語で続けた。「何週間か前にいらしてたわね。覚えてるわ」

私は軽く会釈をして彼女の挨拶に応えた。「こちらも覚えていますよ。あなたの踊りはすばらしかった」

雪子は首をかしげた。「でも何となく、この前と違って見える」

私のアメリカ人と日本人の人格は別個のものだ。そのとき話している言語によって、また気分によって、二つを使い分けている。赤ら顔が私に気づかなかったのは、そのせいだろう。村上を前にして緊張していたせいもあるだろうが。雪子はその違いに気づいたが、どう理解していいかわからずにいる。

私は髪を直そうとしているかのようにかきあげた。「運動した帰りだからかな」

村上が含み笑いをした。「まあ、運動には違いない」

ウェイトレスが近づいてきた。おしぼりを四本とお通しを並べる。それがすむと村上の顔を見て、彼の好みを知っているのだろう、「ボンベイ・サファイアでよろしいですか」と訊いた。村上がそっけなくうなずき、雪子にも同じものをと身振りで伝えた。

ウェイトレスは私を見た。「お客様は?」

私はナオミのほうを向いた。「スプリングバンクにするかい?」ナオミがうなずき、私は二人分を頼んだ。

この前の晩に見た生気にあふれたラテン系ハーフの女は、カメのように殻の奥に身を縮めていた。何を考えているだろう――〝新しい名前、新しい日本人の人格、新しいやくざの連れ〟すべてが会話の種になる。だが彼女は何も言おうとしない。

なぜだ？　もし通りで偶然出会ったら、彼女が最初に訊くことは〝あら、東京にまたいらしてたのね〟だろう。もし私が別の名前を使ったら、そのことについて何か言うはずだ。もし私がなまりのない、日本人と変わらない日本語で話すのを耳にしたら、〝英語のほうが得意なんだとおっしゃってなかった？〟と言わないほうがおかしい。

つまりナオミが黙っているのは、この状況のせいなのだ。村上に気づいたとき、彼女の目に浮かんだ恐怖。原因は村上だ。奴の注意を引くようなことを言ったりしたりしてしまわないようびくびくしている。

前回会ったとき、彼女は話している以上のことを知っているという気がした。村上を前にした彼女の反応は、その疑念を裏付けていた。私の正体を明かす気があるなら、とうにしているはずだ。だがそうしないことで、彼女は共犯になり、私たちは秘密を共有することになった。私としては、それを利用できるだろう。

雪子がおしぼりを取って村上の両手を拭った。ライオンの毛並みを手入れしている調教師のように淡白な態度だった。ナオミは私の分のおしぼりを差し出した。

「新井さんは友人でね」村上が私を見、次に女二人を見て、義歯をむき出して笑った。

「よくしてやってくれよ」

雪子は私の目をまっすぐにのぞきこんで微笑んだ。〝二人きりだったら、とってもよくしてあげるのに〟とでも言いたげに。視界の隅で、村上がその視線に気づいて顔をしかめた。

できればこの男に焼きもちを焼かれたくはないな——ハリーのことを思い、私はそう考えた。

ウェイトレスが現れ、酒のグラスをテーブルに並べた。村上は酒を一息に飲み干した。雪子もそれにならった。

「美味《うま》い」村上がうなるように言った。雪子はやけに慎重な手つきで自分のグラスをテーブルにおいた。村上が彼女を見つめる。雪子はどこかわざとらしい無邪気な表情で彼を見返した。二人は長いあいだ見つめ合っていた。やがて村上がにやりとし、雪子の手をつかんだ。

「お代わり」ウェイトレスに大声で頼む。それから雪子を立ち上がらせると、テーブルを離れた。ダンスステージ横の部屋に入っていく。

「あれは？」ナオミに日本語で尋ねた。

ナオミは私を見つめていた。警戒するような目で。

「ラップダンス」

「あの二人は親しいようだね」

「ええ」

私は店内を見回した。近くのテーブルは、どれもサラリーマンらしい服装の日本人グループが埋めている。がやがやと騒がしかったが、それにしても、内密の話をするにはほかの客が近すぎる。

私はナオミのほうに身を乗り出し、低い声で言った。「また来ることになるとは思わなかった」

ナオミはびくりとした。「来てくれて嬉しいわ」

反応と言葉の矛盾をどう解釈していいかわからなかった。「いろいろ訊きたいことがあるだろうね」

彼女は首を振った。「今夜は楽しんでいってもらいたいだけ」

「きみがそういう態度を取る理由はわかってるつもりだ」

彼女はふいに片手を持ち上げて私の言葉をさえぎった。「ラップダンスはいかが？」その口調は誘うようだったが、目に浮かんでいる表情は厳しさと怒りが相半ばしていた。

私は真意を推し量ろうと彼女を見つめた。それから答えた。「いいね」

少し前に村上と雪子が入っていったのと同じ部屋に行った。入口のすぐ内側にまたナイジェリア人が立っていた。会釈をし、高い背もたれのついた半円形のソファを引く。向かい合わせに同じソファが置かれていた。私たちがなかに入ると、ナイジェリア人は手前の半分を押してもとに戻した。私たちは布張りのソファにぐるりと囲まれた。

ナオミがクッションの効いたソファに座るよう身振りで言った。私は彼女の表情をうかがいながらソファに腰を下ろした。

ナオミは私の目を見つめたまま一歩うしろに下がった。両手が背中に回る。ジッパーが下ろされる音が聞こえた。次に右手が左肩に動いて、なめらかな肌の上をストラップが滑った。

そのとき、私はポケットの奥で振動を感じた。

くそ。ハリーの盗聴探知器か。

連続、断続、連続。盗聴マイクと盗撮カメラの両方があるということだ。

周囲を見回すなど、疑わしい行動をしないよう用心した。代わりに口を開き、ラップダンスの始まりを前にして興奮した客が口走りそうなことを言おうとした。だが彼女の表情が変わり――なかばにらむような、なかば怒ったような顔――私は口をつぐんだ。ストラップにかけた人差し指をほんのわずかに持ち上げて天井を指す。それから首を傾げ、今度は耳を指した。

メッセージは伝わった。誰かが聞いている。誰かが見ている。

ここだけではない。テーブルでもだ。だからあんな奇妙な応答をしたのだ。テーブルでは警告を発せられなかった。

今夜怒っているように見えた理由も、それでわかった。私は申告どおりアメリカ人会計士なのか、少なくとも中立の人間なのか。そうだとすれば、彼女にとっては沈黙がもっとも無難な選択肢だ。私は彼女が恐れている村上とつながっているのか。つながっているとすれば、沈黙は、そしてたったいましたような警告を発することは危険だ。私は、意図したことではないにしろ、彼女に選択を押しつけたのだ。

しかし探知器はテーブルでは作動しなかった。そう思ったとき、気づいた。村上か。ふだんはテーブルを監視しているにしても、ボスがいるときには機器の電源を切るわけだ。そういう決まりになっているのだろう。誰だって、決まりが守られていないことを村上のような男には知られたくないはずだ。前回私がこの店に来たときには、探知器はまだ充電されていなかった。あのとき作動しなかったのはそのためだ。

ポケットに手を入れて探知器のスイッチを切り、わかったと伝えるためにうなずいた。ナオミはストラップを下ろして腕を抜いた。反対側も同じようにした。腕を胸の前で交差する。息をするたびに、鼻孔がわずかに広がった。一瞬、身動きを止めた。それから、眉間にしわを寄せ、体をこわばらせて、両腕を体の脇に下ろした。ドレスが滑り落ちた。乳房と腹が露《あらわ》になる。布地は腰の上で黒いさざ波になった。

「触ってもいいのよ。腰から上だけなら」

私は彼女の目を見つめたまま立ち上がった。前に乗り出し、耳もとに口を近づけてささやく。「警告してくれてありがとう」

「お礼なんて」彼女がささやき返す。「ほかにどうしようもなかっただけ」

「俺は連中とは関係ない」

「そう？　でも今夜は闘ってきたんでしょう？」

「どうしてそう思う？」

「顔に引っかき傷があるわ。それに村上のジョークの意味もわかった。〝運動〟っていうジョーク」

私はアドニスから多少の痛手をこうむっていたらしい。それまで気づいてもいなかった。

「試合のことを知ってるんだな」

「誰でも知ってるわ。闘った人が試合のあとにここに来て、自慢話をするから。お客さんて、私たちの耳は聞こえないとでも思ってるみたい」

「自ら進んで行ったわけじゃない。ある道場でトレーニングをしていてね、そこで誘われた。どういうものなのかまるで知らなかったんだ。行ってみて初めて、食べるために行ったんじゃないとわかった。俺がメインコースだった」

「お気の毒」彼女がささやく。

「連中とつるんでると思ってるなら、どうしてこうして話をする？　なぜ盗聴器があると教えてくれた？」

「私もあなたに負けないお馬鹿さんだからよ」ナオミは一歩下がり、腰に手を当て、顎をつんと持ち上げて私を見つめた。それから眉を吊り上げて微笑んだ。「どうしたの、触るのが怖いの？」

私は彼女の表情を探った。欲しいのは情報だ。ラップダンスなど別に見たくない。

「見るのも怖いってわけ？」彼女の笑みはからかうようだった。

私はそれでもなお彼女の目を見つめていたが、やがて視線を下へと動かした。

「どう、お気に召した？」

「悪くない」私は一瞬の間をおいて答えた。実際の感想よりかなり控えめに。

ナオミは向きを変えると、私に背中を押しつけた。わずかに体を前にかがめて、腰を私の前に密着させる。

私はふいに悟った。これは初めから私の負けが決まっているゲームだ。

ナオミは両手を膝に当て、尻を左右に揺らした。その摩擦が、私の意識の突出した部分を占領した。

「ご感想は？」肩越しに振り返ってナオミが訊く。

「いいね」私はさっきより低い声で答えた。彼女が笑った。

「もっと気に入ってくれてるようだけど？」

「俺は話がしたい」私は言った。気がつくと、私の両手は彼女の尻の上にあった。私は手を引っこめた。

「じゃあ話して」彼女はますます体を押しつけてくる。「好きなことを話していいのよ」

私の気をそらそうとしている。彼女自身は話したくないのだ。だが、どうすれば話を引き出せるかわからなかった。

彼女は背を反らし、尻をいよいよ高く持ち上げた。背骨の付け根のくぼみに暗い水たまりのような影ができた。

「好きなことを話して」彼女が繰り返す。

彼女の動きに合わせて、影が濃くなり、淡くなる。

「頼むからやめてくれ」私はささやいた。両手はまた彼女の尻に触れていた。

「でもこれがいいんでしょう」彼女が甘い声で言った。「私もこれが好きなの」

ほかのことを考えろ、と私は自分に言い聞かせた。だが両手はとどまっている。動き始めてさえいた。私は他人のものを見るようにその手を見つめた。肌と布地がこすれる音が、狭い空間にやけに大きく聞こえた。

彼女にいいようにあしらわれている。

それから思い直した。気にするな。どのみちふつうの客のように振る舞ったほうがいい。私は片膝を床につき、両手を彼女のももの裏側に滑らせた。ふたたび立ち上がりながら、ドレスをたくし上げた。彼女は黒いTバックを着けていた。腰に集まった布地の波が、その上でわずかに揺れている。私は手綱を取るようにドレスを片手でつかむと、反対の手で彼女の尻を握った。

「腰から上だけよ」肩越しに微笑みながら彼女が言った。冷ややかな声は、私の頭や下腹の芯にある熱と対極のものだった。「それ以外を触るとドアマンを呼ぶわ」

にわかに怒りがわきあがった。そのくらいにしろ。自分を叱りつける。ここから出るんだ。こんなお遊びが始まる前にさっさと出るべきだった。

尻から手を放し、うしろに下がった。だが怒りを抑えきれなかった。片手でドレスをつかんだまま腰を回し、むき出しになった彼女の右の尻を平手で叩いた。大きなぱんという音がして、彼女は甲高い悲鳴をあげた。電気ショックを受けたようにぎくりとして身を引く。

ナオミは振り返って私と向き合った。叩かれた臀部《でんぶ》に片手を当てている。驚きと怒りに目は見開かれ、鼻孔は広がっていた。目の端で、彼女がうしろに引いた足に体重を移すのが見えた。前に出した足で股間を蹴られるかと、私は身構えた。

だが彼女はそうはせず、後ずさった。両腕を下ろし、肩と顎を持ち上げて、憤怒をこらえているように胸を反らせた。そして私をにらみつけた。

「もう終わり、お客様?」これ以上はないというほど蔑《さげす》んだ口調だった。

「いまのはルール違反だったかな」私は彼女の目をのぞきこんで微笑んだ。

彼女はドレスを引っ張り上げ、ストラップに腕を通した。顔はまだ怒りに燃えていた。怒りを爆発させないその冷静さに感心せずにはいられなかった。私の手を借りずにジッパーを上げると、彼女は言った。「三曲だから、三万円よ。ドアマンにも一〇パーセントのチップをお願い。ケン?」

ケンというのはドアマンのナイジェリア人のことらしい。半円のソファが即座に動き、ナイジェリア人が現れた。私は札入れを取り出して二人に金を渡した。

「ありがとう」私はナオミに言い、満足至極の客らしく満面の笑みを浮かべた。「とても……楽しませてもらったよ」

ナオミが微笑みを返す。彼女が武器を持っていなくて幸いだったと思わせるような笑み雪子が席で待っていた。「よかったか」村上が私に尋ね、義歯をむき出した。

「まあな」私は答えた。

村上は雪子の手を取って立ち上がった。「仕事の話はまた今度にしよう」

「いつ？」

「近いうちだ。道場に行く」

約束をするのが嫌いという意味では私と同類らしい。「午前中？　夕方？」

「午前中だ。近いうちにな」村上はそう答えてナオミのほうを向いた。「ナオミ。しっかり面倒を見てやれよ」ナオミはわかりましたというように軽く頭を下げた。

村上と雪子は帰っていった。一分とたたぬうち、探知器が振動を始めた――継続的な振動。盗聴マイクだけということだ。この店のルールに関する私の推測は正しかったらしい。

ナオミと私は、マイクに拾わせるためだけにしばらく世間話をした。彼女の口調は淡々として当たり障りがなかった。私たちの短い再会は彼女の考えていたとおりのものではなかったはずだが、それでもほかの話をして私に質問をさせなかった。本当は彼女にこそ訊きたいことが山ほどあっただろうが。おそらく、試合は引き分けだったのだ、よけいな詮《せん》索《さく》はしないほうがいいと自分に言い聞かせていたのだろう。

試合は一ラウンドで終わったことなど、彼女が知る由《よし》もない。

疲れているから帰ると私は言った。「またいつでもいらして」彼女は皮肉な笑みを浮かべた。

「またラップダンスを見せてもらえるのかい？」私は笑みを返して訊いた。「それはぜひ来なくちゃ」

階段を上り、外苑東通りに出た。歩道を歩きだそうとしたとき、車のクラクションが鳴った。雪子の運転するＢＭＷのＭ３が通り過ぎた。助手席には村上が乗っていた。雪子は手を振り、車は青山通りへと消えた。

時刻は午前一時を回ったところだった。クラブの閉店時間は三時だ。ナオミはそのころ店を出て家に帰るだろう。

コンピューターを使った調査はすんでいた。ナオミの自宅の住所はわかっている。麻布十番三丁目のライオンズ・ゲート・ビルディング。

電車はもう終わっている。ナオミが車を持っているとは思えない。大都会で車を持つのは維持費がかかりすぎる。だいいち、電車や地下鉄でどこにでも行ける。自宅に帰るにはタクシーを使うだろう。

タクシーで地下鉄麻布十番駅に行き、三丁目を歩いて目当ての建物を見つけた。典型的な高級マンション。淡褐色に塗られた鉄筋コンクリートの壁。真新しく洒落た外観。両開きのガラスドアで仕切られたシンプルなエントランスは、電子制御されている。ガラスのすぐ内側の壁に防犯カメラが備えられていた。

マンションは一方通行の通りの角に建っていた。裏に回ってみた。サブエントランスが見つかった。正面のものより小さく目立たないもの。使うのは住人だけだろう。防犯カメラはなかった。

第二の出入口はことをややこしくする。間違ったほうのエントランスで待っていれば、完全にすれ違うことになってしまう。

思案した。この界隈の道はどれも一方通行だ。それは麻布十番のトレードマークのようなものだった。〈ダマスク・ローズ〉から来るとしたら、タクシーは先にサブエントランスの前を通ることになる。そちらで車を降りる可能性が高い。仮にタクシーがそこを通り過ぎてメインエントランスに回ったとしても、あとを追いかけて、彼女が建物に入る前につかまえる時間はある。

よし。私は適当な場所を探してあたりを見回した。ふだん誰かを待ち伏せするときは、ぎりぎりまで隠れて、相手の不意をつく。しかし、それは相手を殺すときの優先事項だ。今回の場合は、ただ話したいだけだった。過度に怯えさせ、無防備な立場に追いやってしまったら、彼女は建物のなかに駆けこみ、話をするどころではなくなるだろう。

私が立っているところから直角に交わる路地が伸びていた。マンションのサブエントランスのすぐ先で行き止まりになっている。その路地を歩いてみた。左手を見ると、マンションの壁にひさしがあった。その下にできた陰のなかに、大型のプラスチック製ごみバケツがいくつか重ねて置いてある。その陰の奥でじっと息をひそめていれば、たとえすぐ前を人が通ったとしても、私がいることには気づかれないだろう。

腕時計を確かめた。二時になろうとしていた。近所を歩いて時間をつぶした。すれ違った通行人の数はせいぜい五、六人だった。午前三時ともなれば、通りは閑散としているに違いない。

さっきクラブで見たものを思い返す。配下の政治家のネットワークを維持するのに、山岡が脅迫と強請《ゆすり》に頼っていることはタツから聞いていた。タツの話では、みどりの父親も入っていた。異性と不純な行為に及んでいる政治家の姿を映したビデオが山岡から奪ったディスクには、異性と不純な行為に及んでいる政治家の姿を映したビデオも入っていた。また山岡と村上はつながっているという。とすると、政治家たちが世間には見せられない行為に及んでいる姿を撮影された現場は、〈ダマスク・ローズ〉である可能性が高い。

それはつまり、山岡のネットワークに属する人物が私の顔をビデオに収めたことを意味する。どう考えてもそれは歓迎できないことだった。しかも村上の新たな関心は事態をさらに悪化させている。重ねて身元を確かめるために、村上が盗撮カメラの映像を誰かに見せないともかぎらない。山岡本人に見せる恐れさえあった。山岡は私の顔を知っている。そのうえ私は村上の道場に入るのに、紹介者としてウェイトリフターの名前を出した。私の正体に勘づけば、ウェイトリフターの〝事故〟は事故でなかったことも察するだろう。

その先の可能性も考えた。雪子は〈ダマスク・ローズ〉の経営陣に近い人物につながっている。その人物とはおそらく山岡で、つまり山岡はハリーを手中に収めようとしている。ハリーに関心を示すのは、ハリーを追えば私にたどりつく可能性があるからだとしか考えられない。

ＣＩＡはどうだろう。彼らもハリーを尾行していた。カネザキによれば、私を捜すためだ。問題は——山岡とＣＩＡは協力しているのか、それとも関心を向けた先がたまたま一致しただけか。前者だとすれば、どういう経緯で協力することになったのか。後者だとすれば、いったい何に関心があるのか。

やりかたをしくじらなければ、ナオミはこういった疑問に答える手がかりを与えてくれるかもしれない。それに、問題を早急に解決しなければならなかった。ハリーと彼らの関わりが単に私に近づくための手段にすぎないとしても、ハリーの身が危険であることに変わりはない。それに、新井克彦という人物は実はジョン・レインであると村上に気づかれたら、ハリーと私は二人とも切迫した悩みを抱えることになる。

午前三時になるころ、雨が降り始めた。私は急ぎ足でナオミのマンションに戻り、目をつけておいた建物のそばの暗がりに身をひそめた。ひさしのおかげで雨には当たらずにすんだものの、気温が下がり始めていた。アドニスに蹴られた脚がずきずきと痛んだ。ストレッチをして筋肉をほぐした。

三時二十分、タクシーが角を曲がってきた。前を通り過ぎるまで、陰のなかで待った。後部座席にナオミの顔が見えた。

タクシーは左に曲がり、サブエントランスを少し過ぎたところで停まった。自動ドアがわずかに開いて、室内灯がともった。ナオミが札を何枚か運転手に渡し、釣りを受け取る。ドアが大きく開いて、彼女が車を降りた。薄手のウールかカシミアの、膝上丈の黒いコートを着ていた。襟もとをしっかりとかきあわせる。ドアが閉まり、タクシーが走り去った。

ナオミは傘を開いてエントランスに歩き始めた。私はひさしの下から足を踏み出した。

「ナオミ」静かに声をかける。

彼女が勢いよく振り返った。鋭く息を吸いこむ気配がした。「どうして？」ポルトガル語なまりの英語で叫んだ。

私は掌を前に向けて両手を上げた。「話がしたいだけだ」

彼女は肩越しにうしろを振り返った。ドアまでの距離を目で測っているのだろう。それから安心した様子で私に向き直った。「あなたと話すことはないわ」〝あなたと〟という部分が強調されていた。動揺のせいだろう、なまりがいつもよりいくらか強く聞こえた。

「気が進まないならそれでいい。強制するつもりはないよ」

ナオミはまたあたりを見回した。危険に対する勘が鋭い。たいがいの人々は、脅威を認識すると、その源に意識を集中しがちだ。その脅威がおとりにすぎず、本物の危険は脇にひそんでいるような場合、簡単にその餌食になってしまう。

「どうして住所を知ってるの？」ナオミが訊いた。

「インターネットで調べた」

「あらほんと？　こういう仕事をしてるのに、住所をインターネットなんかに載せると思う？」

私は肩をすくめた。「電子メールのアドレスをくれただろう。些細な情報を足がかりにしてどれだけのことが調べられるか、知ったらきみはきっと驚くよ」

ナオミは疑わしげに目を細めた。「ストーカーなの？」

私は首を振った。「違う」

雨は本降りになろうとしていた。物理的な不快さは別として、雨が降り出したのはかならずしも不運ではないことに私は気づいた。彼女は傘に守られて雨に濡れず、平静を保っている。一方の私は濡れ、身震いさえしている。その対照を見て、彼女は自分が優位に立っているように感じるだろう。

「私は何かトラブルに巻きこまれてるの？」

意外な質問だった。「トラブル？　どんな？」

「私は何も間違ったことはしていないわ。妙なことには関わっていない。ただのダンサーなのよ」

何のことを言っているのかわからなかったが、話の腰を折りたくはなかった。「関わっていない？」私はおうむ返しに尋ねた。

「私は関係ないわ！　関わりたいとも思わない。他人に興味はないの」

「きみはトラブルに巻きこまれてはいない。少なくとも俺に関するかぎりはね。ただ話をしたいだけだ」

「話をする理由があるなら教えてもらいたいわ」

「きみは俺を信頼している」

彼女はなかば面白がり、なかば驚いたような表情を浮かべた。「私があなたを信用してるですって？」

私はうなずいた。「クラブに盗聴器があることを教えてくれた」

一瞬、ナオミは目を閉じた。「やっぱり。後悔することになると思ってた」

「黙っていたらもっと後悔することになると思ったんだろう」

ナオミはゆっくりと、慎重に首を振っていた。何を考えているか読み取れた。〃一つ親切をしてやったおかげで、この男につきまとわれることになった。この男はトラブルだわ。迷惑なだけ〃

私はしずくの滴る前髪をかきあげた。「どこか場所を移せないかな」

ナオミは左を見、右を見た。通りに人の姿はない。

「いいわ。タクシーを拾いましょう。遅くまで開いてる店を知ってるの。そこで話しましょう」

私たちはタクシーを見つけた。私が先に乗った。彼女は運転手に、六本木通りの南側、渋谷三の三の五に行ってくれと頼んだ。私は微笑んだ。

「〈タントラ〉だね」

ナオミは私を見つめた。少し呆気にとられたような顔だった。「知ってるの？」

「昔からある店だからね。あそこはいい」

「まさか知ってるとは思わなかった。だってあなたはちょっと……年代が上だもの」

私は笑った。私を怒らせようとして言ったのだとしたら、失敗だ。年齢のことを言われても気にならない。若いころ知っていた人々のほとんどがすでに死んでいる。こうしてまだ息をしているのは、誇りですらあった。

「〈タントラ〉はセックスみたいなものだ」私は寛大な微笑みとともに言った。「どの世代も、発見したのは自分たちだと思いたがる」

彼女は目をそらした。沈黙のなかで車は進んだ。私としては、いつもの習慣に従って、店のすぐ前ではなく、少し歩く距離の場所でタクシーを降りたかった。しかしその夜の事情を考えれば、安全に関する意識がナオミに欠けているからといって、それが問題を招く可能性は手に負えないほど高くはないだろうと判断した。

まもなくタクシーは目立たない建物の前で停まった。私が料金を支払い、私たちは車を降りた。雨はやんでいたが、通りに人気《ひとけ》はなく、どこかわびしくさえ見えた。ここがどこだか知らなかったら、真夜中にタクシーを降りるにはずいぶんと奇妙な場所だと思っていただろう。

背後で〝T〟という文字が柔らかく輝き——店の外に設けられた〈タントラ〉の存在を示すただ一つのしるし——その下に、地下へ続く階段が伸びていた。階段を下り、どっしりとした両開きの鋼鉄の扉を抜けて、蠟燭《ろうそく》の火に照らされたロビーに入った。そこから短いトンネル状の通路をくぐると、客席がある。

ウェイターが現れ、抑えた口調で二人かと尋ねた。ナオミがそうだと答えると、私たちはなかに案内された。

壁は茶色いコンクリート、天井は黒だった。スポットライトがいくつかあるものの、照明のほとんどは、テーブルやラッカー塗装のコンクリートの床の隅に置かれた蠟燭のぼんやりとした明かりだった。あちこちに設けられた壁のくぼみには、『カーマ・スートラ』の場面を再現した彫刻がある。客席には五、六の少人数のグループが見えた。どの客も床に置かれたクッションや低い椅子に腰かけている。室内はくぐもった話し声と低い笑い声に満ちていた。隠されたスピーカーから、軽いアラビア調のテクノ音楽が小さく流されていた。

奥に二つ、厚手の紫色のカーテンで部分的に仕切られた個室があることを私は知っていた。どちらかが空いていないかとウェイターに尋ねると、ウェイターは右手の一室を手で示した。ナオミの顔を見ると、ナオミはうなずいた。

カーテンの向こうは、小さな洞穴かアヘン窟のような部屋だった。天井は低く、蠟燭が作る影が壁の上で踊っている。片隅の床に並んだクッションの上に、互いに九十度の角度を作って腰を下ろした。ウェイターがメニューを差し出し、無言で立ち去った。

「腹は減ってる?」私は尋ねた。

「それに寒い」

「ええ」

「俺もだ」私はぐっしょりと濡れた肩をさすった。

ウェイターが戻ってきた。私たちは熱いお茶と、この店の売り物の一つである鮎の揚げ物と、春巻きを注文した。ナオミは十二年もののハイランド・パークを選び、私もそれにならった。

「ねえ、どうしてこの店を知ってたの？」ウェイターが消えると、ナオミが尋ねた。

「言ったろう。この店は昔からあるからさ。十年、へたをしたらもっと前からある」

「じゃ、あなたは東京に住んでるのね」

私はためらった。それから答えた。「以前住んでいた。つい最近まで」

「なぜ戻ってきたの？」

「ある友人がいる。そいつがきみのクラブの連中とトラブルに巻きこまれてるんだが、本人はそのことに気づいていない」

「どんなトラブル？」

「それを確かめようとしてる」

「会計士だなんて嘘をついたのはどうして？」

私は肩をすくめた。「情報を集めようとしていたんだ。詳しい事情を話す必要はないと思った」

しばらくどちらも口を開かなかった。ウェイターが料理と飲み物を運んできた。私はまずお茶を飲んだ。だいぶ体が温まった。ハイランド・パークで生きた心地を取り戻した。

「ふう、一息つけたよ」

ナオミは春巻きをつまんだ。「ブラジルに行ったことがあるというのは本当？」

「本当だ」それは嘘だった。だが道義的には正しいと言っていいだろう。初めての、そして永久の旅に備えて、ブラジルについてできるかぎりの予習をしているなどとは口が裂けても話せない。

ナオミは春巻きを一口かじり取って顎を動かした。何かを考えているかのように首をかしげている。「今夜、あなたがあの人と一緒にいるのを見たとき、ひょっとしたら私に近づくためにポルトガル語の文章をいくつか暗記しただけなのかもしれないと思ったわ。私は何かまずいことに巻きこまれてるんだって」

「それは違う」

「じゃ、とくに私に接近しようとしたわけじゃないのね」

「あの晩、俺が店に行ったとき、たまたまきみが踊ってた。それできみのことを尋ねた。ただの偶然さ」

「アメリカ人の会計士じゃないなら、あなたはいったい何なの？」

「俺はときどき……いろんな人に頼まれて仕事をする。その仕事を通じて、社会のいろんな職業の人々と接する機会が多い。警察官にやくざ。政治家。場合によっては、社会から外れた人々」

「あなたの名刺にはそう書いてあるわけ?」

私は微笑んだ。「やってはみた。文字が小さすぎて読めなかった」

「つまり、私立探偵ってこと?」

「まあ、そんなところだ」

ナオミは私を見つめた。「いまは誰に雇われてるの」

「話したろう。いまは友人を助けようとしてる」

「悪いけど、それも嘘っぽく聞こえるわ」

私はうなずいた。「そうだろうね」

「今夜、村上と仲がよさそうにしてたわね」

「それが気になったのかい?」

「あの人が怖いの」

「わかるな」

ナオミはハイランド・パークのグラスを取り、壁に寄りかかった。「悪い噂をいろいろと聞いてる」

「噂はおそらく本当だろう」

「みんながあの人を怖がってるわ。雪子は例外のようだけど」

「どうしてそう思う?」

「わからない。村上はあの子に一目置いてるみたい。あの子だけに」

「きみは雪子が嫌いなんだな」

ナオミはちらりとこちらを見たが、すぐに目をそらした。「あの子も村上と同じくらい怖いと思うことがあるわ」

「きみは言ってたね。雪子はきみならやらないと思うことを平気でやるって」

「ええ」

「それは盗聴器と関係のあることかい？」

ナオミはグラスを傾け、酒を飲み干してから言った。「盗聴器があると確実に知ってるわけじゃないのよ。でも、あると思う。お客さんには実力者が多いわ——政治家、官僚、実業家。クラブの経営者は、女の子たちにお客さんと積極的に会話しろと言ってる。情報を引き出すためよ。みんな、会話は録音されてると思ってる。お客さんによっては、ラップダンスルームでビデオも撮られてるって噂もあるわ」

私は彼女の信頼を得つつあるらしい。この調子で話してくれれば、もっといろんなことを聞き出せるだろう。ギャンブラーは、自分のチップを赤に置くべきか黒に置くべきか何時間も苦悶する。ところがディーラーがルーレットを回したとたん、たったいま置いた賭け金を二倍、三倍に増やす。自分の出した結論が正しいという確信を自ら強めるためだ。間違ったほうに賭けているなら、賭け金をさらに増やすような真似をする理由がどこにある？

私は彼女のグラスを指差した。「お代わりをもらうかい？」

ナオミはためらったが、すぐにうなずいた。

自分の分を飲み干して、お代わりを二杯頼んだ。蠟燭の光が壁を揺らした。部屋は心地よく狭く、暖かかった。まるで地下の聖所のようだった。

酒が運ばれてきた。ウェイターが音もなく立ち去るのを待って、私はナオミを見つめて言った。「きみはそういうことに関わっていないんだろう？」

彼女はグラスの酒を見つめた。数秒が過ぎた。

「正直な答えが欲しい？　それとも本当に正直な答え？」

「両方」

「いいわ」ナオミはうなずいた。「正直な答えは、〝関わってない〟よ」

そう言ってハイランド・パークを一口飲む。目を閉じる。

「本当に正直な答えは……答えは……」

「〝いまはまだ〟だろう」私は静かに言った。

ナオミは目を開き、私を見つめた。「どうしてわかるの？」

私はしばらく彼女の表情を観察した。彼女の苦悩が伝わってきた。そこにチャンスを見いだした。

「きみはいまそそのかされようとしてる」私は言った。「それはプロセスだ。一連のテクニックの一部だ。そのことにぼんやりとでも気づいてるなら、きみは大方の人間よりも利口だと言える。その気になれば、それに対処することもできる」

「どういう意味？」

私は自分のグラスから酒を飲んだ。琥珀《こはく》色の液体が蠟燭の明かりにきらめくのを見つめ、記憶をたどった。「それはゆっくりと始まる。目当ての人物の限界を探り、その限界近くでしばらく時間を過ごさせる。それに慣れさせるんだ。まもなく限界は広がる。その限界を一センチでも超えることを強制してはならない。自ら選んだように思わせる」

私は目を上げて彼女を見つめた。「あのクラブに入ったばかりのころは、ステージに上っても身動き一つできなかったと言ってたね」

「ええ、それは本当よ」

「そのときは、ラップダンスなど絶対にやらなかったはずだ」

「ええ」

「だが、いまはできる」

「ええ」彼女は小さな声で答えた。ささやくように。

「初めてラップダンスをしたとき、きみはたぶん、客に体を触らせたりはしないと言っただろう」

「ええ、そう言ったわ」消え入りそうな声だった。

「言ったはずだ。だが、そこで終わりじゃない。いまから三か月後、半年後、一年後にきみがどこにいるか予言できる。このままいったら、二十年後にどうなってるかだってわかる。なあ、ナオミ、すべて偶然だと思うかい？　これは科学だよ。今日はやるなんてとうていたか考えられなかったことを、明日にはする気にさせるのを飯の種にしてる人間が世の中にはいる」

聞こえるのは、鼻孔をあわただしく出入りする彼女の息遣いだけだった。涙をこらえているのか。

引き下がる前に、あと一押しする必要があった。「きみが次に何をすることになるか、聞きたいかい？」

ナオミは私の顔を見たが、黙っていた。

「〈ダマスク・ローズ〉の女の子たちは、政治家を脅迫するとか、そういう類いのことに利用されている。きみはほかの女の子たちから噂を聞いた。だが、それだけじゃない。きみも話を持ちかけられた。そうだろう？　間接的にだったが、意図は明らかだった。たとえば〝おまえを気に入りそうな特別の客がいる。その客と出かけて、大いに楽しませてやってくれないか。客が満足すれば、いくらいくら払う〟ホテルのスイートを取ったから、そこへ連れていけと言われたかもしれない。連中はそこで盗聴し、盗撮する。きみは断ったんだろう。しかし、無理強いはされなかった。強制するわけはない。話を持ちかけられただけで、きみの心が揺れることを連中は知ってる」

「そんなんじゃないわ！」ナオミはふいに叫ぶと、私の顔に指を突きつけた。

私は彼女を見返した。「違うなら、そんな反応はしないはずだ」

ナオミは私を見つめた。傷つき、憤った目をしていた。唇は、言葉を探しているかのようにわずかに動いていた。

　もう充分だった。あとは私の言葉が狙いどおりの効果をもたらしたかどうか、確かめるだけだ。

「なあ」私は穏やかに言った。彼女は目を上げなかった。「なあ」掌を彼女の手に重ねた。

「悪かった」彼女の指をそっと握り、それから手を引っこめた。

　ナオミは顔を上げて私をまともに見た。「私を娼婦だと思ってるのね。少なくとも、近いうちにそうなると思ってる」

「そんなふうには思ってない」私は首を振った。

「ねえ、いま言ったみたいなことを知ってるのはなぜ？」

　正直な――だが安全を期して曖昧な――返答をすべきときだ。「ずっと昔、違う状況で、いまきみがしてるのと同じ経験をしたからだ」

「どういうこと？」

　クレイジー・ジェイクのことが頭をよぎった。首を振り、そのことについては話したくないと無言のうちに伝えた。

　しばらく二人とも押し黙っていた。やがて彼女が言った。「あなたの言うとおりね。図星じゃなかったら、さっきみたいな反応はしてなかった。ずっとそのことばかり考えてるの。でもあなたみたいに自分に正直になれなかった」彼女は手を伸ばして私の手を取り、きつく握った。「ありがとう」

さまざまな感情が一緒くたに押し寄せた。思惑どおりにことが運んだという満足感。苦しんでいる彼女への同情。彼女の純真さにつけこんだことに対する後ろめたさ。そのすべての下で、私はいまも彼女に惹きつけられていた。彼女の手の感触を苦しいほど意識していた。

「礼を言われるようなことじゃないさ」私は彼女の目を見ずに言った。手を握り返さなかった。一瞬あって、彼女が手を離した。

「本当に友だちを助けようとしてるだけ？」彼女の声が聞こえた。

「そうだ」

「できることなら力になりたいけど。でもいま話した以上のことは何も知らないの」

私はうなずいた。ＣＩＡと山岡のことを考えていた。どこでどうつながっているのか。

「一つ訊いていいかな。クラブに白人の客はどのくらい来る？」

ナオミは肩をすくめた。「かなり多いわね。一割か、二割くらいかしら。どうして？」

「村上が白人と話してるのを見たことは？」

ナオミが首を振る。「ないわ」

「雪子は？」

「めったにないわね。あの子、英語が得意じゃないから」

何とも判断できない。彼女は何も知らないのだ。結局、ナオミは大して役に立たないのではないかと私は思い始めていた。

腕時計に目を落とす。五時になろうとしていた。まもなく陽が昇る。

「行こうか」私は言った。

ナオミがうなずく。代金は私が精算し、連れ立って店を出た。

外の空気は湿っていたが、雨は降っていなかった。六本木通りの街灯が作る光の円錐のなかで、もやがゆっくりと渦を巻いていた。朝と呼ぶにはまだ早いひととき、通りは静寂に包まれていた。

「送ってくれる?」ナオミが私を見上げた。

私はうなずいた。「喜んで」

二十分ほどの距離をなかばまで歩いたころ、雨が降り始めた。

「ドローガ!」ナオミがポルトガル語で悪態をついた。「〈タントラ〉に傘を忘れてきちゃった」

「しようがないよ」私はブレザーの襟を立てて言った。

足を速めた。雨は強さを増した。髪をかきあげると、うなじを細い小川が流れた。

あと五百メートルほどのところへ来たとき、大きな雷鳴が轟《とどろ》いて、雨足はいよいよ激しくなった。

「キ・メルダ!」ナオミはそういって笑った。「運がないわね!」

私たちは走り出した。だがいまさら無意味だった。彼女のマンションに着き、サブエントランスのひさしの下に飛びこんだ。「ミュー・デュース」ナオミが笑う。「こんなにびしょ濡れになるの、いつ以来かしら！」しずくの滴るコートのボタンを外し、私の顔を見て微笑む。「いったん濡れちゃうと、なんだか気持ちよくなるわね」

湿ったドレスからかすかに蒸気が立ち上っていた。「湯気が出てる」

彼女は自分の体を見下ろし、それからまた私を見上げた。頬に張りついた髪をうしろに押しやる。「走ったおかげで体が温まったのね」

私は顔の水気を拭って考えた。帰らなくては。

だが、私は動かなかった。

「楽しい夜をありがとう」しばしの間をおいて、彼女が言った。「あなた、ストーカーにしては悪い人じゃないわ」

私はわずかに唇を持ち上げてみせた。「よくそう言われるよ」

ぎこちない沈黙があった。やがて彼女が一歩近づき、私を抱きしめた。頬が私の肩に押し当てられる。

私は驚いていた。反射的に彼女の体に腕を回した。

ちょっとした慰めだ――そう考えた。さっきはひどいことを言ってしまった。心地よい気分で家に帰してやれ。

それはどこかこじつけのように思えた。漠然とした不安がわきあがった。ふだんなら、自分の行為を正当化する必要など感じない。

彼女の柔らかな輪郭を、彼女の熱を、掌に感じた。湿った布地越しに電気のように明瞭に伝わってくる。

体が反応するのがわかった。彼女も察しただろう。えい、くそ。

彼女が私の肩から顔を上げた。唇は、私の耳のすぐそばにあった。「うちに来て」

ただの情報源として扱うべきときに深入りした最後の相手は、みどりだった。その代償を、私はいまも支払っている。

またしても愚かな真似をする気か。私は自分を叱りつけた。よせ、近づきすぎるんじゃない。境界線を曖昧にするんじゃない。

だが、その声は孤立していた。誰も耳を傾けていなかった。

彼女はバーのホステスだぞ。忠誠心がどこにあるか、わかったものじゃない。

その考えは説得力を欠いていた。彼女は誰かにしむけられて私に近づいたわけではない――追いかけたのは私のほうだ。それに、そう、そんな義理はないのに、盗聴器があることを警告してくれたではないか。私の直感は、彼女は芝居をしているのではないと告げていた。

彼女が私の胸に手を置いた。「ずっと……誰ともつきあっていないのね」

まだ生きていられるのはそのおかげでもあると私は自分に言い聞かせた。

「どうしてそう思う？」私は訊いた。

「わかるわ。あなたの目を見れば」

彼女の手がますますぴたりと押し当てられた。「鼓動を感じるの」

心臓に当てた手と股間に押しつけた腰を使ってポリグラフ検査をされているようなものだった。

私はひさしの向こうの通りを見やった。灰色の斜めの縞のような雨。私の片手が彼女の頬に触れた。私は目を閉じた。彼女の肌は雨に濡れていた。それは涙に似ていた。

彼女が顔を上げ、頬が私の頬に触れた。頭がわずかに上下した。彼方で鳴っている音楽に合わせて動いているかのようだった。私は目を閉じたまま、頭のなかで繰り返していた。やめておけ。馬鹿な真似はやめておけ。

自分の息遣いが聞こえた。鼻孔を、歯のあいだを、空気が流れている。

私は身を引こうとした。濡れた頬を彼女の頬に滑らせるようにして離そうとする。彼女は片手を私のうなじに当てて引き止めた。

私は顔をわずかに動かした。互いの唇の端が軽く触れた。頬に彼女の息を感じた。

次の瞬間、私たちは口づけをしていた。彼女の唇は温かく柔らかかった。舌がからみ合い、私は二つのことを考えた――〝くそ、この愚か者め〟〝ああ、なんて心地よい感触だろう〟

両手が彼女のコートをかき分けて腰を抱き寄せた。彼女は私の頬を両手ではさみ、なおも強く唇を押しつけた。

私は彼女の尻を引き寄せ、肋骨や乳房の曲線を掌でたどった。濡れたドレスの生地の下で、乳首は固く尖っていた。全身から熱を発散している。私の喉からうめき声が漏れた。

降伏の宣言のように聞こえた。

彼女が一歩下がり、ハンドバッグを手で探った。鍵を取り出し、私を見る。その目は潤んで、息遣いは重かった。

「うちに来て」

そうささやいて向きを変えると、鍵穴に鍵を差しこんだ。ガラスのドアが開いて、私たちはなかに入った。

五階までの短い旅のあいだ、エレベーターのなかでキスを続けた。廊下を歩きながら、互いの服のボタンを外した。

短い廊下のつきあたりの部屋の玄関に入った。奥にリビングルームが見えた。下の通りから映る灰色の光に、すべてがぼんやりと浮かび上がっていた。

彼女はドアを閉めると、私をドアに押しつけた。ふたたび口づけをする。むさぼるようなキスだった。彼女の両手が私のシャツのボタンを外していく。いつもなら、周囲を点検するまでは初めての場所では気を許さないが、部屋の廊下はせまく、襲撃者がひそんでいるにしても、私とのあいだにはナオミがいる。待ち伏せは成功しないだろう。危険の気配は感じなかった。少なくともその種の危険の気配は。それにハリーの探知器は、ありがたいことに、身震い一つしなかった。

私は彼女のコートを脱がせ、彼女の背後の床に落とした。彼女が私の首に、胸にキスをする。指はベルトを外し、パンツのボタンを外していた。私は彼女の背中に手を回して、ドレスのジッパーを下ろした。ストラップを肩から滑らせると、ドレスは音もなく床に滑り落ちた。彼女が靴を脱ぎ捨てた。

彼女の手が私のブレザーを脱がそうとした。だが濡れた布地がシャツに張りついていた。私は肩を揺らすようにしてブレザーとシャツを脱いだ。彼女の温かな掌が、私をその場に凍りつかせようとするかのように、私の腹に触れた。手首で揺れるダイヤモンドのブレスレットの小さな冷たさを感じた。やがてその手は下へと向かい、私のパンツをゆっくりと下ろし始めた。私はその手を押さえ、先に靴とソックスを脱いだ。足首にパンツをからみつかせた姿など、とても他人には見せられない。

パンツを脱ぎ、下着も下ろして、脇に蹴り落とした。彼女がまた私をドアに押しつけ、私の腰に腕を回して体をぴたりと寄せた。彼女の乳房と腹は温かく柔らかく、抗《あらが》いようもないほど誘惑的だった。その刹那《せつな》、私は自分が、そして彼女がどんな犠牲を払うことになろうとかまうものかと思った。

両手で彼女の顔をそっと包み、わずかに上を向かせた。目をのぞきこむ。玄関ホールのほの暗い明かりの下で、彼女の瞳は静かに光を放っているように見えた。

彼女の両手が滑り下りて私の尻をつかんだ。私の前でひざまずく。私は彼女を見つめた。呼吸が浅くなっていた。裸の背にドアの感触は冷たかった。次の瞬間、彼女の唇がわたしのものを含み、私は何も感じられなくなった。

彼女の片手が私の腹を探る。私はその手を取り、すぐに放した。ごとんと鈍い音を立てて、私の頭がドアにぶつかった。ほつれた髪が私のももをくすぐった。その一筋一筋を感じ取れた。まるで熱線で触れられているかのようだった。

私の手がゆっくりと下に下りて、彼女の耳たぶをたどった。彼女の頬の丸み、彼女の顎の輪郭。腹に力をこめて、肺が空になるまで息を吐き出す。鼻から強く空気を吸いこむ。指を彼女の顎の下に当て、彼女を引き寄せようとした。

しかし彼女は顔を上に向け、私を見つめた。「最後までしたいの」

私は上体をかがめ、両手を乳房の下に当てて、彼女を立ち上がらせた。片腕を首のうしろに回し、もう一方で尻を支えて一歩前に出ると、彼女を抱き上げた。彼女は驚いたように笑い、私の首にしがみついた。

「俺のほうこそ最後までしたいことがある」

リビングルームには小さなキッチンがあり、少しだけ広い寝室が続いていた。私は寝室に向かった。固くなったものが、まるで目の見えない人の杖のように私の前で揺れていることを、ぼんやりと意識していた。

寝室の戸口のすぐ内側の床に布団が敷かれていた。私はその上に立ち、彼女を仰向けに優しく下ろした。私の首に回されていた腕がほどかれる。掌が耳と頬をかすめた。私は両手を伸ばし、薄い骨盤の上を滑らせるようにしてTバックをそろそろと引き下ろした。彼女が尻を持ち上げる。繊細な下着は尻の丸みをたどった。足首から抜いて、脇に放り投げる。

彼女の頭の両脇に手をついて、喉に、乳房に、腹に口づけをし、ものあいだへと唇を這わせた。彼女の手が私の後頭部の髪をつかんで痛いほど引っ張ったが、私は彼女の欲しいものを与える前に、わざと焦らした。

ようやくそれを与えた瞬間、彼女は鋭く息を吐き、私の髪をつかんだ手に力がこもった私は膝を引き寄せ、両手で彼女の尻をつかんで布団から持ち上げた。彼女が「イッソ、イッソ、コンティニュア」――〝続けて〟――とささやくのが聞こえ、もう一方の手が私のうなじへと動いた。私は目を上げた。彼女の腹筋は固く張りつめ、乳房は私の頭と手の動きに合わせてかすかに震えていた。

じっくりと時間をかけた。彼女の味は清潔で塩気があって甘かった。彼女の指は、私の動きの強さに応じて、私の髪をかきあげ、ときにはつかみ、あるいは引っぱった。彼女が両手に力をこめて私をせきたてても、私は急がなかった。

「イッソ」彼女のあえぐ声がまた聞こえた。何度も、何度も。私の背中で脚が持ち上がり、私の耳を締めつけた。ふいに彼女の声は遠ざかり、まるで水の下で聞いているようになった。脚はぐいぐいと締めつけてくる。指の関節が頭皮に食いこむ。やがて彼女の体からゆっくりと力が抜け、部屋のなかの音がまた聞こえ始めた。

私は彼女の尻を布団に下ろし、彼女を見つめた。部屋にあふれる灰色の光は一段明るくなっていた。彼女の瞳の緑色が際立っていた。私は思わずつぶやいていた。「きみは美しい」

彼女は手を伸ばして私の頬を両手ではさんだ。「アゴラ・ヴェニャキ」ポルトガル語で言った――〝来て〟

私は応じた。彼女は手を伸ばして導こうとしたが、その手を借りなくても、入口は見つかった。

両手を彼女の腕の下にもぐりこませ、彼女の頬を包む。頭を垂れて目を閉じた。ちょうど、祈りを捧げるときはそうするものだと教わったように。私の頬の上で彼女の唇が動いていた。声にならない言葉をささやいている。

一分が過ぎ、二分が過ぎた。私たちの前後の動きは、浜に寄せて返す波のように次第にゆるやかになった。それ以上速めれば、そこで終わってしまうことを私は知っていた。

彼女が頭を持ち上げた。口づけが速度を増す。唇と舌が震えていた。猫が喉を鳴らすように、あるいは低いうなりを漏らすように。

「アゴラ・メテ・テュード」私の唇に唇を押しつけながら彼女がささやいた。〝いますぐ、全部欲しいの〟

彼女が腰を突き上げる。ためらいはなかった。私は両手で彼女の顔を抱え、いよいよ強くキスをした。彼女の膝が持ち上がり、ももと足首が私の尻にからみつく。私たちの動きは速くなった。彼女の脚が腰を締めつけた。ポルトガル語のあえぎが聞こえた。私は背をそらし、爪先を布団に食いこませて、歓喜より苦痛をこらえるような長い「くっそう」という声とともに果てた。

全身から力が抜け、ふいに体が重くなった。私は布団に倒れこんだ。彼女のほうに顔を向け、掌を彼女の腹にそっと置いた。

「イッソ・フォイ・オティモ」彼女がこちらを向いて言った。〝とてもよかった〟

私は微笑んだ。「オティモ」手足がゼリーになったようだった。

彼女は私の手を取って強く握った。しばらくどちらも無言だった。やがて彼女が口を開いた。「一つ訊いていい？」

私は彼女の目を見つめた。「どうぞ」

「どうしてあんなに迷ったの？　こうしたいと思ってるのはわかったわ。私だってこうしたかった」

私はつかのま目を閉じて、眠りをもてあそんだ。「怖かったのかもしれない」

「怖かった？　何が？」

「わからない」

「怖がらなくちゃいけなかったのは私のほうよ。あなたが〝最後までしたいことがある〟って言ったとき、またお尻を叩かれるのかと思ったもの」

私は目を閉じたまま微笑んだ。「きみがおいたをしたら、叩いてたところだ」

「そんなことをしたら、後悔させてたわよ」

「後悔はないさ。きみは俺を幸福にしてくれた」

彼女の笑い声が聞こえた。「よかった。でも、何が怖かったのか、まだ話してくれてない」

少しのあいだ、私は考えた。眠気が毛布のようにのしかかってくる。

「離れられなくなることをだ。きみも言っていたとおり、長いこと誰ともつきあっていない」

彼女はまた笑った。「離れられないも何もないじゃない？　私はあなたがいったい誰なのかさえ知らないのに」

重いまぶたを持ち上げるようにして目を開けた。彼女を見る。「きみはたいがいの人間よりは俺のことをよく知っている」

「ひょっとしたら、あなたはそれを恐れてるのかも」

これ以上こうしていたら眠りこんでしまうだろう。私は体を起こし、手で顔をこすった。

「いいのよ」彼女が言った。「帰らなくちゃいけないんでしょう」

もちろん、そのとおりだった。「いいのか」

「いいの」短い沈黙。「また会いたいわ。お店でではなく」

「そのほうがいい」私の心はいつのまにかふだんの警戒モードに戻っていた。私の返事を聞いて、彼女が額にしわを寄せた。私は自分の過ちに気づき、笑みを浮かべて、修正を試みた。「今夜の出来事のあとでは、〝腰から下はお触り禁止〟ルールを守れるとは思えないからね」彼女は笑った。だが、その笑い声はどこかぎこちなかった。

洗面所に寄り、玄関に行ってまだ湿ったままの服を着た。生地はひんやりと冷たく肌に張りついた。

靴の紐を結んでいると、彼女がやってきた。髪をうしろに梳《と》かしつけ、黒っぽいフランネルのローブを羽織っていた。長いあいだ、私を見つめていた。

「あなたの役に立てるようにやってみる」

私は真実を答えた。「きみにどこまでできるかわからないな」

「私にもわからない。でもやるだけやってみたいのよ。だって……気がついたら、帰り道が探せないような場所にいたなんてことにはなりたくないもの」

私はうなずいた。「その気持ちは理解できるよ」

彼女はローブのポケットに手を入れ、紙切れを取り出した。腕を伸ばしてそれを私に差し出す。ダイヤモンドのブレスレットがまたきらめいた。私は彼女の手首をそっとつかんだ。

「誰かからの贈り物?」好奇心から尋ねた。

彼女がゆっくりと首を振る。「母のものだったの」

紙切れを受け取った。電話番号が書いてあった。ポケットにしまった。

私はポケベルの番号を教えた。クラブで何かあったときのために、連絡する方法を伝えておきたかった。

〝電話する〟とは言わなかった。服が濡れていたから、抱き締めることもしなかった。ただ素早いキスをした。それから向きを変えて玄関を出た。

足音を忍ばせて廊下を歩き、階段を下りた。私と二度と会うことはないだろうと彼女が考えていることはわかった。そうかもしれないと認めるしかない。そう思うと、ぐしょ濡れの服のように心が重く沈んだ。

一階に下り、マンションのエントランスを見やった。そこで彼女に抱き締められた瞬間が蘇《よみがえ》った。あれからもうずいぶん時間がたったような気がする。感謝と切望が相半ばし、据わりの悪い心地がした。そこにはかすかな罪の意識と後悔も混じっていた。

冷えきった清らかな空気がふいに疲労の霧を吹き払うように一瞬の洞察が訪れ、私は悟った。何を恐れているのかと訊かれて、自分に対しても言葉にすることができなかったこと。

これを恐れていたのだ。そのあとのことを。すべてが悲しい終わりを迎えるだろうという認識と直面しなければならない瞬間を。たとえこの朝にではなくても、次の朝には、あるいはその次の朝には、すべてが過ぎ去ってしまう。

防犯カメラのないサブエントランスを使って外に出た。まだ雨が降っていた。朝の最初の光は灰色を帯びて頼りない。水気を含んだ靴で歩いてタクシーを拾い、ホテルへ帰った。

12

翌日、ポケベルと掲示板を介してタツと連絡を取り、銭湯の〈銀座湯〉で待ち合わせた。銭湯は日本独特の施設だ。とはいえ、戦後、新しく建てられるアパートに内風呂が備わるようになったころから銭湯は衛生上必須のものではなくなり、特別な娯楽に変わった。しかし結果ではなく過程を楽しむ娯楽の例に漏れず、銭湯がこの世から完全に姿を消すことはないだろう。のんびりと時間をかけて体の垢《あか》を落とし、意気地のない人間ならば火傷をしそうに熱いと形容するであろう湯に浸かることからのみ得られる深いリラクゼーションを楽しむひとときには、強い愛着や祝う心や瞑想があるからだ。生きるに値する人生になくてはならないものがあるからだ。

〈銀座湯〉は、その名の由来となった華やかなショッピング街から地理的にも心理的にも隔てられた場所、首都高速が落とす影のなかにひっそりと隠れるようにある。その存在を示すのは、色あせた手書きの看板一つだけだ。私は通りの向かい側の建物の戸口で待った。やがてタツが警察の印のない車でやってくるのが見えた。歩道際に停めた車からタツが降り、角を曲がって銭湯の脇の入口を入っていくのを見届けてから、私もあとに続いた。

背後に近づいたとき、タツが私に気づいた。タツはすでに靴を脱いで、入口を入ってすぐの小さな靴箱にしまおうとしているところだった。

「今日は何の情報を持ってきた？」タツが訊いた。

私は傷ついたように軽く顔をしかめてみせた。タツは長いこと私の顔を見つめていたが、やがて溜め息をついて言った。「元気か」

私は腰をかがめて靴を脱いだ。「おかげさまで元気だよ。お前は？」

「ああ、元気だ」

「奥さんは？　娘さんたちは？」

家族のことを訊かれて、タツは反射的に笑みを浮かべた。うなずいて答える。「みんな元気だ。ありがとう」

私はにこやかに笑った。「話の続きはなかに入ってからだ」

私たちは靴を靴箱に預けた。必要なものは、向かいのコンビニエンスストアですでに買ってあった。シャンプー、石鹸、垢すり、タオル。タツの分を渡し、なかに入った。番台で、政府が決定し、補助金を出している入湯料四百円を支払い、広い板張りの階段を上って脱衣所に行き、簡素な更衣室で服を脱いで、ガラスの引き戸を開けて奥の浴場に入った。浴場は無人で——込み合うのは夕方からだ——脱衣所と同じく地味で簡素だった。がらんとした四角い空間、高い天井、水滴が伝う白いタイル張りの壁、明るい蛍光灯。片側の壁に設けられた換気扇は、浴場にこもった湯気との長く勝ち目のない闘いに疲れきっているように見えた。厳密な実利主義を犠牲にして美観に貢献しているのは、湯船の上の壁の、鮮やかな色遣いで描かれた銀座四丁目の大きなモザイク画だけだった。私たちは座って体を洗い始めた。

銭湯を楽しむにはこつがある。蛇口からプラスチック製の桶《おけ》に汲む湯を少しずつ熱くしながら、頭や体にかけることだ。ぬるい湯だけを使って体を洗い、それからいきなり湯船につかろうとすれば、湯の熱さに尻込みすることになる。

何事にも手際のよいタツはさっさと体を洗い終え、先に湯船に浸かった。私は時間をかけた。ようやく洗い終えると、彼の隣にそろそろと体を沈めた。湯の熱さに、全身の筋肉が反射的に縮み上がった。だが、少し我慢すれば、まもなくむなしい抵抗をやめて、至福の安らぎに降伏するはずだ。

「やっぱりこれが最高だな」私はタツに言った。筋肉が次第にほぐれていく。

タツはうなずいた。「意表をついた待ち合わせ場所だ。だがいい選択だよ」

私はさらに深く体を沈めた。「お前は茶ばっかり飲んでたろう。だから健康的な場所を選べば喜ぶだろうと思ってね」

「それはお気遣いをどうも。さては何も隠すことはないと示すためのことかと思っていたよ」

私は笑った。それから、道場やアングラ試合のこと、村上がその両方に関わっていることを説明した。私が考える村上の強みと弱みも話した。村上は油断ならない男だ。その一方で、周囲に溶けこむということができない。

「その試合の主催者は損をしていると思うわけだな」私の話が終わると、タツは言った。

私はなかば目を閉じて壁のモザイク画をながめた。「村上の話を聞くかぎりではな。一晩に三試合やってそれぞれの勝者に二百万円の賞金を出し、経費を負担してたら、まず間違いなく赤が出る。一試合か二試合しかやらなくても、せいぜいとんとんだろう」

「お前はどう解釈する？」

私は目を閉じた。「あれは金のためにやってるんじゃない」

「そうだな。ならば、何のためにやっている？　どんな利益を得ている？」

私は義歯をむき出した獣じみた笑みを思い浮かべた。「世間には、たとえば村上のように、いかれた連中がいる。楽しんでるんだよ」

「ああ、楽しんでることは間違いない。だが、娯楽というだけでは、その手の催し事を繰り返し行なう動機としては不充分だろうな」

「じゃあ、お前はどう思う？」

「特殊部隊にいたとき」タツは考えこむような口調で言った。「部隊の存続に欠かせない役割を果たす人員をどう扱っていた？」

私は目を開き、彼の表情をちらりとうかがった。「多めにそろえておいた。万が一に備えてね。予備の腎臓を用意しておくみたいなものだ」

「そうだろう。今度は山岡の立場で考えてみろ。お前がいたころ、山岡は意のままにならない人間、買収に応じない人間、あるいはそれゆえに自分が作り上げた組織を脅かしかねない人間を密かに始末することができた。お前は組織の存続に欠かせない役割を果たしていたわけだ。ところがお前を失って、山岡はそういった役割をたった一人の人間に担わせるのは得策ではないと学んだだろう。組織に余剰人員を抱えておこうとしたはずだ」

「俺の後任に村上がいたにもかかわらず」

「だが、お前はその男が後任として充分ではないと思っている」

「つまり村上が後援している道場や、あの試合は……」

「一種のトレーニングコースらしいな」

「トレーニングコースか……」私は首を振った。タツの視線を感じた。いつものように一歩先で私を待っている。

次の瞬間、ひらめいた。「殺し屋の？」

タツは〝さあ、どうだろう〟とでもいうように眉を吊り上げた。

「道場は入門編というわけか」私はうなずいた。「訓練を通じて、暴力的傾向のある者はすでに選別できている。毎日、ときには一日に二度、あれだけの厳しい訓練を受けていれば、なおも感覚が麻痺《まひ》していく。次のステップは、実際に人が死ぬところを観客として目撃することだ」

「そして試合そのものは……」

「訓練の総仕上げだ。そうか、すべては基本トレーニングの一形態というわけだな。基本トレーニングを無事修了したほんの一握りの兵士だけが、そのあとで実際の戦闘や殺しを経験する。この場合、殺しはカリキュラムの一部だ。それを通じて作られた部隊は、生き延びた兵士だけで編成される。もっとも成績優秀な兵士だけで」

そう考えれば納得がいく。刺客を囲うこと自体は、いまに始まったものではない。歴史を見ても、将軍や大名は忍者を使って互いに殺し合った。一年前に対決した山岡のことを思い出す。あの男なら、将軍や大名と比較されて光栄に思うだろう。

「それが山岡の長期プランにどう組みこまれているかわかるか」タツが訊いた。

私は首を振った。

タツは、頭が鈍いが憎めない子どもを見るような目を私に向けた。「日本の将来の見通しは?」

「どういう意味だ?」

「国家としてだ。十年後、二十年後に日本はどうなっていると思う?」

私は少し考えてから答えた。「さほど繁栄してはいないだろうな。問題は山積してる――デフレ、エネルギー、失業、環境、金融危機。しかも、そういった問題を誰も解決できそうもない」

「そのとおりだ。どこの国も似たような問題を抱えているが、お前の指摘したとおり、問題を抱えていることと、その問題を解決する能力がないことは別個の問題だ。その意味で、日本は先進工業国のなかでは特異な存在と言える」

タツは私を見つめていた。何を考えているかはわかった。つい最近まで、私自身が日本を無力にしている原因の一つだった。

「コンセンサスを得るには時間がかかる」私は言った。

「永遠に得られない場合だってある。しかし真の問題は、コンセンサスを得られにくい文化的傾向ではない」タツの口の端がわずかに持ち上がった。「お前にしたって、真の問題ではなかった。真の問題は、日本の腐敗の性質だよ」

「このところスキャンダルがいくつも続いてるな」私はうなずいた。「自動車業界、原子力発電、食品業界……〈ミスタードーナツ〉を信用できなくて、誰を信用できる？」

タツは顔をしかめた。「東京電力の原子力発電所の醜聞は、不面目ですまされることではない。経営陣は処刑すべきだよ」

「おいおい、また〝頼み事〟か？」

タツは苦笑いを浮かべた。「おっと、お前と話すときは、言葉遣いに気をつけないといけないな」

「ところで」私は言った。「東京電力の経営陣は引責辞任したんじゃなかったのか」

「ああ、辞任したさ。しかし監督する側は残った──原子力発電所の建設やメンテナンスに割り振られた予算から分け前を得ていた連中、何年も前からわかっていた危険をただ公にしただけの連中は残った」

タツは火照った体を冷まそうと、体を引き上げて湯船の縁に腰を下ろした。「なあ、ジョン。社会というのは生き物のようなものだ。そして絶対に伝染病にかからない生き物は存在しない。問題は、攻撃を受けているとわかったとき、その生き物が効果的な防御を講じることができるかどうかだよ。日本では、腐敗というウィルスが、ちょうどＡＩＤＳの社会版のように、免疫システムそのものを攻撃した。その結果、肉体は防御する能力を失った。どの国にも問題はあるが、日本だけは問題を解決する能力を失っているというのは、そういう意味だ。東京電力の経営陣は辞任した。しかし、長年その活動を監督する責任を負ってきた人間は残った。そんなことがまかり通るのは、この日本だけだ」

タツはひどく打ちひしがれた様子をしていた。その表情を見て、そこまで深刻に受け止めることはないのにと思った。この調子では、そのうち小惑星ほどの大きさの胃潰瘍《いかいよう》を患うことになるだろう。私は彼の隣に腰を下ろした。

「いいことではないのはわかってるよ、タツ」私は別の観点を提示しようとして言った。「しかし腐敗という意味では、日本は決して特殊ではないさ。まあ、他の国よりもひどいかもしれないが、アメリカでも似たようなことは起きてる。エンロン、タイコ、ワールドコム、自分の子どもをいい幼稚園に入れたいがためにクライアントの資金を使いこむアナリスト……」

「確かにそうだ。しかしスキャンダルが明るみに出たとき、アメリカの監督省庁は激怒したじゃないか」タツは言った。「公聴会が開かれた。新しい法律が制定された。企業のトップは刑務所に送りこまれた。しかし日本では、怒ることは悪と見なされる。日本の文化は、黙認するのをよしとしているようだ。そうだろう？」

私は微笑み、日本語でもっともよく使われるフレーズの一つを口にした。「しようがない」文字どおり解釈すれば、自分にはどうすることもできないという意味だ。

「そうだな」タツはうなずいた。「ほかの国なら、セ・ラ・ヴィ、ザッツ・ライフ、〝人生とはそんなもの〟と言うところだろう。つまり、周囲の事情に焦点が置かれているわけだ。その事情を変える自らの能力の欠如に焦点を合わせるのは、日本だけだよ」

そう言って額を拭う。「さてと。この現状を山岡の視点から見てみよう。山岡は、免疫システムが抑えこまれたままでいけば、宿主はいつか生命の危機に見舞われることになると考えている。ニアミスはこれまでにもいくつもあった——経済、環境、原子力——本物の大変革が起きるのは時間の問題だ。原子力発電所で事故が発生して、一つの都市全体が放射能にさらされることになるかもしれない。全国的に銀行の取り付け騒ぎが起きて、預金が失われるかもしれない。何にしろ、最後には大激震が起きて、日本の有権者は無感覚状態から叩き起こされるだろう。山岡は、歴史的に見て、現存の体制に対する激しい嫌悪は急激な変革を招きやすいことを知っている。ワイマール共和国時代のドイツ、帝政ロシア。ほかにも例はいくらでもある」

「国民はついに投票することで国を変えようとする」

「そうだ。問題は、何に投票するかだよ」

「山岡はいざその激怒の波が起きたとき、それにうまく乗れる位置に身を置こうとしてる。

お前はそう思うんだな」

「そのとおりだ。村上の暗殺者トレーニングコースのことを考えてみろ。山岡の人の口を封じたり、脅して言うなりにさせる力はいっそう増大する。過去の歴史を見ても、そういった力は、ファシスト的独裁政権誕生の必要条件の一つだ。前にも話したが、山岡の本質は右翼だよ」

私は新聞などで読んだ、地方自治体で起きた歓迎すべき動きを思い出した。官僚や汚職にまみれた利権者に立ち向かい、帳簿を公開し、国土の隅々までコンクリートで固めるだけの公共事業を中止した政治家たち。

「だからお前は汚れていない政治家と力を合わせて、山岡が怒った有権者の唯一の選択肢となるのを防ごうとしてるわけか」

「できるだけのことはしているつもりだ」タツは答えた。

翻訳すれば――〝お前が知っておくべきことはすでに話した〟

しかし、私は知っていた。あのディスクは――山岡の腐敗のネットワークの事実上の人名録だったあのディスクは、マイナス要素を連ねることによってそのネットワークに誰が欠けているのかを示す、貴重なロードマップだった。タツが善い政治家と協力し、彼らに警告を発し、彼らを守ろうとしている姿を想像した。まるで碁盤に石を置くように、彼らを配置している姿を。

〈ダマスク・ローズ〉のこと、村上が店と関わっていることを話した。

「そこの女性たちは、山岡の敵を罠にはめ、買収するのに利用されているわけだな」話を聞き終えて、タツが言った。

「全員ではないが」私はナオミのことを考えていた。

「ああ、もちろんそうだろう。なかには何が起きているかまるで知らない女性もいるのかもしれない。しかし、みな薄々は勘づいているんじゃないかと思うよ。山岡はそういった店を合法的に維持するのを好む。そうしておけば、目をつけられて閉店に追いこまれたりしにくくなるからね。ウェイトリフターの石原は、そのための道具だった。あの男がいなくなったのはいいことだよ」

タツはまた額を拭った。「山岡の支配力のその一端についても村上が重要な役割を担っているらしいという事実は、なかなか興味深いな。私が最初に疑っていた以上に、山岡の権力維持に欠かせない人物だったということなのかもしれない。山岡が分散を試みているのも不思議ではないよ。その男への依存度を低くする必要があるだろうからね」

「タツ」

タツが私を見た。私が何を言おうとしているか、もう察している。

「あの男を殺《や》る気はない」

長い沈黙があった。タツの顔は無表情だった。

「そうか」静かな声だった。

「危険が大きすぎる。もともとそうだったが、〈ダマスク・ローズ〉のホームビデオに俺の顔を撮られたいまとなってはますます危険だ。そのビデオを、見られてはまずい相手に見られたら、俺の正体がばれる」

「彼らの関心の対象は、政治家や官僚たちだ。そのビデオが山岡や、お前の顔を知っている山岡の組織の人間の目に触れる可能性は、微々たるものだと思うが」

「俺にはそうは思えない。いずれにしろ、村上を消すのは困難だ。恐ろしく困難だよ。あいう男を自然死に見せかけて始末するのは、ほぼ不可能だな」

タツは私を見つめた。「それなら、不自然な死にかたをさせればいい。その危険を冒してでも始末する必要のある男だ」

「そうだな、それもいいかもしれない。しかし俺は狙撃ライフルの扱いは得意じゃないし、爆弾も使わないぞ。関係ない人間が巻き添えになるかもしれないからな。その二つの手段を選べないとなると、この男を始末したうえで捕まらずにすませるのは至難の業だ」

ふと気がついた。いつのまにか、タツと具体的な議論を始めていた。ただノーと言って口を閉じておくべきだった。

また長い沈黙があった。やがてタツが言った。「向こうはお前をどう評価してるんだろうな」

湿り気をたっぷりと含んだ空気を深々と吸いこみ、吐き出す。「何とも言えない。俺がどこまでやれるかは奴も見たわけだ。しかし一方で、俺は奴と違って、いかにも危険な雰囲気を漂わせてるわけじゃない。あれはそれを隠すということができない男だ。だから、自分以外の人間が危険な気配を発するなんてことは思いつきもしないだろう」

「つまり、お前を過小評価していると」

「まあな。ただし、大幅にというわけではないはずだ。村上のような男は、他人を見くびったりはしない」

「しかし、お前が奴に近づけることはこれでわかったわけだ。銃を用意することもできるぞ」

「言ったろう。奴はつねに最低でも二人のボディガードを連れてる」

そう口にしたとたん、後悔した。今度は交渉を始めている。まったく、私はどうかしている。

「隙をつけ」タツが言った。「どうせなら三人とも片づければいい」

「タツ、お前はあの男の勘のよさをわかっていない。隙なんか見せやしないさ。奴のクラブの前でベンツを降りたとき、あいつは建物の屋根に狙撃手がいないか目で確認していた。しかも見るべき場所をちゃんと見てたよ。隙をつこうとしたって、一キロ先から嗅ぎつけられる。こっちが奴を嗅ぎ分けられるようにな。だからその手はだめだ」

タツは眉をひそめた。「何と言えばお前を説得できる？」

「無理だ。いいか、ただでさえこの仕事は危険だ。だが、お前が俺の役に立ってくれるというから、その見返りにリスクを引き受けようと思った。しかし、考えてたよりもリスクが大きいことがわかった。それでも報酬は変わらない。つまり条件が変わったわけだ。そういう単純な話だよ」

長いこと二人とも押し黙っていた。ついにタツは溜め息をついた。「どうする気だ？引退するのか」

「それもいいな」

「お前は引退などできない」

すぐには答えなかった。次に口を開いたとき、私の声はささやくような穏やかなものだった。「引退の邪魔をしてやるなどと言い出さないでくれよ」

タツはたじろがなかった。「邪魔をする必要など私にはないさ。ただ、お前に隠居は似合わない。そのことに気がついてくれればいいんだがね。だいたい、何をする？ どこかに島でも見つけて、浜に寝転がって読みそこねた本を片端から読むとでも？ 碁のサークルにでも入るか？ 記憶がしつこく蘇って眠れない夜は、ウィスキーを食らって正体をなくすか？」

熱い湯の全身をとろけさすような効果がなければ、これには腹を据えかねていたに違いない。

「セラピーもいいぞ」タツが続けた。「そうだ、最近はセラピー流行《ばや》りだ。これまでに奪ってきた無数の人の命とうまく折り合いをつける方法を教えてもらえるかもしれない。無駄に過ごそうとお前自身が決めた人生ともな」

私はタツにじっと目を注いだ。「俺を怒らせて仕事をさせようとしてるな、お前」私は低い声で言った。

「そうでもしなきゃお前は動かない」

「お前にあおられたくはないね」

タツは顔をしかめた。「引退するかもしれないとお前は言う。理解はできるよ。しかし私は意義のある正しいことをしている。ここは私たちの国なんだ」

私は鼻で笑った。「〝私たちの〟じゃあないね。俺はただの一時滞在者だ」

「誰にそう言われた？」

「大事な相手には漏れなく言われたさ」

「その人々は、お前がまともに耳を傾けたことを喜ぶだろうな」

「もういい。確かにお前には借りがあった。だが、その借りは返した。俺の役割は終わりだ」

私は立ち上がり、蛇口の一つの前に立って冷水を浴びた。タツも同じようにした。服を着て、階段を下りた。

入口のすぐ外で、タツは私に向き直った。「ジョン。また会えるだろうね？」

私は彼を見つめた。「俺につきまとう気か？」

「いいや。お前が本気で引退する気なら」

「それなら、また会うこともあるだろう。だがしばらく先の話だ」

「じゃあ、別れを言う必要はないな」

「一つ頼みがある」

タツはいつもの悲しげな笑みを浮かべた。「一つ頼みがある」

私は笑みを返した。「お前が相手だと、タツ、頼みを聞くとあらかじめ約束するのはちょいと危険だな」

タツは確かにというようにうなずいた。「引退して何をしたいのか、自分に尋ねてみてくれ。引退すれば本当にそれができるのかどうかも」

私は答えた。「その頼みなら聞く」

「ありがとう」

タツが手を差し出し、私はそれを握った。

「じゃあ」私はさよならの代わりにそう言った。

タツはまたうなずいた。「気をつけて」深い意味のない挨拶とも、文字どおり〝用心しろ〟という意味にも受け取れる言葉。

その曖昧さは、意図したものと聞こえた。

13

その夜、雪子がクラブに出勤する七時を回るのを待って、ハリーに連絡した。彼が知っておくべきことを話すつもりだった。その義理はある。私の話を聞いてどうするか、それは彼自身の問題だ。私の問題ではない。

日暮里の喫茶店で待ち合わせた。急いで来ることはないと伝えた。ハリーは私の真意を理解した——CIAが嗅ぎ回っている、徹底したSDRを実行すること。

いつもどおり、私は約束の時刻よりも早く喫茶店に到着し、エスプレッソを片手に、誰かがテーブルに置いていった雑誌をめくりながら時間をつぶした。三十分ほどして、ハリーが現れた。

「よう」私はハリーの顔を見て言った。粋なラムスキンのジャケットに、いつものジーンズではなくウールのスラックスという出で立ちだった。散髪もしていた。これなら人前に出しても恥ずかしくない。ただ、私の話に耳を貸すとはとても思えず、警告するのはやめようかとも思いかけた。

いや、それではいけない。私は情報を伝える。それを使うか否かは彼の問題だ。

ハリーは腰を下ろし、私に口を開く暇《いとま》を与えずに言った。「心配しないで。絶対に尾行されてないから」

「いちいち報告しなくていい」

ハリーの目が丸くなりかけたが、困らせようとしているだけだと見て取ると、微笑んだ。

「なかなか格好いいぞ」私は少し驚いたような表情を作って言った。

ハリーはいぶかしげな目でこちらを見た。からかわれているのではないかと疑っている。

「ほんとに？」おずおずと訊き返す。

私はうなずいた。「いかにも表参道のお高い美容室で髪を切りましたって感じだ」

ハリーが頰を赤らめた。「実はそうなんだけどね」

「おいおい、赤くなるなよ。いくら払ったんだか知らないが、それだけの価値はあったようだぞ」

ハリーの頰がいよいよ赤く染まった。「冷やかさないでよ」

私は笑った。「半分は本気だ」

「で、何かあったの？」

「何かないと呼び出しちゃいけないか？　お前が恋しくなっただけかもしれないだろう」

ハリーは珍しく世間ずれした視線をこちらに向けた。どこで身につけたものかわかるような気がした。「そうだね、僕もあんたが恋しかったよ」

雪子の話題を持ち出したあとの会話の成り行きが楽しみというわけではなかった。急ぐことはない。

ウェイトレスがやってきた。ハリーはコーヒーとキャロットケーキを注文した。

「俺たちの新しい政府筋の友人から音沙汰は？」私は尋ねた。

「まるでなし。あんたの活躍でびびってるのかもね」

「それはどうかな」私はエスプレッソを一口飲んで、彼の顔を見つめた。「まだあのマンションにいるのか」

「うん。でも引っ越しの手はずはだいたい整ってる。わかるだろ。ちゃんとやろうと思うと、準備にそれなりの時間がかかるんだ」

しばらくどちらも口を開かなかった。私は考えていた。覚悟を決めて話すとするか。

「新しいマンションに雪子を招《よ》ぶつもりか」

ハリーの目に警戒の色が浮かんだ。「たぶん」

「だとしたら、わざわざ引っ越す意味はないな」

ハリーはぎくりとした。洒落《しゃれ》たスタイルの新しい髪の下に、いつもの困ったような表情。

「どうして？」不安げな声だった。

「雪子はよからぬ連中と関わっているからだよ、ハリー」

ハリーは眉根を寄せた。「そのことなら知ってる」

今度は私が驚く番だった。「知ってる？」

ハリーがうなずく。相変わらず眉をしかめている。「本人から聞いた」

「何と聞いてる？」

「あのクラブの経営者はやくざだって。でも、だから何？　どのクラブだって同じだろ」

「経営者の一人とつきあってると言ってたか」

「どういう意味？　〝つきあってる〟って」

「〝つきあってる〟って意味さ。字義どおり」

テーブルの下で、ハリーの爪先が落ち着きなく床を叩いていた。震動が伝わってくる。

「クラブの人たちとの関係なんか知らないよ。たぶん、知らずにいたほうがいいんだ」

現実から目を背けようとしている。話すだけ時間の無駄だ。

いいだろう。攻め方を変えて、もう一度だけ試してみよう。

「そうか」私は言った。「変な話題を持ち出して悪かった」

ハリーは戸惑ったように私を見つめていた。「ねえ、どうしてそんなことを知ってるわけ？　僕に隠れてこそこそかぎ回ってるってこと？」

その言い方は気に入らなかったが、質問そのものは的外れではなかった。私の返答はまったくの嘘とは言えない。ただ不完全なだけだった。

「〈ダマスク・ローズ〉の経営者らしいやくざと、その……知り合ってね。村上という殺し屋だ。そいつに店に連れていかれた。雪子とその男は、明らかに親しい。一緒に店を出るのを見た」

「話ってそれ？　要するにその男は雪子のボスなわけだろ。二人で一緒に店を出た。だから何だって言いたいの?」

目を覚ませよ、この愚か者。私はそう言ってやりたい衝動に駆られた。その女は食わせ者だ。別世界に住んでいる。別の種類の生き物なんだよ。何かとんでもなくそぐわないものを感じないか。

だが実際にはこう言った。「ハリー、こういうことに関しては、俺の勘はたいがい当たるんだ」

「僕はあんたの勘より自分の勘のほうを信じるね」

ウェイトレスがハリーのコーヒーとケーキをテーブルに置いて立ち去った。ハリーはそれに気づいてもいないようだった。

もっと話したかった。私の話を裏づけるものとして、ナオミの考えも話したかった。しかし大した役には立ちそうもないとわかっていた。それに、私がどこで情報を手に入れたかハリーに知らせる必要はない。

これで最後だと思ってこう言った。「あのクラブには盗聴器と盗撮カメラが設置されてる。あそこにいるあいだ、お前がくれた探知器は狂ったように震えてたよ。あの店は、政治家が世間には見せられない行為をしてるところを押さえて、脅迫するために利用されてるんだと思う」

「たとえそうだとしたって、雪子がそれに関わってるってことにはならないだろ」

「なあ、本当に偶然なのかどうか、一度も疑問に思わなかったのか。お前はな、CIAに尾行されてることがわかったのとほぼ同時期にその女と知り合ってる」

ハリーは、ついにいかれたかとでも言いたげな目で私を見た。「まさか、雪子とCIAがつながってるとでも言いたいの？　よしてよ」

「考えてみろ」私は言った。「CIAは俺に近づくためにお前を尾行した。お前の存在を知ったのは、みどり宛ての手紙からだ。その手紙から、お前の何がわかった？　珍しい字面の名前と、消印だけだ」

「だから？」

「CIAには、そういう情報を有効に活用できるお抱えの専門家がいないということだよ。現地の情報源が必要だということだ」

「だから？」ハリーは繰り返した。いらだった口調だった。

「ホルツァーとのつながりから、山岡を知ってるということさ。CIAは山岡に協力を頼んだ。山岡は自分のところの人間に命じて、中央区の消印を手がかりに同心円上に範囲を広げつつ住民票や就業記録を調べさせた。納税記録を当たって、春与志という珍しい名前の人物を雇っている会社を見つけたのかもしれない。それでお前のフルネームがわかった。しかしまだ住所はわからない。お前は用心して住所が漏れないようにしてるからな。そこで連中は会社からお前を尾けようとした。ところがお前は監視に敏感で、どうもうまくいかない。そこで山岡は〝祝杯をあげに〟お前をどこかへ誘い出すよう上司に話を持ちかけた。そこでお前は絶世の美女と出会うわけだ。お前がどこに住んでるか、訊き出せるような女とな。おかげで連中はそれまで以上に頻繁にお前を尾行できるようになった。尾行を続けてれば、そのうちお前の気がゆるんで、俺のところへ案内してくれるかもしれない」

「じゃあ聞くけど、彼女はどうしてまだ僕と一緒にいるわけ？」

私は彼を見返した。いい質問だ。

「だってさ、彼女の仕事が僕の自宅の住所を探り出すことだけだったとしたら、初めて僕が家に招いた時点で僕から離れてるはずだろ。だけど、そうはならなかった。いまも僕とつきあってる」

「だったら、彼女の役割はお前を監視してお前の習慣を把握し、俺の居場所を突き止めるのに役立つ情報を集めることだったのかもしれない。お前の電話のやりとりを盗み聞きして、俺たちが連絡を取り合ったら、それを知らせるとか。確かなことはわからないがな」

「悪いけど、こじつけにしか聞こえない」

私は溜め息をついた。「ハリー、これに関してはいまのお前は客観的に見られない。そのことは認めろよ」

「じゃあ、あんたは客観的なのかな」

私は彼を見つめた。「俺が事実を歪める理由が一つでもあるか」

ハリーは肩をすくめた。「僕がもう二度と協力しないんじゃないかって不安に思ってるのかもね。自分でも言ってたじゃないか。〝片足を陽の光のなかに、もう片方を影のなかに置いて生きていくことはできない〟って。僕があんたを置いて陽の光のなかに出ていくんじゃないかって心配なんじゃないの」

怒りが爆発しかけたが、どうにかこらえた。「一つ言っておくぞ、ハリー。もうまもなく、俺自身が陽の光のなかで生きていくことになる。そうなればお前の協力など必要なくなるんだよ。だから、たとえ俺がお前の考えてるような、身勝手で人を利用してばかりいる卑劣な男だったとしても、お前を影のなかに引き止める動機は一つもない」

ハリーの頬に赤みが差した。「ごめん」一瞬の間をおいてハリーはそう謝った。

私は手を振った。「いいんだ」

ハリーは私の目を見つめた。「ほんとに悪かった」

私はうなずいた。「気にするな」

しばらく沈黙が続いた。やがて私は言った。「なあ、お前が彼女をどう思ってるかわからないわけじゃない。彼女を見た。思わず振り返りたくなるような美人だ」

「彼女はそれ以上だよ」ハリーは甘い声で答えた。

まったく、お人好しの馬鹿者めが。あの氷のような女がこいつの不甲斐なさに気づき、何を企んでいるにしろ、良心のとがめを感じてあきらめてくれることを祈るだけだ。

しかし、それは空しい期待だろう。

「いいか」私は言った。「俺だってお前に疑う理由を与えて喜んでるわけじゃない。しかしこれは言っておく。これには何か裏があるぞ、ハリー。用心するんだ。いまのお前はのぼせあがってる。そういうときは注意がおろそかになりがちだ」

しばらく黙っていたあと、ハリーは言った。「よく考えてみるよ。それでいいだろ?」

だが、よく考えてみるつもりがあるようには見えなかった。両手で耳をふさぎたがっているようにしか見えない。新品の髪をのっけた頭を砂のなかにつっこんで、何も見えない聞こえないふりをしたがっているようにしか。デリートキーを押して、私がいま話したことを消去したがっているようにしか。

「今夜、彼女と会う約束をしてる。よく観察してみるよ。いまあんたに言われたことを頭に置いてさ」

私は時間を無駄にしたことを悟った。

「もう少し利口な奴だと思ってたよ」私は首を振って言った。「本当だ」

立ち上がってテーブルに札を何枚か置き、ハリーの目を見ずにその場をあとにした。

駅まで歩いた。昼間、タツに話したこと——リスクと報酬のことを考えていた。ハリーは大いに役立つ人材だ。これからもそれは変わらないだろう。しかし、彼はもはや用心深くなくなった。私の人生にこれ以上ハリーを引き止めておけば、いままで以上に危険を招くことになるだろう。

溜め息が出た。一晩に二つの別れ。気分が沈んだ。私には、名刺入れが満杯になるほど友だちがいるわけではない。

感傷的になっていてもしかたがなかった。感傷は愚かしいものだ。結局のところ、ハリーは足手まといになったということだ。彼を置いて前に進むしかない。

第三部

神か。そんなものは存在しない。

——サミュエル・ベケット

14

〈帝国ホテル〉に戻り、日比谷公園側のエントランスから入った。私の意識のなかでは、宿泊先は待ち伏せに遭いやすい場所だ。広々としたロビーを横切ってエレベーターホールに向かう前に、レーダーの感度を一段階上げる。無意識のうちに周囲を観察した。最初に目を向けたのは、ホテルのエントランスを見渡しやすい席だった。待ち伏せチームがどこかに控えているとすれば、スポッター——目標を発見し次第、チームに知らせる役割の人員——はそこに配置されているだろう。だが、それらしき人物の姿はなかった。私のレーダーは中程度の警戒レベルを保った。

エレベーターホールに近づいたとき、ひときわ目立つ日本人の女に目が吸い寄せられた。年齢は三十代なかば、肩までの長さのウェーブのかかった髪は輝くばかりに黒く、すべらかな肌は、黒髪と対象をなして透き通るように白い。色褪《いろあ》せたジーンズに黒のローファー、黒のVネックセーターという出で立ちだった。その女は、エレベーターホールの真ん中に立って、まっすぐに私を見つめていた。

みどりだった。

まさか。もう一度よく見てみろ。

一年ほど前、ニューヨークの〈ヴィレッジ・ヴァンガード〉の片隅の暗がりから彼女の演奏を見守って以来、一見したところみどりとそっくりな女を何人も見かけた。そのたびに私の心は、おそらく本当に彼女だと信じたいからだろう、細部を補った。しかし念入りに目を凝らしたとたんに幻はかき消え、期待を抱いた心も自らの誤りをようやく受け入れる。

女はまだ私を見ている。胸の前で組まれていた腕がほどけ始める。

みどり。間違いなかった。

心臓が重い音を立て始めた。心に疑問の一斉射撃が浴びせられた――どうして彼女がここにいる？　彼女がいるわけがないだろう？　東京でいったい何をしている？　なぜここに来れば俺に会えると知っていた？　誰も知らないはずなのに？

私は疑問をとりあえず脇へ押しのけ、周囲の安全確認に取りかかった。思いがけないものを一つ発見したからといって、それしかないと決まったわけではない。それどころか、最初の一つは、油断を誘うために故意にそこに置かれた不意打ちのための罠だということもありえるのだ。

場にそぐわない人物はいないようだった。警戒レベルのさらに上がった私のレーダーに引っかかるものはない。大丈夫だ。

　私はまた彼女に目を戻した。あらためてよく見たら、幻だったとわかるかもしれないと、このときもまだ心のどこかで思いながら。だが、幻ではなかった。本物のみどりがそこにいた。

　みどりは両手を脇に下ろして私を見ている。背をまっすぐに伸ばし、どこか決然とした姿勢だった。目はじっと私に注がれている。そこには何の感情も読み取れなかった。

　私はロビーをもう一度見回した。それからゆっくりと彼女に近づいた。すぐ目の前で足を止める。胸の奥で轟くどくん、どくんという音が、彼女にも聞こえているのではないかと思った。

　しっかりしろ。私はそう自分に言い聞かせた。しかし、何を言っていいのかわからなかった。

「どうやって俺を見つけた？」私の口から出た言葉はそれだった。

　みどりの表情は穏やかだった。空っぽと言ってもよかった。目は潤んでいた。以前と同じ、手を触れることのできない熱を発していた。

「死んだはずの人の住所録を調べたの」

　私を狼狽《ろうばい》させようとして言ったことだとすれば、それは大成功だった。私はロビーにふたたび目を走らせた。

「何かに怯《おび》えてるの？」穏やかな声で彼女が訊いた。

「ああ、いつものことさ」私は視線をまた彼女に戻して答えた。

「私が怖いの？　どうしてかしら」

沈黙。私は訊いた。「きみはここで何をしてる？」

「あなたを探してるのよ」

「なぜ？」

「とぼけないで。わかってるくせに」

私の鼓動は落ち着きを取り戻し始めていた。彼女のはぐらかすような返答に我慢しきれなくなって私が洗いざらいしゃべりだすと期待しているなら、それは彼女の思い違いだ。たとえみどりが相手でも、そこまで愚かしいことはしない。

「どうやって俺を探し出したのか、話してくれないか」

「どうしようかしら」

またしても沈黙。私は彼女の顔を見て言った。「一杯飲みに行こうか」

「ねえ、あなたは私の父を殺したの？」

また心拍が上がり始めた。

長いあいだ、彼女の視線を受け止めていた。やがて静かな声で答えた。「殺した」

私は彼女を見つめた。視線をそらさなかった。

彼女はしばらく無言でいた。次に口を開いたとき、彼女の声は低くかすれていた。

「認めるとは思ってなかったわ。少なくとも、こんなにあっさり認めるとは」

「悪かった」馬鹿げた答えだと思いながら、私はそう言った。

彼女は唇を引き結び、首を振った。〝これは冗談よね〟とでも言うように。

私はまたロビーを見回した。私を襲撃するための位置取りをしている人物はいない。だが大勢の人々が行き来していた。安心はできない。いつまでもぐずぐずしていたくなかった。もし彼女に連れがいるなら、その連中を誘《おび》き寄せることになってしまう。

「バーに行こう」私は言った。「きみの知りたいことを話すよ」

彼女は私の目を見ずにうなずいた。

私の頭にあったのは、ロビーと同じ階にあって人の出入りが激しく、セキュリティを考慮すると不安のある〈ランデブーバー〉ではなく、中二階にある〈オールドインペリアルバー〉だった。〈オールドインペリアル〉は、フランク・ロイド・ライト設計の旧〈帝国ホテル〉の面影を残している。一九六八年に初代の建物が取り壊されたのは、表向き地震対策のためとされているが、実際には見当違いの〝近代化〟に恭順の意を表してのことだったと言うほうが当たっているだろう。中二階に行くには、ロビーをもう一度横切り、一続きの階段を上って、あちこちに出入口はあるものの人はほとんど通らない廊下を歩き、いくつもの角を曲がることになる。もしみどりを尾《つ》けている人間がいれば――彼女がそのことを知っていようがいまいが――こちらに気づかれずについてくるのは至難の業だろう。

私たちは階段伝いに中二階へ向かった。途中のレストランにいる一ダースほどの客のほかに、人の姿はなかった。バーの入口で席に案内されるのを待つあいだ、私は背後の様子を確かめた。近づいてくる人間はいなかった。どうやら彼女は一人らしい。

高い仕切りのある半円のブースに案内され、私たちは横に並んで座った。入口からは見えない席だった。私たちがこのバーにいるかどうか確認したいなら、姿をさらすことを覚悟して、店のなかまで入ってくる必要がある。私はすばらしい品揃えのシングルモルトのメニューから、十八年もののブナハーブンを選んで二人分注文した。

状況を考えれば奇妙なことだったが、久しぶりの〈オールドインペリアル〉は居心地がよかった。店内に窓はなく、天井は低い。照明はほの暗く、内装の色調は控えめに抑えられ、広々としてはいるがこぢんまりと落ち着ける雰囲気があって、おそらくは無惨にも取り壊された先代の遺伝子を唯一受け継いでいるからだろう、歴史の香り、厳粛な空気を漂わせている。ホテル自体と同様、〈オールドインペリアル〉は盛りを過ぎたように感じさせはするものの、風格のある美と謎めいた魅力は失わずにいる。ちょうど酸いも甘いも嚙み分け、多くの恋を知り、多くの秘密を胸に納め、あふれるばかりの若さを誇った栄光の時代を懐かしむことはなくても、決して忘れてはいない、年配の貴婦人のようだった。

二人とも無言だった。酒が運ばれてくると、ようやく彼女が口を開いた。「どうしてなの？」

私はブナハーブンのグラスを手に取った。「理由はわかるだろう。雇われたんだ」

「誰に？」

「お父さんが持っていたあのディスクのもともとの持ち主にだ。きみが持ってると思って、きみを殺そうとしたのと同じ連中だよ」

「山岡？」

「そうだ」

彼女は私を見つめた。「あなたは殺し屋なのね。違う？　政府が殺し屋を雇ってるという噂《うわさ》が流れることがあるわ。それはあなたのことなのよ。そうでしょう？」

私は長く息を吐き出した。「そんなところだ」

短い沈黙があった。「これまでに何人殺したの？」

私はグラスに目を向けた。「わからない」

「ヴェトナムの話をしてるんじゃないわ。そのあとのこと」

「わからない」私は繰り返した。

「わからないほど多いってこと？」彼女の口調の穏やかさが、その問いをかえって重いものにした。

「俺は……俺にはルールがある。女は殺さない。子どもは殺さない。本来の標的以外には手を出さない」自分の言葉が愚か者の呪文のように退屈に耳に響いた。生気に満ちた魔力をふいに奪われた、魔除けのまじない。

彼女が苦い笑いを漏らした。「〝俺にはルールがある〟ね。客とはファックしてもキスはしないのよと言って、貞操を認めてもらいたがる売春婦みたい」

胸にこたえた。だが私は逃げずに受け止めた。

「警察庁のあなたのお友だちは、あなたは死んだと言った。私は信じたわ。あなたは黙ってそのままにした。あなたを思って泣いたのよ。ねえ、それがどんな気持ちかわかる？」

俺だってきみを思って悲しんださ。そう言いたかった。

「どうしてなの？　私にあんな思いをさせて平気だったの？　父を殺しただけでは足りず、私にあんな思いまでさせた。なぜなの？」

私は目をそらした。

「答えなさいよ」彼女の声が聞こえた。

私はグラスを握り締めた。「きみを守りたかった……事実から」

「嘘よ。どうせ私はうすうす気づいていたわ。父はあのディスクに入っていた腐敗の証拠を明るみに出そうとして命を奪われた。なのにその証拠が公表されないとわかったとき、私がどう考えると思った？　お墓にお参りしたくて、あなたの遺体がどこに埋葬されたか調べてもわからなかったとき、私がどう考えると思った？」

「あれが公表されないとは知らなかった」私は目を伏せたまま言った。「それどころか、公表されるものと信じていたよ。それに、きみは俺を忘れてくれるだろうと思っていた。ときには忘れていないかもしれないとも考えたさ。だが、その時点で俺に何ができた？　きみの前にいきなり現れて説明しろとでも？　俺が間違っていたら、きみが俺を忘れていたら？　きみは疑いを抱かず、俺が願ったとおり、自分の人生を歩み始めていたら？」私は目を上げて彼女を見た。「きみをなおも苦しませることになってただろう」

みどりは首を振った。「あれ以上苦しむことなどなかったはずよ」

長い沈黙があった。「どうやって俺を見つけたか話してくれないか」

彼女は肩をすくめた。「警察庁のお友だちから聞いたの」

意外な答えだった。「タツがきみに連絡を?」

「私から連絡したのよ。実を言うと何度もね。でも、ずっとなしのつぶてだったわ。先週、東京に帰ってきてね、彼のオフィスに押しかけたの。石倉さんが面会してくれないなら、マスコミに話してやる、スキャンダルにするためならどんなことだってすると受付係を脅したのよ。本気だったわ。あきらめる気はなかった」

勇敢な行為だ。いささか無謀でさえある。たとえ脅されようと、タツが彼女に危害を加えることはないだろうが、彼女にはそこまで予想できなかったはずだ。彼女がどれほど大きなやり場のない怒りを抱えていたか、その一件からも察せられた。

「で、会えたのか」

「いいえ、すぐには会ってくれなかった。今日の午後、向こうから電話があったのよ」

今日の午後。私が彼の頼みを拒んだ直後か。

「そのとき、ここに来れば俺に会えると聞いたわけだな」

みどりはうなずいた。

タツはどうやってまた私の居所を突き止めたのか。どうせいまいましい監視カメラを使ってだろう。〝見えるように設置されているものもあるからね。だが、すべてではないよ〟タツはそう言っていた。間違いない。監視カメラを使って私のおおよその居場所を絞りこみ、カメラと顔認識ソフトウェアに読みこませたのと同じ写真を部下に持たせて、見込みのありそうなホテルを当たらせたのだ。

東京にとどまった私が愚かだった。ハリーにした警告とは裏腹に、国際電話でもかけていればなおさらことは簡単だったろう。

それにしても、タツの奴、今度はいったい何を企んでいる？「一年も返事一つしなかったのに、タツが急にきみと会うと言い出した理由に心当たりは？」

彼女は肩をすくめた。「私の脅しが効いたんじゃないかしら」

そうとは思えなかった。タツは私ほど彼女のことをよく知らない。ただの脅しにすぎないと高をくくっていたはずだ。

「本当にそれだけのことかな」私は訊いた。

「たぶん。何か隠れた理由があって、私たちを会わせたかったのかもしれないけど。でも、ほかにどうしようもないでしょう？　あなたと会うのをわざと拒んで、彼を怒らせていればよかった？」

「いや」タツもそこまで見越していたことだろう。その瞬間、タツとタツの企みに、敵意にも近いいらだちを感じた。

みどりは溜め息をついた。「あなたは死んだと私に話したのは彼が勝手にしたことで、あなたは関係ないと言ってたわ」

やれやれ、そうきたか。見返りとして、私が村上を始末するとでも考えたのだろうか。

「ほかに何を言っていた？」

「あなたは彼がディスクをマスコミに渡すと期待して、ディスクを手に入れるのに力を貸したと」

「マスコミに渡さなかった理由は聞いたかい」

彼女はうなずいた。「ディスクの内容には、民主自由党を倒しかねない威力があったからだと言っていた。それでは山岡が権力を握るのに手を貸すようなものだからと」

「そこまで知っているなら、どうやらきみは時勢に遅れてはいないようだな」

「いいえ、少しもついていけてないわ」

「ハリーは？」私は少し考えたあと尋ねた。「ハリーに訊こうとは思わなかったのかい？」

彼女は目をそらした。「訊いたわ。手紙を書いたの。あなたが亡くなったという話は聞いてるけど、それ以上のことは何も知らないという返事だった」

答える前に目をそらした……何か隠している。

「信じたのか」

「疑うべきだった？」

利口な切り返しだ。だが、何かを隠していることには違いない。

「最後に会ったときのこと、覚えてる？」彼女が訊いた。

ここだった。〈帝国ホテル〉だった。一夜をともに過ごした。その翌朝、私はホルツァーの乗ったリムジンを停めるためにここから出かけた。そのあと数日間は警察の留置場で過ごした。その間にタツはみどりに私は死んだと告げ、ディスクを葬った。ゲームオーバー。

「覚えてる」

「あなたは言ったわね。〝夕方には戻る。待っていてくれるね？〟私は待ったわ。石倉さんから連絡があるまで、二日待った。誰にも訊けなかった。知る手段はなかった」

彼女はつかのま天井を見上げた。見たくない記憶から目をそらそうとしたのだろう。いや、涙をこらえていたのかもしれない。

「あなたが死んだなんて信じられなかった」彼女は続けた。「それから、あなたは本当に死んだのだろうかと考え始めた。もし生きてるとしたら、それはどういう意味だろうって。次に自分を疑ったわ。自分を疑ったの。こう思ったのよ。〝あの人が生きてるわけがない。生きていたら、私にこんな思いをさせるわけがない〟それでも、疑いを完全に捨てることはできなかった。あなたの死を悲しむべきか、あなたを殺してやりたいと思うべきか、わからなかった」

そう言って私のほうに顔を向けた。「ねえ、あなたは自分がどんな仕打ちをしたか、わかってる？」ささやくような声で訊く。「あなたは……あなたは私を拷問にかけたのよ！」

視界の隅で、彼女が素早く親指で頬を拭い、反対の頬も拭うのが見えた。私は自分のグラスに見入った。私に涙を見られること——彼女がいま何よりも憎むのは、それだろう。一瞬待ってから、私は彼女のほうを向いた。「みどり」その声は低く、自分のものとは思えなかった。「言葉では言い尽くせないほど申し訳ないと思ってる。過去を一部でも変えられるものなら、そうしたい」

しばらくどちらも口を開かなかった。リオのことが思い浮かんだ。「こう言ってきみの気が楽になるかわからないが、俺も足を洗おうとしていた」

みどりが私を見た。「どれだけ努力した？　たいがいの人はね、他人を殺さなくてもうまく生きていけるの。他人を殺さない努力をする必要はないのよ」

「俺の場合はそう簡単にはいかないんだ」

「どうして？」

私は肩をすくめた。「いま、俺を知ってる人々は、俺を殺したいと考えてるか、俺に誰かを殺させたいと考えてるかのどちらかだからだよ」

「石倉さん？」

私はうなずいた。「タツは日本の腐敗と闘うことに一生を捧げてる。あいつにも強みはあるが、闘いを挑んでる相手はもっと強い。タツはその勝負を互角に持ちこもうとしてる」

「あの人が善玉の一人だとはとても考えられないわ」

「そうだろう。だが、あいつが住んでる世界は、きみの住んでる世界ほど白黒がはっきりしていない。信じられないかもしれないが、あいつはきみのお父さんに協力しようとしてたんだ」

そう言ったとき、タツが彼女をここに来させた理由がふいに理解できた。私の無罪を裏づけるちょっとした弁明と引き換えに、私がタツに協力するかもしれないと期待したからではない。いや、少なくとも、それが理由のすべてではない。違う。タツが真に期待したのは、もしみどりの目に、タツがみどりの父親が始めた闘いを引き継ごうとしているように映れば、みどりは私がその闘いに協力することを望むかもしれないということだ。みどりに会えば、私は彼女の父親を殺したことをあらためて悔い、彼の要請を聞き入れる気になるかもしれないということだ。

「で、いまは〝足を洗おうとしてる〟のね」彼女が言った。

私はうなずいた。

しかし彼女は笑った。それが彼女の望む答えだろうと思った。「それがあなたの贖罪《しょくざい》ってわけ？　天国って、そんなに簡単に入れるところだとは知らなかったわ」

私にそんな資格がないことはわかっている。だが、次第にいらだちを感じ始めていた。

「いいか、きみのお父さんのことは間違いだった。すまないと思う、いまから過去を変えられるなら変えたいと言ってるだろう。ほかに俺に何ができる？　ガソリンを頭からかぶってマッチに火をつけろとでも？　飢えた人々に食べ物を配って歩けと？」

彼女は目を伏せた。「わからない」

「俺だってわからないよ。だが、努力はしてる」

くそ、タツの奴。私は思った。こうなることを見越していたのだ。彼女に会えば私が動揺するとわかっていたのだ。

ブナハーブンを飲み干した。空のグラスをテーブルに置いて、それを見つめた。

「償ってもらいたいの」しばしの沈黙のあと、彼女が言った。

「そうだろうな」私は目を上げずに答えた。

「でもどうやって償ってもらいたいかわからない」

私は目を閉じた。「ああ、そうだろう」

「だいたい、こうしてあなたと話してること自体、信じられないわ」

私は黙ってうなずいた。

また長い沈黙があった。できることなら彼女に言ってやりたいことが、いまからでも書き換えたい過去が、次々と心に浮かんでは消えた。

「まだ終わりじゃない」彼女の声が聞こえた。

私は目を上げた。とっさに真意を測りかねた。彼女は先を続けた。

「どうしてもらいたいかわかったら、そのときに言うわ」

「それはありがたいね」私は辛辣《しんらつ》に答えた。「予告してもらえれば、死ぬ前に身辺の整理をしておけるというものだ」

彼女は笑わなかった。「殺し屋はあなたのほうよ。私じゃなく」

「確かにそうだ」

みどりは一瞬私を見つめていたあと、訊いた。「ここに来れば会えるのね？」

私は首を振った。「いや」

「じゃあ、どこに行けばいいの？」

「俺のほうからきみを探す」

「だめよ！」その口調の激しさに、私は驚いた。「そういう嘘はもう聞きたくない。わたしとまた会いたいなら、どこにいるか教えて」

私は空のグラスを取って握り締めた。

黙って立ち去れ。自分にそう言い聞かせた。何も答える必要はない。テーブルに酒の代金を置いて、立ち去ればいい。そして二度と彼女とは会わない。

だめだ。心のなかにいつも彼女がいる。忘れることはできない。

過分の期待を抱かないことに慣れた私は、感情の侵入に対する自然の免疫を失っているらしい。みどりへの期待は心にしっかりと根を下ろし、馬鹿げたほどにふくらんでいた。もはや断ち切ることはできそうにない。

「いいか」無駄と知りながら私は言った。「長いあいだこうして生きてきた。長いあいだ生きてこられたのはそのおかげだ」

「話にならない」彼女は立ち上がった。

「わかったよ」私は言った。「ここに来れば会える」

彼女は私を見つめてうなずいた。「いいわ」

私はためらった。「連絡をくれるつもりなんだね？」

「気になるの？」

「ああ。認めたくはないが」

「よかった」彼女はうなずきながら言った。「来るかどうかわからないものを待つ気持ちがあなたにも理解できると思うもの」

みどりは背を向けて歩み去った。

私は支払いをすませ、しばらく待ってから席を立ち、地階の出口から外に出た。

それ以上そこにいるわけにはいかなかった。私の所在を知っているのがみどりだけなら気に病むことはないが、みどりにはセキュリティ意識がまるでない。本人も気づかぬうちに誰かを私のもとへ案内してくる可能性があるとなると、話は別だ。タツも少し手こずらせてやりたかった。私を見つける手段を持っているとすれば、いまさら大きな違いはないかもしれないが、それでもタツがいつでも私を見つけられると思うと気に入らない。

毎晩場所を変えながら、匿名性の高いビジネスホテルに滞在するのがいいだろう。そうすれば、たとえみどりを尾行している人物がいたとしても安心だし、タツにしても私を追いかけるだけで手一杯になるだろう。

もちろん、〈帝国ホテル〉の部屋はそのままにしておく。タツの追跡を逃れるのにも好都合だ。また、みどりがホテルに宛てて連絡をよこしたときには、部屋ごとに割り当てられた留守番電話のメッセージをホテルの外から聞くこともできる。用心に用心を重ねつつ、ときどき顔を出して、宿泊しているふりを装っておけばいい。

顔を伏せ、カメラに見目麗《みめ》しい写真を撮られることのないよう最大限の努力をした。しかし絶対に大丈夫とは言い切れない。身動きの自由を奪われたような、閉所に閉じこめられたような心地がした。

何も考えずに逃げるのも一案だった。朝一番に、大阪へ、あるいはリオに発つ。それでおしまいだ《フィニート》。

しかしみどりが私に連絡を取ろうとして、ふたたび私が消えたと知ることになるかと思うと、耐えきれなかった。

もう嘘をついているじゃないか——私は思った。ほんの半時間のあいだに、また嘘をついた。

だったらあと一日、最長でもあと二日、とどまることにしよう。そうだ、それがいい。

そのあと、みどりやタツのもとに次に私から音沙汰があるのは、航空便で届けられる絵葉書を介してだ。

尾行されていないことを確認するために、いくつか積極的な行動を取った。それから足をゆるめ、夜の東京をあてもなく歩いた。行くあてなどなくたってかまわなかった。

二人の若いフリーターを見かけた。日本の十年に及ぶ景気後退に、定職に就かないという形で応えた若者たち。代わりに彼らは、コンビニエンスストアの夜勤などのアルバイトをして、ほかの東京の夜の住人たちにサービスを提供することを選択する。遠距離の通勤や赤ん坊の世話に時間を取られ、昼のあいだには家事をすませられずに夜中に洗剤を買いに来る、疲れた目をした親たち。どれも似たような出勤用のワイシャツ姿でやってくる一人暮らしの男たち。彼らは広い大都会で強烈な孤独を感じ、深夜のトーク番組という麻薬にも癒されることなく、生きているあかしを求めて、ときおり夜の街へと進出する。乏しい給料で何とかやっていくためにいまも両親と同居している家へ帰る途中の、別のフリーター。無気力に煙草を吸いながら面白くもない冗談に笑い、午前中は寝て過ごして、夕方起き出してまた同じ一日を繰り返す。

ごみ収集人。夜の静かな通りを照らすハロゲンランプの明かりの下で、路面の穴を補修している工事作業員。通る人のない歩道やひっそりとした戸口に黙々と荷物を下ろしている、夜勤のトラック運転手。

気がつくと乃木坂駅の近くにいた。無意識のうちに北西に歩いていたらしい。私は立ち止まった。静寂と陰鬱《いんうつ》な空気に包まれた青山墓地が、通りをはさんだ真向かいに見えていた。自身を取り囲む東京よりも大きな引力を持って口を開けたブラックホールのように、私を手招きしている。

とっさに通りを渡っていた。道路中央の金属の仕切りを飛び越える。石段を前に、足を止めて迷った。やがて降伏し、墓の並ぶ霊園へと上っていった。

下の通りの気配はたちまち切り離され、遠ざかった。都会の声の無意味なこだま。その音は届きはしても、公園に似た死者の街には何の支配力も振るわない。私の立っている場所からは、墓地は果てしなく続いているように見えた。自己完結した街。窓のないミニチュアのアパートのような無数の墓石が静かな対称を作る、死者の長く広い並木道。

石畳の小道をたどり、慰めをもたらす暗がりの奥へと分け入っていく。道に敷きつめられた桜の花びらは、両側の街灯の輝きに照らされて、艶のない雪のようにほのかに浮かび上がっている。ほんの数日前には、同じ花びらが生きた東京っ子によって愛でられた。短い生命を謳歌する花の美のなかに人生の悲哀を見いだすために何千人もの人々が集まり、酒を酌み交わした。しかしいま花は散り、酔客は去って、宴会が吐き残したごみも手際よく片づけられ、一帯はふたたび死者の手に返された。

以前、みどりが〝物の哀れ〟について語っていたことを思い出した。花見の季節には、酔った歌声と発電機につながれたテレビの騒音によってしばしば邪魔をされるその美意識は、私が育った二つの文化のうちの一つにしっかりと根ざしている。みどりはそれを〝人間の悲哀〟と呼んだ。賢明な、そして寛容な悲しみ。そのような表現に垣間見えた人間としての深みに、私は感嘆した。私にとって悲しみとは、いつも怒りと同義語だった。これからもそれは変わらないだろう。

私は歩き続けた。足音が、私を取り巻く濃密な静寂に遠慮するように物悲しく響く。周囲の街とは違い、青山墓地は変化とは無縁だった。最後に訪れてから数十年がたつというのに、私をここへ招き寄せたものは容易に見つかった。

墓石は飾り気がなく質素だった。藤原修一が一九一二年から一九六〇年まで生きたこと、遺骨がここに埋葬されていることを示す短い墓銘が刻まれているだけだった。私の父、藤原修一は、私が幼かったころ、東京を揺るがした恐ろしい夏に、街頭暴動に巻きこまれて命を奪われた。

墓の前に立ち、頭を深く垂れて、顔の前で仏教式に両手を合わせた。母はキリスト教の祈りを捧げ、締めくくりに十字を切ってほしいと望むに違いない。もしこれが母の墓だったら、そうしていたはずだ。しかしそのような西洋風の儀礼は、父への侮辱になっただろう。いまさら父を怒らせて何になる？

私は苦笑した。どうしてもそんなふうに考えてしまう。父はすでに死んだのだ。

それでも、祈りは捧げなかった。

しばらくそうして両手を合わせていてから、地面に尻をつけ、あぐらをかいた。周囲を見ると、花が供えられている墓もあった。新鮮な花、朽ちかけた花。まるで死者が花束の香りを嗅げるとでもいうように。

微風が溜め息のように墓石のあいだを渡っていく。両手で額を支えて、目の前の地面を見つめた。

死者と語り合う作法は人それぞれだ。そしてその作法は、文化の影響よりも、個人個人の性格によって決まる。墓前に参る人もいる。写真に、あるいは棚に安置した骨壺に話しかける人もいる。死者が生前好んだ場所を訪れる人もいれば、礼拝所で静かに祈りを捧げる人もいる。遠く離れた地に植樹する人もいる。

そこに共通しているのは、言うまでもなく、死者も同じものを認識できるという、論理を超えた感覚だ。死者が生者の祈りの言葉を聞き、行為を目で確かめ、変わらない愛と恋しさを感じ取ることができるという感覚。人はその感覚に慰めを見いだす。

私はそんなものを信じない。魂が肉体を離れるのを目撃したことはない。恨みを抱いた幽霊であれ、愛情のある幽霊であれ、遭遇したことはない。未発見の国から訪れた旅人に、報いられたことも罰せられたことも、触れられたこともない。死者はただ死んでいるのだと、何よりも確かに知っている。

数分のあいだ、話したい衝動に抗いながら、黙って座っていた。話しかけるなど馬鹿げている。私の父は跡形もなく消えたのだ。たとえ何かが残っていたとしても、それがここにあると、この墓地に埋葬された数万の魂と居場所を争いながら、灰や塵とともにここを漂っていると考えるのは愚かしい。

人は花を供え、祈りを捧げる。そういったことを信じている。そうすることによって、自分が愛した誰かが消滅したと認める悲しみを拒むことができるからだ。その誰かがいまも見、聞き、愛することができると信じるほうが楽だからだ。

父の墓石を見つめた。建てられて四十年と少し。この墓地の基準から言えば若い。しかし石の表面は、汚れた空気によってすでに黒ずんでいた。左側から苔がうっすらと無感情に育っている。いつのまにか私は手を伸ばし、浮き彫りにされた父の名前を指先でなぞっていた。

「ひさしぶりだね、パパ」父が死んだ当時の幼い子どものように、私はささやいた。

お許しください、神父様。最後に告解をしてから三十年が過ぎてしまいました。

戯言《たわごと》はよせ。

「たまにしか来られなくてごめんよ」私は日本語で言った。静かな声で。「めったに思い出すこともしなくて、本当に悪いと思ってる。考えるのも辛くて、距離を置いていることがたくさんある。父さんもそのうちの一つだ。いや、最大のものと言うべきかな」

私は口をつぐみ、私を取り囲む静寂に耳を澄ませた。「でも、どうせ聞こえてないだろうね」

あたりを見回した。「馬鹿げてる。父さんは死んでるんだ。ここにはいない」

それからまた顔を伏せ、両手で頭を支えた。「彼女にわかってもらえたらいいのに」私はつぶやいた。「父さんが力を貸してくれたらいいのに」

まったく、彼女は辛辣だった。私を売春婦と呼んだ。

いや、不当な比喩《ひゆ》ではないのかもしれない。結局のところ、人を殺すのは憎しみと恐怖の究極の表現であり、セックスは愛と欲望の究極の表現だ。そしてセックスの場合と同じく、本来なら何の感情も抱きようがない見知らぬ相手を殺すのは、それ自体が不自然なことだ。赤の他人を殺す男は、類似した状況でセックスをする女とさして違わないと言えるだろう。あるいは、金と引き換えに人を殺す男は、金と引き換えに男と寝る女と同類だと。その男は同じためらいと、同じ麻痺《まひ》するような感覚と、同じ後悔を経験する。同じ魂の汚《けが》れを経験する。

「だって」私は声に出していった。「政府がそうしろと言ってるからといって、知りもしない相手を殺すのは――たぶん自分と同じ新兵を殺すのは、道徳にかなっているとでも？　鬼畜どもを殺すために三万フィートの上空から爆弾を投げ落とし、ついでに家の瓦礫《がれき》の下に女や子どもを埋《うず》めておいて、実際の被害を目の当たりにすることはないからといって平然としてるのは、道徳的に正しいのか？　俺は迫撃砲の射程距離を隠れ蓑《みの》にしたりしない。狙撃ライフルの温度感知スコープのアニメみたいな映像や、虐殺のあとでそれは正当な行為だったと保証する勲章の陰に隠れたりもしない。そんなものは幻にすぎない。殺したあとで感覚を麻痺させる麻酔剤にすぎない。俺がしてることは、世界じゅうで起きてること、これまでずっと起きてきたことと何ら変わりがない。違いは、俺はそれについて偽らないという一点だ」

しばらく黙って考えた。

「それにあの女のことはどうだ？　あの女の親父さんは、どのみち肺癌でじきに死ぬ運命だった。俺が手を下すよりもっと苦しい死に方をするはずだった。〝損害なければ罪もなし〟という原則はどこへ行った？　だって、俺は親父さんを救ってやったようなものじゃないか。別の社会でなら、俺のしたことは安楽死と見なされるだろう。あの女は俺に感謝してくれたっていいくらいだ」

大阪では万事がうまくいっていた。日々は無難に過ぎていた。いま思えば、すべてが崩壊し始めたのは、タツが現れた瞬間からだったような気がする。

いっそ彼を始末してしまおうという考えも頭をよぎった。だが、そうしたくない理由は一ダースはあった。問題は、タツは私が彼を殺したいと望んでいないことを知っているかのように振る舞い始めていることだ。それは愉快なことではない。

大阪に戻る必要があった。戻って、できるだけ早く準備を整え、出発する。タツは自力で何とかするだろう。ハリーは救いようがない。みどりは、東京へ戻って知りたいことを知った。ナオミは魅惑的だが、もう用はすんだ。

私は立ち上がった。冷たい地面の上で組んでいた脚はこわばっていた。軽くもみほぐして血流を促す。それから父の墓に一礼し、そのあともじっとそこに立って墓石を見つめていた。

「じゃあ」長い時間が過ぎたころ、そうささやいた。「ありがとう」

私は背を向けて墓地を出た。

15

翌朝、公衆電話まで出向いてハリーに電話した。彼には長年にわたって世話になってきた。苦い別れかたに悔いが残っていた。きっと彼は気にしているだろう。そう思うと、こちらも気になった。

電話に出たのは、初めて聞く男の声だった。「もしもし?」

「もしもし」私は眉をひそめながら言った。「春与志さんはいらっしゃいますか」

短い沈黙。「失礼ですが、春与志のお友だちですか」男の声は日本語でそう訊いた。

「そうです。何かあったんでしょうか」

「私は春与志の叔父です。残念ですが、甥は昨夜亡くなりました」

私は受話器を握り締め、目を閉じた。ハリーが私に言った最後の言葉を思い出していた。

〝今夜、彼女と会う約束をしてる。よく観察してみるよ。いまあんたに言われたことを頭に置いてさ〟

その言葉どおり、ハリーは彼女に会ったのだ。ただし私の言ったことはすっかり忘れて。

「こんなことをお尋ねするのは心苦しいのですが」私は目を閉じたまま訊いた。「どうして亡くなられたんでしょう」

　また短い沈黙があった。「春与志は少し飲み過ぎて、マンションの屋上に散歩に出かけたようです。縁に近づきすぎて、体のバランスを崩してしまったらしい」

　受話器を握る手にいっそう力がこもった。わたしの知るかぎり、ハリーは酒を飲まなかった。飲み過ぎるなどということはありえない。とはいえ、雪子に促されれば、どんなものであれ新しいものを試そうとしただろう。

「教えてくださってありがとうございます」私は言った。「心からお悔やみ申し上げます。春与志さんのご両親にも、どうかよろしくお伝えください。春与志さんの魂のために祈りを捧げます」

「ありがとう」声は言った。

　私は受話器を架台に置いた。

　私の直感は、たったいま耳にしたことは事実だと告げていた。それでも念のために、ハリーのマンションの近くの交番に電話をかけた。電話に出た警察官に、深澤春与志の友人だと名乗り、たったいま悲しい知らせを聞いたと告げた。警察官は、ハリーは確かに死んだと答えた。転落死。事故と思われる。そして、御愁傷様ですと付け加えた。私は礼を言って電話を切った。

　少しのあいだそこに立っていた。みじめで、奇妙に孤独だった。

　連中はハリーから望みのものを手に入れた。残った仕事を片づけにかかっているのだ。

ハリーのためにいま私がしてやれることはない。まだ間に合ううちに手を差し伸べようと努力はした。だがもう手遅れだ。

ある意味で、これは私の落ち度だった。彼にとって、雪子が危険な存在であることを私は知っていた。なのに、私がしたのは、疑念を打ち明けることだけだった。本当なら、彼には何も言わず、雪子のほうにちょっとした事故を起こさせるべきだったのだ。ハリーは悲しんだだろうが、いまも生きていたはずだ。

気がつくと歯を食いしばっていた。顎の力をゆるめた。

彼女のことを初めて私に話したときの彼は、いかにも幸せそうだった。はにかみ、やに下がって、明らかに恋をしていた。

あの氷の女が村上を焦らしてはなだめていたことを思い出す。ナオミは言っていた。〝あの子は私ならやらないようなことを平気でする〟

雪子がハリーに酒を次々と飲ませているさまを想像した。ハリーの体はアルコールに慣れていない。雪子を喜ばせるためだけに飲むハリー。ちょっと屋上に散歩に行こうと誘う雪子、そこで待つ村上。

いや、雪子自身が手を下したのかもしれない。むずかしいことではなかったろう。ハリーのマンションを何度も訪れている。リズムも、慣例も、防犯カメラの配置も把握していたはずだ。しかもハリーは雪子を信用していた。私が話したことを覚えていたにしても、泥酔していれば、迷わず縁に近づいただろう。冗談のつもりで。勇気を試すつもりで。

無意識のうちに受話器を握り、頭上に持ち上げて、電話機に叩きつけていた。ずっとそのまま立っていた。腕を電話にかけ、全身を震わせ、騒ぎを起こすな、注意を引くような真似をするなと自分に言い聞かせながら。

長い時間がたってから、受話器を架台に戻した。目を閉じ、深々と息を吸いこんで、肺が空になるまで吐き出す。もう一度。そしてもう一度。

別の公衆電話を見つけてタツに連絡した。会いたいから、掲示板を見てくれと言った。それから場所と時刻を伝えるために、インターネットカフェに入った。

日本橋のビジネス街にある〈カフェ・ペシャワール〉でタツと落ち合った。東京に住んでいたころに気に入っていた店の一つだった。

いつもどおり約束の時刻より早く着き、さくら通りから階段を下りて、控えめな内装の店内に入った。〈ペシャワール〉はI形鋼のような形をしている。私はIの短い横線の端の席に座った。入口は見えないが、豆を正確に計るための赤い鉄の秤《はかり》が鎮座するカウンターはかろうじて見える。コーヒーの粉に湯を注ぐのに使う、年季の入ったポット。上等のシングルモルトウィスキーの蒸留器によく見られるようなたくさんの凹みは、〈ペシャワール〉の独特の風味のあるコーヒーを長年にわたって生み出してきたためのものだろう。そして好奇心をかきたてる道具の数々。素人を寄せつけない迫力を持つそれらは、最高のブレンドを作るためだけに設計されたものに違いない。正しい使いかたは熟練した玄人《くろうと》にしかわからない。

特製の〝ロア〟ブレンドを注文し、モニカ・ボーフォースの歌う『オーガスト・ウィッシング』を聴きながら、タツの到着を待った。十二時を少し過ぎたころ、ドアが開閉する気配がして、軽く靴底を引きずるような耳慣れたタツの足音が近づいてきた。まもなく角からタツの顔がひょいとのぞき、私を見つけた。席に近づいてきて、内密な話をしやすい、互いに九十度の角度になる椅子に腰を下ろすと、うなるように挨拶の言葉を発した。「川村さんと会ったろう。それから察するに、今日呼び出したのは、私に礼を言うためか、私を殺すためか、どちらかだろうな」

「その件で来たわけじゃない」私は答えた。

タツは黙って私の顔を見た。

ウェイトレスが来て、ご注文はと尋ねた。タツはミルクティーを頼んだ。それが飲みたかったからというより、場所柄に譲歩してのことと私には思えた。

紅茶が運ばれてくるのを待つあいだに、タツが言った。「なぜあんなことをしたか、理解してくれているといいが」

「理解してるさ。お前って奴は、結果はつねに手段を正当化すると信じてる、人を利用しても何とも思わない狂信者だ」

「やれやれ、まるでうちの女房みたいな言い草だね」

私は笑わなかった。「みどりをまた巻きこんだりしないでもらいたかったよ」

「私が巻きこんだわけじゃない。私としては、お前は死んだと信じてくれることを祈ってた。本人が信じたいと思っていたのなら、信じただろう。信じたくなかったのなら、自分で調べようとしただろう。なかなか頑固な女性だからね」

「マスコミにすっぱ抜くと脅かされたそうだな」

「はったりだろうね」

「彼女ははったりをかけたりはしないよ、タツ」

「それはともかくとしてだ。お前の居場所を教えたのは、これ以上、彼女を欺こうとしても無駄だからさ。どのみち彼女はだまされてなどいなかった。それに、再会はお前のためにもなると考えた」

私は首を振った。「彼女が説得すれば俺がお前に協力すると、本気で思ってたのか」

「もちろん」

「どうしてだ?」

「わかってるだろうに」

「誘導尋問はよせ、タツ」

「しかたないな。意識的にか無意識的にか、お前は彼女にふさわしい人間になりたいと考えている。その気持ちは尊敬するよ。川村さんはすばらしい女性だからね。しかしお前は間違った道をたどってそこへ行き着こうとしていた。だから、そのことをお前自身が気づく機会を与えようとしたのさ」

「あいにくお前の思ったとおりにはならなかったがね」

「じゃあ、なぜここにいる？」

私はタツを見つめた。「今回はお前に協力する。そのこととみどりとは関係ない」ハリーの顔が心をよぎる。「違うな。お前が俺に協力するんだ」

ウェイトレスがタツの紅茶をテーブルに置いて歩み去った。

「何があった？」タツが訊いた。

反射的に、ハリーを守るために黙っておこうと考えた。これまでと同じように。だが、いまとなってはもう守るべきハリーはいない。

「友人が村上に殺された」私は言った。「春与志という名前の若者だ。山岡が彼を利用していた。おそらく、俺を見つけるためにな。連中は、もう利用価値がなくなったと判断したんだろう、彼を始末した」

「お悔やみを言うよ」タツが言った。

私は肩をすくめた。「運がよかったと思え。お前をここまでよく知らなかったら、お前を疑ってるところだぞ」

そう言ったとたん、後悔した。自尊心の強いタツは何も答えなかった。

「ともかく、調べてもらいたいことがある」私は続けた。

「いいだろう」

カネザキがハリーを尾行していたこと、みどりの手紙がそもそものきっかけになったこと、雪子と〈ダマスク・ローズ〉が関係していることを話した。

「できるだけのことはする」タッが言った。

「ありがとう」

「その友人は……若かったのか」

私はタツを見つめた。「ああ、死ぬには若すぎた」

タツはうなずいた。悲しげな目をしていた。

初めて村上の話を聞かされたときのことを思い出した。ある子どもの殺人に村上が関わった可能性が高いと話しながら、タツは何度も歯を食いしばっていた。私は訊かずにはいられなかった。「タツ。お前には……息子がいたんだろう」

長い沈黙があった。その間、タツはきっと私が彼の私生活の一部を知っていることを悟り、その事実を咀嚼《そしゃく》しながら、どう答えたものか迷っていたに違いない。

「ああ、いた」しばらくして、タツはうなずいた。「生きていたら、この二月に二十二歳になっていた」

慎重に言葉を選んでいるようだった。いや、発音するのさえ慎重にしているようだった。

最後にこの話をしたのはいつのことなのだろう。

「八か月だった。ちょうど離乳食を始めたころでね」タツは続けた。「女房と私は、しばらく二人きりで外出していなかった。そこでベビーシッターを雇った。家に帰ってみると、ベビーシッターが取り乱していた。床に落としてしまったとかで、赤ん坊の頭に痣《あざ》ができていた。泣いたそうだが、そのときはもう落ち着いて眠っていた。

女房はすぐに病院に連れていきたいと言ったが、赤ん坊の様子を確かめると、すやすや眠っていた。〝わざわざ起こすこともないだろう〟私は言った。〝何かあれば、こうして眠ってなどいないさ〟女房は、大したことではないと信じたかったんだろう。私の言葉に納得した」

紅茶を一口飲む。「朝になると、赤ん坊は死んでいた。医者によれば、硬膜下血腫《こうまくかけっしゅ》だった。たとえすぐに病院に連れていったとしても、助からなかっただろうと言っていた。しかし、考えずにはいられない。だって、私には選択肢があったんだからね。こんなことを言うのは辛いが、即死だったらかえって気持ちは楽だったろう。あるいは、ベビーシッターがいい加減な女性で、私たちに何も言わずにすませていたほうがよかったかもしれない。結果は同じだが、やはりまるで違う」

私は彼を見つめた。「そのとき、娘さんたちはいくつだった?」

「二歳と四歳だ」

「そんなに小さかったのか」私はつぶやいた。

タツはうなずいた。私と議論をすることで平静を装おうとはしなかった。「子どもを亡くすのは最大の不幸だ。それ以上の悲しみはない。長いあいだ、自殺も考えたよ。死ねば息子と再会して息子を慰め、息子を守ってやることができるかもしれないという思いと、息子に対する罪滅ぼしをしたいという思いからだ。もう一つ、自分の苦しみを終わらせたいという気持ちもあった。しかし、そんな馬鹿げた身勝手な衝動より、女房や娘たちに対する責任のほうが大きかった。それに、自分の苦しみを罰として、私の運命としてとらえるようにもなった。それでも、毎日息子のことを思い出すよ。そして毎日考える。いつかもう一度あの子に会えることがあるだろうかと」

しばらく二人とも無言だった。カウンターの向こうからコーヒー豆を挽《ひ》く音が聞こえた。

「俺たちであの男を片づけよう」私は言った。「俺一人では無理だ。お前一人でも無理だ。しかし力を合わせれば、できるだろう」

「お前はどうすればいいと思う？」

「村上はときどき道場に現れる。だがあそこで張りこむのはむずかしい。車も人もほとんど通らない静かな路地に面してるし、物陰らしい物陰はない。それに、前に行ったとき、少なくとも二人の見張りがいた」

タツはうなずいた。「知っている。部下を一人、下見に行かせた」

「お前ならそうするだろうと思ってたよ。しかし、張りこみの必要はないかもしれない。俺が行けば、誰かが村上に連絡するだろう。やってきたところを逮捕する」

タツが私の顔を見る。「お前を探し出すために友人に近づいて、その友人が用ずみになったからという理由で殺したんだとすれば、村上たちはおそらくお前の正体をもう知っているだろう」

「そのとおりだ。だから俺が道場に顔を出せば、村上に連絡が行くだろうと思う。たとえ俺の読みが間違っていて、俺の正体が知られてないとしても、村上は道場で俺と話をしたいと言っていた。とにかく、遅かれ早かれ道場に現れることは間違いない。現れたら、お前に電話するよ。選《え》り抜きの部下を連れてきてくれ。奴を逮捕するんだ」

「奴は抵抗を試みるかもしれないな」タツの声は淡々としていた。

「まあ、そうだな。ああいう男だ、激しく抵抗するだろう。おとなしくさせるには、武器の使用も正当化されるだろうな」

「ああ」

「それどころか、奴に手錠をかけたあとに別の男が現れて奴の首をへし折り、事件報告書には〝共犯者は現在も逃走中〟と記されることになるかもしれない」

タツはうなずいた。「そういう事態も大いにありえるだろうな」

「道場では一度に二時間ずつトレーニングをする」私は続けた。「その二時間のあいだ、部下をいつでも動けるようにして近くで待機させておいてくれ。俺の合図ですぐに飛びこんでこられるように」

タツはしばらく黙っていたが、やがて口を開いた。「言いにくいことだが、村上自身が現れるとはかぎらない。仕事を別の人間に下請けに出しているかもしれないぞ。その場合、お前は非常に危険な場所に無益に足を踏み入れることになる」

「いや、現れるさ」私は言った。「あの男のことならわかってる。俺が誰だか知ってるなら、自ら対決したいと考えるだろう。こっちとしては、望みをかなえてやるまでだ」

16

その晩、私は西日暮里の小さなビジネスホテルに宿泊した。部屋はあまりに殺風景で、〈ニューオータニ〉や〈帝国ホテル〉が懐かしくなったが、東京のひなびた地域にある静かな施設だった。安心して一晩を過ごすことができた。

翌朝、浅草の村上の道場に出かけた。私が行くと、先にトレーニングをしていた男たちが手を止めて一斉に深々と頭を下げた。アドニスを手際よく片づけた私への尊敬のあかし。そのあとは、さまざまなところに彼らの畏《おそ》れにも似た敬意が表れた。私より年長で、道場を長く運営している鷲尾でさえ、私に敬語を使った。山岡と村上が私について何をつかんでいるにしろ、下っ端の者たちはそれを知らされていないらしい。

タツからはグロック26を渡されていた。グロックの優秀な9ミリ拳銃のなかではもっとも銃身の短いモデルだ。警察庁の制式拳銃でないことは断言できる。銃規制の厳しい日本でタツがどうやって入手したのか知らないし、尋ねもしなかった。比較的小型で目立たない銃だったが、それにしても、トレーニング中に身に着けておくわけにはいかない。そこでスポーツバッグのなかに入れたままにしておき、バッグから目を離さないようにした。

拳銃のほかにも、村上が現れたときに連絡するための携帯電話を渡されていた。短縮ダイヤルに電話番号を登録し、いざとなったらボタンの一つを押して電話が通じるのを待ち、ただ切ればいいようにしておいた。この番号からの通話だとわかったら、タツの号令で、近くに控えている部下が道場に突入する手はずになっている。

しかし村上は現れなかった。その日も、次の日も。

私は焦れた。ホテル暮らしにうんざりしていた。しかも夜ごとに違うホテルを渡り歩く生活だ。監視カメラを心配するのにも疲れた。ハリーのことを――彼が無駄な死にかたをしたことを、最後の夜、気まずい別れかたをしたことを思い出すのも辛かった。みどりのことを考えるのも終わりにしたかった。果たして連絡は来るのか、連絡が来たとして、どんな要求をされるのか。

三日めも道場に行った。村上と行き合う可能性をできるだけ増やそうと、長い時間トレーニングを続けた。だが、村上はなかなか現れない。もう二度と姿を見せないのかとさえ思い始めた。

だが、ついにそのときが来た。床に腰を下ろしてストレッチをしているあいだに、玄関口が騒がしくなった。顔を上げると、村上がいた。黒い革ジャケットを着、顔にぴたりと沿うサングラスをかけて、似たような服装をしたボディガードを二人、いつものように連れていた。そしていつものように、村上が入ってきた瞬間に道場の雰囲気が変わった。弱い電流が流れるように、村上の存在がみなの退化した闘争‐逃走反応を刺激した。

「話、しようや」村上がそう言いながらこちらに歩いてきた。「おい、新井さんよ」

私は腰を上げた。「わかった」

ボディガードの一人が近づいてくる。私はスポーツバッグを取ろうとしたが、ボディガードのほうが早かった。バッグを持ち上げ、肩にかける。「お持ちしましょう」ボディガードが言った。

私にとっては困った事態であることは顔に出さなかった。少なくとも、銃よりはるかにかさの小さい携帯電話はポケットに入っている。私は肩をすくめて答えた。「悪いね」

村上がドアのほうに頭を傾けてみせた。「外で」

心拍数は倍に跳ね上がっていたが、冷静な声で言った。「すぐに行く。その前にちょっと小便をしてくる」

道場の奥にある便所に入った。すでに全身をアドレナリンが駆けめぐっていて、たとえもよおしていたところで小便どころではなかっただろう。だが、便所に来たのはそのためではない。

手ごろな武器を探していた。タツに電話をするのはそれからだ。誰かの目に投げつける粉石鹸、短く折って警棒代わりに使えるモップのハンドル。どんなものでも、いまの不利な状況を改善できるだろう。

便所を一渡りながめたが、何もない。石鹸は液体だった。モップがあるとしても、保管場所はここではない。

こうなる前に探しておくべきだった。馬鹿め。馬鹿め。ドアストッパーがねじ留めされていた。ドアの陰、床のすぐ上の壁に、真鍮のドアストッパーがねじ留めされていた。床に膝をついて、ひねろうとしてみた。床に近すぎて、しっかり握れない。しかも塗料がおそらく十層は塗り重ねてあり、道場の建物と同じくらい古ぼけて見えた。びくともしなかった。

「くそ」私は小声で悪態をついた。かかとで踏みつけてみてもいいが、そうすれば壁にねじ留めされた付け根から折れてしまうかもしれない。

そこで掌を当てて一方向に押し、また反対に押すことを繰り返した。上、下。左、右。揺さぶってみたものの、ゆるみは感じない。くそ、これでは時間がかかりすぎる。

両手の親指と人差し指を使ってしっかりとはさみ、反時計回りにひねった。指が滑ったと思った瞬間、違う、ドアストッパーが回ったのだとわかった。

完全に外れるまで回し、立ち上がったとき、便所のドアが開いた。ボディガードの一人だった。

ボディガードが私を見つめた。「大丈夫ですか」ドアを押さえたままで訊く。

ドアストッパーを掌に隠した。「手を洗ってたところだ。すぐに行くよ」

ボディガードはうなずいて出ていった。ドアが閉まる。私はドアストッパーを右前のポケットに押しこんだ。

もちろん、連中が私をどうにかするつもりなのかはわからない。村上は、〈ダマスク・

ローズ〉で何を話そうとしていたにしろ、そのことを話し合おうとしていただけのことかもしれなかった。だが、用心に越したことはない。大事なのは、事実を早いうちに受け入れることだ。たいがいの人々は、予測される犯罪なり待ち伏せなりそのほかの暴力行為なりが、本当に起きるとは信じたがらない。心のどこかでわかっていても、証拠を目の前に突きつけられる瞬間まで、否定を続ける。そしていざ証拠を突きつけられたときには、もはや対処できる時期は過ぎている。

私が間違いを犯すとすれば、最悪の事態を予測するという間違いだ。それならば、私の勘違いとわかったら、謝ればすむ。花を贈っておけばいい。しかし反対の間違いを犯せば、花を贈られるのは自分ということになる。

携帯電話を取り出し、短縮ダイヤルボタンを押して便所を出た。最初に気づいたのは、道場が無人になっていることだった。入口のドアと私のあいだに立っている村上とボディガード二人を残し、あとの連中は消えている。私のスポーツバッグは入口のそばの床に置いてあった。銃は見えなかった。私が不在だった短い時間に、バッグを開けてなかをあらためようとは思わなかったのだろう。

「あれ、どうした?」私は何気ない口ぶりで尋ねた。何かがひどくおかしいことには気づかず、村上が正直な答えをくれるものと信じている愚か者のようなふりをして。

「いいんだ、気にするな」村上が言い、三人が近づいてくる。「ほかの者たちには外に出てもらった。二人だけでゆっくり話せるようにな」

「そういうことか」私は携帯電話を持ち上げた。

「一本電話をかけたい」

「あとにしろ」

タッと部下たちがすぐ近くにいることを祈った。すぐそこの角を曲がったところにでもいてくれるのでなければ、用をなさないだろう。

「どうしても？」私は村上を見つめて訊き返し、電話がつながるまでの時間を稼いだ。

「ほんの一分ですむ用事なんだが」

「あとにしろ」村上が繰り返す。ボディガードが村上の両側に少し離れて陣取った。

電話に目を落とす。つながったらしい。「わかった」私は肩をすくめて言った。両手をポケットに入れた――左手で携帯電話をしまい、右手の掌にドアストッパーを握る。三人が攻撃可能な距離まで近づくのを待つつもりだった。

しかし彼らはその距離のすぐ外側で立ち止まった。私はいぶかしげな、まごついたような表情を浮かべた。〝おいおい、いったいどういうことだよ、これは〟とでも言いたげに。

村上は長いあいだ、私をねめつけていた。やがて低くうなるような声で言った。「問題が発生した」

「問題？」

「そうさ。貴様の名前は新井じゃない。レインだ」

私は怯えた目で三人を見比べ、出口を見て、また三人に視線を戻した。逃げようとしていると思わせたかった。逃げられるものなら、逃げたいところだったが。

「捕まえろ」村上が言った。

左手にいたボディガードが飛びかかってきた。私はそれを予期して、両手をすでにポケットから出してあった。ボディガードはその攻撃をブロックしようとしているように見せかけて、左腕を伸ばす。ボディガードはその餌に食らいついた。私の前腕を両手で押さえつけようとする。右側からはもう一人が近づいていた。私は左腕をくねらせて相手の左手首をつかんでおいて体を引き寄せた。ボディガードは私が自分から逃れる方向へ動くと予想していたからだろう、私が距離を詰めたことにすぐには対処できなかった。ドアストッパーはすでに私の手に握られていた。世界一たちの悪いシグネットリングのように、先端のねじが中指と人差し指のあいだから突き出していた。

つかんだ左腕越しにボディガードの首に向けて素早いジャブを出した。狙いは顎のすぐ下だ。強烈な一撃とはならなかったが、その必要はなかった。必要なのは正確さだ。私の拳は的確に狙《ねら》いをとらえた。ドアストッパーの先端が、ねじ形の注射器のように皮膚に突き刺さる。ボディガードが身を引こうとする前に、私はドアストッパーをねじりながら下へ向けて動かし、引き抜いた。ボディガードが犬のような悲鳴をあげて飛びのき、反射的に手を持ち上げて、引き裂かれた喉を押さえた。指のあいだから血が噴き出す。狙いどおり頸動脈《けいどうみゃく》に当たったのだ。

喉から恐怖に喘《あえ》ぐようなごろごろという音を漏らしながら、ボディガードはもう一方の手でも傷口を押さえつけた。しかし噴き出す血は止まらない。私は右を向いた。もう一人はたと身動きを止めていた。何が起きたのかとっさにわからない様子で、大量の血にショックを受けている。私はドアストッパーをナイフのように親指と人差し指でつまみ、ハリウッド映画のように腕を伸ばし、武器を体から大きく離して、これ見よがしに振り回した。

私が持っているのがマチェーテなどではないことに気づくと、右のボディガードは伸ばした腕というわかりやすいターゲットをつかもうとした。私はわざと手首を握らせておいて、振り払おうとしているかのように腕を引いた。ボディガードはそれを察知して逆方向に足を踏ん張った。前の膝が伸びる。目と意識は武器に集中していた。互いに反対向きに引く力を利用して、私は右足を床から持ち上げると、ボディガードの前の膝を蹴りつけた。ボディガードは最後の瞬間にそのことに気づき、体をひねって避けようとしたものの、狙われた足に体重をかけていたために動けなかった。私が蹴り出した足がまともに膝に当たり、ボディガードは金切り声とともに床にくずおれた。

村上はこのときもまだ私とドアのあいだに立っていた。倒れた二人の男を冷静な目で見ている。一人はわめきながら仰向けに体をくねらせ、もう一人は田舎芝居の苦悶の表現のように床に座りこんで血のほとばしる喉を両手でしっかりと押さえていた。ややあって、村上が目を上げた。微笑む。白い義歯がのぞいた。

「あんた、本当に強いな。そうは見えないが、強い」

「お友だちには医者が必要だぞ」私は弾む息の合間に言った。「適切な処置を受けないと、五分としないうちに失血死することになる」

村上は肩をすくめた。「こんなことになってもまだこいつをボディガードに使う馬鹿がいるか。放っておけば死ぬとわかってなければ、俺が自分で殺しているところだ」

うずくまったボディガードは全身を血で濡らしながら、うつろな目で村上を見上げていた。口が開き、閉じたが、声は出なかった。次の瞬間、脇腹を下にして、音もなく床に転がった。

村上はボディガードを見下ろしていたが、やがて私に目を戻した。また肩をすくめる。

「どうやら、あんたが手間を省いてくれたようだな」

早くしろ、タツ。いったい何をやってるんだ?

村上はジャケットのジッパーを下ろすと、軽く一歩うしろに下がってからジャケットを脱いだ。もう少し近くに留まってくれていたら、ジャケットが肘まで下りたところで私は飛びかかっていただろう。村上もそのことを知っている。

村上はドアストッパーと、それを握る私の血だらけの手を見やった。「武器を使うか」

村上は死人のように抑揚のない声で言った。「いいだろう」

村上が尻ポケットに手を入れ、折り畳みナイフを取り出した。柄についた小さなボタンを押すと、刃が飛び出した。その素早いセミオートの開きかたから、カーショー・モデルだとわかった。高品質の、持ち歩いていても咎められることのない飛び出しナイフだ。黒い刃には窒化チタンコーティングが施されており、刃渡りはおよそ九センチ。くそ。

過去の不愉快な経験から言えば、ナイフを持った相手と丸腰で闘う場合、基本的には四つの選択肢がある。もっともいいのは、それが可能であれば、ただ逃げることだ。次にいいのは、攻撃が始まるのを妨げる何らかの行動を取ることだろう。三番めは、相手との距離をあけて、より長い武器を探す余裕を生むことだ。そして最後の選択肢は、致命的な切り傷を負わないことを天に祈りつつ、がむしゃらに向かっていくことだ。

どれだけトレーニングを積んでいようと変わらない。現実的な選択肢はいま挙げた四つしかなく、しかもおそらくは最初の一つを別として、ほかの三つはあまり有効ではない。ナイフを持った相手に丸腰で挑むテクニックなど、幻想に過ぎない。そんなものを他人に教えようとするのは、生きたナイフを手に決然と向かってくる敵と対峙《たいじ》したことのない人々だけだ。

私のタフガイぶった日々は少なくとも二十年前に過ぎている。事情が許せば、向きを変えて喜び勇んで逃げていただろう。しかし道場という閉鎖的な空間で、私より年齢の若い、そしておそらくは身のこなしの速い敵が私と出口のあいだに立ちはだかっているのでは、逃げるのは選択肢の一つとさえ言えず、ナイフを相手に無傷で生き延びられる確率はそもそも憂鬱なほど低いのに、この条件ではゼロに等しかった。

私はスポーツバッグにちらりと目をやった。そこまでの距離はざっと十メートル。村上のナイフが私の体に突き立てられる前にバッグに近づいて銃を取り出せるとは期待しないほうがいい。

村上がにやりと笑った。むき出された義歯は、大きく開いた猛禽《もうきん》のくちばしのようだった。「武器を捨てろ。そうしたら俺も武器を捨てる」

こいつは本当にいかれている。村上と闘うことに興味はなかった。いますぐ殺すか、とりあえずこの場は逃げて別の好機を待つか。関心があるのはその二つだ。しかし、ひょっとしたらうまく乗り切れるかもしれない。

「何がどうなってるのか教えてもらいたいな」私は言った。

「武器を捨てれば、俺も武器を捨てる」村上は繰り返した。

誰が捨てるものか。道場の奥にウェイトが一そろいあることは知っていた。奴に追いつかれずにそこまで行けるかもしれない。バーに取りつけられていないウェイトがあれば、それを飛び道具として使って村上の足を止め、銃を手にする隙を作り出せるだろう。相手は犬と闘う反射神経の持ち主だ。成功の見込みが豊かにあるとは言いがたいが、ほかに戦略を思いつかない。

「そっちが先だ」私は言った。

「そうか、なら武器を使って闘おう」村上は言い、こちらに近づき始めた。ただしゆっくりと、自分のペースで。

私はウェイトのある場所に駆けだそうと身構えた。

そのとき、玄関のドアに有無を言わさぬノックの音がし、「警察だ！」というハンドマイク越しの怒鳴り声が聞こえた。村上は顔をそちらに向けた。だが目は私から離さなかった。その反応から、村上がノックの音にぎくりとしたこと、誰かが来るとは思っていなかったことがわかった。

もう一度聞こえた。拳が鉄扉を叩く音。続いて――「警察だ！　開けろ！」

タツだ。

長い一瞬、私たちの目が合った。奴が何をするかはすでにわかっていた。頭はどうかしているかもしれないが、村上の生存本能は強い。そういう人間は刻一刻と変化する状況を絶えず頭のなかで検討し直す。そして、検討の結果を軽視しない。

村上はナイフを振った。「次の機会に持ち越しだ」そう言い置いて道場の奥へと走っていく。

私はスポーツバッグのほうへ走った。しかしバッグを手にしたときには、村上はすでに更衣室に飛びこみ、叩きつけるようにしてドアを閉めていた。一人で奴を追うのは危険だ。タツの応援を待ったほうがいい。

私は今度は玄関へと走った。鉄扉には、ばね留め式の水平な閂《かんぬき》がかけられていた。外しかたがわかるまでに数秒かかった。中央の仕掛けが動かない。こっちだ、このラッチだ――これを先に押すんだ。私はラッチを押し、回した。閂が外れた。

肩でドアを押した。タツともう一人が反対側に立っていた。二人とも銃を抜いている。

「奥だ」私は頭を更衣室のほうに傾けて言った。「裏口があるかもしれない。奴はナイフを持っている」

「部下を一人裏に回らせてある」タツはそういって相棒にうなずくと、道場に入ってきた。私は二人のあとに続いて奥へ向かった。

タツと部下は、床に男が二人転がっていることに気づいたようだが、その二人が逃げる心配はないと判断したのだろう、さらに奥へと進んでいく。タツの部下が便所のドアのほうを向いた。「そっちじゃない」私は引き止めた。「あっちだ。更衣室だ。奥に裏口があるが、まだ奴はなかにいるかもしれない」

二人はドアの両側に分かれ、的を小さくするためにしゃがんで、銃を体に引きつけて腰のあたりに構える〝第三の目〟姿勢を取った。戦術経験が深い証拠だった。タツがうなずき、ノブの側にいた部下が手を伸ばしてドアを押した。内側へと開いていくドアを、タツの目と銃口が追う。

タツがまたうなずくのを合図に、二人は更衣室に踏みこんだ。タツが先を行く。更衣室は無人だった。外へ出るドアは閉じていたが、差し錠は外され、前に見たコンビネーション錠は消えていた。

「そこだ。そこから出たんだ」裏に回ったというタツのもう一人の部下のことを考えた。その部下と村上は、同じ道筋を互いに反対からたどったはずだ。

二人がまたドアの両側に位置を取り、外に出た。私はあとに続いた。建物の裏には小さな中庭があった。ゴミ容器、空き箱、放置された建設機器などがひしめき合っている。錆《さび》の浮いたエアコンがコードとホースをだらしなく垂らして、横倒しに転がっている。反対側には、冷蔵庫の残骸がトタン板の塀に寄りかかっていた。扉はなく、棚板が二つ、腹を裂かれた動物の内臓のようにはみ出していた。

中庭から路地が延びている。その路地で、タツの部下が見つかった。

部下は仰向けに倒れていた。目をうつろに開き、片手は彼の役には立たなかった銃をまだ握っている。村上は彼を切り裂いて逃げたらしい。周囲の地面は血の海だった。

「ちくしょう」タツがつぶやいた。膝をついて、部下が死んでいることを確かめる。それから携帯電話を取り出して話し始めた。もう一人の部下が路地の様子を確かめに行く。

遺体には防御創がなかった。手にも手首にも切り傷がない。身を守るために発砲するどころか、腕を上げる暇もなかったのだ。気の毒に。銃を過信していたのかもしれない。よくある過ちだ。条件によっては――狭い路地もその一つだ――ナイフは弾丸に勝つ。

タツが立ち上がって私を見た。声の調子は穏やかだったが、その目の奥では静かな怒りが燃えていた。

「村上だな」タツが訊いた。

私はうなずいた。

「なかに転がっている二人は、村上の手下か」

私はまたうなずいた。

「建物の前に大型のベンツが停まっていた。奴はそれで来ただろうし、帰りもそれに乗っていくつもりだったろう。だがこうなった以上は、タクシーや公共交通機関に頼らざるをえない。あの様子を見れば」——殺された部下に顎をしゃくる——「かなりの返り血を浴びているはずだ。まもなく応援が来て周辺地域の捜索を開始する。うまくいけば、目撃情報が得られる」

「当てにしないほうがいい」私は言った。

タツの鼻の穴がふくらんだ。「なかで見た二人のうちの片方は、尋問に答えられそうだった。それも役に立つ」

「お前が来たとき、正面に誰かいなかったか」私は尋ねた。「村上は、お前が来る直前になかにいた全員を追い出した」

「ああ、何人かいたな」タツが答えた。「私たちを見て逃げていった。すぐには尋問できないだろう」

「部下のことは気の毒だった」私は言った。ほかに何と言っていいかわからなかった。

タツはゆっくりとうなずいた。一瞬、目尻や口の端が力なく下がったように見えた。

「藤森という名前だった。善良な人間だったよ。能力があって、理想家肌で。今日のうちに、未亡人に事情を伝えに行かなくてはいけないな」

タツは気を取り直したように背筋を伸ばした。「何があったか手短に話してくれ。そのあと、応援が来る前にお前は立ち去るんだ」

私は経緯を説明した。タツは無言で聞いていた。話が終わると、私の顔を見て言った。

「今夜七時に原宿の喫茶店〈クリスティー〉で会おう。このまま消えるなよ。またお前を捜させないでくれ」

〈クリスティー〉なら知っていた。東京に住んでいたころ、何度も行ったことがある。

「行くよ」私は答えた。

「銃はどこだ？」

「なかだ。玄関の脇のスポーツバッグのなか。取りに戻りたいな」

タツは首を振った。「あの銃の行方を今日訊かれた。説明しなければ問題になる。お前には別の銃を渡せると思う」

「頼むよ」私はカーショーを抜いたときの村上の自信に満ちた態度を思い出していた。

タツはうなずき、倒れた部下を見下ろした。顎に力がこもり、またゆるんだ。それからつぶやくように言った。「奴を捕まえたら、同じ目に遭わせてやる」

17

言問通りに出てタクシーを拾った。たったいまの道場の事件で、村上の手下たちは組織立った機能を一時的に失っているだろうが、私が浅草にいることを知られてしまった。地下鉄駅を使えば待ち伏せに遭う可能性が高い。

タツとの待ち合わせまでにはまだ六時間以上ある。どこにも行く当てがなく、することもないというふわふわと浮かぶような奇妙な心持ちにいらだちがわきあがり始めていた。〝心的外傷後過度性欲障害〟とでも命名すべきものに襲われて、ナオミに電話をかけようかという考えが浮かんだ。この時間なら家にいるだろう。ちょうど起き出したころかもしれない。しかし村上に追われているいま、ほんのわずかでも見張られている恐れのある場所には行きたくなかった。

ポケットベルが振動した。確かめると、知らない電話番号が表示されていた。公衆電話からその番号にかけた。一度めの呼び出し音で相手が出た。

「僕が誰かわかりますね」男の声が英語で訊いた。

声に聞き覚えがあった。カネザキだ。私の最新のＣＩＡの友人。

「お願いします。とにかくこのまま話を聞いてください」カネザキが続けた。「切らないで」

「この番号をどこで知った？」私は尋ねた。

「通話記録からです――ご友人のマンションの近くの公衆電話の通話を調べました。でも、ご友人の身に起きたことと僕は関係ありません。僕も少し前に聞いたばかりで。だからこうして電話したんです」

私は考えた。公衆電話から発信された電話の記録を入手する手段がカネザキにあったとすれば、私のポケベルの番号に当たりをつけることはおそらくできただろう。ハリーはいつも、マンション近くの公衆電話のいずれかから私のポケベルにかけたあと、すぐにマンションに戻って私の電話を待っていた。通話記録さえ手に入れれば、パターンが浮かび上がったはずだ――近隣の公衆電話からかけられた共通の番号。複数の候補があったとしても――おそらくあっただろう――端から電話をかけて候補を一つずつ外していけばいい。ハリーと私は、その可能性を考慮するべきだったのだろう。だが、大した問題ではない。カネザキのように誰かが私の番号を手に入れたところで、ポケベルの番号以上のことは何もわからない。

「それで」私は先を促した。

「お会いしたいんです。お互いに役に立てると思うので」

「へえ、そうか？」

「ええ。あの、これは僕にとっては非常に危険なことです。だって、あなたはご友人の身に起きたことに僕が関わってると思っていて、復讐を考えてるかもしれない」

「そのとおりかもしれないぞ」

「ですから、その、どのみちあなたは僕を探すことになるでしょう。だから思ったんです。この先一生、あなたが背後から忍び寄ってくるんじゃないかとびくびくしながら暮らすより、実際には何が起きたか、僕なりの考えを説明させてもらったほうがいいだろうと」

「で、お前の提案は?」

「お会いしたいんです。公共の場であれば、どこでも行きます。話を聞いてもらえれば、納得していただけると思いますよ。でも、あなたは僕の話を聞く前に何かしようとするかもしれない。前回会ったときみたいに」

私は考えをめぐらせた。これが罠だとしたら、連中が私を捕らえる方法は二種類ある。一つはカネザキを見張り、私が待ち合わせ場所に現れた瞬間に行動する。もう一つは、ホルツァーが会いたいと言って誘い出しておいて私を捕らえようとしたのと同じように、何らかの無線機器を使って遠くからカネザキの動きを追うことだ。

二つめの方法を使う確率のほうが高いだろう。カネザキのチームが視覚的に彼を追う必要がなければ、私に見つかる恐れも低いからだ。しかしハリーの探知器を使えば、その可能性は排除できる。彼らが一つめの手法を採用した場合には、カネザキをどこか人気《ひとけ》のない場所に連れていく必要がある。

「いまどこだ？」私は訊いた。

「虎ノ門です。大使館の近く」

「〈日本刀剣〉は知ってるか。虎ノ門三丁目の骨董の刀剣を扱う店だ。駅の近くにある」

「知ってます」

「そこに行け。三十分後に会おう」

「わかりました」

私は電話を切った。あの店の品物をながめるのは楽しいひとときだが、いまから実際に行くつもりはなかった。カネザキたちにあの店の周囲を張りこむ準備をさせておいて、その間にもっと安全な別の場所に移動するつもりだった。

タクシーと電車を乗り継ぎ、皇居の和田倉門に向かった。和田倉門は、群がる観光客、ずらりと並んだ監視カメラ、城のなかの要人を警護する警官隊。誰かを射殺するには非常に不便な場所だ――カネザキとお仲間の狙いがそれだとしても。私がすでに周辺を固めたあとにカネザキを和田倉門に来させれば、監視チームがいるなら、彼らは短時間のうちに動かなければならず、私としては敵を見つけやすくなる。

和田倉門に着いてから、タツの携帯電話を使ってカネザキに連絡した。「予定変更だ」

短い間があった。「わかりました」

「皇居の和田倉門に来い。東京駅の真向かいだ。いますぐだぞ。門の前で待ってる。東京駅側から近づいてくるんだ。一人だとわかるようにな」

「十分で行きます」

電話を切った。

東京駅から皇居に至る大通りと交差する日比谷通りに出て、タクシーをつかまえた。乗りこみ、運転手には、まもなく友だちが来るからこのまま待ってくれと頼んだ。運転手はメーターを倒した。私たちは沈黙のなかで待った。

十分後、カネザキが私の指示したとおり東京駅から近づいてくるのが見えた。きょろきょろしているが、タクシーのなかの私には気づかない。

私はウィンドウを少し開けた。「カネザキ」私の前を通り過ぎようとしたところで声をかける。カネザキはぎくりとして私を見た。「乗れ」

運転手が自動ドアを開けた。カネザキはためらった――タクシーは、彼の思い描いていた〝公共の場所〟ではないだろう。しかし意を決したらしく、私の隣に乗りこんだ。ドアが閉まり、車は走りだした。

運転手には秋葉原の方角に向かうよう頼んだ。背後に目を光らせたが、異常の気配はなかった。カネザキのあとを追いかけようとあわてふためいている人物はいない。どうやら本当に一人で来たらしい。

手を伸ばしてカネザキの服を上から軽く叩いて身体検査をした。携帯電話、鍵束、新品の財布。それだけだった。ハリーの探知器はおとなしくしていた。

運転手に頼んで、尾行をむずかしくするために裏道を使ってもらった。お茶の水駅の近くでタクシーを降り、そこから電車を何度も乗り換え、徒歩で移動して、尾行者がいないことを確かめた。

終点は山手線の北端に当たる大塚だった。大塚はいくらか怪しげな雰囲気はあるものの、気取らない街だ。マッサージ店やラブホテルがこれでもかと並んでいる。そこで暮らし、働いている地元住民のほかには、大衆向けの性産業を目当てにした年配の男性が多く見られる。白人とはめったにすれ違わない。監視チームがいるとしても、CIAの白人から成っているなら、大塚では接近がむずかしいはずだ。

駅の向かいの〈ロイヤルホスト〉の階段を上った。店内を見回す。夕方の外出を楽しんでいる家族連れがほとんどだった。自宅で過ごすのがいやなのだろう、疲れた顔をしたサラリーマンも何人か見える。場違いな客はいない。

角の席に座った。そこからなら、下の通りの様子がよく見える。

私はカネザキを見つめた。「で？」

カネザキは両手をこすり合わせ、周囲を見回した。「やれやれ、こんなことをしてるのを見つかったら……」

「前口上は省け」私はさえぎった。「要点だけを話せ」

「第一に、あなたの友人の件に僕が関わってると思わないでください」カネザキは言った。「第二に、相談がある」

「聞こうか」

「まず……僕は……僕はどうやらはめられたらしい」

「俺の友人のこととどう関係がある？」

「初めから説明させてくださいよ。そうしたらわかる」

私はうなずいた。「いいだろう」

カネザキは唇をなめた。「前にうちの計画の話をしましたね？　クレパスキュラー計画です」

ウェイトレスが近づいてきた。私はふいに空腹を感じた。メニューを確かめもせず、ローストビーフのサンドイッチと今日のスープを頼んだ。カネザキはコーヒーを注文した。

「そのことなら覚えてる」私は答えた。

「クレパスキュラー計画は正式には半年前に中止されてます」

「で？」

「しかし、現実にはまだ続いてます。予算は打ち切られてるのに、いまも僕が担当してるんですよ。中止になったことを誰も僕に言ってこない。不思議です。だいいち、資金はどこから出てるんです？」

「ちょっと待て」私は言った。「そう先を急ぐな。お前はどうしてそのことを知った？」

「二、三日前、僕の直属の上司に当たる東京支局長が、計画の資金提供先から集めた領収書をすべて見せろと言いだしました」

「ビドルか」

カネザキは私を見つめた。「そうです。知り合いですか」

「名前は聞いてる。領収書のことを話せ」

「CIAの方針なんです。金を渡したら、受取人に領収書にサインしてもらうんです。領収書がないと、担当官は経費を私用に使い放題になってしまいますからね」

「要するに……裏金の領収書を取ってたということか？」

「ええ、そういう方針で」カネザキは繰り返した。

「相手は進んでサインするのか」

カネザキは肩をすくめた。「いつもとはかぎりません。最初は渋りますね。そこをどうやって納得させるか、僕らは研修を受けてるんです。第一回めの支払いでは領収書の話は持ち出しません。二回めに、アメリカ政府の新しい方針で、資金の受領者がきちんと全額を受け取ったことを確認するために領収書をもらうことになったと説明します。それでも相手がためらったら、まあいい、自分が責任を取る、何とか領収書なしで認めてもらえないかかけあってみると言います。五度めともなれば、相手はすっかり金の中毒になっています。そこで、領収書をもらわないことで上司に責められてる、書類にサインしないなら、その資金提供先を切れと命じられたと話すんです。そして領収書を差し出し、でたらめでもいいから何か書いてくれと言う。最初のサインは解読不明です。でも、そのうちまともに読めるサインになる」

CIA恐るべしだ。「いいだろう。で、ビドルが領収書を見せろと言った」

「そうです。それで全部提出しましたが、どうも妙な気がして」

「どうして？」

カネザキは首のうしろをこすった。「計画を開始した当時は、領収書はすべて僕が責任を持って保管しておくよう指示されていました。なのに、なぜ急に出せと言いだしたのか気になって。手続き上のことだと言ってましたが。それでラングリーの本部の知り合い数人に問い合わせてみたんです――もちろん、遠回しにですけどね。すると、この機密レベルの計画では、書類を提出しろと言われるのは、現場担当官が不正をしているという正式の告発状がCIAの内部監査官宛てに出された場合だけだとわかりました」

「今回、申し立てが出されていないとどうしてわかる？」

カネザキの頬が上気した。「まず第一に、理由がないからですよ。僕は不正なんか一度もしてません。第二に、正式な告発状が出されてるとしたら、規則に従って、支局長が弁護士の同席のもとで僕から事情を聞くはずだからです。経費の使いこみは重大な罪ですからね」

「まあいいだろう。お前はビドルに領収書を提出したが、どうも納得がいかない」

「そうです。それでクレパスキュラー計画に関する電信記録を調べてみたんです。電信には通し番号がついてるんですが、抜けてる番号があることがわかった。番号順に見てみようと思いつかなかったら、見落としてたでしょうね。ふつうはそういうことには気づきませんよ。ファイルを電信番号で検索しようとする人はいません。あまりにも手間だし、番号そのものには意味はありませんからね。それで、ラングリー本部の東アジア局の知り合いに電話して、抜けていた電信を読み上げてもらったんです。すると、クレパスキュラー計画の中止を通告するものだとわかりました。予算はほかへ回されるから、計画は即時中止すべしという内容だったんです」

「東京にいる誰かがお前に計画の中止を知られまいとして、問題の電信を抜き取った。お前はそう考えてるわけだな？」

「そうです」カネザキはうなずいた。

ウェイトレスが注文の品をテーブルに運んできた。私はサンドイッチにかぶりついた。カネザキの舌は滑らかになっている。私としてはもっと聞きたかった。じきにハリーの件にたどりつくだろう。

「クレパスキュラー計画のことをもう少し教えてくれ」私はサンドイッチをかじる合間に言った。

「たとえばどんなことです？」

「いつ始まったとか。お前がどうやってその計画を知ったのかとか」

「そのことならもう話しましたよ。一年半前、東京支局が改革を支援し、障害を取り除く行動計画を課されたと聞きました。そのコードネームがクレパスキュラーでした」

一年半前か。ほほう。「お前を責任者に任命したのは誰だった？」時系列を考えれば答えはおおよそ予想がついたが、それでも一応尋ねた。

「前支局長ですよ。ウィリアム・ホルツァー」

ホルツァーね。私は思った。彼の善き行ないはいまも生き続ける、か。

「前支局長は計画をどう説明した？　詳しく話してくれ」

カネザキの目が左に動いた。話を作るのではなく記憶をたどろうとしているときの、神経言語学的な反応だ。もし逆に動いていたら、嘘をついていると判断するところだろう。

「クレパスキュラー計画は支局単位の機密で、それを僕に任せたいと」

「お前の役割は、具体的に言うと？」

「資金提供先の開拓と、実際の資金提供、計画全体の管理」

「なぜお前が選ばれた？」

カネザキは肩をすくめた。「さあ、それは訊きませんでした」

私は笑いを噛み殺した。「前支局長は、お前は若くて経験も浅いが天性の才能があると見抜いて、重要な計画を一任してくれたんだとでも思ったか」

カネザキが頬を赤らめた。「そんなところです」

私は一瞬目を閉じて首を振った。「なあ、カネザキ、〝生《い》け贄《にえ》〟とか〝スケープゴート〟とかいう言葉の意味は知ってるか？」

頬がいっそう赤くなる。「あなたが思ってるほど僕は馬鹿じゃない」

「で、ほかには？」

「ホルツァーは、改革の支援という任務には、アメリカ政府の意に沿った改革計画を掲げる少数の政治家に現金を渡すことも含まれると言われました。日本の政界で力をつけるには、多額の資金が必要だというのがその根拠でした。資金がなくては議員を続けられない。だから長い年月のあいだに、現金を受け取って堕落するか、それを拒んで淘汰されるかのいずれかだと。我々は別の資金源を用意することで、その等式を変えるのだと言っていました」

「領収書と引き換えの資金か」

「それが方針です、ええ。さっき話しましたね」

「資金提供を受けた政治家が領収書にサインするとき、紙に触れるわけだろう?」

カネザキは肩をすくめた。「ええ、もちろん」

連中はなぜ大学を出たての新米を雇おうと思うのだろう。「CIAから資金を受け取ったことを証明するサイン付き、指紋付きの書類をどんなことに利用できるか考えてみたことはあるか」

カネザキが首を振る。「あなたが考えてるようなことじゃない。CIAは恐喝などしませんよ」

私は笑った。

「いいですか、利用しないのは我々が善良だからだと言ってるんじゃありません」カネザキは、ほとんど喜劇じみた真剣な顔つきで続けた。「利用価値がないことがすでに実証ずみだからですよ。短期の協力は引き出せるかもしれませんが、長期的に見ると、有効な支配手段とは言えない」

私は彼を見つめた。「お前、CIAとは長期的視野に立った組織だと思ってるのか」

「ええ、我々はそう努力しています」

「じゃあ訊くが、お前には横領の嫌疑がかけられていなくて、しかもCIAは恐喝とは無縁なんだとしたら、ビドルはお前に出させた領収書を使っていったい何をしようとしてるんだろうな？」

カネザキは目を伏せた。「わかりません」

「で、俺に何をしろと言うんだ？」

「それがまた奇妙なところで」

私は眉を吊り上げた。

「規則では、現場担当官は情報提供者などと会うたびに、誰と、いつ、どこで会うのか、詳細を書いた書類をあらかじめ提出することになっています。万一何かあったとき、ほかの現場担当官が参照できるようにするためです。支局長から領収書を出すように言われたあと、実際にはそんな予定はないんですが、今夜、資金提供先と会う予定があると書いて提出しました。場所は空欄にしたままで」

「ところが、その点を問いただされた」

「そうです。そこが不可解なところなんですよ。資金提供先と会う前に関心を持たれるのは奇妙です。そもそも面会後に何かあったときのための書類ですから。いや、それどころか、二回に一回は、実際に会ったあとに提出するのがふつうになってるくらいです。面倒なだけですからね。この書類に関してとやかく言われたことはありませんし」

「お前はどう思う?」

「誰かが僕と資金提供先の面会を監視してるんじゃないかと」

「何のために?」

「さあ、その……わかりません」

「そうか、じゃあ、俺には力になってやれそうもないな」

「ああ、待って、言いますよ。クレパスキュラー計画が中止されて以来、僕が単独で計画を遂行してるという証拠を誰かが集めようとしてるのかもしれない。そのことが明るみに出たとき、証拠があれば、ビドルであれ誰であれ、僕に責任を押しつけられますからね」

カネザキは私の顔を見つめた。「スケープゴートとして」

ふむ、この若造は思ったほど世間知らずではないのかもしれないぞ。「俺に何をしてほしいのか、まだよくわからないが」

「今夜、対監視活動をお願いしたいんです。そのうえでお考えを聞かせてください」

私は彼を見つめた。「そいつは光栄だな。しかし、CIAの内部監査官に相談したほうが話が早いんじゃないのか」

「何を根拠に? 僕の疑念ですか? それに、聞いた話では、監査官と東京支局長はイェール大学の同窓生なんですよ。だいいち、クレパスキュラー計画は半年前に中止されてる。

その時点から、事実上違法な活動になったわけです。ところがその間ずっと、僕は活動を続けてきた。しかるべき手続きを踏む前に、何がどうなってるのか調べるのが先ですよ」

私はしばらく黙って考えた。それから言った。「俺の報酬は何だ？」

「ご友人の件で知ってることを話します」

私はうなずいた。「それが納得のいく価値のある情報なら、力を貸してやってもいい」

「あの、裏切ったりしませんよね？」

私はまた彼を見つめた。「それはお前が引き受けるリスクだ」

カネザキは子どものように唇を尖らせた。自分は無理のない頼み事をしたのに、まじめに受け取ってもらえなくて傷ついたとでもいうように。

「わかりました」しばしの間のあと、カネザキは言った。「この前、お話ししましたね。深澤春与志があなたの知人であるとCIAが知ったのは、川村みどり宛ての手紙を見たからです。手紙から得られた情報は、珍しい漢字の組み合わせのファーストネームと、中央区の本局の消印の二つだけでした」

それだけで、ハリーと私がつながっていることを知るには充分だ。「それで」

「その二つの小さな情報を実際に利用するには、大量の情報をふるいにかけなくてはなりませんでした。住民票、納税記録、そういったものです。消印の押された中央区の本局を中心に、同心円上に調査範囲を広げていくしかなかった。それには人手と、対象地域の知識が必要です」

私はうなずいた。話の展開が読めていた。「だから外部の人間に調査を依頼した」

「そうです。山岡という東京支局の情報提供者に」

やれやれ、それではハリーを殺せと依頼したも同然じゃないか。私は目を閉じて考えをめぐらせた。「CIAがなぜ深澤に関心を持ったか、山岡には話したのか」

カネザキは首を振った。「もちろん話してませんよ。その名前の人物の住所と勤務先を知りたいということだけしか」

「それでどうなった？」

「わかりません。山岡は、住所と勤務先を報告してきました。我々はできるかぎり密接に深澤を尾行しましたが、深澤は尾行に敏感で、いつも途中で振り切られ、あなたにたどりつくことはできずじまいだった」

「いまのところ俺の知ってる話ばかりだな。深澤の死についてはどうなんだ？」

「先日、いつものように深澤を監視するために、大使館付きの警備員を伴ってマンションに行きました。この前あなたに遭遇した一件を思えば監視続行はいい考えではないと思う、僕個人が危険にさらされるとビドルには言いましたよ。でも、ビドルは聞く耳を持ちませんでした。それはともかく、マンション周辺はいつもと様子が違っていた。何台もの警察の車、それに――マンション前の歩道には清掃員がいた。調べてみて、何があったかわかりました。報告すると、ビドルの顔から血の気が引きました」

「なぜだ？」

「これは僕の受けた印象ですが、驚くと同時に動揺しているといった顔でしたよ。驚いたのだとすれば、やったのは別の人間だということになる。あれは事故ではなかったと仮定しての話ですがね。ビドルでないなら、あなたか山岡くらいしか考えられない。しかし、あなたはこうしてその件を気にしているわけですからね、あなたと深澤が仲違いした結果ではないでしょう。そうすると、残るのは山岡一人だ」

「お前の推測どおりだとして話を進めよう。理由は？」

カネザキの喉がごくりと動いた。「わかりません。いえ、一般論で言えば、深澤の存在が何らかの脅威だったか、もはや利用価値がなくなったかのどちらかでしょうが、それ以上のことはわかりません」

「深澤が女といるところを見たことがあるか」

カネザキはうなずいた。「ええ。野原雪子と一緒にマンションに出入りするところを何度か見ました。乃木坂の〈ダマスク・ローズ〉というクラブに勤めている女です」

私はしばらく考えた。直感は、この男は嘘はついていないと告げていた。しかし確かなことがわかろうはずもない。第一、これだけのわずかな情報と引き換えに、彼のために対監視活動をすることに伴うリスクを背負う気にはならなかった。

だが、タツは関心を持つに違いない。それに、カネザキの乏しい情報を私よりも有効に活用できるかもしれない。

「このあとある人物と会うことになってる。その人物ならお前の力になれるだろう」私は言った。「俺にできないことも、その人物にならできる」

「つまり、僕の話を信じてくれたってことですか」

私はカネザキを見つめた。「それはまだ何とも言えないな」

一瞬の間があってから、カネザキが言った。「僕の財布」

私は眉を吊り上げた。

「財布はどこです？」

つい含み笑いが漏れた。「もうないよ」

「五万円も入ってたのに」

私はうなずいた。「おかげで、気に入りのレストランで美味《うま》い料理を食って、八五年のルソー・シャンベルタンを味わえたよ。だが、デザートに合わせた七〇年のヴェガ・シシリア・ウニコ分は足が出た。万が一また俺を尾行しようなんて気になったら、次からはもう少し現金を用意しておいてくれ。いいな」

カネザキは私をにらみつけた。「強盗と同じじゃないか」

「俺を尾行して、取られたのが金だけですんで幸運だったと思うんだな、小僧。ともかく、これから俺が会うことになっている男がお前の望んでるとおりの助力をしてくれるか、訊いてみようじゃないか」

カネザキを連れて、タツに指定された喫茶店〈クリスティー〉に向かった。JR原宿駅からの短い距離を歩く。店主は、東京に住んでいたころによく来た私の顔と好みの席を覚えていたのだろう、Ｌ字形をした細長い部屋の奥の、店の表側の窓からは見えないテーブルの一つに私たちを案内した。

カネザキはアッサムティーのセットを注文した。私は自分の分と、これから来る三人めの客の分のジャスミンティーを頼んだ。今日は大変な一日だった。タツのためにも私のためにも、カフェインの強くないものがいい。

タツを待つあいだ、世間話をして時間をつぶした。カネザキは驚くほど饒舌《じょうぜつ》だった。自分の置かれた状況に対する不安からだろう。「どうしていまの仕事に就いた？」私は尋ねた。

「僕は日系三世なんです。両親は日本語を話せますが、家で僕と話すときは英語を使ってました。だから日本語は、祖父母が話してるのを聞いて覚えた程度しか使えなくて。大学時代にホームステイプログラムで日本に来ました。長野県に行きましてね。すっかり気に入ってしまった。自分の根っこに初めて触れたというのかな。それ以来、日本語の授業を片端から受けて、またホームステイに来ました。四年のとき、大学でＣＩＡの新人採用官と知り合いました。日本語や中国語、韓国語、アラビア語なんかの、むずかしい言語を扱える人材を探していると聞いて、いっちょやってみるかという気になりましてね。試験を受けて、素性調査をパスして、いまに至るというわけです」

「期待どおりの仕事だったか」私は口の端に笑みを浮かべて訊いた。

「いや、期待どおりとはいきませんでしたが。でも、まあ、めげずにやってます。僕はあなたが考えてるよりもタフなのかもしれませんよ」

私は否定しなかった。最初に遭遇したとき、この若造が意外にも恐怖を顔に出さなかったこと、私がパートナーを殺すのを目撃したあともすぐに落ち着きを取り戻したことを思い出していた。

「それはともかく」カネザキが続けた。「この仕事の最大の魅力は、両方の国の利益に奉仕することができる点ですね。そこに引きつけられて、この仕事を選んだんです」

「どういう意味だ？」

「アメリカは日本の改革を望んでます。そして日本は改革を必要としてる。でも国内にはその力はありません。だから、アメリカからの外圧は双方にとって利益になる」

外圧とは〝外国からの圧力〟という意味だ。その概念に対して一語を充てている言語は、日本語以外に果たしてあるだろうか。

「理想家だな」私の口調は、内心の疑念を隠しきれていなかった。

カネザキは肩をすくめた。「そうかもしれません。でもいまは世界が一つですからね。日本の経済が沈めば、アメリカも一緒に引きずられる。だから片やアメリカの理想やアメリカの実利主義と、片や日本が必要としてるものは、すべて一致してるんですよ。僕は二国の相互の繁栄のために働けて幸運だと思っています」

この青年の十年後の想像図が頭をよぎった。選挙に出馬するカネザキ。「どちらかを選ばなければならなくなったらどうするか、考えてみたことはあるか」

カネザキは私を見つめた。「僕はアメリカ人です」

私はうなずいた。「じゃあ、アメリカが理想を実現しているかぎり、お前も安泰だな」

ウェイターが注文を運んできた。それからまもなく、タツが現れた。カネザキがいるのを見て驚いたとしても、顔には出さなかった。タツは大したポーカーフェースなのだ。

カネザキは私を見、それからタツを見た。「石倉さん」そう言って腰を上げかける。

タツが頭を下げた。

「あなたはこの人は死んだとおっしゃいましたね」カネザキは私のほうに首をかしげて言った。

タツは肩をすくめた。「あの当時は、死んだものと思っていた」

「生きてるとわかったとき、なぜ連絡をくださらなかったんです？」

若造の率直な物言いに、タツの目に面白がっているような色が浮かんだ。「連絡したらよけい大変な目に遭っていたような気がするな」

カネザキは額にしわを寄せたが、やがてうなずいた。「そうかもしれませんね」

私はカネザキを見た。「さっきの話を聞かせてやってくれ」

カネザキが説明を始めた。話を聞き終えると、タツが言った。「この一連の異例な出来事の説明としてもっとも妥当なのは、東京支局長のビドルかＣＩＡの誰かが、きみを二十一世紀のオリヴァー・ノースに仕立て上げようとしているということだろうね」

「オリヴァー・ノース？」カネザキが訊き返した。

「そうさ」タツが続けた。「イランコントラ事件だよ。レーガン政権時代、連邦議会はニカラグアのコントラへの資金提供を禁じたが、政府はこの法律を迂回すべく、イランの〝穏健派〟に武器を売り、その利益を秘密裏にコントラに流して支援していた。オリヴァー・ノース中佐は国家安全保障会議の職員で、この支援計画の日常の管理を一任されていた。支援計画がリークされると、国家安全保障会議の上層部とホワイトハウスは、批判の矛先をかわすためにノース中佐に罪をなすりつけた。自分たちの知らないところで、勝手に計画を開始し、遂行していたと言ってね」

カネザキが青ざめた。「そういうふうには考えたことがなかったな」自分の立場を確認しようとするように左右を見る。「まずい。まずいな。おっしゃるとおりですよ。イランコントラ事件みたいなことになりかねない。そもそも誰がクレパスキュラー計画なんてものを思いついたか知りませんが、誰かが中止したのは確かです。ラングリーの本部か、国家安全保障会議か、ひょっとしたら上院諜報活動特別委員会かもしれない。それなのに東京支局はまだ計画を続行してる。いや、僕が、だ。議会の権限外のどこかから出た予算を使って。まずい。まずいですよ」

カネザキの頭のなかには、最新スキャンダルを調査するために設置された連邦議会特別委員会に召喚され、一人ぽつんと証人席に座り、右手を挙げて宣誓させられている自分の姿が描かれているに違いない。磨き抜かれた木製の壇の上には議員や議会職員のしかつめらしい偽善者ぶった顔が並び、テレビカメラの熱いライトがぎらぎらと照りつける。記者に囲まれた彼の上司たちは、ちっと舌打ちをし、才能ある若いＣＩＡ職員が自分の能力を過信して、ついには不正を働いてしまったと漏らす。

タツが私のほうを向いた。「一つお前に話しておくことがある」

私は眉を吊り上げてみせた。

「川村みどりのことだ。どうしてもお前を見つけたかったんだろうな。日本の私立探偵事務所に依頼していた。そういう事務所には、警察庁を始めとする法執行機関の元職員が多い。私にも何人か知り合いがいる。川村さんはお前の友だちの住所を知っていたね。雇った探偵事務所に住所を渡していた。尾行を試みたが、お前の友人は尾行に用心していたから、どうもうまくいかなかったんだな。結局、お前の所在は突き止められなかった。だから川村さんはこの前私のオフィスに押しかけてきて、マスコミにすっぱ抜くといって脅したんだろう。お前を捜すほかの手段がどれも役に立たなかったからだよ」

彼女は父親の遺産を使ったのだろう――父親のポケットをふくらませ、彼女に嫌悪を抱かせた、腐敗の果実。皮肉を感じた。

そういえば、〈帝国ホテル〉で会ったときの彼女の態度はどこか曖昧《あいまい》だった。これでその理由がわかった。私立探偵を雇ってハリーを尾行させたことを、私には話したくなかったのだ。

「そういう私立探偵事務所のなかには」私は訊いた。「山岡の息がかかってるものもあるのか」

「ああ、もちろんだ」

「だから雪子を使ってハリーに接近させたんだな」

ようやく全体図が見え始めていた。

「CIAが指示したことではなかった——ハリーが私とつながっていることを山岡に話したのはCIAじゃない。みどりが雇った私立探偵だ。みどりは、ハリーを尾行する目的は私を捜すことだと話しただろう。その情報が山岡に伝わり、山岡は自分でも調査しようとした——私立探偵より、いや、下手をしたらCIAより徹底した調査をしようとした。雪子の仕事はハリーにぴたりと張りついて、俺の居場所を突き止めるのに役立つ情報をできるかぎり引き出すことだった」

目に見えるようだった。山岡は、おそらくは仲介者を通して、ハリーの上司に仕事の成功を〝祝う〟ためにハリーを連れ出させる。ハリーの上司は、その目的を知らない。ただハリーを連れていつどこへ行けばいいのかだけを伝えられていた。そこで雪子が待ち構えている。自分のマッキントッシュの設定がどうのという話と色目を用意して。ハリーはその餌に食いつき、げっぷ一つせずに呑みこんだ。そして雪子と彼女の雇い主をまっすぐ自分のマンションに連れ帰り、結果的に私のもとへと案内した。

「しかし、どうして殺したんでしょう？」カネザキが訊いた。

私は肩をすくめた。〝貴様の名前は新井じゃない。レインだ〟という村上のうなるような声が耳に蘇《よみがえ》った。「俺の正体と居場所を知ったからだ。ハリーにはもう利用価値がなくなったんだな。それに、そのころには雪子はハリーの特殊技能についてもいくらか知っていただろう――ハリーは以前、国家安全保障局にいたことがあるし、天才的なハッカーだ。俺の強みの一つと見ただろう。始末しておくのが一番だ」

ハリーは現実を徹底的に否定し、私が雪子は下心があって彼に近づいたのかもしれないと遠回しに言っただけで敵意をむきだしにした。私は溜め息をついた。「俺の正体がばれたのも、雪子を通じてだろうな。ハリーと彼女のことで口論をした。ハリーは友だちが――雪子のボスに最近〈ダマスク・ローズ〉に連れていかれた友だちが、これこれこんなことを言ったと彼女に話したんだろう。連中は二つの事実をつきあわせて結論を導き出した。あるいは、クラブで盗み撮りしたビデオを山岡に見せたのかもしれない。山岡は俺の顔を知ってる。まあ、経緯はこの際問題じゃない。俺の正体がわかった以上、ハリーは用ずみだ」

長い沈黙があった。やがてタツが口を開いた。「カネザキさん、きみはどうしたらいいと思う?」

カネザキは自信なさげな顔でタツを見つめた。「そうですね、もともとはCIAと関わりのない誰かに、今夜、対監視をお願いしたいと思ってました。僕が監視されているのかどうか、これは罠なのかどうか、その辺のことがわかるだろうと思って。でも、あなたには頼めない。あなたは……」

タツはにやりとした。「警察庁の人間だからね」

「そうです。国家機密を知る人物とCIAの人間が接触する現場を日本のFBIに見られたとなると、まずい」

「おい、今夜、資金提供先と会うというのは作り話じゃなかったのか。誰かがお前の資金提供先の不幸を祈っているという推測が正しいかどうか確かめるための」

「ええ、作り話です。でも書類には事実だと書きました。あなたといるところを見つかっても、結果は同じだ」

タツが肩をすくめた。「私たちが一緒にいるところを見られたら、私を情報提供者として開拓中なんだと言えばいい。CIAがここにいる私たちの友人の行方を探していたとき、きみと支局長のビドルは私に接触してきたろう。それ以来、口説いているとでも」

カネザキはタツを見つめた。「そうですね、事実、開拓中とも言えるかもしれない」

タツはな、お前がそう答えると見越して言ってるんだぞ、小僧。

「な？」タツが訊いた。「無理なこじつけではないだろう？」

ポーカーのプロの古い格言を思い出した——〝テーブルを見回してカモが見つからなかったら、お前自身がカモだ〟

しばらく誰も口をきかなかった。やがてカネザキがふうと息をついて言った。「自分がこんなことをしてるなんて信じられませんよ。刑務所行きになりかねない」

「重要な情報提供者になる可能性のある人物と会ったという理由で？　まさか」タツが言い、私は交渉成立を確信した。

「そうか」カネザキは誰かにというより、自分に向かってそうつぶやいた。「そうですよね」

昔どこかで耳にした、別の格言を思い出した――〝セールスマン相手にものを売るのがもっとも簡単だ〟

資金提供先の政治家を言いくるめて領収書にサインさせるための研修まで受けた人間がこのざまだ。カネザキは、優秀な現場担当官ならそのくらいのことは言葉巧みにやってのけるものだと自慢したも同然だった。ところがどうだ、足もとを確かめることすらせずに、あっさりと一線を踏み越えてしまったのだ。

食物連鎖を説明する図解を連想した。魚がより大きな魚に呑みこまれ、その大きな魚はさらに大きな魚に呑みこまれている。

私はカネザキの顔をちらりと見て考えた。少なくとも、タツはお前を裏切らない。どうしても裏切るしかない状況に追いこまれないかぎりは。

18

いったん解散となった。カネザキは〝面会〟に出かけていき、タツは部下に対監視を指示するために帰っていった。二時間後に〈クリスティー〉にふたたび集まることになっている。別れ際、タツに新しい銃を手配できたかと訊いた。まだという答えだった。

私は近くのハナエモリビルの地下にあるアンティークショップをのぞいた。店は閉まっていたが、ウィンドウ越しにドーム・ナンシーやエミール・ガレといった作家のアール・ヌーヴォーのカメオガラス器を鑑賞した。花瓶やタンブラーに描かれた小さな世界に、我を忘れて見入った。緑色の草原をふわりと舞うトンボ。雪の毛布に覆われてまどろんでいる風車。ガラスのエッチングのなかで優しく揺れているように錯覚するほど優美な樹々。

二度めのミーティングに備え、約束の時間にかなり余裕を持って〈クリスティー〉に戻ったが、店では待たなかった。代わりに、監視チームがいたとして、喫茶店のなかにいる人物に関心を持っていたら使うであろう場所を点検し、すべて無人であることを確認したあと、店の右側にある坂のてっぺんの暗がりに東京の害鳥カラスのように止まり、入口を見張った。まずカネザキが、次にタツが戻ってくるのを見届け、さらにしばらく待ってどちらも尾行されていないことを確かめてから、坂を下って二人に加わった。

「待ってたよ」私が入っていくと、タツが言った。「お前が来るまで話を始めたくなかった」

「悪い」私は答えた。「ちょっと足止めを食ってね」

遅れた理由はちゃんとわかっているとでもいうような顔で私を見たあと、タツはカネザキに向き直った。「きみの見せかけの面会現場周辺を二名の部下に見張らせた。現場の写真を撮ろうとしていた人物を押さえたよ」

カネザキの目が飛び出さんばかりに見開かれた。「写真、ですか？」

タツはうなずいた。

「それで？」カネザキが訊いた。

「その人物を拘引した」

「まずいな」明日の新聞の見出しを想像しているのだろう、カネザキはつぶやいた。「逮捕したんですか」

タツは首を振った。「任意同行だ」

「誰なんです、そいつは？」カネザキが訊く。

「名前はエドマンド・グレッツ」タツが答えた。「フリーランスのカメラマンとして、三年前に東京に来た。ファッションショーの撮影で食べていこうとしていたらしい。だがうまくいかず、あちこちの日本企業で英会話の講師をして生計を立てていた。そのうちに、ついに写真家としての才能を評価してくれる相手を見つけた」

「CIAですか」カネザキの顔は青ざめていた。

「そうだ。CIAお抱えのカメラマンだよ。半年前、監視や対監視を始め、さまざまな隠密技術の研修を受けている。以来、CIAから三度彼に接触があった。いずれのときも、密会の時刻と場所を知らされ、その様子を撮影するよう指示されている」

「撮影する人物の顔はどうして知ってたんです？」

「どの回にも現れるはずの日系人の写真を渡されていた」

「つまり僕の」

「そう」

私は驚きの念とともに首を振って考えた――お前は名刺の肩書きに〝スケープゴート〟とでも刷っておくべきだな。

「そのグレッツに指示を出しているのは――」

「東京支局長だ」タツが答えた。「ジェームズ・ビドル」

「領収書を出せと言ったのと同じ人物か」私は言った。

「そのとおり」

「どうせそのカメラマンは、理由は一つも説明できなかったんだろう」

タツはうなずいた。「グレッツはただの下請けにすぎない。人よりもカメラの扱いに長《た》けているというだけのね。事情は何も知らない。彼が何より心配しているのは、私たちに捕まったことが表沙汰にならずにすむかどうかだ。実入りのいい副業を失ったり、強制送還されたりすることがないかどうか」

「訊き出せたのはそれだけですか」カネザキが尋ねた。

タツは肩をすくめた。「うちの連中にしても、丁重に質問したというわけではないからね。ほかに知っていることがあれば話しているはずだ」

「撮影した写真はどうしていたんでしょう？」

カネザキは指先でテーブルを小刻みに叩いた。

「現像したものをビドルに渡していた」タツが答えた。「ビドルはその写真で何をするつもりなのかな。どうして僕にこんなことを？」

「それを確かめる方法があるかもしれない」タツが言った。

「どんな？」

タツは首を振った。「まだ話せない。その前に、目立たないように調べておきたいことがある。またすぐに連絡するよ」

カネザキはわずかに目を細めた。「なぜ僕を助けようとしてくださるんです？」

タツはカネザキを見返した。「私なりにスキャンダルを避けたい理由がいくつかあってね。たとえば、きみたちが資金を提供していた改革の政治家がこの一件で害を受けないようにしたい」

カネザキの張りつめた表情が和らいだ。怯えているのだ。味方がいると信じたいのだ。

「わかりました」

カネザキは立ち上がった。上着のポケットに手を入れ、名刺を取り出してタツに渡した。

「何かわかったらすぐに連絡してください。お願いします」

タツも立ち上がって自分の名刺を差し出した。「約束するよ」

「ありがとうございます」カネザキが言った。

タツは深々と一礼した。「こちらこそ」

カネザキは私に軽く会釈をして、去っていった。

私はカネザキが店を出ていくまで待ってから言った。「行こう」

タツは私の意図を理解した。十代のころ、パーティで喧嘩《けんか》をして勝ったことがある。私が負かした相手は帰っていき、私は英雄の気分を満喫した。ところが三十分後、相手が戻ってきた。二人の仲間を連れて。私は袋叩きにされた。いい教訓になった。会合が終わったら、さっさとその場を立ち去ることだ。誰かに裏をかかれたいという希望でもないかぎり。

井の頭通りに向かって歩いた。右手には代々木公園の静かな闇が広がっていた。

「今日はどうだった？」私は歩きながら訊いた。「部下の女房と話したんだろう。未亡人と」

タツはすぐには答えなかった。「藤森さんか」やがてそうつぶやいたが、倒れた部下のことを言っているのか、未亡人のことを言っているのか、わからなかった。「警察庁に勤めてまだ三度しかそういう会話をしたことがない。私は運がいいほうだよ」

黙って歩き続けた。しばらくして、私は尋ねた。「村上の捜索に進展はあったか」

タツは首を振った。「ない」

「尋問した男からは？」

「いまのところ何も」

「今夜なぜ俺に会いたいと言った？」

「村上の行方に関して有力な手がかりが得られたときに備えて、考えうるかぎりの人材を確保しておきたかった」

「もはや単なる仕事の一つではなくなったわけか」

「そうだ」

また黙って歩いた。「面白いものだな」私は言った。「そろそろこの業界にも退屈してきたなと考え始めると、ＣＩＡが実に意外なことをして俺を驚かせてくれる。たとえば、自分のところの現場担当官を電気椅子に座らせる必要が生じたときに備えて、その現場担当官の写真を撮るためにカメラマンを雇うとかな。新鮮な驚きだよ」

「カメラマンなどいない」タツが言った。

思わず足を止めて彼を見つめた。「何だと？」

タツは肩をすくめた。「私の作り話だ」

私は首を振ってまばたきをした。「グレッツなんて男はいないというのか」

「グレッツという人物は実在するよ。カネザキが調べようとするかもしれないからね。小物の麻薬密売人だ。前に捕まえたが釈放した。そのうち役に立つこともあるような気がしてね」

言うべき言葉が見つからなかった。「俺の知らないことがまだあるのか、タツ」

「いや、もう大したことはないよ。彼の不安は単なる被害妄想ではないとする補強証拠をカネザキに提供しただけのことさ。同時に、私を味方と思わせた」

「なぜだ？」

「自分は罪をかぶせられかけていると完全に信じてもらう必要があったからだよ。どう行動すべきか、判断できるだけの情報がまだ手もとにそろっていない。これでカネザキは抵抗なく私を頼ってくるだろう。いや、抵抗なくどころか、積極的に頼ってくるかもしれない」

「あいつは現に罪をかぶせられようとしているとお前は思うか」

タツは肩をすくめた。「さあ、どうかな。ビドルが領収書の提出を求めたというし、電信の一部が消えているともいう。怪しいね。しかし、私はCIAの組織としてのやり方をすべて理解していると言うつもりはないよ」

「ビドルがカネザキの資金提供先との密会にそこまで関心を抱くのはなぜだろう」

「わからない。ただ、写真を撮るためではないだろうね。面会の現場に部下を張りこませたが、不自然な動きは何一つなかった。カメラを持った人物がいなかったのは確かだよ」

自分の行動の二重性について、タツはやけに率直に話している。私への信頼を彼なりに表明しているということなのかもしれない。内集団と外集団。我々と彼ら。

私たちはまた歩きだした。「だとしたら、あの若造が俺に相談を持ちかけたのは幸運だったな」

「お前が私に話を持ちかけたのもね。そのことでは感謝している」

私は首を振った。「クレパスキュラー計画のことはどこまで知ってる？」

「カネザキが私たちに話した以上のことは知らないよ」

「資金を渡されていた政治家たちだが――お前はそのなかの一人と協力してるのか？　例のディスクに名前の挙がっていなかった政治家たちと」

「ああ、何人かとな」

「あれから何があった？　お前はあのディスクから、彼らが山岡のネットワークの一員ではないことを知った。そのあとのことだ」

「警告をしたよ。山岡の遣り口や、どの人物が山岡の息のかかったスパイか、私の持っている情報を伝えた。その結果、彼らは用心深く狙われにくいターゲットになった」

「その政治家たちがＣＩＡの金を受け取ってることを知っていてか」

「受け取っているとわかっている政治家もいた。かならずしも全員というわけじゃない。私の立場では、山岡の強請《ゆすり》から身を守る手助けをするのが精一杯だ。しかしカネザキの言ったことは正しいよ。日本の政界では金がものを言う。誠実な政治家が山岡の資金力に後押しされた候補者に対抗しようとすれば、どうしたって現金が必要になる。しかし私には金は調達できない」

しばらく無言で歩いた。やがてタツが口を開いた。「彼らがＣＩＡからの支払いを受けて領収書にサインするほど浅はかだったとは、正直言って私も驚いたよ。もう少し危険に敏感だろうと思っていた。私もまだまだだ。政治家というものは、ときどきびっくりするほど愚かしい行為をする。金で動かされる政治家でなくてもね。そうでなければ、山岡は政治家を掌握するのにもっと苦労していただろう」

私は少し考えてから言った。「こんなことを言って悪いが、タツ、これは時間の無駄じゃないのか」

「どうしてそう思う？」

「その政治家たちが理想を抱いてるとしても、お前の手で山岡から守られてるとしても、資金源を持ってるとしても、どうせ何の変化も起こせないだろう。日本の政治家はただのお飾りだ。ショーを運営してるのは官僚だよ」

「日本の社会制度は確かに奇妙だね」タツは言った。「国内の歴史と外国による干渉の、据わりの悪い組み合わせから成っている。お前の言うとおり、官僚は力を持っている。機能的には、侍の子孫と言っていい。あらゆる遺産を受け継いでいる」

私はうなずいた。一八六八年の明治維新後、侍は、天皇に仕えるようになった。天皇は神の子孫とされている。その天皇に仕えることは、結果として侍に大きな力を与えた。

「戦中の社会制度は、産業経済の監督を官僚にゆだねた」タツが続けた。「戦後、日本を占領したアメリカは、この制度を維持した。投票によって選ばれた政治家を通じてではなく、官僚を通じて日本を支配するためだ。そういった背景が、官僚に特別の威信と力を与えることになった」

「官僚制による日本統治は、ある種の全体主義的支配だと俺はいつも言ってきた」

「そのとおりだよ。しかしビッグ・ブラザー的独裁者がいない点が違う。どちらかと言えば、社会構造そのものがビッグ・ブラザーとして機能している」

「俺の言いたいのはそこだよ。投票で選ばれた政治家のうちほんの一握りを守ったところで、何の利益がある？」

「現状では大して得るものはないだろうね。いまの政治家たちは、主に官僚と有権者のあいだをつなぐ役割しか果たしていない。彼らの仕事は、官僚が支配するパイからできるだけ多くの取り分を選挙区に持ち帰ることだ」

「アメリカのロビイストみたいに」

「そうだ。しかし政治家は投票で選ばれる。官僚は違う。つまり選挙民は、理論上は官僚を支配している。官僚の手綱を取る権能を持った政治家を国民が選べば、官僚はその政治家に屈する。官僚の力は信望の結果であり、明らかな政治的コンセンサスに背くことはその信望を危険にさらすことに等しいからだ」

私は黙っていた。タツの言いたいことは理解できた。ただ、彼の計画はあまりにも長期的で、結局は実を結ばないのではないかと思えた。

どちらも無言のまま歩いた。しばらくするとタツが足を止めて私のほうを向いた。

「CIA東京支局長のビドルとちょっとしたおしゃべりをしてもらえないだろうか」

「いいね」私は答えた。「カネザキは、ハリーの死はビドルにとって意外なニュースだったと考えているようだが、俺としてはそこのところを確かめておきたい。問題は、どうやってビドルに近づくかだな」

「日本政府はCIA東京支局長を要人として扱っている。したがって、警察庁は彼の行動の大部分を把握している」タツはそういって上着のポケットに手を入れると、写真を取り出した。四十代なかばの白人が写っていた。細面《ほそおもて》に細い鼻。生え際が後退しかけた、短く刈りこまれた砂色の髪。鼈甲縁《べっこうぶち》の眼鏡の奥の目の色は、青だった。

「ミスター・ビドルは、平日はいつも原宿の〈ジャルダン・ド・ルセーヌ〉でアフタヌーンティーをお楽しみでね。ブラームスの小径の二号館だ」

「日課が決まってるのか」

「どうやらミスター・ビドルは、規則正しい生活は心の健康のためになると信じているようだよ」

「確かに、心の健康のためにはいいかもしれないな」私は考えながら言った。「しかし、肉体にとっては災難を招きかねない」

タツはうなずいた。「さっそく明日にでもお茶につきあったらどうだ？」

私はタツを見返した。「そうだな、考えてみよう」

タツと別れたあと、長い時間、一人で歩いた。村上のことを考えた。連結点を探そうとした。村上の液体のような存在と、その周囲のもっとしっかりと形を持つ世界の交差点。多くは見つからなかった。道場、〈ダマスク・ローズ〉、それにたぶん雪子。しかし、当面は――ここしばらくは、そういったものに近づこうとはしないだろう。私なら近づかない。また、向こうも私について同じゲームをしているだろう。村上の観点からは、利用できそうな連結点がほとんど見つからないだろうことに満足を覚えた。

それでも、タツのグロックをあのまま持っていられたらよかったのにと思わずにはいられなかった。ふだんなら、わかりやすい武器を持って歩くのは好まない。銃は音が大きいし、条痕《じょうこん》検査によって、現場に残してきた弾丸と現に所持している武器とを結びつけられる恐れがある。それに日本で火器を持っているところを見つかるのは、刑務所行きの切符を手渡されるに等しい。ナイフも似たようなものだ。ナイフを使えば、自分も派手に汚れることになる。どんな国でもまともな警察官なら、どんなに小型のものであれナイフを隠し持った人間を捕らえれば、ふつう以上の注意を要する危険人物として扱うだろう。しかし村上は行方知れずで、しかも私を狙っている。武器を隠し持つことのリスクと利点のバランスは、いくぶん変化していた。

私が膝をへし折った男から、タツは何か有益な情報を引き出せるだろうか。おそらく無理だろう。村上はタツがその角度から捜査することを予期しているに違いない。捕まった男が圧力に屈して漏らすかもしれない内容を考慮して、自らの行動パターンを変えるだろう。

雪子は参考になる情報を持っているかもしれない。村上はそのルートも予測しているだろうが、探ってみて損はない。何と言ってもハリーがあんな目に遭わされたのだ。私の雪子に対する関心は、彼女のボスに対する関心とは別個のものになっていた。

私は頭のなかに彼女を思い描いた。長い髪。超然とした自信。ハリーの一件のあとだ、身辺を警戒しているかもしれない。村上から用心するようにと警告されていることも考えられる。しかし鉄壁のターゲットではない。近づくことは可能だろう。その手段にも心当たりがあった。

必要なものを手に入れるために、新宿のスパイ用品店に出かけた。その店の品ぞろえをながめると、空恐ろしくなる。ピンホールカメラに電話の盗聴器。テーザー銃に催涙ガス。ダイヤモンドビットのドリルにピッキング道具。もちろんすべて〝研究用途〟に限って販売されている。私はシークレットサービスが持つような、縮めるとわずか長さ二十二センチになるが、手首の返し一つで六十六センチまで伸びるASP社製の黒い鋼鉄の警棒を買った。

次の行き先はアウトドア用品店だった。ここでは強度三十ポンドテストの対衝撃性モノフィラメントの釣り糸一巻き、白いスポーツ用テープ、手袋、ウールの帽子、長袖長ズボンの下着、キャンバス地のバッグを購入した。三番めに立ち寄ったのはドラッグストアで、安物のコロン、ハンドタオル、煙草一箱とマッチを買った。次は同じ新宿の〈GAP〉で地味な服を一組そろえた。それから手品用品店でぼさぼさのかつらと黄色い入れ歯を、最後に包装用品店に寄って二十五メートル巻きの透明な荷造りテープを買った。〝どうぞ新宿へ――お買い物のご要望にかならずお応えいたします〟そんな広告の文句が頭に思い浮かんだ。

別のビジネスホテルに宿を取った。今度は上野だ。腕時計のアラームを真夜中にセットして一眠りした。

アラームに起こされると、長袖長ズボンの下着の上に服を着、警棒を手首に沿わせて二か所をスポーツ用テープで固定した。タオルを水で濡らして固く絞り、買いそろえたものと一緒にキャンバスのバッグに入れ、駅まで歩いて公衆電話を探した。〈ダマスク・ローズ〉に初めて行った夜にもらった店の名刺をまだ持っていた。その番号を見て電話をかけた。

男の声が応えた。おそらくあの赤ら顔だろうが、絶対の自信はない。

「はい、〈ダマスク・ローズ〉でございます」Jポップが背景で鳴っていた。向かい合ったステージでダンサーが踊っている光景が頭に浮かぶ。

「もしもし」私は日本語で言った。いつもより高い声を出してごまかす。「今夜はどの子が出てます？」

男の声は半ダースの名前を並べた。ナオミは店に出ている。雪子もだ。

「いいな」私は言った。「全員、三時までいますよね」

「ええ、おりますよ」

「いいな」私は繰り返した。「じゃ、これから行きます」

電話を切った。

タクシーで渋谷に出た。そこからSDRを通りながら徒歩で南青山に向かった。大阪で雪子とナオミの経歴を調べたときに判明した雪子の住所を覚えていた。目的のマンションは難なく見つかった。メインエントランスは正面にあった。地下駐車場の入口は建物の側面にあって、車路の真ん中に設置された磁気カードリーダーを使って開閉する鉄格子のシャッターからしか入れない。ほかに出入口は見当たらなかった。

彼女の白いM3を頭に浮かべる。あの晩だけ特別に運転していたのでなければ、あれが雪子の通勤用の車だ。今夜あの車でハリーのマンションに行くとは思えなかったし、村上は連絡が取れなくなっているか、取れたとしても雪子にハリーのマンションには近づくなと言っているはずだ。雪子は午前三時すぎにあの車でここへ帰ってくると考えてまず間違いないだろう。

幅の狭い長い路地をはさんで、隣に建物があった。そこの暗がりに移動し、宝の詰まったバッグを開けた。コロンを取り出して鼻の穴にたっぷりと吹きつける。バッグの口を閉じ、暗がりに隠しておいて、ほど近い六本木まで歩いた。

ぴったりの体格をしたホームレスの男を見つけるのに、そう長い時間はかからなかった。その男は六本木通りの上を通る首都高の高架下の暗がりで、コンクリートブロックに座っていた。隣には段ボールと防水シートでできた小屋がある。サイズの大きすぎる茶色のパンツのウェストをくたびれたベルトで絞ってはき、チェック柄の汚れたボタンダウンシャツと、二世代前には赤だったと思しきほつれたカーディガンを着ていた。

私はその男に近づいた。「服を交換してくれないか」自分の胸を指差して訊く。

男は頭のいかれた人間を見るような目で、長いこと私の顔を見つめていた。「何だって?」

「まじめな話だ」私は日本語で言った。「一生に一度あるかないかのチャンスだぞ」ナイロンのウィンドブレーカーを脱いで男に差し出した。男は一瞬、信じられないといった表情を浮かべたが、ウィンドブレーカーを受け取ると、無言で自分のぼろを脱ぎ始めた。

二分後、私はホームレスの服を着ていた。コロンの層を通しても、ひどい臭いが鼻を突いた。男に礼を言って青山へと取って返した。

路地に戻ると、ぼさぼさのかつらをかぶり、その上からさらにウールの帽子をかぶって、入れ歯をはめた。煙草に火をつけて燃え尽きるのを待ち、灰とつばの混合物を顔になすりつける。マッチをすり、いつもキーホルダーに下げている、取っ手を切り落とした歯科用のミラーをのぞいた。そこに映ったのが自分とは思えなかった。腐った歯をむき出して笑った。

手袋を着けて暗がりを出て、雪子の住むマンションの駐車場の入口に向かった。釣り糸と透明テープは持っていたが、ほかのものはバッグに入れたまま路地に残しておいた。鉄格子のシャッターのすぐ上に防犯カメラがあった。遠回りしてカメラをよけ、通りの側から壁沿いにシャッターに近づく。美観上の理由からだろう、建物の角は数センチ張り出していた。その張り出したデザインに身を隠すようにして、壁際でしゃがんだ。平均的な身長の住人が駐車場に車で出入りしても、私がそこにいることには気づかないはずだ。たとえ気づいても、酔っぱらって眠りこんだホームレスだとしか思わないだろう。変装は、誰かが警察を呼ぶというほんのわずかな可能性に備えたものだった。警察官が調べに来たとしても、この外見と、悪臭だ。私を追い払うだけですませようとするに違いない。

夜も更けていた。通行人は数えるほどだった。一時間ほど過ぎたころ、待ち望んでいた音が聞こえた——地下駐車場へ続く私道に車が入っていく音。

車はシャッターの前で停まった。エンジンはアイドリングのままだ。運転手がウィンドウを下ろし、磁気カードをリーダーに差しこんでいる光景が目に浮かんだ。一瞬の間をおいて、シャッターが上がる低い機械的な音が聞こえ始めた。十数えたとき、音がやんだ。車が駐車場に入っていく。

機械的な音がふたたび聞こえ始めた。重力の力を借りて、シャッターは上がったときよりも短時間で下りるだろうと考え、五秒待った。それから跳ねるように立ち上がると、シャッターめがけて走り、脇腹を下にしてシャッターと地面の隙間に転がりこんだ。

目立たないよう仰向けに横になったまま、頭を持ち上げて周囲を見回した。駐車場は大きな長方形をしていた。四つの壁に沿って駐車車両の列があり、中央にも合計四列並んでいる。たったいま入ってきた車は、真ん中の列の空きスペースの一つに入ろうとしていた。

私は起き上がると、腰をかがめてそばの車の陰に飛びこんだ。

長方形の遠くの端、鉄格子のシャッターの向かいの壁に、エレベーターと〝階段〟と書かれたドアが見えた。入ってきた車から女性が降り、エレベーターの前に立ってボタンを押した。すぐにドアが開いた。女性がエレベーターに乗りこみ、ドアが閉まった。

私は周囲を見回した。コンクリートの支柱が数メートル間隔で立っている。スロープはない。この階だけだということだ。広さと場所から判断するに、上のマンションの住人専用の駐車場なのだろう。

理想を言えば、雪子が車を降りたところに近づきたかった。しかしどの駐車スペースが雪子のものかわからない。予想が大きく外れれば、接近する姿に遠くから気づかれてしまうだろう。彼女が間違いなく通るとわかっている地点は、エレベーターだけだった。そこに罠を仕掛けることに決めた。

防犯カメラを探す。唯一見つけたのは、エレベーターのすぐ上の天井に設置された二機のCCTVカメラだった。一機はエレベーターのほうを向き、もう一機は駐車場のほうを向いている。警備員がCCTVの映像をリアルタイムに監視している警備の厳重な施設は別として、たいがいの防犯カメラは画像をテープに録画している。何か事件が起きて映像を再生して見る必要が生じなければ、テープは二十四時間ごとに上書きされていく。このような居住用の建物では、現にカメラ越しに駐車場の様子を監視している人物はいないと考えて間違いない。しかし明日にはテープが巻き戻されることになるだろう。変装をしてきて正解だった。

エレベーターの入口を、鋼鉄のガードレールがU字形に囲んでいる。人が通るための隙間は三つ。大きな荷物を出し入れするには、別にある貨物エレベーターを使わざるをえなくするためのものらしい。私にとっては別の意味で好都合だ。

釣り糸を取り出し、片端をU字の左のてっぺんの支柱の膝の高さに結びつけた。それから釣り糸を床に垂らし、U字をぐるりとめぐるようにしながら右端のてっぺんまで伸ばした。透明テープでところどころ床に軽く留め、また釣り糸を垂らしながら一番近くの柱の陰に隠れた。

低くしゃがみ、キーホルダーの鍵を使って釣り糸を切った。残りの釣り糸とテープをパンツのポケットにしまい、伸ばしてきた釣り糸の端を手袋をした手に巻きつけた。立ち上がり、歯科用のミラーの角度を調節して、柱から身を乗り出さずに駐車場入口のシャッターが見えるようにした。

一時間も待っただろうか。三度、シャッターが開く音がして、ミラーで確認した。最初の一台は青いサーブ、二台めは黒い日産だった。三台めは白だった。ＢＭＷ。Ｍ３だ。

心臓が激しく打ち始めた。ゆっくりと息を吐き出し、釣り糸の端を握り締めた。

車が近づいてくる。すぐそこまで来た。私のいるところからほんの二メートルほどのところで停まった。いい場所を確保しているらしい。その分、駐車場料金も高いのだろう。ドアが開き、閉まった。続いてリモコンドアロックのきゅんきゅんという音が聞こえた。降りてきたのが雪子であること、ひとりきりでいることをミラー越しに確かめた。

黒いトレンチコートにハイヒールという出で立ちだった。ハンドバッグを肩から斜めにかけている。非常時に素早く反応したり身をかわしたりするのに理想的な服装とは言えない。だが似合っていた。

雪子の右手に小さなスプレー缶が握られているのが見えた。メースか唐辛子スプレーだろう。女一人、深夜、地下駐車場——彼女にとっては日常の一部に違いない。しかし、彼女の頭にあるのはハリーのこと、私のことだという気がした。いいぞ。

足早に歩いてくる。鋼鉄のガードレールの際に近づく。私は口を使って音を立てずに浅い呼吸をした。一、二、三。

釣り糸をぐいと引いた。透明テープの係留地点から足首の高さへと糸がぴんと跳ね上がる。雪子がつまずき、驚いて悲鳴をあげた。体のバランスを取り戻すこともできなくはなかっただろうが、粋なハイヒールが私の味方をした。柱の陰から足を踏み出すと、雪子はちょうどぶざまに地面に投げ出されたところだった。

キーホルダーをパンツのポケットに戻し、素早く動いて彼女の背後に回った。私が真後ろに立ったとき、雪子は床を手で押して四つん這いになったところだった。片手にまだスプレー缶を握っている。その手首を踏みつけると、悲鳴が漏れた。私は手を伸ばし、彼女が握っているものをひったくった。ちらりと目を走らせる――オレオレジン・キャプシカム一七パーセント。唐辛子スプレー。強い味方だ。私はスプレー缶をポケットに押しこみ、彼女を手近な車のほうへ、防犯カメラから遠いほうへと引きずっていった。

助手席のドアに彼女を押しつけた。怯えた顔をしていた。だが私だと気づいた様子はない。変装した姿を見て、強盗か痴漢と誤解しているのかもしれない。

「俺を忘れたか、雪子」私は言った。「〈ダマスク・ローズ〉で会ったな。ハリーとは友だちでね。いや、友だち**だった**と言うべきかな」

耳で聞いたことと目で見たものを突き合わせようとしているのだろう、雪子はつかのま眉根を寄せた。次の瞬間、合点がいったらしい。顎ががくりと落ちたが、声は漏れなかった。

「村上はどこにいる?」私は訊いた。

雪子は口を閉じた。鼻からせわしなく息をしている。だがそれ以外は、内心の恐怖を表に出さずにいた。その冷静さは称賛に値する。

「死にたくなければ、答えるんだな」

雪子は私を見返したが、何も言わない。

腹に下からパンチを食らわせた。苦痛を与える程度に強く、だが強すぎることはなく。

しゃべれなくなってもらっては困る。雪子は息を呑み、上体を折った。

「次はそのきれいな顔にお見舞いするぞ」私は言った。「鼻と歯と目をつぶしてやる。ダンサーとしての日々は終わりだな。さて、一つ答えてもらおう。あいつを殺したのは誰だ？　お前か、村上か」

答えそのものは問題ではなかった。この女の言うことなど信用する気はない。だが、弁明の機会を与えたかった。ボスの居場所を教えれば死なずにすむと信じさせるために。

「あれは……あれは……村上よ」雪子は苦しげな息の合間に答えた。

「そうか。村上はどこにいる？」

「知らない」

「よく考えたほうが身のためだぞ」

「あの人はなかなかつかまらないの。連絡を取る方法も知らない。ときどきクラブに顔を出すだけ」

雪子の目が私の背後に動き、駐車場のシャッターを見た。私は首を振った。「お前が考えてることはわかる。話を長引かせれば別の車が入ってくる、俺はお前を解放して逃げなければならなくなると思ってるんだろう。それとも、あのカメラの映像を誰かが見て、いまこっちに向かってる最中かもしれないと期待してるのか。あいにくだな。誰かが来たときにお前がまだ俺の知りたいことをしゃべっていなければ、死んでもらうまでだ。さあ、村上はどこにいる？」

雪子は首を振った。

「時間がないぞ。あと一度だけチャンスをやる。しゃべれば、死なずにすむ。しゃべらなければ、殺す。この場でな」

雪子は歯を食いしばり、私を見返した。

くそ、タフな女だ。しかし、あのニトログリセリン並みに爆発しやすいボスをあしらっていた様子を思えば、不思議はないのかもしれない。

「いいだろう」私は言った。「お前の勝ちだ」

私はみぞおちにまた一発パンチを食らわせた。今度は手加減しなかった。雪子は鋭く息を吸いこんで、体を二つ折りにした。私は背後に回り、手袋をはめた片手で頭を、もう一方で顎をつかむと、首を折った。雪子は床に倒れる前に死んでいた。

女の首を折って殺すのは初めてだった。教唆《きょうさ》についてナオミに言ったこと、償いについてみどりが言ったことが頭をよぎった。しかし、筋肉量が少ないことによる手応えの軽さを他人事のように認識した以外、何一つ感じなかった。

「ハリーによろしく伝えておいてくれ」私はつぶやいた。行きずりの強盗に遭ったように見せかけるために雪子のハンドバッグを拾い、釣り糸と透明テープを回収して、階段で一階に上がった。顔をうつむけて防犯カメラを避け、正面のエントランスから外へ出る。角を曲がって路地に戻り、帽子とかつらを取って入れ歯を吐き出し、濡れタオルで顔の灰を拭い落とした。それからホームレスの服と長袖長ズボンの下着を脱ぎ、〈GAP〉で買っておいた服に着替えて、持ち物をすべてバッグに押しこんだ。頭のなかのリストをたどりながら、バッグのなかにあるべきものがすべてそろっていることを確かめたあと、念のために地面に目を走らせた。忘れ物はない。深呼吸を一つしたあと、ゆっくりと歩いて青山通りに出た。

数ブロック離れた街灯の下で、雪子のハンドバッグのなかをざっとあらためた。興味をそそられるものはなかった。

六本木通りを歩き、適当なホームレス街を探した。その近くにバッグと雪子のハンドバッグを下ろし、さらに歩きながら手袋を外して捨てた。入れ歯はどこか別の場所で捨てるつもりだった。私のDNAが付着しているし、東京の流動的なホームレス人口が吸収して処分してくれる類いの品物ではない。

裏通りに入り、唐辛子スプレーを試しに一噴きしてみた。使える。もらっておくことにした。村上が雪子の死を知ったときに備えて、ささやかな防衛手段を確保しておいたほうがいい。

19

翌日の午後、ＳＤＲを通ってＪＲの原宿駅に向かった。駅を出て、異星人なら好ましく受け取りそうな服に身を包んだヒップホップ世代の買い物客の川に飛びこみ、竹下通りを流された。竹下通りのような人だらけの猥雑な路地と、優雅なティーハウスやアンティークショップが並ぶブラームスの小径が隣り合って存在している街は、東京くらいのものだろう。その明確な対比は、私が昔から原宿を気に入っている理由の一つでもあった。タツによれば、ビドルはボディガードを雇っていない。しかし血圧を下げるには、自分の目で確かめるのが一番だ。〈ジャルダン・ド・ルセーヌ〉に至る道筋は複数あった。私がレストランにいる人物の警護に当たるとしたらどの地点に見張りの者を配置するか想像をめぐらせながら、その道筋をすべて確かめた。店の外には誰もいないと確信できるまで同心円上に歩き、じりじりと輪をせばめていく。納得したところで竹下通りに戻り、目当てのレストラン前に至る細い道に入った。

道に面した大きな一枚ガラスの窓越しに、ビドルを見つけた。一人で新聞を読みながら、磁器のカップで何か飲んでいる。写真で見たままだった。シングルの合わせの紺色のピンストライプのスーツにスプレッドカラーの白いワイシャツ、バーガンディ色の横畝織りのタイという洗練された服装。ぱっと見た印象は神経質そうだったが、過剰なほどではない。アメリカ人というよりイギリス人、スパイを率いる人物というよりどこかの企業のCEOという雰囲気。

座っているのは窓際のテーブルだった。路地に横顔を向けている。そのことから、多くの情報が得られる。周囲の状況に鈍感であり、またガラスの存在は、スナイパーや拳銃を持った殺し屋に引き金を絞るのをためらわせたりしないことを理解していない。スパイらしい視点を持たず、一般民間人のように思考する。私は黙って彼を観察した。生まれ持った高い知能。現実を前に無力を感じるたびに、その陰に逃げこむことだろう。アイヴィーリーグの卒業証書と、おそらくは大学院の学位。そこでは役所のせまい世界について多くを学んだだろうが、実社会については何一つ学ばなかった。愛のない、だが妥当な結婚。妻は常識的に二人か三人の子どもを産み、夫の出世に伴う転地に文句一つ口に出さずに付き従い、次第にふくらんでいく喪失感や頭をもたげ始めた失望をカクテルパーティ向けの笑みの裏に押し隠し、物憂い午後の長い沈黙を退けるために、冷蔵庫のシャブリやシャルドネの瓶に次第に頻繁に手を伸ばすようになっている。

私は店に入った。ドアはかたりという音とともに開閉したが、ビドルは顔を上げて新参の客の顔を確かめようとはしなかった。

暗い色合いの板張りの床の上を歩く。アールデコ調のシャンデリア。ヴィクトリア朝様式のテーブルや椅子。グランドピアノ。私が目の前に立って初めてビドルは新聞から顔を上げた。それから半秒かかって、ようやく私が誰だか思い当たったらしい。ぎくりとして、口のなかでつぶやいた。「どういう……」

私は向かいの席に座った。ビドルは腰を上げかけた。私はその肩をしっかりとつかんで押し戻した。

「座ったままで」静かな声でそう言った。「両手を見えるところに出しておけ。話がしたいだけだ。殺す気なら、いまごろあんたはもう死んでる」

ビドルが目を見開いた。「どういう……」また同じことをつぶやく。

「落ち着け」私は言った。「俺を探してたんだろう。俺ならここだ」

ビドルは大きく息を吐き出し、ごくりと喉を鳴らした。「申し訳ない。こんなふうに会うことになるとは思ってなかったから」

私は黙って待った。

「わかった」短い沈黙ののち、ビドルは続けた。「まず言っておきたいのは、ウィリアム・ホルツァーの件で探してたわけではないことだ」

私はさらに待った。「その、ホルツァーの味方は多くなかった。彼の死は惜しまれてはいない」

ホルツァーの家族は彼の死を惜しんでいるだろう。私は先を待った。

「私たちがきみを探していた理由は、ある人物の活動に、その、介入するためだ」

ほう、新しい婉曲語法じゃないか。心が躍る。

「誰の？」ようやく話が正しい方向に向かい始めたことを知らせるために、私は質問をはさんだ。

「いや、ちょっと待ってくれ。詳しい話をする前に、確かめておきたい。関心はあるかね？」

私は彼を見つめた。「ミスター・ビドル。あんたもよく知ってると思うが、俺は〝介入する〟相手を厳選するものでね。相手が誰なのかわかるまでは、関心があるかどうか答えられない」

「男だ。本人が第一の標的」

私はうなずいた。「いいね」

「その〝いいね〟というのは関心があるという意味か？」

「いまのところ関心を失っていないという意味だ」

ビドルはうなずいた。「きみも知っている人物だ。最近会っている。その人物がきみの知り合いを尾行してたときに」

驚きを顔に出さずにいられたのは、長年の経験の賜物だった。「名前は」

「カネザキだ」

「理由は」

ビドルは眉をひそめた。「〝理由〟？どういう意味だ？」

「あんたの組織とは苦い思い出がある。だから通常よりも高いレベルの情報開示が必要だと言うにとどめよう」

「悪いが、いま話した以上のことは教えられない」

「悪いが、話してもらうしかない」

「話さなければ、引き受けないとでも?」

「話さなければ、あんたの命をいただく」

顔色は青ざめたものの、ビドルは平静を失わなかった。「この会話に脅しが必要だとは思えないな。これはあくまでもビジネスの提案だ」

「〝脅し〟か」私は考えこむような口調で言った。「俺がこれまで生き延びられたのは、脅威を見分け、先手を打ってそれを排除してきたからだ。俺のほうからビジネスの提案をしようか。あんたが〝脅威〟ではないと俺を納得させてみろ。そうしたらあんたを排除せずにおく」

「信じられない。私が誰だかわかって言っているのか」

「さて、誰だったかな。墓石にちゃんと名前を刻めるように、教えてくれ」

ビドルは私をにらみつけた。しばらくそうしていたあと、言った。「わかったよ、話すよ。しかしきみにも知っておいてもらったほうがいいからだ。脅されたからではない」陶磁器のカップを口もとに運ぶ。「カネザキは不正をしている。表沙汰になれば、太平洋の両側に不面目をもたらしかねない秘密の計画を進めている」

「クレパスキュラーのことか」私は訊いた。

ビドルの顎が落ちた。「どうして知って……いったいどうして知ってるんだ？　カネザキから聞いたのか？」

ふん、馬鹿者め。私が知っていることは事実だと認めたようなものじゃないか。

私はビドルを見据えた。「ミスター・ビドル。こんな仕事をしてて、これまで生き延びてこられたのはなぜだと思う？　俺は自分が何に関わろうとしてるのか調べて、報酬がそれに見合ったものかどうか見きわめるように心がけてる。そうすることで俺は生き延び、クライアントは支払った金額にふさわしいものを手に入れる」

ビドルがこの新しい世界観を咀嚼《そしやく》するのを待った。

「この件に関してほかに何を知ってる？」しばしの間があって、ビドルが尋ねた。今度は狡猾《こうかつ》に立ち回ろうとしている。

「十二分に知ってる。それより、なぜカネザキが邪魔になったのか話してもらいたいね。俺の知るかぎり、ついこの前までカネザキはＣＩＡの金の卵だったはずだ」

ビドルは不快な臭いでも嗅いだように鼻にしわを寄せた。「本人の頭のなかでは、いまも金の卵だろう。言いかたは悪いが、日本人の血が流れてるというだけで、この国に対する特別の洞察が備わるというものではない」

私は首を振り、そのコメントに気を悪くしてはいないことを示した。

「この国に対する、いや、どの国に対するものでも洞察を得るには、長年にわたる教育と経験と感性が必要だ」ビドルが続けた。「しかしあの若造は、自分には一人で外交方針を策定し、実行していけるだけの知識があると信じている」

私はうなずいて、彼の言い分を支持することを表明した。ビドルがさらに続ける。

「きみはある計画が存在したことを知っているようだ。しかしその計画は半年前に中止された。中止の判断にかならずしも賛成できないが、それについての私個人の考えは問題ではない。問題なのは、カネザキが勝手に計画を継続していたことだ」

「それは問題だろうな」私は言った。

「いろんな意味で残念なことでもある。カネザキは情熱を持ってるし、才能がないわけでもない。しかしこの件には片をつけておく必要がある。取り返しのつかないことになる前に」

「で、俺に何をしろと？」

ビドルは私を見つめた。「私から頼みたいことは……きみは当人が自分でやったように見せかけることができるそうだが」

「ああ、そのとおりだ」私は答えた。最初ビドルは〝私たち〟と表現していたのに、〝私〟と単数に変わっていた。

「そういうふうに頼みたい。標準的な報酬が決まってるのかね？」

「ＣＩＡ職員の場合か？　そりゃ高くつくぞ」

「まあ、しかたがない。いくらだ？」

ビドルは意気込んでいる。報酬を取り逃げしてやろうかという誘惑に駆られた。前金で支払わせておいて——サヨナラ、くそったれ。

それもいいかもしれない。だが、まだいくつか確かめておきたいことがあった。

「一つ訊いていいか」私は精一杯コロンボ刑事の真似をして眉間にしわを寄せた。「どこで俺のことを知った？ 俺のサービスについてなぜ知ってる？」

「きみに関する調査書類を読んだ。大部分は、ホルツァーが集めた情報だ」

「ああ、そういうことか。それで納得がいく。ところで、そもそも俺を探そうとしたのは、いま話してるのと同じ仕事を依頼するためだったのか？」

私の行方を探して初めてタツに接触したとき、カネザキも一緒だったと私が知っていることをビドルは知らない。最後の質問は、罠だった。

だが、ビドルは罠にかからなかった。「違う。もともとはクレパスキュラー計画にきみを使おうと考えていた。しかし、さっきも話したとおり、計画は中止になった。この先、別の仕事を依頼することもあるかもしれないが、とりあえずは半端仕事を片づけてもらいたい」

私はうなずいた。「ちょっと妙な話だと思ってね。あんたはカネザキに俺を探させていた。そうだな？」

「そうだ」ビドルの口調は用心深かった。次に私が何を訊くか不安で、先に答えを用意しようとしているかのようだった。

「おかしな話じゃないか。実は俺にカネザキの活動に〝介入〟してもらいたかったわけだろう？」

ビドルは首を振った。「カネザキの仕事はきみの居場所を突き止めるところまでだった。実際に会う予定はなかった。いざ会うときは、私が直接行くつもりでいた」

私はにやりとした。ビドルの真意がつかめたと思った。

「わかった、正直に話すよ」ビドルが言った。「きみの調査書類を読んだ。誰かがきみを探そうとしてると知ったら、きみは――きみ自身の言葉を借りれば――その人物を脅威と見なし、それなりの対処をするだろうと考えた」

私は声を出して笑いそうになった。この男は私にただで仕事をさせようとしていたわけだ。

「あのとき一緒にいた男はどうなんだ？」私は尋ねた。「カネザキによれば、大使館付きのボディガードだとか」

「そのとおりだ。それがどうかしたか」

「始末したい人間にボディガードをつける理由がわからないな」

ビドルは唇を引き結んだ。「きみのような相手を単独で監視するのは無理だ。カネザキにはパートナーが必要だった。私としては、ＣＩＡの外の人間をつけたかった。事情を知らない人間をね」

「つまり使い捨てにできる人間ということだな」

「そういう言いかたをしたいなら、そうだ」

「ミスター・ビドル。これは個人的な依頼なんじゃないかという気がしてきてるんだが」

長い沈黙があった。やがてビドルが訊き返した。「そうだとしたら？」

私は肩をすくめた。「報酬さえちゃんともらえれば、俺はどっちだってかまわない。しかし、どうも出だしがまずかったようだな。あんたは、カネザキは不正をしてる、あいつの活動は太平洋の両側に不面目をもたらしかねないと言う。だが聞いてると、もたらされる不面目はもっと局地的なもののようだ」

ビドルは私を見つめた。「さっき話したことは嘘ではないよ。しかし、そう、個人的な理由もあってのことだ。カネザキの活動が表沙汰になったとき、直属の上司である私がどうなると思うかね？」

「まあ、面倒なことになるだろうな。だがカネザキが自殺したところで、あんたの問題が解決されるとは思えない。彼の活動の記録は残るだろう？　たとえば提供資金の領収書だ」

ビドルは目を細めて私を注視した。「その件は私が処理する」

「いいだろう、あんたのほうが俺より事情をわかってる。ちょっと訊いてみただけさ。ところで、上層部が予算の蛇口を締めたあと、カネザキはクレパスキュラー計画を維持する資金をどこから手に入れてたんだと思う？　相当な額の資金だろうに」

ビドルの目が右に動いた——〝何かでっち上げろ〟と考えているサインだ。

「そうやって嘘をつき続けると」私は穏やかに言った。「あんたを脅威と見なすことになる」

「知らない」

ビドルは長いこと私を見つめていた。やがてようやく口を開いた。「わかった、話す。カネザキは田中文雄という人物から資金を得ていた。親から財産と政界のコネを引き継いだ人物だ。しかし、それとこれとどう関係があるのかわからないね」

私は考えこんでいるような顔をした。「たとえカネザキがいなくなっても、田中は残る。そうだろう？　どうせなら、その田中という人物の活動にも介入しようか」

ビドルは激しく首を振った。「いや、その必要はない。きみの助力を求めたいのはさっき話した一件だけだ。それについてだけ返事をもらいたい」

「あんたに連絡する手段が必要だ」私は言った。

「引き受けるということか」

私は彼を見返した。「まずはあんたの話をよく考えてみたい。あんたと安全に仕事ができそうだと思えば、引き受ける」

ビドルはモンブランのマイスターシュテックを取り出し、キャップをねじって外すと、ナプキンに番号を書きつけた。「ここに連絡してくれ」

「ああ、もう一つ」私はナプキンを受け取って言った。「あんたたちが俺の居場所を突き止めるために利用した男のことだ。深澤春与志。つい最近死んだんだよ」

ビドルの喉がごくりと鳴った。「知ってる。カネザキから聞いた」

「何が起きたんだと思う？」

「カネザキの話からすると、事故だったのではないかな」

私はうなずいた。「深澤は俺の友人だった。酒はほとんど飲まなかった。しかし屋上から落ちたとき、泥酔してたらしい。奇妙な話だろう？」

「私たちがその件に関わったと思っているなら……」

「誰の仕業か知ってるんじゃないのか」

ビドルの目がまた右に動いた。「知らない」

「あんたのところの人間がハリーを尾行してた。彼の死は事故じゃないことはわかってる。いま話した以上のことは知らないと言い張るなら、あんたがやったと疑うかもしれないな」

「本当だ、誰がやったか私は知らない。事故じゃないと仮定してもだ」

「そもそもハリーの住所をどうやって知った？」

ビドルはみどりの手紙が手がかりになったというカネザキの話を繰り返した。

「それだけの手がかりしかなかったんなら、東京の事情に通じた協力者を使わなくては探せなかっただろう」

ビドルは私の顔を見つめた。「きみはいろんなことを知ってるようだ。しかし、協力者の詳細について認める気も否定する気もない。私たちの協力者がきみの友人の死に関わったのかもしれないと疑ってるとしても、私からは何の情報も引き出せないよ。さっきも言ったとおり、私は何も知らないんだ」

ここではこれ以上聞き出すのは無理だ。せめて人目がない場所だったらという思いが頭をよぎった。

私は席を立って言い置いた。「連絡する」


ビドルに接触したあとに代々木公園で落ち合おうとタツと約束していた。私はいつもどおり背後に目を光らせながら代々木公園に向かった。タツは先に来て待っていた。公園に数千本あるカエデの木の下に置かれたベンチに腰を下ろし、新聞を広げている。同じように新聞を読みながら時間をつぶしている近所の年金生活者の一人のようにも見えた。

「どうだった？」タツが訊いた。

私はビドルの話をかいつまんで伝えた。

「田中なら知っているよ」私の報告を聞き終えると、タツは言った。「父親は二〇年代に電子機器会社を興《おこ》した人物だ。その会社は大戦を乗り切り、戦後になって急成長を遂げた。父親が亡くなると、田中は会社を売った。以来、そのときの相当額に上る売却益で生活している。性欲の塊だという噂だよ。もう七十近くになるんだがね。コデインなどの薬物中毒だとも言われている」

「政治思想は？」

「私の知るかぎり、そんなものは持ち合わせていない」

「だとしたら、改革派を支援するCIAの計画に資金を提供する理由は何だろう」

「それを突き止めるのにお前の力を借りたい」

「なぜ？」

タツは私を見つめた。「悪い警官役が必要だ。村上の行方に関する手がかりもつかめるかもしれない」

「逮捕した男からは何も？」

タツはうなずいた。「問題は、私よりボスのほうをよほど恐れているらしいことでね。とはいえ、四十八時間から七十二時間にわたって睡眠を奪われると、人の態度は驚くほど大きく変わるものだ。これから有益な情報が手に入るかもしれない」

そう言って携帯電話を取り出すと、番号を入力した。いくつか質問を発する。相手の答えに聞き入る。指示を出す。それから言った。「そうだ。そうだ。そう」

電話を切り、私のほうに向き直る。「部下の一人に迎えにくるように言った。田中の自宅へ行こう。白金台だ」

白金台は、東京一の高級住宅地と言っていいだろう。目黒通りという幹線道路が一帯を貫いてはいるものの、瀟洒《しょうしゃ》な一戸建てやマンションが並ぶ細い街路は、そこに住む人々の金が周囲の喧噪に満ちた街を買収してどこか遠くへ移らせたかのように、静かで平穏だ。くつろいだ気品のようなものが漂っている。地元で〝シロガネーゼ〟と呼ばれる女たちは、肩肘張らずに毛皮を着こなし、ティールームやブティックやサロンを訪問する合間に、トイプードルやポメラニアンを散歩させる。高給取りの男たちは、BMWやベンツで出勤する。そして自分の暮らしぶりは東京でもどこの都市でも原則ではなく例外であることさえまだ知らない子どもたちは、あくせくせず、どこまでも楽天的だ。

ほどなくタツの部下が迎えに現れ、車は十分ほどの距離にある白金台へと向かった。

田中の広大な二階建ての屋敷は、白金台四丁目のスリランカ大使館の向かいにあった。その大きさは別として、何よりも目を引くのは私道に停まった自動車だった。巨大なスポイラーのついた白いポルシェ911GT、鮮やかな赤のフェラーリ・モデナ。どちらも汚れ一つなく磨き上げられていた。果たして実際に運転することがあるのだろうか。トロフィーとしてそこに陳列してあるだけなのだろうか。

正面には大きな門がそびえ、通りから一段高くなった敷地に建つ屋敷は、まるで周囲の小さな住宅を見下ろす城のようだった。タツと私は車を降り、鍵のかかっていない門からなかへ入った。タツが両開きの木の扉の脇のボタンを押す。扉の向こうでバリトンのチャイムの音が長々と鳴った。

まもなく若い女が扉を開けた。美しい顔立ちをしていた。東南アジア系と見える。おそらくはフィリピン人だろう。黒と白の古典的なメイドの制服を着て、高く結い上げた髪のてっぺんに白いレースの帽子まで載せていた。女学生や看護婦など、性倒錯の対象となるような制服姿の女性たちのサービスが受けられる東京の〝イメクラ〟で、中流階級の顧客が求めるような装いだった。この女性の仕事の範囲はどこまでなのだろう――思わずそんなことを考えた。

「どちらさまでしょう?」女はまずタツを見、次に私を見て言った。

「警察庁の部長の石倉達彦と申します」タツは身分証明書を見せた。「田中さんとお話がしたいのですが、いらっしゃいますか」

「田中はおいでになることを存じておりますか」

「いいえ。しかし、喜んで会ってくださると思いますが」

「少しお待ちください」女が扉を閉め、私たちは待った。

すぐに扉がふたたび開いた。今度、顔を出したのは男だった。一目でわかった。〈ダマスク・ローズ〉で見かけた男だ。薬品とメスの力でうわべの若さを保っている男。

「田中です」男が言った。「どんなご用件でしょう」

タツはまた身分証明書を見せた。「いくつかお尋ねしたいことがありまして。現在のところは、参考程度の非公式な訪問です。ご協力いただければ、あるいはご協力いただけなければ、事情が変わることもあるかもしれません」

田中の表情に変化はなかった。しかしタツの言葉に全神経を向けていることが、体の緊張感や頭の傾き具合に表れていた。大勢の弁護士を雇っていても、そして大勢の取り巻きに囲まれていても、この男は本物のトラブル――たったいまタツの目の奥に見たような種類の本物のトラブルを恐れるタイプの人間なのだ。

「どうぞお入りください」田中が言った。私たちは靴を脱ぎ、田中の案内で、黒と白の大理石のタイルが市松模様に敷かれた回り廊下を進んだ。奥には螺旋《らせん》階段があった。両側にギリシャ彫刻の複製が並んでいる。マホガニーの板張りの部屋に入った。どの壁にも床から天井まで届く書棚が設《しつら》えられている。屋敷の前の車と同じく、そこに並んだ本は頻繁に埃《ほこり》を払われてはいるものの、めったに読まれたことがないようだった。

タツと私はワイン色に染められたピンクッションの革張りのソファに腰を下ろした。田中はそろいの肘掛け椅子に私たちと向かい合って座った。食事か飲み物はいかがと勧められた。私たちは丁重に断った。

「ご同僚のお名前をうかがいませんでしたな」田中が私を見て言った。

「彼の同席は、私の訪問と同じく、現在のところは非公式のものです」タツが言った。

「それでご容赦いただければ幸いです」

「結構でしょう」田中は熱意のあまり、タツが質問をはぐらかしたことを見過ごした。

「結構です。では、ご用件をうかがいましょうか」

「アメリカ政府は、特定の日本人政治家を経済的に支援しています。ある人物が、その計画にあなたが関係していると証言している」タツが説明した。「あなたが関わっているのは事実でしょうが、計画の責任者であるとは思っていません。ただ、私のその考えが正しいことを、ご本人の口から裏づけていただきたいのです」

田中の小麦色の顔から血の気が引いた。「それは……お答えする前に、弁護士に相談したほうがよさそうだ」

私は田中をまっすぐに見た。どうやって殺すか頭のなかで思い描く。田中にもその光景が私の目の奥に見えるように。「協力的な態度とは言えませんね」

田中は私を見て、タツに目を戻した。「資金は私のものではない。私が出したものではない」

タツが言った。「その調子です。お話を続けてください」

田中は唇をなめた。「この会話が公開されることはないのですね？　誰かに知られたら、私はまずい立場に置かれる」

「協力してくださるなら」タツが答えた。「不安に思うことはありませんよ」

田中は念押しするように私の顔を見た。私は微笑んでみせた。内心では彼が存分に協力せず、私が仕事に取りかかれることを望んでいることを伝える笑み。

田中の喉仏が上下した。「いいでしょう。半年前、アメリカ大使館で働いている人物に連絡するよう言われました。ビドルという人物です。改革派の政治家の選挙資金源を獲得するために動いている、あるグループの代表者だという話でした」

「誰の指示ですか」タツが質問をはさんだ。

田中はタツをちらりと見たあと、目を落とした。「この計画に金を出している人物からです」

タツが彼を見据えた。「もう少し具体的に」

「山岡です」田中の声はささやくようだった。「頼む。協力はする。この会話は内密にしてください」

タツはうなずいた。「お話を続けて」

「ビドルと会い、指示されたとおりに話しました。日本には抜本的な政治改革が必要だと考えている、そのためにできるだけの支援をしたいと。それ以来、政治家に分配するための資金を一億円ほどビドルに渡しました」

「その人々は罠にかけられている」タツが言った。「どういう仕組みなのか知りたいですね」

田中はタツを見つめた。「私は指示に従っただけですよ。関係ない」

「わかりました。その調子です。先を続けてください」

「三か月間、ビドルに現金を渡しましたが、見返りは要求しませんでした。それから、金をだまし取られているのではないかと心配しているふりをしました。〝この金はいったい誰の手に渡っている？〟そう訊きました。〝話さなければ、もう金は渡さない！〟ビドルはそのときは教えようとしませんでした。その次のときには、誰だかそのうちわかるはずだ、新聞を読んでいれば見当がつくはずだと言いました。さらに次には、具体的な名前を挙げました。私は満足したふりをして、金を渡し続けました。

そのあと、私はまた不安に駆られた芝居をしました。〝お前がでっちあげた話ではないのか。私の金が資金を必要としている人々にちゃんと渡っていることを証明しろ、お前の懐に入っているのではないことを示せ〟と迫りました。このときもビドルは初めは渋りました。しかし結局は、政治家と会う日にちと場所を教えることに同意しました。その次の面会についても」

やれやれ、と私は思った。

「ビドルから何度そういった情報を得ましたか」

「四度」

「その情報をあなたはどうしましたか」

「ある人物に……資金を提供している人物に伝えました。指示されたとおり」

タツはうなずいた。「その四度の面会の出席者の名前と、日付を教えてください」

「正確な日付は覚えていない」田中が答えた。

私は笑みを浮かべて立ち上がろうとした。田中がぎくりとする。タツは手を伸ばして私を制した。「できるだけ正確に思い出してください」

田中は四つの名前を挙げ、それぞれの名前についておおよその日付を付け加えた。私は腰を下ろした。

「ビドルから聞いたほかの名前をすべて教えてください」タツが言った。

田中は従った。

タツはどの名前も書き留めなかった。その人々をよく知っているのだろう。「いいでしょう」田中が名前を挙げ終えると、タツは言った。「よく協力してくださいました。今日の会話のことを誰かに知らせる理由はないようですね。もちろん、さらに詳しい情報が必要になれば、またうかがうこともあるかもしれません。今回と同じように内密に」

田中はうなずいた。いくらか顔色が悪いように見えた。

メイドに見送られて玄関を出た。外で待っていた車に乗りこみ、屋敷をあとにした。私は近くのＪＲ目黒駅で降ろしてくれるよう頼んだ。車が短い距離を走って駅に着くと、タツと私はタツの部下を車のなかで待たせておいて降り、今日を締めくくる話をした。

「どう思った？」私は訊いた。

「嘘はついていないな」タツが言った。

「たぶんな。しかし田中とビドルの渡りをつけたのは誰だろう」

タツは肩をすくめた。「ＣＩＡの情報提供者の一人、おそらく山岡とつながっている誰かではないかな。ビドルがクレパスキュラー計画に資金を提供してくれる人物を探して何人もの情報提供者に声をかけていたなら、その噂は山岡の耳にも入っただろう」

「山岡はそれをチャンスと見て、計画を自分の目的のために利用しようとした」

タツはうなずいて言った。「カネザキがいつどこで政治家と会うか、山岡に四度情報が流れていた。山岡はその四度の機会に何をしたと思う？」

私は肩をすくめた。「監視をつけただろうな。集音マイクや望遠レンズ、高感度ビデオカメラを持たせて」

「だろうな。では、山岡はその四度の面会の音声と映像を持っているものとして考えよう。

山岡にとってのそれらの使い道は？」

私はしばし考えた。「主に脅迫かな。〝私の言うとおりにしなければ、この写真をマスコミに公表する〟」

「そうだ、それが山岡の好むやりかただ。しかもその写真が、不倫や若い男との情事の現場などの社会的に受け入れがたい行為を撮影したものであれば、なおいっそう有効だ。しかし、今回の場合は？」

私はまた考えた。「カネザキとの密会のビデオや音声は、政治生命を絶つほどの威力を持つかな」

タツは肩をすくめた。「音声は、持っているかもしれないね。録音された会話が罪を示すようなものであれば。しかし映像にはそこまでの力はないだろう。外見は日本人としか見えない男と公共の場で話をしている政治家の姿が映っているだけだ」

「カネザキの正体を誰も知らないわけだからな」ようやく私にも話の成り行きが見えようとしていた。

タツは私を見つめている。私が考えをまとめるのを待っている。

「連中としては、カネザキを有名人に仕立て上げる方法が必要なわけだ」私は言った。「カネザキの顔を新聞紙上でお馴染みのものにする方法が。それができれば、問題の写真に威力を与えられる」

タツはうなずいた。「で、そうするためには？」

「そうか、そういうことか」私の目にもやっと全体像が露《あらわ》になった。「ビドルは山岡の思うつぼにはまったわけだな。カネザキをスケープゴートにするために、クレパスキュラー計画の責任者に据えた。そうしておけば、万が一、計画が継続していることが暴かれても、〝不正を行なっていた者〟に非難が集中する。しかし、カネザキがCIAの不正の首謀者として世間に知られるようになれば、カネザキと一緒にいるところを写真に撮られた政治家も共倒れになる」

「そのとおり。ビドルがカネザキを非難の矢面に立たせようとすれば、彼が守ろうとしているらしい改革派の政治家まで、一緒にそこに立たせることになってしまう」

「だからカネザキを消そうとしてるわけか」私は言った。「スキャンダルを防ぐための、ひっそりと目立たぬ自殺」

「そしてビドルは、クレパスキュラー計画の存在の証拠となる領収書を破棄する」

私は少し考えてから言った。「一つ妙な点がある」

「何だ？」

「ビドルは官僚だ。ふつうなら、殺人なんて手段には訴えないだろう。よほど差し迫った事情があるはずだ」

「そのとおり。そこまでの心情に至った理由は何だろう？」

私はタツを見つめた。彼はすでにすべてを見通している。「個人的な理由か。組織としてのではなく」

「そうだ。とすると問題は、ビドルはこの件と個人的にどう関わっているか、だ」

私は考えた。「経歴に汚点がつく？　もしカネザキが罰せられ、CIAの東京支局をめぐるスキャンダルが表沙汰になれば、将来の出世に響く？」

「それもある。しかしもっと具体的な理由がある」

私は首を振った。見当がつかなかった。

「ビドルが急に領収書の提出を求めたり、カネザキの〝自殺〟の手伝いをお前に依頼してきたりしたのはなぜだと思う？」

私はまた首を振った。「わからないな」

タツは私を見つめた。おそらく彼の思考についていかれない私にいくらか失望したのだろう。「山岡は、ホルツァーを取りこんだと同じようにビドルを取りこんだ。情報提供者を仕立て上げ、ホルツァーやビドルにその情報提供者は実在すると思わせた。彼らは〝情報提供者〟が生むまばゆいばかりの情報の恩恵に浴した。そして山岡は、機が熟したころを狙って、お前はだまされていたのだと密かに真実を暴く」

山岡とビドルとの会話が耳に聞こえるようだった。〝お前の情報提供者はすべて反対勢力に操られていたという噂が広まったら、お前のキャリアはそこで終わりだ。だが、私に協力するなら、私が噂を封じこめる。そのうえこれからも情報提供者を紹介し、機密情報を流してやれる。お前の幸運はずっと続くわけだ〟

「そういうことか」私は言った。「しかし今回は山岡も見込みを誤った。ビドルにはこの危機を脱する方法が残されてるわけだからな。カネザキを始末し、クレパスキュラー計画の存在の証拠を破棄すればいい」

タツはうなずいた。「そうだ。ということは――？」

私は考えた。「クレパスキュラー計画の資金提供先の名簿は並外れて短いということだ。そしてラングリーのCIA本部は計画が存続してることを知らない。もし知ってるなら、カネザキを消し、書類を燃やしただけですむはずがない」

「つまりミスター・ビドルは、クレパスキュラー計画の指揮を自ら執っていたということになる。彼は計画は半年前に中止されたと言っていたんだろう？」

私はうなずいた。「カネザキはそう書かれた電信を見つけたと言っていた」

「ビドルの言い分は、それ以来、カネザキが不正に計画を進めていたということだね。しかし田中がビドルとだけ接触していたことを考え合わせると、不正に進めていたのは実際はビドルで、カネザキは知らない間に表向きの責任者として利用されていたということだろう」

「山岡は、クレパスキュラーが正式に認可された計画ではないとは知らなかった」私はうなずきながら言った。「計画がいまも続行中であることをCIA本部のビドルの上司たちも知ってるものと考えていた。だがビドルとカネザキを除けば、アメリカ側の人間はどうやら誰一人知らなかったようだな」

タツは、進歩の兆しを見せつつある呑みこみの悪い生徒のあっぱれな努力を認めるように、深くうなずいた。「だから山岡は、ビドルがカネザキさえ始末すれば山岡の脅迫から逃れることができると考える可能性を見落としていた」

「ビドルがそう考えたとしても責められないね」私はタツの表情をうかがいながら言った。「カネザキがいなくなれば、山岡の脅迫の根拠はほとんど威力を持たなくなる。カネザキの退場によって、お前の改革派政治家のネットワークはいまよりずっと安泰になるということだよ」

タツはうなるような声を出した。タツが道徳上のジレンマに悶え苦しむ姿を見るのはなかなか愉快だった。「カネザキが密会していた改革派政治家は？」私は訊いた。「カネザキが告発されれば、彼らの立場も危うくなるぞ」

「一部はな」

「許容しうる数か」

私の話の行き先が見えたのだろう、タツは私を見つめた。それでも私は続けた。「五人だったらどうする？　十人だったら？」

タツは顔をしかめた。「ケースバイケースで判断するしかない」

「山岡はケースバイケースで判断したりはしない」私はもう一押しした。「あの男は何をすべきかつねに知っていて、そのとおりに行動する。お前の敵はそういう男だ。お前は対等に闘えるのか」

タツはわずかに目を細めた。「私があの男と〝対等〟になりたいと願っているとでも思うか？　山岡は、資金を受け取っていた政治家たちがいま直面している苦境の責任は、政治家たち自身にあることなど考慮しない。カネザキの動機が本質的に善であることも。カネザキ青年には、息子を失えば嘆き悲しむ父親と母親がいるだろうことも」

私は頭を垂れ、タツの、その背後にある信念に敬意を示した。「では、その政治家たちを救うことはもはやできないと？」

タツはうなずいた。「彼らは山岡の配下に置かれたものと考えなくてはならないね。そしてほかの人々に警告する」

「カネザキについてはどうする？」

「ビドルや田中から聞いた話をかいつまんで伝えるよ」

「上司が殺し屋を雇って自分を殺そうとしたことも？」

タツは肩をすくめた。「話したほうがいいだろう？　あの青年はただでさえ私に恩義を感じている。その気持ちが将来役に立つこともあるかもしれない。いっそう強めておいて損はないよ」

「村上は？」

「前にも話したように、勾留した男の尋問を続ける。有益な情報が得られるかもしれない」

「何かわかったらすぐ連絡してくれ。いざというときはぜひ現場に立ち会いたいからな」

「同感だ」タツは言った。

20

公衆電話から〈帝国ホテル〉の部屋の留守番電話を確認した。機械的な女性の声が、メッセージが一件ありますと告げた。

期待を抱くなと自分に言い聞かせはしたが、薄っぺらな努力だった。女性の声は、メッセージを聞く場合は〝1〟を押してくださいと促した。私はボタンを押した。

「もしもし、ジュン。私よ」みどりの声だった。短い間。「まだ宿泊してるのかどうかわからないわね。だからこのメッセージを聞いてくれるかどうかもわからないけど」また短いためらい。「今夜会いたいの。八時に〈ボディ&ソウル〉で待ってるわ。来てね。それじゃ」

女性の声が、メッセージは午後二時二十八分に録音されたことを知らせ、同じメッセージを聞きたければ〝1〟を押すようにと案内した。押した。もう一度押した。

私をジュンと呼ぶ彼女の声は、拍子抜けするくらいさりげなかった。いまでは誰も私をジュンとは呼ばない。誰一人その名前を知らない。東京にいたころも、限られた場面でしか純一という本名は使っていなかった。東京を離れたあとは、その名前は完全に捨てた。

〝もしもし、ジュン。私よ〟ごくありふれたメッセージ。多くの人々が、おそらく日常的に受け取っているようなメッセージ。

足もとの地面が、どこか別の場所から重力を拝借してきたかのように感じた。

これまでも私に適切な助言を与えてきた脳の一部が声をあげた。〝場所と時刻。罠かもしれない〟

みどりは特別だ。私はその助言を買わなかった。

〝しかし、誰かが同じメッセージを傍受したかもしれない〟

私はその可能性を検討した。メッセージを傍受するには、私の宿泊先と私の使っている偽名を知ったうえで、ホテルの留守番電話システムに侵入しなくてはならない。目下は脅威ではないタツを除けば、誰かがそこまで知っている恐れは少ない。

〝しかし、ゼロではない〟

それに対する私の返答は——〝かまうものか〟

私は彼女に会いに出かけた。

長く曲がりくねったルートを主に徒歩でたどった。街は次第に夕闇に包まれていく。夜の東京は、何か生き生きとしたもの、可能性を秘めたものを感じさせる。ジグザグに動く歩行者の群れや雷鳴のような音を轟かせて走り過ぎる電車、そしてせめぎ合う車の音にあふれた日中に、街の奏でるメロディはもっと朗らかだ。しかしその反面、日ごと繰り返される喧噪にあえいでいるようにも見え、夕暮れが訪れるころ、陽の光をゆっくりと脱ぎ捨ててその日一日の重荷を下ろすとき、街はどこかほっとしたような表情を浮かべる。夜は過剰さと混乱をはぎ取っていく。夜の東京を歩くと、恋い焦がれていたものがすぐ手の届くところにあるように感じる。夜には、街の息吹が聞こえてくる。

インターネットカフェに立ち寄って〈ボディ＆ソウル〉のウェブサイトをのぞき、今夜の出演者を確かめた。トクだった。シンガーでありフリューゲルホーン奏者でもあるトクは、二十九歳という若さにはそぐわないソウルフルなサウンドですでに高い評価を得ている。彼のCDは二枚持っているが、演奏を生で聴いたことはまだなかった。

みどりが東京に来ているという情報が、彼女が依頼した探偵事務所から山岡の耳にも入っているかもしれない。もしそうならば、ことによると村上によってみどりが監視されている恐れがあった。私はクラブ周辺の監視向きの場所を徹底的に点検した。すべて安全だった。

八時半ごろクラブに入った。満員だったが、トクの演奏を聴きにきている川村みどりの友人だとドアマンに告げると、入れてもらえた。「ああ、はいはい」ドアマンは言った。「あとからどなたかいらっしゃるかもしれないと川村さんからうかがっています。どうぞ」

ミュージシャンが演奏しているフロアがよく見える、〈ボディ＆ソウル〉の壁と平行に並べられた長いテーブルの一つの端に、みどりの姿が見えた。私は店内を見回したが、とくに怪しい人物は見当たらなかった。それどころか、トクを観にきた若い女性たちが客席のほとんどを埋めていた。トク率いるクインテットは、哀愁を帯びた『オータム・ウィンズ』で観衆を魅了していた。

私はバンドメンバーの服装を見て思わず微笑んだ。Tシャツ、ジーンズ、スニーカー。全員が長く伸ばした髪を茶髪にしていた。同世代の若者の目には格好よく映るだろう。私の目には、いかにも若く見えた。

客のあいだを縫うようにしてみどりに近づいた。みどりは私に気づいていたが、何の合図もしなかった。

軽いカシミヤと思しき素材の、体にぴたりと張りついた黒い袖なしのタートルネックを着ていた。対照的に、顔や腕はほの白い光を放っているようだった。椅子の背にゆったりと体を預けている。年月と着用から肌になじんだ革パンツ、ハイヒールのブーツ。装飾品はダイヤモンドのスタッドイヤリングだけ。アクセサリーや化粧で過剰に飾り立てないところが好ましかった。飾り立てる必要もない。

「来ると思ってなかったわ」みどりが言った。

音楽のなかでも聞こえるよう、私は彼女の耳に口を近づけた。「きみのメッセージを聞かないだろうと思った？」

みどりは片方の眉を吊り上げた。「時刻と場所を指定したら現れないだろうと思ったの」

ふむ、呑みこみが速い。私は肩をすくめた。「こうしてちゃんと来たよ」

空席はなかった。みどりが立ち上がり、私たちは壁に寄りかかった。肩さえ触れない距離を保った。みどりは飲み物を手に持っていた。

「何を飲んでる？」

「アードベッグ。あなたが教えてくれたお酒よ。覚えてる？　あなたみたいな味がする」

「気に入ってるとは意外だな」

みどりは横目でちらりと私を見た。「ほろ苦い味」

ウェイトレスが通りかかった。私はアードベッグを注文した。それからしばらく、悲しみと孤独と失望について歌うトクの声に耳を傾けた。観衆は一心に聴き入っている。ステージが終わり、続いてわきおこった拍手が静まると、みどりが私のほうに顔を向けた。その顔に気遣いと、同情さえ浮かんでいるのを見て、私は虚をつかれた。だがすぐにその理由に思い当たった。

「聞いた？……ハリーのこと」みどりが言った。

私はうなずいた。

「残念だわ」

私は一瞬待ってから言った。「殺されたんだよ。きみがハリーの尾行を依頼した私立探偵が、まずい相手に情報を漏らした」

みどりの顎ががくりと落ちた。「知って……でも、事故だと聞いたわ」

「それは嘘だ」

「状況からさ。連中は俺を見つけたと考え、もうハリーに用はないと判断した。そのうえ、ハリーの腹はアルコールでふくれてた。だがハリーは酒を飲まない」

「そんな」みどりは口もとに手を当てた。

私は彼女を見つめた。「次に私立探偵を雇うときは、守秘義務ってものをもう少し深刻に受け止めてる事務所を選ぶんだな」

みどりは口もとに手を当てたまま首を振った。

「悪かった」私は目を伏せた。「いまのはひどい言いかただった。悪いのは手を下した奴らだ。ほかの誰のせいでもない。それにハリー自身のせいだな。愚かな真似をしたハリー自身の」好ましくない部分を省きながら、彼らがハリーをはめた手口をみどりに説明し、ハリーが私の助言に耳を貸さなかったことを話した。

「いい人だったのに」私の話を聞き終えると、みどりは言った。「彼はあなたは死んだと言ったけれど、嘘をついてるんじゃないかと疑ったの。だから私立探偵を雇って彼を見張らせたのよ。でもとても善良な人に思えた。茶目っ気があって内気で、あなたを尊敬してるって傍《はた》から見ていてもわかった」

私は力なく微笑んだ。故ハリーへの賛辞。

「俺がきみだったら、東京にいるあいだは用心するよ。連中は俺を見失った。しかしまた探そうとするだろう。きみが東京にいることを知ったら、関心を持つかもしれない。ハリーに関心を持ったように」

長い沈黙があった。やがてみどりが言った。「どのみち明日にはニューヨークに戻るの」

私はゆっくりとうなずいた。次に何を言われるかわかっていた。

「あなたと会うのはこれが最後」

笑みを浮かべようとした。切ない笑みになった。「そうだろうと思った」

「あなたから何を奪ったらいいかわかったわ」

「そうか」

みどりはうなずいた。「初めはね、あなたに復讐したいんだと思ってた。どうやってあなたを傷つけるか、あなたが私に与えたのと同じ苦しみをどうやって与えるか、そればかり考えてた」

意外ではなかった。

「そのことであなたを恨んだわ」みどりが続ける。「憎しみは、抱くに値しない感情だといつも思ってたから。薄っぺらで、結局は無意味なものだもの」

そのような哲学を信じ受け入れるとは、これまでいかに幸せな人生を歩んできたのかと、つかのま驚嘆の念に駆られた。その瞬間、そんな彼女を愛おしく思った。

みどりはアードベッグを一口飲んだ。「でもこの前あなたに会って考えが変わったの。あなたはあのディスクを取り返して、私の父がやり残した仕事を終わらせようと本気で努力したんだって気づいたことがその理由の一つ。もう一つは、あのディスクを探してたほかの人々の手から私を守ろうとしてくれたのだと知ったこと」

「本当の理由はほかにあるだろう？」

みどりは目をそらし、少し前までバンドが演奏していたステージを見やったあと、私に視線を戻した。「あなたという人を理解したこと。あなたは現実世界に属していない。少なくとも私の現実にはね。あなたは亡霊のようなものだわ。影のなかで生きていくことを強いられた存在。そういう人は憎むに値しないと気づいたのよ」

私が憎むに値するかどうかと、彼女が私を憎んでいるかどうかは別の問題だ。彼女はそのことを理解しているだろうか。「憎む代わりに哀れに思ったか」私は訊いた。

みどりはうなずいた。「そうかもしれない」

「憎まれるほうがまだましだという気がするな」私は言った。軽口のつもりだったが、彼女は笑わなかった。

みどりは私の顔を見つめた。「だから会うのは今夜かぎり」

だめだと言いかけた。それでは辛すぎると喉まで出かけた。

だが、痛みとはあとで向き合おうと思い直した。いつもそうしてきたではないか。

私たちは新宿の〈パークハイアット〉に行った。みどりは〈オークラ〉に滞在していたが、連れ立ってそこへ戻るのは危険が大きすぎた。

ホテルへはタクシーで向かった。車内では見つめ合いはしたものの、言葉は交わさなかった。チェックインをすませて部屋に入ると、電灯は消したままにした。大きな窓の前に立ち、周囲を取り巻く青紫色の光のなかで瞬く新宿の明かりをながめるのは、ごく自然なことと思えた。

私は高みから街を見渡しながら、この瞬間に至るまでのすべての出来事を思い返していた。幾度となく思い描き、愚かしくも恋い焦がれたこの瞬間、手の届かないところへ逃げていこうとしているのを感じながらも、心行くまで味わおうとしているこの瞬間。

やがて彼女の視線を感じた。私は彼女のほうを向き、彼女の頰の輪郭を、首筋を手の甲でなぞり、すべてのディテールを脳裏に焼きつけようとした。彼女が去ったあとも、心にとどめておきたかった。気がつくと、彼女の名を呼んでいた。静かに、幾度となく。一人きりで彼女を思い出すときに口をついて出るように。やがて彼女が体を寄せ、私に両腕を回して抱き締めた。彼女の腕は思いがけなく力強かった。

記憶にあるとおりの香りがした。清潔で、相変わらずどこのものかわからない香水のかすかな名残を漂わせた香り。ワインを連想した。待ち、待ち続けたあとにそっとグラスに注ぎ、注いだあとも、飲めばなくなってしまうことを惜しんで、口にするのをついためらうようなワイン。

長い口づけをした。優しく、急がず、窓の前に立って。いつしか私は、ここに二人で来た理由、そして一人ずつ去らなくてはならない理由を忘れていた。

初めてのときと同じように、素早く、ほとんど乱暴といっていい手つきで、互いの服をはぎ取った。私は前腕にテープで留めていた警棒を外し、脇に置いた。彼女はそのことを尋ねるほど愚かではなかった。全裸になると、キスを続けながら、彼女が体を強く押しつけてきた。私はその勢いに押されるようにして、キングサイズのベッドのほうへと後ずさりした。脚の裏側がベッドにぶつかった。私は縁《へり》に腰を下ろした。彼女が覆いかぶさってくる。片手をベッドにつき、もう一方を私の胸に当て、私を押し倒す。彼女が私の腰をまたぎ、片手を胸に押し当てたまま、もう一方を私の股間に伸ばした。一瞬、強く握られた。痛いほどだった。やがて黒い瞳で私を見つめると、黙ったまま、私を導き入れた。

初めはゆっくりと、ためらいがちに動いた。互いの真意を測りかねている二人の他人のように。私の両手は彼女の体の地形をさまよった。動いたかと思うと、彼女の息遣いや彼女の声の高まりに応えてどこか一点にとどまる。彼女は両手で私の肩を押さえ、自分の体重で私の自由を奪うと、激しく腰を動かした。私は彼女の表情を目で追った。窓に映る光のなかに、その輪郭が浮かび上がっていた。私たちの体のあいだに、熱や流れのような形のない何かが波のように押し寄せるのを感じた。私は足をベッドに引き上げた。二つの体が作る角度が変わり、私はなおも深く彼女のなかに入った。彼女の呼吸が短く速くなった。私はこらえた。彼女より先に果てたくはなかった。しかし彼女はいっそう速く、性急に腰を動かし、私は頂点に達しようとしていた。うなるような、泣き声にも似た音が彼女の喉から漏れ、彼女が前かがみになる。顔と顔が触れそうだった。彼女の目が私の目を見つめた。彼女がいくのがわかった。続いて私もいった瞬間、彼女のささやきが聞こえた。「あなたが憎い」彼女は泣いていた。

そのあと、彼女は上体を起こしたが、両手は私の肩を押さえたままだった。顔をうつむける。影がその顔を呑みこんだ。声は聞こえなかったが、涙のしずくが私の胸や首にぽたり、ぽたりと落ちた。

何を言っていいかわからなかった。彼女に触れるべきかどうかもわからなかった。そのまま長い時間が過ぎた。やがて彼女は私の体から下りると、無言のままバスルームへと歩いていった。私は体を起こして待った。しばらくして、彼女はホテルの備え付けの白いパイル地のローブを羽織って現れた。私を見つめたが、何も言わなかった。

「俺は帰ったほうがいいね」私は言った。

彼女は目を閉じてうなずいた。

「わかった」私はベッドから下りて服を着た。それから彼女に向き直った。

「ニューヨークで成功してることは知ってる。がんばれよ」

彼女が私を見た。「あなたはこれからどうするの？」

私は肩をすくめた。「俺たち夜の生き物のことはわかるだろう。陽が昇る前に岩を見つけて、急いでその下に潜りこまないと」

彼女は無理に笑顔を作った。「そのあとのことよ」

私はうなずき、考えた。「まだわからない」

沈黙があった。

「お友だちに協力すべきだわ」彼女が言った。「そうするしかないもの」

「不思議だな、あいつもいつも同じことを言う。幸いなことに、俺は陰謀なんてものを信じないが」

彼女の顔に同じ笑みが浮かんだ。今度はさっきよりも苦しげではなかった。「あの人の動機は、たぶん自分本位なものだわ。私のは違う」

私は彼女を見つめた。「あんなことを言われたあとだ、きみの動機を信じていいかわからない」

彼女は目を伏せた。「ごめんなさい」

「いや、気にすることはないさ。きみは正直な気持ちを言っただけのことだ。あれほど率直に言われたのは初めてだがね。とりあえず、あのときまでは」

また笑みが浮かんだ。悲しげな笑みだった。だが、それは本物に見えた。「いまも正直でいるつもりよ」

それ以上そうしていられなかった。私は彼女に近づいた。彼女の髪の香りを嗅ぎ、彼女の肌の温もりを感じるほど近づいた。そこでためらい、目を閉じた。深く息を吸った。ゆっくりと吐き出した。

さよならという日本語は、あまりにも明白に終わりを告げる。それを避けたくて、英語でささやいた。「グッドバイ、みどり」

ドアの前に立ち、いつもの癖でのぞき穴から外の様子を確かめた。廊下は無人だった。

振り返ることなく、廊下に出た。

廊下を歩くのは辛かった。エレベーターに乗るころには、少し楽になっていた。通りに足を踏み出したとき、最悪の瞬間は過ぎたことを確信した。

頭の奥で声が聞こえた。静かだが、決して黙ろうとしない声。〝これでよかったんだ〟

その声はそう繰り返していた。

21

新宿の裏通りを縫って東へ向かいながら考えた。今夜はどこに宿を取るべきか、明日の朝、目が覚めたら何をするか。ほかのことは頭から追い出した。

深夜だった。しかし通りには、虚空にぼんやりと輝く星座のように人々の小さな群れが点々と散っていた。ホームレスに物乞い。客取りにぽん引き。希望を失い、社会からつまはじきにされ、すべてを奪われた人々。

心が痛んだ。その痛みをどうしたら忘れられるか、わからなかった。

そのとき、ポケベルが低くうなった。

とっさに浮かんだ名前は——みどり。

彼女からではないことはわかっていた。彼女はこの番号を知らない。たとえ知っていたとしても、連絡をよこそうとはしないはずだ。

ディスプレイを確かめた。見覚えのない番号が表示されていた。

公衆電話を探し、その番号にかけた。呼び出し音が一度鳴って、女の声が英語で応えた。

「はい」

ナオミだった。

「やあ」私は言った。「きみにこの番号を教えたことをあやうく忘れかけてたよ」

「気を悪くしてないといいけれど」

「ああ、歓迎だよ。ちょっと驚いただけだ」驚いたのは事実だった。警戒レベルが一段階上がった。

沈黙があった。「実は、今夜はクラブが暇で、早く帰ってきたの。どうかしら、いまから来られない？」

〈ダマスク・ローズ〉に暇な夜があるとは想像しがたかったが、そういうこともあるのかもしれない。しかしたとえそれが本当だとしても、先にどこかへ行こうと誘われるほうが自然だという気がした――遅めの夕食を取るとか、軽く飲みに出かけるとか。彼女のマンションでのありふれた逢い引きではなく。警戒レベルがさらに上がった。

「いいよ」私は答えた。「きみが疲れていないなら」

「大丈夫。ぜひ会いたいの《ウッド・ラブ・トゥ・シー・ユー》」

奇妙だった。ナオミは〝ウッド〟を〝私たち《ウィド》〟とも聞こえるように曖昧に発音した。いつものポルトガルなまりとはそぐわない。何らかのメッセージか？　警告か？

腕時計を確かめた。午前一時三十分になろうとしていた。「一時間くらいで行ける」

「待ってるわ」

電話は切れた。

何かおかしい。ただ、何がおかしいのか、正確に指差すことはできない。

彼女から連絡があること自体がそもそも妙だった。しかも、店が早く引けたという。とはいえ、店が早く引けたから連絡してきたのだと考えれば一応の納得はいく。彼女の口調はごく普通だった。しかし、あの不自然に発音された一語が気になった。

ここで考えるべきは、これが罠だと知っていたら、どうするかだ。罠だと疑っていたらではなく、知っていたら。

別の公衆電話を探し、タツに電話をかけた。留守番電話が出た。もう一度かけた。だめだ。張り込みでもしているか何かだろう。

いや、あいつはふつうに昼間働いている人間なんだ、と思い直す。それにしても、肝心なときに連絡が取れないとは。

安全なのは、そして賢明なのは、単独で乗りこまずに待つことだ。しかしこれは好機かもしれない。そうだとしたら逃したくない。

麻布十番の外れまでタクシーで行った。ナオミのマンション周辺の見取り図はしっかりと頭に入っている。雨のなかナオミを待った晩に自分の足で歩いて偵察し、監視に好都合な場所を利用したからだ。直角に交わる路地に面した建物には、ひさしのついたごみ置き場がある。理想的な待ち伏せ場所だ。私が現れるのを待っている人物がいるとすれば、そこに潜んでいるだろう。私がナオミをそこで待ったと同じように。

建物の裏手に続く道の入口を目指して歩いていると、2サイクルのオートバイの甲高い音が近づいてきた。宅配ピザ屋のスクーターだった。荷台には持ち運び可能な保温器がくくりつけられ、店の宣伝文句を書いた板がついている。私は見た目どおりのものであることを確かめようと、オートバイをよくよく観察した。間違いない。深夜のアルバイトをして小遣いを稼ごうとしている若者だ。保温器のなかのピザの香りがした。

ふと思いついた。

私はオートバイのほうに手を振った。オートバイは私のすぐ前に停まった。

「一つ頼みがあるんだが」私は日本語で言った。「一万円でどうだろう」

若者はわずかに目を見開いた。「いいけど。どんなこと？」

「この道の奥に建物がある。こっちから行くと右手だ。ひさしがあって、壁ぎわにごみ容器が並んでいる。友人がそこで待ってると思うんだが、ちょいと驚かせてやりたくてね。向こうからこっちへ走ってくるとき、通りがかりによく見てみてくれないか。誰かいるかどうか教えてくれればいい」

若者はますます大きく目を見開いた。「それだけで一万円？　いいよ、やる」

私は財布から五千円札を取り出した。「半分は前金だ。残りは戻ったときにまた」

若者は札を受け取り、オートバイを走らせた。三分後、戻ってきた。

「いたよ。言われたとおりの場所にいた」

「ありがとう」私はうなずきながら言った。「助かったよ」残りの五千円を差し出す。若者は札を見つめた。信じられないという表情がよぎったが、すぐに大きな明るい笑みを浮かべた。

「ありがとう！　何だか得しちゃったな！　ほかに用事はない？」

私は苦笑して首を振った。「今夜はこれだけだ」

若者はがっかりしたような顔をしたが、それは期待しすぎだと思い直したように、また微笑んだ。「そっか。でも、ありがとう」そう言うと、エンジンを吹かして走り去った。

腕に留めていたテープをはがして、鋼鉄の警棒を右の掌に滑らせた。次に雪子の唐辛子スプレーを取り出し、左手に握る。それからヴェトナムでの長期偵察任務で身につけた、足音の立たない歩きかたでそろそろと動きだした。建物の壁を抱くようにし、角に来るたびに向こう側を点検してすべての要注意箇所に目を走らせ、安全を確認してから足を前に運ぶ。

待ち伏せ場所までの百メートルを三十分近くかけて進んだ。あと三メートルのところまで来たとき、ごみ容器がまばらになって身を隠すところがなくなり、それ以上進めなくなった。私は低くかがんで様子をうかがった。

五分が過ぎた。マッチをする音が聞こえた。続いて、重ねられたゴミ用器のすぐ向こう側から青い煙の雲がふわりと広がった。そこで待ち伏せしているのが誰であるにしろ、村上でないことは確かだった。村上がそんな無考えなことをするはずがない。

唐辛子スプレーをポケットに戻し、伸縮自在の警棒をゆっくりと最長まで伸ばす。先端を強く引っ張って完全にロックされたことを確かめて、右手でしっかりと握った。目の前に立ち上る煙を見ながら、吸い、吐き出すタイミングを計る。そこにいる誰かが煙を吸いこみ、胸一杯に広がるニコチンの美味さにいくらか気を取られる瞬間をじっと待った。吸う。吐く。吸う。吐く、吸う……

私はしゃがんでいた場所から勢いよく飛び出した。反対側の肩を掻こうとしているかのように、警棒を持った腕を首の前に構え、空いたほうの手を持ち上げて顔と頭を守る。一瞬のうちに距離を詰めた。最後のごみ容器の端を回ったとたん、そのすぐ向こう側に立っていた男の姿が見えた。村上のボディガードの一人だった。腰までの長さの黒い革ジャケットを着て、サングラスとウールのニット帽で軽い変装をしている。私が近づく思いがけない音を聞いて顔をこちらに向けかけたときには、私はもう目の前にいた。

男の口が開く。煙草は唇の端に力なくぶら下がった。右手がポケットのコートに向かって動いた。すべてがゆっくりと、鮮明に見えた。

右足を踏みこみながら、男の横面に警棒を打ちつけた。男の頭は衝撃で左に跳ねた。サングラスが振り落とされる。煙草が唇から吹き飛び、まるで使用ずみのライフルのカートリッジのように地面に転がった。歯と血しぶきがそのあとを追いかける。男はうしろによろめいて背中から建物にぶつかり、そのまま壁をずり落ちた。私はすかさずそこに近づくと、警棒の太いほうの端を男の顎の下に食いこませ、滑り落ちる男の体を引き止めた。

「村上はどこだ？」

男は咳きこんで血と歯髄を吐き出した。

男が空嘔吐《からえず》きをし、目の焦点を合わせようとしているあいだに、私は男の服を上から叩いて持ち物を調べた。ジャケットに村上が持っていたようなナイフがあり、ベルトには携帯電話が下がっていた。両方を取ってポケットに入れた。

それから警棒の端をなおも強く食いこませ、もう一度訊いた。「村上は？」

男は咳をして唾を吐いた。「なかだ」怪我のせいで、いびつな発音だった。

「もう一人はどこにいる？」

男はうめき、手を顔に持っていこうとした。私は警棒をいっそう強く押しつけた。男は顔をしかめて両腕を下ろした。

「もう一人はどこだ？」もう一度訊く。

男は息を吸った。喉からぜいぜいという音がした。「表だ」

道理にかなっている。私が彼らなら、やはりそこにもう一人を配置しただろう。

警棒を下ろし、先端を男のみぞおちに突き立てた。男は背を丸めて低い声を漏らした。背後に回り、警棒を横にして男の喉仏にあてがい、膝を背骨にめりこませる。そのまま背を反らせ、警棒を引き、膝を前に押し出した。男の両手が鋼鉄の棒に飛び、圧迫を和らげようとしたが、すでに遅かった。喉頭がつぶれた。男は三十秒ほど声を立てずにもがいていたが、やがてぐったりと私の腕のなかに倒れこんだ。

私は死体を横たえ、周囲を見回した。人の気配はない。男の帽子とジャケットを取り、身に着けた。地面に目を走らせ、サングラスを探した——あった。それも着けた。

死体を引きずって陰の奥に隠し、まだ火のついたままの煙草を拾って口にくわえた。警棒を地面に叩きつけて短く折り畳むと、ジャケットのポケットに滑りこませ、唐辛子スプレーの缶を握った。

建物の裏手とは違い、正面側には直角に交わる道はなく、見張りに適した物陰も少ない。事実上一か所しかないことはわかっていた。通りの真向かいの建物に沿って走る路地だけだ。

サングラスと帽子を着け、煙草をくわえたまま、マンションの正面に回った。顔をうつむけ、視線は前に向けた。こういう連中は、通行人や防犯カメラの目を避けて、こういう姿勢で歩くだろう。

角を曲がったところで、もう一人のボディガードの姿が見えた。いましがた故人となった相棒と似たような服装をしていた。私は揺るぎない早足でそいつのほうにまっすぐ向かった。私たちがかけているサングラスは、軽い変装としてはうってつけだが、夜間の視力を大幅に奪う。男は私を相棒と勘違いしている。相棒を出迎えようとするように陰から足を踏み出した。私がなぜ持ち場を離れたのか、いぶかしく思っているのだろう。

あと三メートルまで迫ったとき、男が困惑したように唇を結んだ。残り二メートルで、どこかが明らかにおかしいと気づいたに違いない、顎ががくりと落ち始めるのが見えた。あと一メートル。彼の疑問はすべて唐辛子スプレーの雲によって答えられた。

両手が顔に飛び、男はうしろによろめいた。私は煙草を吐き捨て、缶をジャケットのポケットに入れると、警棒を抜き出した。手首を返して伸ばし、男の背後に回って、彼の相棒にしたと同じように喉仏にあてがう。今回は前よりも力を込めて引いた。喉頭だけでなく頸動脈もつぶれた。男の指が鋼鉄の表面を引っ掻き、足が踏ん張りどころを探して地面の上を滑った。私は何秒とかからず男を路地に引きずりこんだが、暗がりに届く前に男は息絶えていた。服を探った。ナイフと携帯電話が見つかった。ナイフはそのままにした。携帯電話はいただいた。

警棒を畳んでポケットにしまい、通りの向こう端へと歩いた。公衆電話があった。ナオミの電話にナンバーディスプレイ機能がついているかどうかわからない。たったいま手に入れた携帯電話を使うのは、あまりにも危ない冒険だ。

ナオミのマンションに電話をかけた。三度めの呼び出し音でナオミが出た。どこか不安げな声だった。「もしもし？」

「やあ、俺だ」

沈黙。「いまどこ？」

「今夜は行かれなくなった。ごめんよ」

また沈黙。「いいのよ。気にしないで」安心したような声。

「とにかく連絡しておこうと思って。また電話するよ。いいね？」

「わかった」

私は電話を切り、マンションの裏手に戻った。死体のすぐ脇の物陰に身を隠す。

持っていた携帯電話の一つが振動した。取り出して開く。

「はい」

村上のトレードマークとも言えるだみ声が聞こえた瞬間、全身の血管にアドレナリンが放出された。「奴は今夜は来ない」村上が言った。「すぐに下りる。八木に連絡して、いつでも動けるようにしておけ」

八木というのは、始末した二人のうちのどちらかだろう。「はい」

電話は切れた。

携帯電話をジャケットのポケットに戻し、警棒を取り出して、畳んだまま右手に持つ。左手には唐辛子スプレーの缶を握った。心臓が胸の奥で重い音を立てている。鼻から深々と息を吸いこみ、止めて、吐き出す。

裏のエントランスは目立たず、人通りも少ない。防犯カメラもなかった。前に私がここから出たように、村上もこのエントランスを使うに違いない。

近くの街灯が落とすほのかな光の輪の縁《へり》に立った。そこにいれば、村上から私の輪郭は見えるが、顔かたちは陰が覆い隠してくれる。急襲の効果を最大限にするために、できるだけ近くまで村上を引き寄せたかった。私の強みは、これが不意打ちであることだけかもしれない。

二分後、村上が裏のエントランスから現れた。私はサングラスをかけ、帽子を目深にかぶって、陰のすぐ内側に下がった。

村上は犬を連れていた。犬は綱をぐいぐいと引っ張っている。口輪をはめていないせいですぐにはぴんとこなかったが、あの白いピットブルだった。アドニスとの試合のあと、車のなかにいたあの犬だ。

くそ。

向きを変えて逃げ出したくなった。しかし犬のもっとも先祖返り的な本能は、逃走によって刺激されるものだ。逃げれば犬が私の存在を察知し、背後から飛びつかれる危険が大きくなる。このまま最後までつきあうしかない。

村上が犬にわずかなりとも気を取られてくれていることがせめてもの救いだった。村上は私に気づいてそっけなくうなずいたあと、すぐに犬に目を落とした。犬はうなり始めていた。

忠実なワン公じゃないか――私は考えた。忠実でいまいましいワン公だ。

村上と犬が近づいてくる。村上はまた目を上げたが、すぐに犬に視線を戻した。畜生はいまや本格的にうなり声をあげ始めていた。腹の底から響くような、重く震える威嚇《いかく》の声。

村上はさほど気にしてはいないようだった。ドッグフードに火薬とステロイドを添えて食い、ハラペーニョの座薬をデザート代わりにするような犬だ。風が吹いただけでもうなるだろう。村上にしてみればいつものことなのだろうし、下手をすれば、そういう反応を喜んでさえいるかもしれない。

村上と犬がさらに近づいてくる。犬は制しきれないほど興奮し、歯を剝き出して綱をぐいぐいと引いていた。村上が視線を下に向けて犬を見た。「どうした？」

村上の頭が持ち上がり始める。まだ距離はあったが、次に私の顔を見た瞬間にからくりを見破るに違いない。これ以上のチャンスは二度と訪れないだろう。

私は飛びかかった。大股に二歩踏んで距離を詰める。村上は瞬時に反応した。引き綱を放し、上半身と頭を守るために両手を持ち上げた。

その反応は訓練の賜物だった。私はそれを予期していた。犬のほうが危険度が低いと判断してそちらにはかまわず、腰を落とすと、右腕を体の左側に引き寄せ、テニスのバックハンドのように前に向かって振り出した。入れ子になった警棒が伸び始める。村上の前に踏み出したほうの足首に打ちつけられたときには、警棒は期待どおり六十六センチまで伸びていた。奴の足首に鋼鉄がぶつかる手応えは、かつて感じたことのない、胸がすくようなものだった。もし的を外していたら、数秒後には私が死ぬことになっていただろう。

しかし、警棒は的をしっかりととらえた。骨が砕ける感触が鋼鉄越しに伝わってきて、村上の遠吠えのような悲鳴が聞こえた。次の瞬間、白い犬が視界を埋めた。まるで巡航ミサイルのように突進してくる。

かろうじて左手を持ち上げて喉を守った。犬は猛烈な勢いで飛びかかってきて、手首のすぐ上に食らいついた。痛みが炸裂《さくれつ》した。衝撃で、私の体はうしろに跳ね飛ばされた。

背中から地面に落ちてあの獣にのしかかられたら、あとで清掃員が片づけるべき肉片さえ残らないだろうことはわかっていた。本能と柔道の訓練から、私は犬と自分を合わせた勢いを利用してうしろ向きにとんぼ返りをし、着地したところで地面にしゃがみこんだ。犬はまだ手首の上に食らいついたままだった。歯をむき出し、首を振って、訓練されたとおりに死にものぐるいで顎にぐいぐいと力を入れてくる。腕の感覚がなくなった。

警棒を持ち上げて脳天をかち割ってやろうとしたが、できなかった。犬の鉤爪《かぎづめ》が舗装された路面を引っ掻いて足がかりを探し、私を仰向けに倒そうとしている。

私は警棒を放り出し、無事なほうの手を伸ばして、犬の睾丸を探った。犬は左によけ、右によけた。私の意図を察している。それでも私は狙いのものを見つけた。犬の一物をつかみ、こんな勢いで何かを引っ張るのは生まれて初めてだというくらいの力で、下向きにぐいと引っ張った。腕に食らいついていた顎がゆるんだ。私は犬を振り払った。

よろめきながら立ち上がる。犬は地面の上でもだえていたが、すぐに立ち上がった。歯をむき出してうなりながら、血走った目で私をにらみつけている。

私は左腕にちらりと目を走らせた。まるで死後硬直したように、唐辛子スプレーの缶を握ったまま指がはがれなくなっていた。犬の顎に圧迫されて、腱《けん》がこわばって動かなくなったらしい。

犬の筋肉に力がみなぎるのがわかった。私は動かせるほうの手でスプレー缶を引きはがした。犬が跳躍する。私は缶を前に突き出し、ボタンを押した。

圧力のかかったガスが噴き出す小気味よい音がして、赤い雲が獣の顔を直撃した。犬の跳躍の勢いは止まらず、私はぶつかられてうしろざまに倒れたが、犬は身悶えし、よだれを垂らすばかりで、もはや攻撃はしてこなかった。私はひくつく体を蹴飛ばすようにしてその下から逃れると、体勢を立て直して腰をかがめた。

犬は地面の上をのたうち回った。自分に苦悶を与えている物質をこそげ落とそうとするように、躍起になって鼻先をアスファルトにこすりつけている。私はスプレー缶を持った手をふたたび伸ばした。犬が涙まみれの顔をこちらに向けた瞬間、鼻と口を狙ってボタンを強く押した。濃い雲が噴き出したが、次の瞬間、唐突に止まった。なかのガスがなくなったらしい。

だがそれで充分だった。犬の体は痙攣《けいれん》し始めた。さっきまで身をくねらせていたのがただふざけて転げ回っていたように思えるほど、激しい痙攣だった。オレオレジン・キャプシカム刺激剤にはふつうなら致死性はないが、この犬のように濃度の高いガスの直撃を食らった場合は例外なのかもしれない。

村上のほうを振り返った。立ち上がってはいたが、傷ついていないほうの足だけで全体重を支えている。右手にカーショーのナイフを握り、体に引きつけて構えていた。

私は地面に目を落として警棒を探した。動かせるほうの手で拾い上げ、村上に近づく。だらりと垂れた左手は言うことを聞かなかった。

村上の腹の底から低いうなり声が漏れていた。飼い犬の声に似ていなくもない。

警戒しながら周囲を回り、村上に私の動きに合わせて向きを変えさせた。村上は自分がどこまで動けるか探っている様子だった。足首への一撃が破壊的だったことはわかっていた。また同時に、村上が損傷の程度をわざと大げさに見せて、私が自分の優位を過信して性急に動いた隙を狙おうとするだろうこともわかっていた。警棒をつかむなり何なりして私の防御の内側に入りこみさえすれば、彼のナイフと思いどおりに動く二本の腕が勝敗を決することになるだろう。

だから、時間をかけた。警棒でフェイントをかける。左。右。ナイフを持ったほうの手に向かって円を描く。そうすれば、村上が空いた手で何かをつかもうとしても困難だ。しかも絶えず動き続けなければならず、傷ついた足首に負担がかかる。

左右のフェイントを繰り返し、それに村上が慣れたころ、今度は顔や首を狙ってまっすぐに警棒を突き出した。村上は空いたほうの手で払いのけながら警棒をつかもうとしたが、その動きを予期していた私は、ぎりぎりのところで警棒を引っこめた。そして次の瞬間、テニスのバックハンドの要領で警棒を振った。鋼鉄の棒が村上の側頭部を直撃した。

村上が片膝をついたが、私は急がなかった。私の直感は、あれは芝居だ、今度も私を誘《おび》き寄せようとしているのだと告げていた。接近すれば、リーチの長い警棒の有利さは失われる。

村上の顔の脇を血が流れ落ちた。村上の目がこちらを向いた。一瞬、恐怖の表情が、強い風に運ばれる激しい雨のように村上の顔の上をさっと通り抜けた。彼の芝居は功を奏さなかった。彼自身もそのことに気づいている。私が時間をかけて徐々に疲れさせようとしていることに、そして私は彼につけこまれるような愚かな真似をしそうにないことに、気づいている。

思い切った賭けに出なければ、村上に勝機はない。私は円を描きながら、村上が動くのを待った。

ほんのわずかに距離を詰めさせる。村上が期待を抱く程度に距離を詰めさせる。

私はフェイントをかけては脇へ飛びのき、傷ついた足に体重をかけさせた。村上の息が上がり始めた。

大きな気合いとともに村上が飛びかかってきた。ジャケットの袖をつかんで私を引き寄せ、ナイフを突き立ててやろうと、空いたほうの手を伸ばす。

だが、傷ついた足首がその勢いを鈍らせた。

私はななめうしろに大きく一歩下がると、警棒を村上の上腕に振り下ろした。威力は犠牲にして正確さとスピードを取った。それでも充分な手応えを感じた。村上が苦痛のうめき声を漏らす。私はさらに二歩下がって損害の大きさを量った。村上は打たれた腕を抱くようにして私を見据えた。そしてにやりとした。

「来いよ。俺はここだ。一息に殺せ。怖がることはない」

私はふたたび円を描いて動いた。村上の挑発は私には何の意味も持たなかった。

「お前の友だちは、情けない悲鳴をあげながら落ちていったよ」村上が言った。「あの小僧は……」

私は一歩で距離を縮めると、警棒の先を奴の喉に突き立てた。村上は傷ついた腕を持ち上げて警棒をつかもうとしたが、そのときには私はすでに警棒を自分の体に引き寄せていた。それと一続きの動作で高さを変え、腰をかがめると、ふたたび警棒で村上の脚を打ち据えた。村上は悲鳴をあげてがくりを膝を折った。

私は飛びかかられないように奴の背後に回った。

「いまみたいな情けない悲鳴だったか？」低い声で訊く。そして鉈《なた》を振り下ろすようにして警棒を村上の頭に叩きつけた。

村上は脇腹を下にして地面に倒れこんだが、すぐによろめきながらバランスを取り戻そうとした。私は警棒をまた振り下ろした。もう一度。頭皮から血のしぶきが飛び散った。気がつくと私は大声でわめき散らしていた。言葉にならない叫び声だった。

何度も何度も殴りつけた。腕や肩がうずき始めるまで。一歩大きく下がって地面に両膝をついた。肩で息をする。犬のほうを見た。ぴくりとも動かなかった。

しばらくそのまま息を整えた。警棒を畳もうとしたが、うまくいかない。目を落として、その理由がわかった。まっすぐだった鋼鉄の棒は、たったいま村上にしたことの衝撃で、弓なりに曲がっていた。

いやはや。私は立ち上がって、死体をひさしの下の暗がりに引きずっていき、お仲間の隣に並べた。片手で引きずるのは一苦労だったが、どうにかやり遂げた。犬はもう少し楽だった。ボディガードたちの携帯電話を取り出し、きれいに拭って地面に落とした。サングラスも同様にした。最後は警棒だ。被害者の頭骨の形に曲がった長さ六十六センチの凶器を持って歩いているところを見つかりたくはない。革ジャケットを脱ぎ捨て、もろもろの山のてっぺんに放った。

ひさしの近くに並んだごみ容器のいくつかに雨水がたまっていた。その水を使って周辺を洗い流し、血の痕が目立たないようにした。それがすむと、ゴミ容器についた指紋を拭い取った。

最後に建物の正面に回り、二人めのボディガードを始末する前に吐き捨てた煙草を探した。火をもみ消して、吸い殻をポケットに入れた。

それからナオミの住むマンションに行き、彼女の部屋のブザーを拳で押した。まもなく彼女の声が聞こえた。怯えた声だった。「どなた?」

初めてクラブで会ったときに何と名乗ったか、とっさに思い出せなかった。ああ、そうだ。本名を教えたんだった。

「俺だ。ジョンだ」

息を呑む気配がした。「一人?」

「ああ」

「わかった。上がってきて。急いで」

ビーという音がしてドアのロックが外れた。ドアを開けた。朝になれば、誰かが防犯カメラの録画テープを再生するに違いない。その人物に顔をはっきりと見られることのないよう、うつむいて通り過ぎた。階段で五階に上がり、彼女の部屋のドアを軽くノックした。

のぞき穴の向こうの明かりが一瞬さえぎられた。次にドアが開いた。私の顔を見るなり、ナオミは驚いたように口を大きく開いた。

「オー・ミュー・デウス。ミュー・デウス。どうしたの？」

「連中が出てくるところに行き合った」

彼女は首を振ってまばたきをした。「入って。入って」私を玄関に招き入れてドアを閉める。

「長くはいられない」私は言った。「じきに誰かが奴らを見つけるだろう。そうなったら、この近所は警察官だらけになる」

「奴らを見つける……」彼女はつぶやいた。すぐにその意味に思い当たったのだろう、表情がこわばった。「まさか……殺したの？」信じられないというように首を振る。「オー・メルダ」

「何があったか話してくれないか」

ナオミは私の顔を見つめた。「今夜、クラブにあの人たちが来たの。一緒に来いと言われたけど、理由は話そうとしなかった。怖かったわ。ここに案内させられたの。このマンションに。村上は犬を連れていた。言うとおりにしなければ、その犬をけしかけると脅された」

彼女は私を見つめていた。たぶん、私が何を考えているかと恐ろしいのだろう。

「気にするな」私は先を促した。「それで？」

「村上は、私がクラブの外であなたと会ってることを知っていると言ったわ。あなたに連絡が取れることも知ってるって。電話をして、誘い出せと命令されたの」

「そいつははったりだろうな」私は言った。「最初の晩にきみが俺にメールアドレスを渡したのを盗聴マイクが拾ってたのかもしれない。それで勘を働かせたんだろう。いや、雪子が何か察して村上に話したとも考えられるな。まあ、それはどうでもいい」

ナオミはうなずいた。「あなたと会うとき、何語を使ってるのかと訊かれたわ。ほとんどは英語だと答えた。村上は英語があまり得意ではないはずだけれど、妙なことを言ったら、警告のようなことを口にしたら、犬に食わせるぞって。すぐ隣で聞き耳を立ててたの。警告しようとすれば、あなたが何か言い返すかもしれない、それで気づかれるかもしれないと怖かった。だから、あなたがすぐには気づかなくて、その場では何も言わないようなやりかたで伝えたつもり。気づいた？」

私はうなずいた。「〝ウィド・ラブ・トゥ〟」私は彼女が発音したとおりに繰り返した。

「シム。あの程度のことしかできなくてごめんなさい。怖かったの。あれ以上のことをしたらあの人に見抜かれてたわ」

私は微笑んだ。「完璧だったよ。すばらしい思いつきだ。ありがとう《オブリガード》」

私は胸の前で手首を抱くようにしていた。彼女がそれに目を留めた。「その腕、どうかしたの？」

「村上の犬にやられた」

「まあ！　大丈夫？」

　私は上腕に目を落とした。革ジャケットを着ていたおかげで、獣の牙に皮膚を破られてはいなかったが、食らいつかれたところは紫に変色し、ひどく腫《は》れていた。骨が折れているかもしれないと思った。

「大丈夫だ」私は答えた。「それより心配なのは、きみのことだよ。少し前にきみのマンションの外で三人が殺された。死体のどれかが見つかったら——すぐに誰かが見つけるだろう——警察はきっとこの一帯の防犯カメラの録画テープを押収する。きみが白い犬を連れた男に付き添われてマンションに入ってくるところが映ってるはずだ。きみのマンションからほんの数メートルのところで主人と並んで冷たくなってる白い犬と一緒にね。きみは山ほどの質問に答えなくてはならなくなる」

　ナオミは私を見つめた。「どうしたらいい？」

「万が一、警察に連れていかれたら、本当のことを話すんだ。たったいまドアを開けたことは黙ってたほうがいいかもしれないな——共犯と疑われる。しかし誰かが上がってきて押し入ろうとしたことは否定するな。録画テープに俺の姿が映ってるはずだ。用心して顔は隠しておいたが」

　彼女がうなずく。「わかった」

「しかし本当に厄介なのは警察じゃない。今夜ここに来た連中の仲間だよ。きみを追うだろう。復讐のためか、俺に近づくためか、その両方のために」

キャラメル色の肌から血の気が引いた。「今夜、あの人は私を殺すつもりだったのね」

私はうなずいた。「計画どおりに俺がここに現れていたら、奴らは俺を殺したあと、目撃者でもあり、のちのち面倒のもとにもなりかねないきみを始末しようとしただろう。だが俺が現れなかったから、きみはさほど厄介な存在とは思われてないはずだ。連中から見れば、いまさら殺すまでもないというところだろう。そのくらい単純な話さ」

「ミュー・デウス」ナオミはつぶやいた。顔が青白い。

「荷物をまとめるんだ」私は言った。「急げ。タクシーを乗り換えろ。タクシーで新宿か渋谷か、とにかくまだ人のいるところに行くんだ。そこでタクシーを乗り換えろ。今夜は、ラブホテルでも何でもいい、自動チェックインができる場所に泊まれ。支払いは現金ですませろよ。クレジットカードは使うな。朝一番の列車で、名古屋とか大阪とか、大きな空港のある街に行って、一番早い飛行機に乗るんだ。行き先はどこだってかまわない。とにかく日本を脱出すれば、安全だ。行った先から家に帰れ」

「家？」

私はうなずいた。「ブラジルの家だ」

長いあいだ、彼女は黙りこくっていた。やがて私の怪我をしていないほうの手を両手で包みこみ、私を見上げた。「一緒に来て」

その緑色の瞳をのぞきこんでいると、イエスと答えてしまいそうだった。だが、そうはしなかった。

「一緒に来て」ナオミが繰り返した。

「あなたも危険だわ」

その瞬間、私は悟った。またしても絆《きずな》が生まれてしまった。新たなハリーやみどり。CIAや山岡のようなかたくなな追跡者が、私に近づくために利用する可能性をはらんだ絆。しかも彼女はまっすぐにブラジルに向かっている。私の分身、山田氏が新天地に選んだ国へと。

その皮肉なめぐり合わせ、運命が好んで仕掛ける悪戯《いたずら》に、私の口もとには苦笑が浮かんでいたのかもしれない。彼女が訊いた。「どうかした？」

私は首を振った。「俺はいまは遠くには行けない。行けたとしても、俺と一緒に旅をするのは危険だよ。きみ一人で出発するんだ。きみがサルヴァドールに戻ったら、どうにかして連絡するから」

「本当に？」

「ああ、本当だ」

長い沈黙があった。やがて彼女が目を上げて私を見つめた。「あなたが本当に来るとは思えない。それはいいの。でも来られないのなら、ちゃんとそう連絡して。黙って私を待たせたりしないで。お願い」

私はうなずいた。みどりのことを考えていた。みどりの言葉を思い出していた。〝来るかどうかわからないものを待つ気持ちがあなたにも理解できると思うもの〟

「かならず連絡する」私は言った。

「どこに落ち着くことになるかわからないけれど、父を通して連絡が取れると思うわ。デイヴィッド・レオナルド・ナシメントよ。父には連絡先を預けておく」

「行け」私は言った。「時間がないぞ」

私は背を向けて立ち去ろうとしたが、彼女は私を引き止めて体を寄せた。両手で私の顔をはさみ、唇を強く押しつける。「待ってるから」彼女はそうささやいた。

徒歩でその界隈を離れた。姿を見られたくなかった。どこの誰かわからないタクシー運転手にも。

22

二十四時間営業のサウナで体の汚れを落とし、やはり二十四時間営業のドラッグストアに寄って鎮痛剤を買った。水なしで六錠を飲み下した。腕がずきずきと痛んだ。

そのあと渋谷のビジネスホテルに転がりこんで、泥のように眠った。

ポケベルの音で目が覚めた。夢のなかで、それはまず車庫の自動ドアの音として聞こえ、次に携帯電話が震える音として、そして最後に目覚めた世界の現実の音として聞こえた。

ディスプレイを確かめた。タツだった。やっと連絡がついたか。外に出て公衆電話を探し、タツの番号にかけた。もう正午近かった。

「無事か」タツが訊いた。

大虐殺のことをすでに耳にしているのだろう。「警察官は必要なときには見つからないというのは本当だな」

「謝るよ」

「俺が殺されてたら、謝ることさえできなかったんだぞ。ま、いまは寛大な気分でいるからな。ところで、腕を負傷した。医者に診せたい」

「誰か探そう。いまから会えるか」

「ああ」

「じゃあ、この前別れた場所で」

「了解」

私は電話を切った。

SDRを通って目黒駅へ向かった。改札口を出たところでタツとカネザキが待っていた。やれやれ。意外な人物と会えて嬉しいね。

私は二人に近づいた。タツが私を脇へ引っ張った。

「暴力団同士の抗争が起きていることになっている」タツは小声でささやいた。「やくざの争いだ。まもなく収まる」

私はタツを見つめた。「じゃ、聞いたんだな」

タツがうなずく。

「で？　人に何かしてもらったらありがとうと言えと親から教わらなかったか？」

タツは驚いたような笑みを浮かべると、意外なことに私の背中を軽く叩いた。「ありがとう」そう言ってから、不自然に胸に引き寄せられた私の腕に目を落とした。「診てくれそうな医者を知っている。だがその前にカネザキの話を聞いたほうがいいと思う」

私たち三人は通りを渡って喫茶店に入った。席について注文をすませるなり、カネザキが口を開いた。「ご友人の死に関して、ちょっとわかったことがありましてね。大したことじゃないんですが、あなたは僕の頼みを聞いてくれた。だから話します」

「聞こう」私は言った。

カネザキはタツにちらりと目を向けた。「その、ビドルや田中とお会いになったという話を石倉さんから聞きました。ビドルは僕を殺すようあなたに頼んだとか」そこで一瞬の間があった。「断ってくれたそうですね。ありがとうございます」

「どういたしまして」私はゆっくりと首を振った。

「最後にお会いしてから」カネザキは続けた。「もっと情報を集めようと思いました。ビドルに対抗するためです。万が一、また誰かに依頼しようと考えても、僕が彼の弱みを握ってると知っていれば思い直すかもしれませんから」

ほう、なかなか呑みこみの速い若者だ。「で、どうした？」

「ビドルのオフィスに盗聴器を仕掛けました」

私はカネザキを見つめた。その大胆さになかば驚き、なかば感心していた。「東京支局長のオフィスに盗聴器を仕掛けたのか」

カネザキは青臭い、独りよがりな笑みを浮かべた。その顔を見て、つかのまハリーを思い出した。「ええ。ビドルのオフィスの盗聴器の探索は、二十四時間に一度しか行なわれないんです。時刻も決まってる。本部にいたころ、解錠研修を受けましたから、オフィスに忍びこんで盗聴器を仕掛けるくらいは朝飯前ですよ」

「それはまたずいぶんと厳重なセキュリティだな」

カネザキは肩をすくめた。「たいていのセキュリティは、外部の脅威には有効です。でも、内部の脅威に備えたものじゃない。おかげさまで、好きなように出入りできますよ。盗聴器を仕掛けて会話を盗み聞きし、探索の時刻が近づいたら取り外す」

「それでハリーの話を耳にはさんだ」

カネザキがうなずく。「昨日、支局長が誰かと電話をしてました。支局長の側の話しか聞けませんでしたが、相手が目上の人間だということは確かですよ。〝イエス、サー〟〝ノー、サー〟を連発していましたから」

「何を話していた？」

「〝ご心配なく。レインに接触するためにたぐっていた糸は切りました。きれいに片をつけましたよ〟」

「それだけじゃあな」

カネザキは肩をすくめた。「僕の耳には、あなたの友人の死は事故ではなく、殺人だと認めたように聞こえましたがね」

私は彼を見つめた。私の目の奥に何かを読み取ったのだろう、カネザキはまばたきをした。「いいか、カネザキ」私は言った。「たとえほんの小さなことでも、俺に嘘をついてお前のボスに悪感情を抱かせようって魂胆だとしたら、そいつはお前が過去にしでかした最大の過ちになるぞ」

カネザキの顔からいくらか血の気が引いたが、それ以外は平静を保った。「そのことはわかってます。嘘はついていませんし、あなたを利用しようなんて気もありません。力を貸してもらえたら、あなたの友人のことで何かわかったときにはかならず話すと約束したでしょう。あなたは力を貸してくれた。だから僕もこうして約束を守ってるんです」

私は目をそらさなかった。「〝糸を切った〟のが誰かという点については？」

カネザキは首を振った。「はっきりしたことは何も。ただ、会話の主眼は山岡のことでした。だから、推測は成り立つと思いますよ」

「いいだろう。で、お前の推測は？」

タツが割って入った。「ビドルと山岡の関係は、私が考えていたものとは違うようだ。いくつかの重要な点で、彼らは敵対しているのではなく、協力関係を築いているらしいね」

「それとハリーと何の関係がある？」

「盗み聞きしていてわかったんですが」カネザキが言った。「ビドルは例の領収書を山岡に渡そうとしてます」

ウェイターが三人分のコーヒーを運んできて、去っていった。

「わからないな」私は言った。「この前、三人で話したときは、アメリカ政府は日本の改革を手助けしたがっていて、一方の山岡にしてみれば改革は致命的な脅威となるという見解で一致したろう」

「そうです」カネザキがうなずいた。

「しかしいまは、あの二人は協力してると考えてる」

「ええ、僕が盗み聞きした情報からすると、そういうことになります」

「それが事実なら、ハリーの死にビドルが関わっていた可能性が出てくるな。だが、その理由は何だ？」

「わかりません」

私はタツに向き直った。「ＣＩＡが山岡と協力してるとすれば、目的はお前が支援してる改革派の政治家をつぶすこととしか考えられない。しかも領収書はすべてビドルの手に渡ってる」

タツはうなずいた。「ぜひとも取り返さなければならないね。ビドルが山岡に引き渡す前に」

「しかし問題は領収書だけじゃないぞ。田中の話を信じるなら、カネザキの密会の一部はビデオテープに撮られてるものと思ったほうがいい。しかも集音マイクで音声も録音されてる。それはどうするつもりだ？」

「手の出しようがない」タツが言った。「この前も話し合ったとおり、ＣＩＡの現場担当官と密かに会っているところを撮影された政治家については、あきらめるしかないね。しかし領収書にしか名前の出てこない政治家は、まだ救う余地がある」

「どうやって？」

「領収書と写真の両方を握られている政治家の割合はごくわずかだ。山岡は、まずその不運な少数のスキャンダルを暴露するだろう。それを受けてマスコミが騒ぎ立てているところへ、領収書を公開する。そのスキャンダルの第二の波を裏づけるビデオや音声などの〝確証〟がないことになど、誰も目を向けない」

「つまり、山岡はテープに撮影した少数をつぶすことができても……」

「山岡はその少数をつぶすことに注力するだろう。領収書さえ取り返せば、被害を最小限に食い止めることができる」

「いいだろう。で、どうやって領収書を取り返すつもりだ？」

「領収書はビドルの金庫に保管されています」カネザキが言った。「電話でそう言ってました」

「お前はピッキングは得意なようだがな、カネザキ」私は言った。「金庫破りとなると話は別だぞ」

「破るまでもないさ」タツが口をはさんだ。「錠のコンビネーションはビドルが教えてくれる」

「何だ、本人に礼儀正しく尋ねるつもりか」

タツは首を振った。「お前から聞いてもらうのが手っ取り早いだろうと考えていた」

私は慎重に考えた。ハリーの件について、前回よりも人目のない場所でビドルを尋問する新たな機会は欲しかった。山岡と手を結んでいるというのが事実だとすれば、なおさらだ。ハリーの死にビドルが関わっていた可能性が高い。村上と雪子の問題は解決した。しかしどうやら、片づけなければならない小さな問題がもう一つ残っているらしい。

「よし」私はうなずいた。「引き受けよう」

「僕がうまくビドルに話を持ちかけて――」カネザキが言いかけた。

「いや、いい」私は首を振った。頭のなかにすでに計画が描かれつつあった。「自分で何とかするさ。お前は、いつでもビドルのオフィスに入れるように準備しておけ」

「わかりました」

私はカネザキをまっすぐに見た。「本当にいいんだな？　CIAにばれてみろ、裏切り者と呼ばれることになるぞ」

カネザキは笑った。「直属の上司が殺し屋を雇って自分を殺そうとしてたとわかったあとです。何も怖いものはありませんよ。第一、クレパスキュラー計画は中止されたんです。僕に言わせれば、裏切り者はビドルのほうだ。僕は事態を収拾しようとしているだけですよ」

タツは知り合いの医師のところへ私を案内した。江藤という名の医師だった。タツによれば、何年も前に便宜を図ってやったことがあり、タツに恩義を感じている、だから口の堅さは信用していいという。

江藤は何一つ訊かなかった。私の腕の傷を診察して、尺骨《しゃっこつ》が折れていると言った。骨を整復し、ギプスをはめ、コデイン系の鎮痛剤を処方した。処方箋は慈恵医大の用紙に書かれていた。署名は解読不能だった。それをもとに出所が突き止められることはない。

そのあと、ビドルに電話をかけた。カネザキの件を引き受けると言った。詳細を取り決めるために、その晩午後十時に会う約束を取りつけた。

新宿にある別のスパイ用品店に出かけた。今回買ったのは、双眼鏡機能付きの高解像度暗視ゴーグルだ。もう一つ、新しいASPの警棒も購入した。気に入りの一品になりつつあった。

次にスポーツ用品店に立ち寄り、光沢のない黒の厚手の綿のスウェットパンツとそろいのスウェットシャツ、それにジョギングシューズを買った。望みどおりの靴はなかなか見つからなかった。店に並んでいるのはどれも多色使いで派手派手しい。それでもどうにか許せる黒っぽい色のものを見つけた。スポーツ用品店を出てから、夜のジョガーが暗闇で目立つよう製造者が親切にもかかとに貼りつけた反射テープを切り取った。私の最大の心配は、私がいるのに気づかなかった車にはねられることではない。

ビドルには、表参道側の入口からかやのき通り伝いに青山墓地に入るよう指示してあった。五十メートルほど進むと、墓地でもっとも高い建造物である尖塔が左手に見えてくる。そこで待てと言ってある。

午後八時、空が充分に暗くなったころ、私は外苑西通り側から墓地に入った。通常の入ロは避けた。あらかじめ人員が配置されていて、私を待っているかもしれない。ジョギングには馴染まない場所だが、例がないわけではないだろう。墓地に入ってすぐ、暗視ゴーグルを着けた。墓石や茂みが鮮やかな緑色に輝いた。コウモリが木から木へ飛ぶのが見える。猫が一匹、石の陰から忍び足で現れた。

尖塔の近く、三重塔のような形をした記念堂のなかに身をひそめた。そこなら外からは姿が見えず、こちらからは三百六十度の視界を確保できる。

ビドルは十時きっかりに現れた。毎日のお茶の時間と同様、スパイ活動に関しても時間に正確な男らしかった。

尖塔に近づくビドルの姿を目で追う。前を開けたトレンチコート、その下にスーツとタイ。いかにもスパイらしい服装。それから十分間、ゴーグルを暗視双眼鏡として使って墓地の周囲を見張り、ビドルが一人きりであることを念を入れて確かめた。納得したあと、そろそろと記念堂から出て、ビドルが立っている場所に近づいた。

一メートルの距離から声をかけるまで、ビドルは私の気配に気づかなかった。「ビドル」

「うわあ！」ビドルは飛び上がり、勢いよくこちらを振り返った。

ビドルが闇に目を凝らしているのが見える。ゴーグルの白と緑の視界に、表情の凹凸の一つひとつがくっきりと浮かび上がった。

ポケットのなかのハリーの探知器はじっと動かずにいる。怪我をしていないほうの腕を静かに動かし、スウェットパンツのポケットから警棒を取り出した。ビドルには暗くて見えなかったらしい。

「片づけておきたい問題がある」私は言った。

「どんな？」

「深澤春与志の死にお前はいっさい関わっていないと、俺をきちんと納得させてもらいたい」

緑色の輝きのなかで、ビドルの額にしわが寄るのが見えた。「いや、そのことはもう説明したはず……」ビドルが言いかけた。

私は手首を返して警棒を伸ばすと、ビドルのこちらに踏み出しているほうの脚のすねをバックハンドで打った。ぶつかる寸前に、いくらか力をゆるめた。骨を粉砕するにはまだ早い。ビドルは甲高い悲鳴をあげ、地面に倒れこんで傷ついた脚を抱えた。のたうち回る彼を一分ほど放っておき、その間に周囲に目を走らせた。ビドル以外、動くものはない。

「それ以上騒ぐな」私は言った。「静かにしてろ。さもないと、声も出せないようにしてやるぞ」

ビドルは歯を食いしばって私の声のするほうに目を向けると、あえぐように言った。

「くそ、知ってることはもう全部話した」

「山岡とつながってることは話さなかったろう。クレパスキュラー計画を継続してるのはカネザキじゃなく、お前だということも」

ビドルが目を見開き、暗闇の奥に私の姿を探した。「カネザキに金をもらってるんだな、そうだろう」うめくように言う。

私は少し考えてから答えた。「いや。誰からも金はもらってない。今回に限っては、俺自身がやりたいからやってる。お前の立場から見ると、そいつはいいニュースとは呼べないがな」

「私なら金を払える。CIAが払う。世界は変わった。その新しい世界の一員にぜひきみを迎えたいと話したろう」

私は含み笑いをした。「新兵募集の広告みたいな台詞《せりふ》だな。それより、山岡の話をしてもらおうか」

「冗談で言ってるわけじゃない。九月十一日のテロ後、CIAはきみのような人材を必要としてる。それできみを探してたんだ」

「もう一度質問を繰り返す。今度だけはただでな。だが、これ以降、何度も同じことを言わせるようだと、いまお前を地面に這いつくばらせた打撃が愛撫《あいぶ》に思えるようなことになるぞ」

長い沈黙があった。やがてビドルは言った。「わかった」傷ついたほうの脚に体重をかけないようにしながら、ゆっくりと立ち上がる。「いいか、山岡には山岡の利害があり、我々には我々の利害がある。現時点ではたまたま協力関係が結ばれている、それだけのことだ。一時的な便宜協定というやつだよ」

「目的は何だ？　クレパスキュラー計画は日本の改革派政治家を支援するためのものだと思っていたが」

　ビドルはうなずいた。「改革は、長期的に見ればアメリカのためになる。しかし同時に問題も生む。知ってのとおり、日本は世界最大の債権国だ。アメリカの財務省短期証券に限っても、三十億ドルを超える投資をしている。短期的に見て、真の改革は日本の銀行の破綻《はたん》を意味し、銀行の破綻は取り付けを意味する。そして取り付け騒ぎが起きれば、銀行は流出した預金分を取り返そうと、海外資産を引き上げるだろう。しかし改革が最終的に成功して日本経済が立ち直れば、円ベースの株式の魅力は増し、日本の銀行はドルベースやユーロベースの資金をより高利潤が期待できる国内市場に移すだろう」

　なかなか見事な立ち直りぶりだった。ひょっとしたら、私はこの男を見くびっていたのかもしれない。

「つまりアメリカ政府を動かしているのが誰であれ、いまの時点では現状を歓迎しているというわけだな」私は言った。

「我々としては〝現状〟を〝安定〟と言い換えたいね」ビドルは痛めつけられた脚に軽く体重をかけて顔をしかめた。

　私は周囲の様子に目を走らせた。怪しい動きはない。「現状のままいけば、何兆円もの日本の資金がアメリカ国内にとどまり、アメリカ経済を支えるからだろう」

「そのとおりだ。えげつない言いかたをすれば、アメリカは絶えず流入しては赤字支出を埋めてくれる外国資本の中毒になっている。禁断症状に陥らずにすんでるのは、日本からの流入資本のおかげだ。アメリカ政府内には、その状況に変わってもらいたくないと考える勢力がある」

私は首を振った。「それはちっともえげつない言いかたじゃないね。穏当なくらいだよ。アメリカは安い石油の中毒になっている。そしてその依存癖を満足させることで中東の野蛮な政権を支えているのさ。日本の腐敗勢力を支えれば日本資本の継続的な流入が保証されるからという理由で彼らを支援してるとすれば、アメリカ政府の言行は一致してることになる」

「まあ、そうとも言えるね。しかし政策を作るのは私ではない。私は政策を実行するだけだ」

「つまり、半年前にクレパスキュラー計画が中止された事情はそれだということか」私は言った。「アメリカ政府内で新たに優位に立った勢力が、日本の改革を推し進めるのはアメリカの利益にならないと判断した」

「いや、正反対だ」ビドルはそう言ってトレンチコートのポケットに両手を入れかけた。

「両手を見えるところに出しておけ」私は鋭い声で言った。

ビドルは飛び上がった。「ああ、悪かった。ちょっと寒くなってね。それにしても、よく見えるな。ここは真っ暗なのに」

「〝正反対〟とはどういう意味だ?」

「クレパスキュラー計画はそもそも改革を推し進めるためのものではなかった。初めから改革派政治家を陥れる手段として生み出されたものでね。中止を命じたのが誰だか知らないが、その人物は改革の支持者だ。だが、現実主義者でないことは確かだな」

「お前は現実主義者の一人ということか」

ビドルはわずかに胸を反らせた。「そのとおりだ。アメリカの外交政策を立案してるいくつかの組織もそうだ。目隠しをされておらず、政治的支援者の圧力とも無縁でいる組織もね。いいか、政治家たちが日本に改革を迫るのは、現実を理解していないからだ。現実には、日本を改革しようとしてもすでに手遅れなんだよ。十年前、いや五年前なら可能だったろう。しかしいまさら無理だ。改革の手の及ばないところまで来ている。アメリカの政治家は、〝弾丸を嚙んで耐えろ〟とか〝荒療治も必要だ〟と言う。しかし、連中にはわかってない。この弾丸を嚙もうものなら、そのまま脳に達するだろうこと、患者は弱り切っていて、手術をすれば死んでしまうだろうことをわかってないんだよ。完治の希望はすでにない。いかに苦痛を軽くするか、そのことを考え始めるべきときが来ている」

「感動的な物語だな、ドクター・ケヴォーキアン。しかし、俺としてはそろそろ結末が聞きたいね」

「結末？」

「そうだ。〝これが金庫を開ける数字のコンビネーションだ〟で終わる結末」

「コンビネーション……いや、それは、だめだ。断る」ビドルの声に恐慌が忍び入った。

「あいつはあんたをどうやって口説いた？　あいつは何と言った？——改革派の政治家は英雄だとでも？　よしてくれ、彼らはこのいまいましい国のほかの政治家どもと何ら変わりない。身勝手で、金次第で動くことに違いはないんだ。カネザキは自分が何をしてるかわかっていない」

私は傷ついた脚をもう一度警棒で打ち据えた。ビドルは悲鳴とともに倒れた。

「静かにしろ」私は言った。「さもないと、腕にも同じことをする」

ビドルは歯を食いしばり、地面に尻をついて体を前後に揺らした。片腕で脚を抱え、もう一方は次の攻撃を払いのけようと、無為に頭の上で振り回している。

「二度同じ質問をさせるなと言ったはずだ」私は言った。「さあ、白状しちまえ。白状しないなら、歯科治療記録を使っても身元を確認してもらえなくなるぞ」

緑色の輝きのなかで、ビドルの顎が動いた。うめき声を漏らし、脚をしっかりとつかむ。やがてようやく言った。「二回左に回して三十二、一回右に回して四、左に回して十二」

私は携帯電話を取り出し、短縮ダイヤルボタンを押してカネザキを呼び出した。「もしもし？」カネザキの声が聞こえた。

私は数字を伝えた。

「ちょっと待ってください」数秒が過ぎた。「あ、開きました」

「目当てのものはあったか」

紙がこすれ合う乾いた音が聞こえた。「はい、ありました」

私は電話を切った。

「一メートル右に墓石がある」私はビドルに教えてやった。「立ち上がるのに使えるぞ」

ビドルは正しい方角に地面を這い、墓石に手をかけて、ゆっくりと体を引き上げた。それから息を弾ませながら墓石に寄りかかった。額にうっすらと汗が浮かんでいた。

「お前は連中がハリーを殺そうとしてることを知っていた」私は言った。「知ってたんだろう」

ビドルは首を振った。「いや、知らなかった」

「だが、そう疑ってはいた」

「私はすべてを疑う。疑うのが仕事なんだ。疑うのと知ってるのとは違う」

「なぜカネザキ殺しを俺に依頼した？」

「わかってるんだろう」呼吸が落ち着き始めていた。「あの領収書が使われたら、誰かが責任を取らなくてはならない。その誰かは、弁解のできない立場にいる人物であるのが一番いい」

「カネザキの命はいまも危険か」

ビドルは陰気な含み笑いを漏らした。「あの領収書が葬られたのなら、危険はない」

「大してがっかりしてないようだな」

ビドルは肩をすくめた。「私はプロだからね。今回のことについて個人的な感情は抱いていない。きみも同じだといいが」

「クレパスキュラーはどうなる？」

ビドルは溜め息をつき、いくらか無念そうな顔をした。「クレパスキュラー計画？　そんなものは存在しない。半年前に中止された」

すでに表向きの見解を口先で並べ始めている。たちまちのうちに平静を取り戻したのも不思議はない。個人的な——すなわちキャリア上の——損害を受けることはなさそうだと確信しているのだ。

それから長いことビドルを見つめた。ハリーを、タツを、そして誰よりもみどりのことを思った。だいぶたってから、私は言った。「お前をここから生きて帰してやるよ、ビドル。殺しておくのが賢明だと思うが、やめておく。これで一つ貸しができたということだ。俺の人生にふたたび割りこむことで恩を返そうとしてみろ、かならずお前を見つけてやる」

「肝に銘じておくよ」ビドルが言った。

「今夜この墓地を出たら、俺たちは二度と関わらない。いいな？」

「我々としてはまだきみが必要だ」ビドルは言った。「きみの場所はいまも空いてる」

私は暗闇のなかで少しのあいだ待った。ビドルは私の質問に答えていないことに気づき、身をすくませた。

「わかった」そう答えたビドルの声は消え入るようだった。

私は向きを変えて立ち去った。帰り道は自分で探させればいい。

翌日、陽光に満ちあふれた代々木公園の並木道のカエデの木の下でタッと会った。ビドルから聞いた話をかいつまんで伝えた。

「カネザキは領収書を取り返した」タッが言った。「ただちに処分したよ。もとから存在しなかったも同然だ。結局のところ、クレパスキュラー計画は半年前に中止されているわけだからね」

「あの若造、世間知らずだが、度胸だけは大したものだな」

タッはうなずいた。その目に一瞬、悲しげな色が浮かんだ。「善良な心を持っている」

私は苦笑した。他人が優れた頭脳を持っていると認めたら、タッらしくない。

「お前とあいつとは、これからも縁がありそうな気がするよ」

タッは肩をすくめた。「そう願うよ。領収書を取り返せたのは運がよかった。だが、私にはまだやることがたくさんある」

「やれることには限りがある。そのことを覚えておけよ、タッ」

「しかし、人間は何かをしなければならない。そうだろう？　忘れるな。現代日本は、南の藩の侍の手で生み出された。京都の朝廷を攻め落として、明治天皇の復位を宣言した侍たちの手でね。似たようなことがまた起きるかもしれない。民主主義の再生として」

「そうかもしれないな」

タッが私のほうを向いた。「これからどうするつもりだ、ジョン？」

私は目を上げて木立を透かし見た。「いま考えてるとこだよ」

「私に協力してくれ」

「お前はまるで壊れたレコードだな、タツ」

「またしてもうちの女房みたいな言い草だ」

私は笑った。

「自分より大きなものに挑んだ感想はどうだ?」タツが訊いた。

私はギプスと絆創膏《ばんそうこう》の巻かれた腕を持ち上げてみせた。「こんな気分だ」

タツはいつもの悲しい笑みを浮かべた。「生きている証拠だよ」

私は肩をすくめた。「まあ、死ぬよりいいのは確かだな」

「何か必要なものがあったら、いつでも電話してくれ」タツが言った。

私は立ち上がった。タツも立ち上がった。

私たちはお辞儀をし、握手を交わした。私はその場を離れた。

長いこと歩いた。東に。東京駅を、私を大阪に連れ帰る新幹線を目指して。タツは私の居場所を知っている。だが、ここしばらくはそれでもかまわないと思った。

大阪に帰ったあとはどうするか。私の分身、山田氏の引っ越しの準備はまもなく整う。

しかしいまとなっては彼をどこへ送っていいのかわからない。

ナオミに連絡を取らなくては。連絡したい気持ちはあった。ただ、何と言うべきかわからなかった。

山岡のことはまだ解決していない。タツは痛烈な打撃を食らわせたが、それでも山岡はまだ立っている。おそらくいまも私を探しているだろう。ことによると、CIAも、奴と手を組んで。

歩くうちに、空を暗い雲が覆い始めた。風が吹いて、環境汚染に鍛えられた木々の枝を揺らす。

タツは強気だった。あの楽観主義の泉はどれだけ深いことだろう。その泉の水を私も飲みたいと思った。しかし、地中で眠るハリーのことが、永遠に去ったみどりのことが、不確かな答えを待つナオミのことが、心を離れなかった。

大きな雨粒が散って東京のコンクリートの肌を叩き、ガラス窓の目を濡らした。少数の人々は傘を開いた。大多数は雨をしのげる場所を求めて走った。

私は雨のなかを歩き続けた。洗礼の雨だと、新しい始まりを告げる雨だと思いたかった。きっとそうなのだ。それにしても、何と孤独な復活だろう。

謝辞

次の人々に、心からの感謝を捧げたい。

まず、太平洋をはさんだエージェントと編集者のすばらしいチームに。エージェント各氏――ニューヨークのソーベル・ウェバー・アソシエーツのナット・ソーベルとジュディス・ウェバー、東京のタトル・モリエイジェンシーの森健一。そして編集者各氏――ニューヨークのパットナムのデイヴィッド・ハイヒル、東京のソニー・マガジンズの鈴木優。彼らの尽きることのない熱意と洞察、そして支援に、深く感謝している。

僕の親しい友人であり〝先生〟であるワサビ・コミュニケーションズの深澤幸一郎。日本の事情や日本語に関する疑問点に明るい光を当ててくれた。そのうえとびきりのウェブサイトも作ってくれている。

ハーヴァード大学医学校のエヴァン・ローゼンとピーター・ジメットバウム。両博士は、殺人のテクニックに関する僕の穏やかならぬ質問に根気よくつきあい、ヒポクラテスの誓いはフィクションには適用されないかもしれないことを受け入れ、尊敬に値する知識と想像力をもってジョン・レインの活動のすべてを支えてくれた。

みどりやナオミのような洗練されたセクシーな女性たちがどんな服に身を包むべきか、どう思考すべきかを教えてくれ、原稿に有益な助言を与えてくれた、ローリー・アンドレイニ。

勤続三十一年のベテランFBI捜査官アーニー・ティボルディ。彼は監視および捜査テクニックについての幅広い知識を惜しみなく分け与え、参考にすべき書籍などを教えてくれたうえに、原稿について有益な助言を与えてくれた。

ブラジルという国やブラジルの人々に対するより深い理解を導き、レインのポルトガル語に磨きをかけてくれた、カーラ・メンデス。

武術研究者マーク・〝アニマル〟・マックヤングとペイトン・クイン。暴力やストリートエチケットに関する数々のすばらしい本やビデオを大いに参考にさせてもらった。とりわけ、ジョン・レインのナイフを持った敵に丸腰で立ち向かうための哲学はマックヤングに、潜在的な標的として〝インタビュー〟される概念についてはクインに、それぞれ負うところが大きい。

恐ろしいほどユーモアにあふれた『お役所の掟』の著者、宮本政於。

そこで描かれた日本のビッグ・ブラザーの概念の一部を、タツが拝借した。

心騒がせる独創的な本『戦争における「人殺し」の心理学』を書いたデーヴ・グロスマン中佐。ジョン・レインの原体験や心理に洞察を加えてくれた。

綿密な調査と議論に基づいて、日本の腐敗と理性を欠いた官僚制の狂気を分析した『犬と鬼』の著者アレックス・カー。この小説を支える背景のヒントをこの本から得た。

原稿を読んで有益なコメントを寄せ、貴重な提案や洞察を与えてくれた、アラン・アイスラー、ジュディ・アイスラー、ダン・レヴィンとナオミ・レヴィン、マシュー・パワーズ、オーウェン・レナート、デイヴィッド・ローゼンブラットとシェリー・ローゼンブラット、テッド・シュライン、ハンク・シフマン、ピート・ウェンゼル。

“Tokyo Q”の編集者リック・ケネディは、この小説に登場する東京のバーやレストランの何軒かをジョン・レインに紹介してくれた。

また、次に挙げる店のオーナーや施設にも感謝したい。どれも自分のオフィスと呼ぶにふさわしいすばらしい場所だ。大阪市都島区の〈バー・サトー〉。カリフォルニア州メンローパークの〈カフェ・バローネ〉。青山の〈ラスチカス〉。カリフォルニア州マウンテンヴューの公立図書館。西麻布のライブラリーラウンジ〈テーゼ〉。

そして誰よりも、有能な編集者であり、僕のもっとも熱心なファンであり、親友でもある妻のローラに、深い深い感謝を捧げたい。

著者のノート

六本木から赤坂見付にかけての一帯に馴染みのある読者諸氏は、〈ダマスク・ローズ〉を思わせるバーや会員制クラブはいくつかあっても、そのいずれも〈ダマスク・ローズ〉とは一致しないことにお気づきかもしれない。しかし、東京や大阪に関するそれ以外の描写は、すべて私が見たとおりである。

解説

ミステリ・コラムニスト
三橋 曉

殺し屋。このよるべなき稼業に、甘美なロマンチシズムを感じるとすれば、あなたはかなりのミステリ好きに違いない。現実社会において人を殺《あや》めることほど忌み嫌うべき所業はないが、しかしこれがフィクションの世界となれば、話は別だ。ミステリの世界を眺め渡してみても、実にさまざまなアウトローたちが登場し、ヒーローそこのけの活躍に読者は胸を躍らせてきた。

その代表格はといえば、言うまでもなくエンタテインメントの歴史に金字塔を打ち立てたフレデリック・フォーサイスの『ジャッカルの日』だが、ド・ゴール大統領の暗殺を請け負った暗殺のプロフェショナルを描いてこの方面ですでに古典となったこの傑作に肩を並べるライバルたちは数多いる。トレヴェニアンの『アイガー・サンクション』やロバート・ラドラムの『暗殺者』などのシリーズもの、また『キル・ショット』をはじめとして、犯罪小説の名手エルモア・レナードには、バイプレイヤーとして殺しのプロたちが目白押しだし、巨匠ローレンス・ブロックの殺し屋ケラーもの（『殺し屋』、『殺しのリスト』）は、二度のエドガー賞に輝いた作者の看板シリーズというべき質の高さを誇っている。

映画ファンだったら、先の『ジャッカルの日』はフレッド・ジンネマン監督の映画によって、また『アイガー・サンクション』に登場する大学教授で登山のエキスパートでもあるジョナサン・ヘムロックについてはそれを演じたクリント・イーストウッドでおなじみだろう。さらに、マット・デイモンが記憶喪失の主人公を演じた「ボーン・アイデンティティー」（『暗殺者』の映画化）のシリーズは、ラドラムの死後も原作の続篇が別の作家によって書き継がれるほどヒットしたし、最近ではコーマック・マッカーシーの『血と暴力の国』を映画化した「ノーカントリー」でハビエル・バルデムが見せた悪夢のような殺し屋の存在感も強烈だった。

さて、ついつい前置きが長くなってしまったが、そんな多士済々なる殺し屋たちに、もしも紳士録のようなものが存在するならば、そこに新たな一ページを加えるべく登場したのが、本作の主人公ジョン・レインだ。

そのプロフィルを紹介しよう。ジョン・レインは、日本人の父親、アメリカ人の母親をもつハーフで、日本で生まれた（ちなみに、日本名は藤原純一）。母親は伴侶の死とともに故郷のアメリカに帰国し、ジョンはニューヨーク州北部のドライデンという町で子ども時代を過ごすことになった。その住民の多くを占める白人の労働者階級からの苛めを受ける日々から、彼は近所の悪がきたちから身を守るための実践的なゲリラ戦術を学んだという。

彼の人生で大きな転機となったのは、十七歳のときに軍へ志願したことで、友人とともにフォート・ブラッグで訓練を受け、特殊部隊の技能を身につけた。その結果、軍とCIAの共同プログラムであるSOG（研究調査班）に配属され、カンボジアやラオス、北ベトナムでさまざまな破壊工作に携わることになった。

戦地において、十代の若さで初めて人を殺すという体験をするが、そこで彼の稀有な才能が明らかになる。彼は、ほとんどの人間が陥るショック状態とまったく無縁で、悪夢をみたり、否定的な感情を引き摺ることが一切なかった。ジョンは、精神科医のいう〝軍人における奇跡の2％〟に属する人間だったのだ。人を殺すにあたって、ためらいなく、特殊な条件付けも必要とせず、後悔もなく、繰り返し人を殺すことができる2％。すなわち生まれながらにして、殺人者の資質が備わっていたのである。

害のない反社会的な人間として軍で重宝されたジョンが、除隊後、フリーランスの殺し屋になったのは、ある意味当然の帰結でもあった。ターゲットを自然死にみせかけるお得意の手口も、特殊部隊時代に得たスキルの賜物に違いない。

しかし、絶対零度の冷徹さで殺人という仕事を遂行する一方で、ジョン・レインには自分にとって大切な人間を守るためなら命も賭けるという一面もある。前作『レイン・フォール／雨の牙』をお読みになった読者なら既にお判りだと思うが、生まれながらの殺人者であると同時に、誰もが共感できる人間性を備えた主人公レインの不思議な二面性こそが、このシリーズの最大の魅力であり、物語の推進力となっている。シリーズ第二作となる本作もその例外ではない。

さて、その殺し屋ジョン・レインのシリーズだが、まずは作品リストを掲げる。

1 Rain Fall (2002)『レイン・フォール／雨の牙』［旧題『雨の牙』］ハヤカワ・ミステリ文庫
2 Hard Rain (2003)（英題：Blood From Blood）『ハード・レイン／雨の影』［旧題『雨の影』］＊本書
3 Rain Storm (2004)（英題：Choke Point）『雨の罠』
4 Killing Rain (2005)（英題：One Last Kill）『雨の掟』
5 Requiem For An Assassin (2006)
6 The Last Assassin (2007)

作者のアイスラーが、『レイン・フォール／雨の牙』を書き上げ、デビューしたのが、二〇〇二年のこと。現在、本国アメリカだけでなくヨーロッパ各国でも翻訳紹介され、広く世界中で読者を獲得しているジョン・レインのシリーズだが、最初の作品は、アメリカに先駆け、まず日本の読者のもとに届けられた。著者が来日し、当時の出版社だったソニー・マガジンズが全国書店で大々的にプロモートしたのを記憶しているミステリ・ファンも多いことと思う。

シリーズは、現在、四作目まで翻訳紹介されているが、今回、『レイン・フォール／雨の牙』の映画化、さらには初のノン・シリーズ作品『フォールト・ライン／断たれた絆』（四月刊）の翻訳紹介などとあいまって、出版社が変わり、まずは第一作と第二作が、リニューアルされて読者の前に再登場することとなった。これを機に、ジョン・レインのシリーズの全作品が紹介されることをファンのひとりとしては望みたいところだ。

さて、本作『ハード・レイン／雨の影』は、そのシリーズの第二作であり、先の『レイン・フォール／雨の牙』の後日談にあたる。おせっかいを承知で、前作を振り返ってみると、ジョンは顧客である日本の与党の依頼を受け、ひとりの官僚を山手線内で自然死に見せかけて始末する。しかしその直後、殺した官僚の娘でジャズ・ピアニストのみどりと出会い、ジョンは恋に落ちた。そんなジョンに同じ依頼主から舞い込んできた新たな仕事のターゲットは、なんとみどりだった。与党の企みは何か？　ジョンは、みどりの命がかかった闘いを政界の闇へと挑んだ、というのが前作だった。

その後、雌伏の期間を経て、大阪の猥雑な町に身を潜めていたジョン・レインだが、先の事件を通じて心を通じたタツこと警視庁の部長石倉達彦から仕事の依頼を受けることから、この『ハード・レイン／雨の影』は始まる。タツは、腐敗する日本を改革するために、ジョンに手を貸してほしいという。しかし、今回のターゲットは本人がすご腕の殺し屋で、まさに難攻不落。やがて背後にはクレパスキュラー計画という怪しげな作戦を画策するCIAの影がちらつきはじめ、事態はレインの友人までをも巻き込んでいく。

前作の幕切れで、いったんは運命に切り裂かれたかと思われたジョン・レインとみどりの仲だが、実はふたりの物語はまだ終ってはいなかった、というのが本作の読みどころのひとつだろう。お話はそれぞれ独立しているが、主人公と恋人のみどりをめぐる物語としては、『レイン・フォール／雨の牙』と『ハード・レイン／雨の影』の二つで一つの体をなしている。

そして舞台は、前作に続き、またもや東京だ。現在も家族とともに東京に居を構えているという作者だが、この『ハード・レイン／雨の影』は、前作とともに、作者にとってもっとも愛着のある町東京を舞台にした二部作ということもできるだろう。

東京を舞台にした外国作家の作品というとリチャード・ニーリイの『日本で別れた女』やデイヴィッド・ピースの『TOKYO YEAR ZERO』といった太平洋戦争終戦直後の東京を作中に再現した例がまず思い浮かぶが、アイスラーの描く二十一世紀の東京の佇まいからは、この町の飾らない魅力が伝わってくる。本作でも六本木、恵比寿、新宿、日比谷といった町の描写には、そこで生活している日本人にとっても、改めて親しみが湧き上がってくるような親近感がある。来訪者としてではなく、生活の場として東京を見つめる目がアイスラーに備わっているからだろう。

また、作家以前にいくつか前職のキャリアがある作者だが、在アメリカ日本企業の顧問弁護士をしていた頃があったり、CIAに籍をおいていた時代に日本語を習得したり、とわが国との縁はそもそも浅からぬものがあった。そんな彼の日本へのこだわりを決定的なものにしたのが、空手や柔道といった武道への興味だったという。日本文化の理解の深さは、東京での実生活の経験だけでなく、武道を学ぶことを通じて得られたもののようだ。

そんなアイスラーは、本シリーズにもその価値観は克明に反映されている。静謐でストイシズムをたたえた独特の文体は、間違いなく彼の語る日本文化の本質に源を発するものだろうし、本作中におけるものの哀れや死生観への言及もまったく違和感がない。まさに、主人公のジョン・レインの生き方には、単なる親日家の域を越えて、われわれ顔負けの日本人のアイデンティティーがあるといっても過言ではない。

アウトローの冷酷非情な横顔を持ちながら、恋もすれば、友情にも篤い。そんな人間性の両極を併せ持つ稀有のアンチ・ヒーローであるジョン・レインの魅力。さらには、ハードボイルド、ノワール、謀略小説といういくつものジャンルにまたがるシリーズの面白さに、今回のリニューアルがきっかけとなって、さらに多くの読者が注目してくれればと思う。

二〇〇九年二月

本書は、二〇〇四年一月にヴィレッジブックスより刊行された『雨の影』の改題・新装版です。

訳者略歴　上智大学法学部国際関係法学科卒，英米文学翻訳家　訳書『出生地』リー，『Mの日記』リーズ，『ララバイ』パラニューク（以上早川書房刊）他多数

HM=Hayakawa Mystery
SF=Science Fiction
JA=Japanese Author
NV=Novel
NF=Nonfiction
FT=Fantasy

ハード・レイン／雨《あめ》の影《かげ》

〈HM㊱-2〉

二〇〇九年三月二十日　印刷
二〇〇九年三月二十五日　発行
（定価はカバーに表示してあります）

著者　バリー・アイスラー
訳者　池《いけ》田《だ》真《ま》紀《き》子《こ》
発行者　早川浩
発行所　株式会社　早川書房
郵便番号　一〇一 - 〇〇四六
東京都千代田区神田多町二ノ二
電話　〇三 - 三二五二 - 三一一一（大代表）
振替　〇〇一六〇 - 三 - 四七七九九
http://www.hayakawa-online.co.jp

乱丁・落丁本は小社制作部宛お送り下さい。
送料小社負担にてお取りかえいたします。

印刷・信毎書籍印刷株式会社　製本・株式会社川島製本所
Printed and bound in Japan
ISBN978-4-15-178152-0 C0197